MADELEINE WICKHAM
Eine feine Adresse

Buch

Liz Chambers hat sich alles so schön ausgemalt: endlich den langweiligen Lehrerjob an den Nagel hängen und beruflich selbständig werden. Endlich gesellschaftliches Ansehen erreichen und sich auch finanziell verbessern. Zugegeben, das kleine aber (einst) feine Internatsgebäude war nicht gerade ein Schnäppchen, doch wenn erst eine zahlungsfähige Klientel ihre Kinder in die ambitionierte Privatschule stecken wird, nimmt sicher alles ein glückliches Ende. Außerdem besitzen Liz und ihr Mann Jonathan ja immer noch ihr altes, idyllisch gelegenes Haus, das sicher bald einen neuen, wohlbetuchten Besitzer finden wird.

Was aber, wenn der Makler erklärt, der Immobilienmarkt sei zusammengebrochen und das Haus lasse sich zu dem erhofften stattlichen Preis auf keinen Fall verkaufen? Was, wenn plötzlich zwei Hypotheken zu bezahlen sind und die ersten unangenehmen Briefe von der Bank ins Haus flattern? Gott sei Dank taucht in diesem Moment der vertrauenerweckende Marcus Witherstone auf, der auch schon die Lösung parat hat. Nur erweist sich am Ende nicht alles als Gold, was glänzt. Und wenn dann auch noch Amor seine Pfeile verschießt, darf mit heftigsten Turbulenzen gerechnet werden.

Autorin

Die geborene Londonerin Madeleine Wickham studierte Musik und arbeitete danach als Lehrerin und Journalistin. Mit ihrem Debütroman »Die Tennisparty« (C. Bertelsmann Verlag) stürmte sie die englischen Bestsellerlisten und erwarb sich den Ruf einer vielversprechenden neuen Stimme des englischen Gesellschaftsromans.

MADELEINE WICKHAM

Eine feine Adresse

Roman

Aus dem Englischen
von Sabine Lohmann

GOLDMANN

Die englische Originalausgabe
erschien unter dem Titel »A Desirable Residence«
bei Black Swan Books, London

Umwelthinweis:
Alle bedruckten Materialien dieses Taschenbuches
sind chlorfrei und umweltschonend.
Das Papier enthält Recycling-Anteile.

Der Goldmann Verlag
ist ein Unternehmen der Verlagsgruppe Bertelsmann

Deutsche Erstausgabe 2/97
Copyright © 1996 by Madeleine Wickham
Copyright © der deutschsprachigen Ausgabe 1997
by Wilhelm Goldmann Verlag, München
Umschlaggestaltung: Design Team München
Umschlagillustration: Mark Entwisle
Satz: Uhl + Massopust, Aalen
Druck: Elsnerdruck, Berlin
Verlagsnummer: 43152
Lektorat: Martina Klüver
Herstellung: Sebastian Strohmaier
Made in Germany
ISBN 3-442-43152-2

1 3 5 7 9 10 8 6 4 2

Für Henry

1. KAPITEL

Es war sinnlos, fand Liz, sich groß aufzuregen. Der arme Mann konnte nichts dafür. Der Makler sagte nichts mehr, blickte sie besorgt an und wartete auf eine Antwort. Um Zeit zu gewinnen, schaute sie aus dem Fenster, an dessen Scheiben die Regentropfen im Sonnenschein dieses verrückten Septembertages aufleuchteten. Draußen war ein kleiner, von einer Mauer umgebener Garten mit einer weißen schmiedeeisernen Bank und Kübelpflanzen. Das muß im Sommer nett aussehen, dachte sie und vergaß ganz, daß es im Grunde noch Sommer war. In Gedanken war sie immer schon eine Jahreszeit weiter.

»Mrs. Chambers...?«

»O ja, Entschuldigung«, sagte Liz und wandte den Kopf. »Ich habe zugehört.« Sie lächelte den Makler an. Er lächelte nicht zurück.

»Zu dem Zeitpunkt, als das Haus zu verkaufen war, habe ich Ihren Mann gewarnt, daß das passieren könnte. Ich riet zu einem deutlich niedrigeren Verkaufspreis.«

»Das weiß ich doch«, meinte Liz. Sie fragte sich, warum er es für nötig hielt, sie daran zu erinnern. Fühlte er sich angegriffen? Hatte er das Gefühl, sich rechtfertigen zu müssen; erklären zu müssen, warum ihr Haus innerhalb von zehn Monaten nicht verkauft worden war? Sie suchte in seinem jungen, glattrasierten Gesicht nach Anzeichen für Ich-hab-es-Ihnen-ja-gesagt, Wenn-Sie-auf-mich-gehört-hätten...

Aber sein Gesicht war ernst. Besorgt. Vielleicht war er nicht der Typ Mensch, der sie jetzt groß beschuldigen würde. Er verwies nur auf die Tatsachen.

»Und jetzt«, sagte er, »müssen Sie eine Entscheidung treffen.

Sie haben, so sehe ich das jedenfalls, zwei realistische Möglichkeiten.«

Ein paar unrealistische auch? wollte Liz fragen, aber statt dessen schaute sie ihn aufmerksam an und beugte sich leicht nach vorn, um ihr Interesse zu bekunden. Allmählich wurde es ihr ziemlich heiß; die Sonne brannte durch die Fensterscheiben auf ihre Wangen. Wie gewöhnlich hatte sie morgens das Wetter völlig falsch eingeschätzt und sich für einen kühlen Herbsttag angezogen. Vielleicht sollte sie etwas ablegen. Aber sie konnte sich nicht entschließen, ihren dicken Pullover auszuziehen – wozu sie erst einmal die Brille hätte absetzen müssen –, weil sie sich nicht sicher war, ob auf ihrem ungebügelten Jeanshemd Kaffeeflecken waren oder nicht. Vor diesem glatten Immobilienmakler kam das gar nicht in Frage. Sie warf ihm einen verstohlenen Blick zu. Ihm schien es nicht heiß zu sein; sein Gesicht war gebräunt, aber nicht rot und seine Manschetten wirkten sauber und kühl. Wahrscheinlich gestärkt, dachte sie, von seiner Freundin. Oder vielleicht, so jung wie er aussah, von seiner Mutter. Der Gedanke belustigte sie.

»Zwei Möglichkeiten«, wiederholte sie liebenswürdiger, als sie es beabsichtigt hatte.

Eine Andeutung von Erleichterung huschte über sein Gesicht. Vielleicht hatte er eine Szene erwartet. Aber bevor Liz darauf reagieren konnte, hatte er in sein gewohntes professionelles Verhalten zurückgefunden.

»Die erste Möglichkeit«, sagte er, »wäre die, Ihr Haus weiter zum Verkauf anzubieten und den Preis deutlich herabzusetzen.«

Natürlich, dachte Liz. Jeder Idiot hätte mir das sagen können.

»Um wieviel etwa?« fragte sie höflich. »Realistisch gesprochen«, fügte sie sicherheitshalber hinzu und unterdrückte ein plötzlich aufsteigendes, völlig unpassendes Bedürfnis loszukichern. Diese Unterhaltung war absurd. Als nächstes würde sie sagen: Legen wir doch die Karten offen auf den Tisch, oder: Wie können wir das Geld am besten durchbringen... Nimm dich zusammen, befahl sie sich streng. Das hier ist ernst.

»Fünfzigtausend Pfund. Wenigstens.«

Schockiert fuhr Liz auf. Das Kichern verging ihr; sie fühlte sich rot werden. Kein Wunder, daß dieser hübsche Junge so ernst dreinschaute. Er machte sich angesichts ihrer Situation größere Sorgen als sie. Und er hatte ja recht, sie war besorgniserregend.

»Wir sind doch schon zwanzigtausend runtergegangen«, sagte sie und bemerkte leicht entsetzt, daß ihre Stimme zitterte. »Damit sind wir bei weniger als der Hypothek.«

»Ich weiß.« Er schaute auf die Papiere, die auf seinem Schreibtisch lagen. »Ich fürchte, daß der Markt seit Ihrem Kauf stark nachgegeben hat.«

»So stark nun auch wieder nicht. Das kann ja gar nicht sein.« Jetzt machte sie sich plötzlich Sorgen und wurde aggressiv. Natürlich hatte sie die Überschriften in den Zeitungen gelesen. Aber sie hatte sie immer überlesen; nicht geglaubt, daß sie wichtig für sie wären. Sie hatte das Gerede von Freunden gemieden, von denen einige überängstlich, andere selbstgefällig triumphierend gewesen waren. Der Immobilienmarkt hin, der Immobilienmarkt her. Um Himmels willen! Was für ein blödes Wort: *Der Immobilienmarkt*... Sie mußte an Marktstände denken, vollgestopft mit Reihen winziger Häuser, und um jeden Schornstein hing ein Preisschild.

»Wir können es nicht so billig verkaufen«, fügte sie hinzu. Sie fühlte, daß ihr Gesicht noch heißer wurde. »Wir können es einfach nicht. Dann hätten wir nicht genug für die Bank, und wir haben die Hypothek für die Privatschule nur unter der Bedingung bekommen, daß wir das Haus verkaufen. Damals haben sich ein paar Leute dafür interessiert; sie haben uns sogar ein Angebot gemacht.« Sie unterbrach sich. Sie fühlte Scham in sich aufsteigen. Wieviel älter als dieser junge Mann war sie eigentlich? Und hier saß sie und breitete all ihre Geldsorgen aus; schaute zu ihm auf, als hätte er eine Antwort.

Aber er sah ganz und gar nicht so aus. Angespannt machte er sich mit den Papieren auf seinem Schreibtisch zu schaffen; er vermied es, sie anzuschauen. »Ich bin überzeugt davon, daß wir in einer realistischen Zeitspanne zu einem Abschluß kommen, wenn Sie den Verkaufspreis um die von mir vorgeschlagene Summe senken«, sagte er. Es klang so, als lese er den Satz von einem Teleprompter ab.

»Ja, aber wir brauchen doch mehr Geld!« rief Liz. »Wir müssen eine Hypothek abzahlen. Und jetzt haben wir ein Geschäft am Hals. Und was ist überhaupt eine realistische Zeitspanne?« Sie bemerkte ihren Fehler zu spät. Der Makler hob den Kopf und sah sehr erleichtert aus; ihm war eine Frage gestellt worden, die er beantworten konnte.

»Nun ja, diese Dinge brauchen immer eine gewisse Zeit«, erläuterte er. »Wir bieten das Haus neu an, streichen den niedrigeren Preis heraus, wenden uns an eine andere Klientel.«

Während er weiter psalmodierte und glücklich die Vorzüge der lokalen Werbung und der Farbfotografie herausstrich, schaute Liz herum. Sie war plötzlich erschöpft, besorgt und von Angst erfüllt. Ihr wurde klar, daß sie den Verkauf des Hauses nicht ernst genug genommen hatte. Als die ersten Interessenten weggefahren waren, hatte sie sich fast darüber gefreut. Sie konnte die Vorstellung, daß Fremde ihr Badezimmer, ihre Küche benutzten und in ihrem Garten ein Sonnenbad nahmen, kaum ertragen. Dabei hatte sie die ganze Sache ins Rollen gebracht.

Natürlich konnte Jonathan das nicht verstehen. Vor mehreren Monaten war sie eines Nachts beim Gedanken, aus dem Haus ausziehen zu müssen, weinend zusammengebrochen, und er hatte sie sehr überrascht angestarrt.

»Aber du hast das alles doch gewollt«, hatte er fast schreiend gesagt. »Es war doch deine Idee, die Schule zu kaufen.«

»Das weiß ich«, hatte sie unter Tränen gejammert. »Aber ich will trotzdem nicht ausziehen.« Er hatte sie ein paar Sekunden lang verblüfft angeschaut, dann hatte sich sein Ausdruck geändert.

»Also gut, Darling, dann ziehen wir eben nicht aus.« Seine Stimme hatte plötzlich sicher geklungen, er hatte ihr Kinn gehoben und ihr in die verweinten Augen geschaut; es war die perfekte Szene aus einem Film der vierziger Jahre gewesen. »Wir bleiben hier. Wir bleiben hier, wo wir glücklich sind. Morgen rufe ich den Notar an.«

»Ach Jonathan, warum bist du so dumm!« Ungeduldig hatte sie den Kopf bewegt, um ihr Kinn frei zu bekommen. Sie hatte sich die Nase an der Hand abgewischt und war sich verzweifelt durchs Haar gefahren. Wieder waren ihr Tränen über die Wangen gelaufen. »Du wirst niemals auch nur irgendwas verstehen. Natürlich bleiben wir nicht hier.« Sie hatte tief aufgeseufzt, war aufgestanden und hatte das Fenster geschlossen. Als sie zum Bett zurückkam, hatte sich Jonathan auf die andere Seite gedreht, nicht aus Ablehnung, dessen war sie sich ganz sicher, sondern aus völliger Verwirrtheit. Und ihr war klargeworden, daß sie wirklich nicht fair war. Jonathan war von Natur aus vorsichtig – und natürlich ohne jeden Ehrgeiz. Sie hatte lange gebraucht, um ihn für dieses Unternehmen zu begeistern. Und jetzt flennte sie ihm was vor und machte ihm unnötige Sorgen.

»Es tut mir wirklich leid«, hatte sie gesagt, seine Hand genommen und gesehen, daß sich seine Schultern entspannten. »Ich bin einfach müde.«

Nach jener Nacht war sie ins andere Extrem verfallen; sie strahlte Fröhlichkeit und eine positive Haltung aus, die ihnen durch das Holterdipolter des Umzuges hindurchhalf, die ihnen das Einleben in die schäbige kleine Wohnung leichter machte, die ihnen beim Übergang aus der Sicherheit in die prekäre Unsicherheit half. Sie war diejenige, die lächelte, Umzugskisten öffnete und unter fröhlicher Mißachtung von Melodien und

Texten Beatleslieder sang, während Jonathan ängstlich durch die kleinen, staubigen Räume ihrer neuen Wohnung ging und Steckdosen suchte und Alice düster und schweigsam herumschlurfte wie ein typischer Teenager. Liz war die Starke gewesen, die Zuversichtliche. Aber jetzt schien die Zuversicht sich geschickt davongemacht zu haben, als hätte sie in diesem frisch rasierten Makler mit der monotonen Stimme einen zu starken Widersacher erkannt.

»Eine gute Innenausstattung ist enorm hilfreich«, sagte er, als Liz seinen Worten wieder folgen konnte. »Die Konkurrenz ist riesengroß; es gibt Häuser mit Jacuzzi-Badezimmern; mit Wintergärten...« Er blickte sie erwartungsvoll an. »Planen Sie vielleicht, eine Massagestrahl-Dusche einzubauen? Das könnte helfen, Käufer anzulocken.«

»Statt den Preis zu senken?« fragte Liz und schöpfte neue Hoffnung. »Na ja, warum eigentlich nicht.«

»Zusätzlich zur Preissenkung natürlich«, sagte der Makler in beinahe amüsiertem Tonfall. Dieser Tonfall berührte einen wunden Punkt bei ihr.

»Sie meinen im Ernst, daß wir den Preis senken *und* eine neue Dusche installieren sollen?« Sie hörte, daß ihre Stimme schrill klang; spürte, daß ihr Gesicht den empörten Ausdruck annahm, den sie normalerweise ihren allernachlässigsten Schülern vorbehielt. »Sind Sie sich darüber im klaren«, fügte sie langsam und deutlich hinzu, als ob sie mit einer Klasse von schmollenden Schulabgängern redete, »daß wir unser Haus verkaufen, weil wir das Geld wirklich brauchen? Daß wir nicht in einer winzigen Wohnung leben, weil wir das *wollen*, sondern weil wir das *müssen*?« Sie fühlte, wie sie in Fahrt kam. »Und Sie sagen mir, daß wir – nur weil Sie nicht in der Lage waren, unser Haus zu verkaufen – eine neue Dusche für Gott weiß wieviel einbauen und außerdem den Preis um – wieviel noch mal? – fünfzigtausend? um fünfzigtausend Pfund senken sollen! Haben Sie überhaupt eine Ahnung, wie hoch unsere Hypothek ist?«

»Nun, damit befinden Sie sich leider in einer nicht ungewöhnlichen Lage«, sagte der junge Mann schnell. »Die meisten unserer Klienten befinden sich in einer mißlichen finanziellen Situation.«

»Ich fürchte, daß ich mich einen Dreck für Ihre anderen Klienten interessiere. Warum sollte ich auch?« Während sie ihre immer lauter werdende Stimme hörte, entschied Liz, Jonathan nicht zu erzählen, daß sie den Makler angebrüllt hatte. Er würde sich nur ärgern und noch besorgter sein. Vielleicht würde er sogar anrufen und sich entschuldigen. Der Gedanke an die Feigheit ihres Mannes brachte sie noch mehr auf. »Wir haben unser Haus vor fast einem Jahr zum Verkauf freigegeben«, schrie sie. »Ist Ihnen das eigentlich klar? Wenn Sie es verkauft hätten, müßten wir uns jetzt nicht über neue Duschen unterhalten. Dann würden wir den Verkaufspreis nicht so lächerlich herabsetzen. Dann hätten wir unsere Hypothek bezahlt und alles wäre in Ordnung.«

»Mrs. Chambers, der Immobilienmarkt...«

»Der Immobilienmarkt kann mich mal!«

»Hört, hört!« ließ sich plötzlich eine wohlklingende, entspannte Stimme vernehmen. Der Makler zwang sich zu lächeln. Liz, die noch nicht fertig war, holte tief Luft und schaute sich um. In der Tür stand ein Mann in einer Tweedjacke, er hatte dunkelbraune Augen mit Lachfältchen und grinste vergnügt. Während Liz ihn musterte, lehnte er sich bequem an den Türrahmen. Er sah völlig entspannt aus; gewandt und zuversichtlich, ganz anders als der junge Makler, der angefangen hatte, nervös die Papiere auf seinem Schreibtisch zurechtzuschieben. Der Mann in der Tweedjacke ignorierte ihn vollständig.

»Bitte fahren Sie fort«, sagte er und lächelte Liz an. »Ich will Sie nicht unterbrechen. Sie sagten gerade etwas – über den Immobilienmarkt?«

Jonathan Chambers saß am Fenster in dem ungemütlichen kleinen Büro der Silchester-Privatschule und arbeitete sich durch die Buchführung des letzten Jahres hindurch. Miss Hapland, die Vorbesitzerin, hatte die Buchführung dreißig Jahre lang immer eigenwilliger gestaltet. In den Monaten seit ihrem Tod hatte sich ein Neffe dieser Arbeit angenommen, bis das College verkauft worden war, und jetzt wirkte alles noch undurchsichtiger als zuvor schon.

Jonathan zog die Stirn kraus, blätterte um und zog unwillkürlich eine Grimasse, als er auf die Reihen von Zahlen blickte. Es war eine langweilige und schwierige Aufgabe, in die er sich, seit sie die Privatschule im Sommer übernommen hatten, in gewissen Zeitabständen immer wieder vergrub. Er konzentrierte sich auf die Ziffern und versuchte den Sonnenstrahl zu übersehen, der verführerisch auf dem Papier vor ihm lag. Es war der ideale Nachmittag für einen Spaziergang oder eine Fahrradfahrt – und die Verführung, aufzugeben und nach draußen zu gehen, war riesengroß. Aber er hatte Liz versprochen, daß er heute Ordnung schaffen würde, und es wäre nicht fair, sie zu enttäuschen. Nicht jetzt, da sie die anstrengenden Einkäufe erledigen und Witherstone wegen des Hauses zur Rede stellen wollte.

Er fragte sich, wie sie wohl zurechtkam. Plötzlich sah er das lächelnde Gesicht eines Maklers vor sich. *Ja, Mrs. Chambers, ich wollte Sie heute anrufen. Gestern haben wir ein Angebot für das Haus bekommen. Die Käufer würden den Vertrag gern so schnell wie möglich unterzeichnen.* Was für eine Vorstellung! Soviel er wußte, hatte sich in den letzten Wochen kein einziger Interessent die Mühe gemacht, das Haus auch nur anzuschauen. Geschweige denn, ein Angebot zu machen. Niemand war daran interessiert. Es würde weiterhin unverkauft bleiben. Mit einer Hypothek belastet und unverkauft. Jonathan spürte, daß es ihm kalt den Rücken herunterlief.

Sie hatten nur unter der Bedingung eine große Hypothek für

die Privatschule aufnehmen können, daß ihr Haus innerhalb der nächsten Monate verkauft würde; daß sie bald in der Lage wären, eine Hypothek komplett abzubezahlen. Statt dessen hatten sie jetzt zwei am Hals. Ihre Schulden waren schwindelerregend hoch. Manchmal schaffte Jonathan es kaum, die Kontoauszüge durchzusehen; die Rückzahlungen fraßen ein riesiges Loch in ihr monatliches Budget und verkleinerten den Schuldenberg nur unmerklich.

Zu Beginn des ganzen Unternehmens war es ihm nie in den Sinn gekommen, daß diese Situation eintreten könnte; daß sie die Privatschule gekauft, ihr Haus aber noch nicht verkauft haben könnten. Sie hatten fest mit dem Hausverkauf gerechnet, hatten sich sogar Sorgen gemacht, daß es zu schnell verkauft würde, bevor sie in der Lage wären, auszuziehen. Sobald sie sich entschlossen hatten, die Privatschule zu kaufen, hatten sie ihr Haus zum Verkauf angeboten. Und wenige Wochen später war ein Angebot gekommen, von einem jungen Ehepaar, das ein Kleinkind hatte und ein zweites erwartete. Es war ein gutes Angebot gewesen; sie hätten die Hypothek tilgen können und noch einen guten Batzen übergehabt. Aber sie hatten gezögert. Zu dem Zeitpunkt waren sie nicht sicher gewesen, ob sie tatsächlich genug Geld aufbringen könnten, um die Privatschule zu kaufen. War es klug, das Haus vorzeitig zu verkaufen? Jonathan war nicht sicher gewesen, was das richtige wäre; Liz fand, sie sollten warten, bis sie Genaueres wüßten. Deshalb hatte Jonathan die Interessenten eine Woche lange vertröstet, und während dieser Zeit hatte das junge Paar ein anderes Haus gefunden.

Rückblickend mußte er sich sagen, daß sie natürlich sofort hätten zugreifen sollen. Aber wie hätten sie das wissen sollen? Wie hätten sie ahnen können, daß es so wenige Interessenten für ihr Haus gab? Er versuchte, philosophisch mit ihrem Dilemma umzugehen. »Irgendwann wird das Haus schon verkauft werden«, sagte er Liz oft und versuchte sich selbst damit ebenso zu überzeugen wie sie. »Ganz bestimmt. Wir brauchen ja nur einen Interessenten. Nicht zwanzig. Nur einen.«

»Wir brauchen nur einen, und der befindet sich in polizeilichem Gewahrsam«, hatte er einmal zu witzeln versucht, aber Liz war nicht mehr in der Lage, über Witze zu lachen. Für sie schien der Hausverkauf während der letzten Monate eine neue Bedeutung gewonnen zu haben. Es ging nicht nur um das Geld. In ihrem Kopf hing der ganze Erfolg des neuen Unternehmens damit zusammen. Kurz vor Beginn des Herbstsemesters hatte sie darauf bestanden, das Haus zu räumen und in die Privatschule zu ziehen, so wie sie es immer geplant hatten. Sie war fast abergläubisch geworden. »Wenn wir es jetzt nicht tun, dann geben wir unser Scheitern zu«, hatte sie gejammert, als Jonathan geäußert hatte, seiner Meinung nach sei es gar nicht so schlecht, wenn sie noch im Haus blieben, solange sie sich in die neue Arbeit eingewöhnen müßten. »Wir müssen uns an den Plan halten. Wir *müssen* einfach.« Jonathan hatte versucht, darauf hinzuweisen, daß der Plan auf der Voraussetzung basiert hatte, daß ihr Haus zu diesem Zeitpunkt bereits verkauft wäre. Aber Liz war hartnäckig geblieben, obwohl sie das Haus mehr liebte als die beiden anderen.

Sie hatte einen fatalistischen Zug an sich, den Jonathan hin und wieder geradezu beunruhigend fand. Aber die Erfahrung hatte ihn gelehrt, daß in solchen Fällen vernünftiges Argumentieren zu nichts führte. Also waren sie in die kleine Wohnung über der Privatschule gezogen, und jetzt stand das Haus leer und wartete darauf, verkauft zu werden. Liz war während der Tage seit dem Umzug fast manisch fröhlich gewesen, als wollte sie sich und allen anderen beweisen, daß sie das Richtige getan hatten; Jonathan fürchtete sich schon vor dem Stimmungsumschwung, der ganz bestimmt kommen würde.

Er selbst war sich ganz und gar nicht klar darüber, ob sie das Richtige getan hatten oder nicht. Sie hatten beide ihre feste Lehreranstellung aufgegeben, ein bequemes Leben und eine sichere Zukunft, um sich in ein Unternehmen zu stürzen, das, wenn es auch nicht gerade auf dem absteigenden Ast saß, bestimmt bessere Zeiten gesehen hatte. Wenn Liz recht hatte, würden sie die Privatschule leicht zu neuem Leben, zu Wachstum und Profit bringen. Wenn Jonathan mit seiner zeitweisen Schwarzseherei recht hatte, war es geradezu idiotisch von ihnen, sich ohne jegliche Erfahrung im Geschäftsleben in solch ein Unternehmen zu stürzen. Aber seit sie umgezogen waren, hatte er Liz seine schweren Bedenken nur einmal mitgeteilt. Sie hatte feindselig reagiert, als hätte er sie beschuldigt, für den drohenden Ruin verantwortlich zu sein; als machte er sie für ein Desaster verantwortlich, das noch gar nicht eingetreten war.

»Um Himmels willen, Jonathan«, hatte sie geschrien, »warum bist du so negativ? Du wolltest doch diese Schule auch kaufen, oder etwa nicht?«

»Natürlich wollte ich...«

»Und jetzt tust du nichts, als dir Sorgen zu machen wegen des Geldes. O Gott!« Liz hatte der Kiste, die sie gerade auspackte, einen kleinen Tritt versetzt. »Das ist alles schwer genug, auch wenn du nicht andauernd unglücklich bist.«

Und deshalb hatte Jonathan es verschoben, ihr mitzuteilen, daß er noch einen Extrakredit würde aufnehmen müssen. Der erste Kredit war fast aufgebraucht, und sie hatten immer noch nicht alles bestellt, was sie brauchten. Und sie brauchten Geld für den Semesterbeginn. Sie brauchten einen kleinen Extraposten für Notfälle. Fünftausend Pfund wären genug. Oder besser zehntausend, um ganz sicherzugehen.

Die Bank hatte sofort zugestimmt und im selben Brief äußerst liebenswürdig darauf hingewiesen, daß der Zinssatz für diesen Kredit, wie Mr. Chambers sicherlich verstünde, höher sein müsse als der für den vorigen. *Wir vertrauen zwar darauf, daß Sie in der Lage sein werden, diesen Kredit zurückzuzahlen, weisen Sie aber darauf hin, daß Sie jetzt sehr viel höher belastet sind, als ursprünglich vereinbart. Wir stellen mit Besorgnis fest, daß Sie immer noch zwei Hypotheken abzutragen haben. Vielleicht sind Sie so freundlich und benachrichtigen uns, wann der Verkauf Ihres Hauses in der Russell Street ansteht?*

Jonathan umklammerte seinen Stift fester und starrte aus dem Fenster. Wenn er das nur könnte. Wenn er dieses Haus nur ein für allemal loswerden könnte.

Liz fühlte, wie ihre Wangen immer heißer brannten. Der junge Makler und der ältere Mann schauten sie an und erwarteten offenbar, daß sie ihren Ausbruch erklären würde. Sie warf dem nervösen jungen Makler einen Blick zu, aber er starrte nur verdrießlich vor sich hin. Sie mußte etwas sagen.

Sie lächelte den Mann an der Tür beschämt an. »Es tut mir leid, daß ich etwas laut geworden bin«, sagte sie.

»Es braucht Ihnen gar nichts leid zu tun«, rief der Mann. »Zum Teufel mit dem Immobilienmarkt! Ich bin voll und ganz Ihrer Meinung. Was sagst du dazu, Nigel?«

»Nun ja, vielleicht...« Der junge Makler fing vorsichtig zu lächeln an. »Zum Teufel damit!« Er begann zu lachen, unterbrach sich plötzlich und räusperte sich.

»Und jetzt«, sagte der Mann in der Tür, wandte sich an Liz und schenkte ihr ein liebenswürdiges Lächeln, »sagen Sie mir: Haben Sie einfach einer allgemeinen Stimmung Luft gemacht oder haben Sie etwas Bestimmtes gemeint?«

»Mrs. Chambers...«, begann Nigel.

»Kann uns selbst sagen, was sie gemeint hat«, unterbrach ihn der ältere Mann.

»Ja«, sagte Liz eilig. »Es tut mir leid, daß ich so wütend geworden bin, aber wirklich, es ist eine unmögliche Situation. Wir haben unser Haus vor zehn Monaten angeboten, und es ist bis heute noch nicht verkauft, und jetzt sind wir umgezogen und müssen das Haus wirklich verkaufen und...« Wie hieß der junge Mann noch mal? Ach ja, Nigel. »... Nigel sagt mir, daß wir den Preis um fünfzigtausend Pfund senken und eine Massagestrahl-Dusche einbauen müssen, um Käufer anzulocken. Aber wir können uns das einfach nicht leisten. Wir haben ein Unternehmen gekauft, verstehen Sie, und wir haben der Bank versprochen, daß wir die Hypothek für das Haus bis zum Ende des Sommers zurückzahlen. Jetzt haben wir September...« Sie streckte hilflos die Hände aus. Wenn Nigels wachsendes Unbehagen sie nicht abgelenkt hätte, wäre sie wahrscheinlich in Tränen ausgebrochen.

»Ich hab gesagt, daß...«, setzte Nigel an, sobald sie zu sprechen aufhörte. Der ältere Mann hob die Hand und unterbrach ihn.

»Wir kommen gleich zu der neuen Dusche, Nigel. Unter uns gesagt, ich finde die Dinger grauenhaft«, sagte er freundschaftlich zu Liz. »Als ob einem Nadeln in den Rücken gestochen werden. Mir ist ein schönes altmodisches Bad viel lieber.«

»Ich kenn diese Art Dusche überhaupt nicht«, gab Liz zu.

»Also wenn Sie mich fragen, vergessen Sie das Ganze einfach. Jetzt sagen Sie mir aber, was für eine Art Unternehmen haben Sie gekauft?«

»Die Silchester-Privatschule«, sagte Liz und konnte nicht verhindern, daß sie lächelte. Sie hatten doch tatsächlich eine Schule gekauft. Sie waren die Besitzer eines Unternehmens. Sie fand es immer noch aufregend, davon zu sprechen, die Reaktion anderer Leute zu beobachten. Diesmal fiel sie sogar besonders positiv aus.

»Nein! Wirklich?« Der amüsierte Ausdruck auf dem Gesicht des Mannes wich einer entwaffnenden, echten Begeisterung, und er schaute Liz interessiert an. »Ich wurde dort mit Wissen geradezu gemästet. Herrlicher Ort.« Er machte eine Pause. »Aber was sag ich da eigentlich? Ich hab es dennoch nicht geschafft. Und ich bin ganz sicher, daß es mein Fehler war. Ich war ein hoffnungsloser Fall.« Er lächelte leicht wehmütig. »Ich hatte Englisch bei Miss Hapland persönlich. Ich glaub, sie hat mich am Schluß gehaßt.«

»Sie ist tot«, sagte Liz vorsichtig.

»Ach wirklich?« Sein Lächeln erlosch. »Wahrscheinlich ist das ganz normal. Als sie mich unterrichtete, sah sie auch schon ganz schön alt aus.«

»Sie ist erst voriges Jahr gestorben«, sagte Liz. »Deshalb war die Schule zu kaufen.«

»Und Sie haben sie gekauft. Das ist ja herrlich. Ich bin ganz sicher, daß Sie viel bessere Schüler haben werden, als ich einer war.«

»Aber Sie haben einen Universitätsabschluß. Sie sind ein qualifizierter Baugutachter«, bemerkte Nigel, der sich in seinem Stuhl zurücklehnte und finster zur Decke starrte. Eine Wolke schob sich vor die Sonne; plötzlich wirkte der Raum kälter und dunkler.

»Ach ja, irgendwann hab ich ein paar Examen gemacht«, sagte der ältere Mann ungeduldig. »Aber das hat nichts damit zu tun. Das Problem ist: Was können wir mit Ihrem Haus anfangen? Wo steht es ganz genau?«

»In der Russel Street«, sagte Liz.

»Ach ja«, sagte er. »Ich weiß schon. Schöne Familienhäuser. Hat es einen Garten?« Liz nickte.

»Also, nach allem, was ich gehört habe, scheint es mir das beste zu sein, Ihr Haus eine Zeitlang zu vermieten, nur bis sich der Grundstücksmarkt erholt hat. Zahlen Sie die Hypothek regelmäßig ab?« Liz nickte. »Also dann«, sagte er lächelnd, »sollte die Miete wenigstens einen Teil Ihrer monatlichen Rate abdecken. Vielleicht die ganze, mit ein bißchen Glück!«

»Meinen Sie wirklich?« sagte Liz und fühlte einen Funken Hoffnung in sich aufsteigen.

»Und es gibt zur Zeit genügend mögliche Mieter, ganz besonders für ein schönes Haus in guter Lage.« Er schenkte ihr ein freundliches Lächeln, und Liz war gerührt, als hätte sein Kompliment ihr selbst gegolten. »Wir können alle Formalitäten hier erledigen; wir setzen einen kurzfristigen Mietvertrag auf und versuchen dann zu gegebener Zeit wieder, das Haus zu verkaufen. Ich würde allerdings nicht so weit gehen, noch eine Massagestrahl-Dusche einzubauen«, sagte er und warf ihr einen fast unmerklich amüsierten Blick zu. *Dieser Idiot Nigel kann uns mal,* sagte sein Blick, und Liz fühlte sich geradezu lächerlich froh.

»Ich habe den Einbau einer neuen Dusche nur im Zusammenhang mit meiner erstgenannten Option vorgeschlagen«, sagte Nigel und wagte es nicht, den verteidigenden Tonfall anzuschlagen, nach dem ihm eigentlich war. »Ich wollte gerade auf die Möglichkeit einer Vermietung zu sprechen kommen.«

»Nun, das hätten Sie ruhig als erstes vorschlagen können«, sagte der ältere Mann kurz. Nigel zuckte leicht zusammen, und Liz fragte sich zum erstenmal, wer dieser Mann eigentlich war. Ganz bestimmt ein hohes Tier. Er wandte sich wieder an Liz und sagte: »Es kann sein, daß ich Leute kenne, die an dem Haus interessiert wären. Ein ganz süßes Mädchen und ihr Mann. Sie macht die PR für uns – ich meine Ginny Prentice«, sagte er zu Nigel, der nickte. »Ein bezauberndes Mädchen, ihr Mann ist Schauspieler. Ich bin ganz sicher, daß sie etwas in dieser Gegend gesucht hat. Ihr Haus wäre ideal für die beiden.«

»Mein Gott, das wäre ja herrlich«, sagte Liz. »Aber ich bin nicht ganz sicher, was das Vermieten angeht. Wir sollten das Haus verkaufen, um unsere Hypothek tilgen zu können. Es gefällt der Bank wahrscheinlich nicht, daß wir zur Zeit zwei Hypotheken laufen haben.« Sie schaute ihn bittend an und hoffte, er würde ein zweites Kaninchen aus dem Zylinder ziehen. Er blickte sie nachdenklich an. Einen Augenblick lang herrschte Stille.

»Bei wem haben Sie die Hypothek?« fragte er plötzlich.

»Brown and Brentford.«

»In der Silchester Street?«

»Ja.« Wieder herrschte eine kurze Stille. Nigel blickte sehr mißbilligend auf.

»Ich schau mal, was da zu machen ist«, sagte der Mann. »Ich kann natürlich nichts versprechen. Aber ich versuch es.« Er sah sie freundlich an, und Liz hatte das Gefühl, ganz und gar von Dankbarkeit ausgefüllt zu sein. Sie bedauerte, daß sie sich nicht die Mühe gemacht hatte, ihre Kontaktlinsen einzusetzen. Dann schaute der Mann plötzlich auf die Uhr. »Oje, ich muß weg. Tut mir leid, Sie hören von mir. Nigel sagt mir alles Nötige.« Er schenkte ihr noch ein kleines verschwörerisches Lächeln.

»Einen Augenblick!« rief Liz und fand, daß ihre Stimme unangenehm schrill klang. »Ich weiß ja gar nicht, wie Sie heißen!« Er sah amüsiert aus.

»Ich heiße Marcus«, sagte er. »Marcus Witherstone.«

Als Marcus den Korridor entlang zu seinem Büro ging, fühlte er sich sehr wohl. Es ist so einfach, Leuten zu helfen, dachte er; wirklich, nur eine kleine Anstrengung und man fühlte sich wunderbar. Eine bezaubernde Frau; sie war so rührend dankbar. Und es war eine passende Gelegenheit gewesen, diesen gräßlichen Nigel an seinen Platz zu verweisen. Marcus zog die Stirn kraus und öffnete die Tür zu seinem Büro. Sein Cousin Miles hatte Nigel angestellt – ihn von Eastons, dem zweiten Immobilienmakler in Silchester, abgeworben. Er hatte gesagt, Nigel sei ein junger, dynamischer Mensch. Na ja, vielleicht war er das. Aber auch die größte Dynamik konnte diese entsetzlich nasale Stimme und diesen selbstgefälligen Gesichtsausdruck nicht wettmachen.

Nigel gehörte zu den unvergänglichen Zankäpfeln zwischen Marcus und Miles. Erst an diesem Morgen hatte Marcus völlig umsonst eine halbe Stunde lang versucht, Miles davon zu überzeugen, daß sie auch im Ausland Immobilien vermitteln sollten. Vielleicht eine Zweigstelle in Südfrankreich eröffnen oder in Spanien.

»All die großen Tiere machen das«, sagte er und wedelte mit ein paar Hochglanzbroschüren vor Miles Nase herum. »Schau mal. Villen, die eine halbe Million oder eine Million wert sind. In solche Geschäfte sollten wir einsteigen.«

»Marcus«, sagte Miles mit der trockenen, bedächtigen Stimme, die er schon von klein auf hatte, »was weißt du über französische Immobilien?«

»Ich weiß, daß wir unbedingt in diesen Markt einsteigen sollten«, wiederholte Marcus voller Überzeugung. »Ich fahre hin, knüpf ein paar Kontakte, mach mich mit dem dortigen Markt vertraut, du weißt schon wie.«

»Ich halte das für eine schlechte Idee«, sagte Miles mit fester Stimme. Er sprach ganz ähnlich wie damals, als er sieben Jahre alt gewesen war und Marcus ihn hatte verführen wollen, aus dem Fenster des großelterlichen Hauses zu klettern und in der Dorfkneipe Coke und Kartoffelchips zu kaufen, spätabends, als die Großeltern schon schliefen. Er war schon damals ein Schisser, dachte Marcus verärgert. Und nur weil er drei Jahre älter war, stellte er für Marcus eine Autorität dar, die keiner von beiden jemals abschütteln konnte. Obwohl sie im Berufsleben gleichberechtigte Partner waren.

Ärgerlich starrte er Miles an, der in seinem Anzug mit Weste so lächerlich altmodisch aussah und wie immer an seiner dummen Pfeife saugte.

»Miles, du lebst nicht in der Realität«, sagte er. »Expansion ist das A und O in unserem Beruf. Diversifikation.«

»In Gebiete hinein, von denen wir überhaupt keine Ahnung haben? Und was ist, wenn wir auf die Nase fallen?« Miles nahm die Brille ab und putzte sie mit seinem Taschentuch. »Ich glaube, du bist derjenige, der nicht in der wirklichen Welt lebt, Marcus.« Er sprach freundlich, und Marcus fühlte, wie ihm mehrere scharfe Erwiderungen einfielen. Aber er hielt den Mund. Wenn es etwas gab, das Miles nicht tolerieren konnte, dann war es Familienstreit im Büro. »Ich finde, daß zur Zeit das genaue Gegenteil angesagt ist, nämlich Konsolidierung«, fuhr Miles fort. Er setzte die Brille wieder auf und lächelte Marcus an. »Wenn du nach Frankreich fahren willst, warum machst du nicht einfach Ferien dort?«

Jetzt schaute Marcus betrübt die Hochglanzprospekte auf seinem Schreibtisch an, die ihn mit Fotografien von leuchtendblauem Himmel, Schwimmbädern, Bougainvilleabüschen lockten. Daneben lagen seine eigenen Notizen: *Witherstone im Ausland. Ein Wochenende in Südfrankreich mit Witherstone.* Er hatte nicht einmal die Chance gehabt, Miles seine Slogans zu zeigen. Aber das machte nichts. Er öffnete die oberste Schreibtischschublade und schob die Prospekte hinein. Vielleicht würde er in einem halben Jahr die Rede noch mal darauf bringen. Jetzt mußte er gehen. Er schaute auf die Uhr. Es war schon zwanzig nach fünf, und er hatte versprochen, Anthea und die Kinder um halb sechs vor der Bibliothek abzuholen.

Eilig sah er die gelben Notizzettel auf seinem Schreibtisch durch. Das muß einfach alles bis morgen warten, dachte er, nahm seine Aktentasche, stopfte ein paar Papiere hinein. Aber während er die Mitteilungen mechanisch überflog, erregte eine seine Aufmerksamkeit. Er starrte sie eine Minute lang an, blickte sich um, als fürchtete er, beobachtet zu werden, und setzte sich schließlich auf seinen Drehstuhl, von dem aus er die Notiz besser sehen konnte, ohne sie anfassen zu müssen. Sie war mit derselben unschuldigen, runden Handschrift geschrieben wie all die anderen, mit der türkisen Tinte, die das Markenzeichen von Suzy, seiner Sekretärin, war. Der Zettel lag ruhig zwischen einer Bitte um Details über kleine Landhäuser, für die sich ein japanischer Geschäftsmann interessierte, und einer abgesagten Verabredung für einen Lunch. Und die Mitteilung war ungewöhnlich kurz. *Können Sie bitte Leo Francis anrufen, Telefon: 879560.*

Marcus sah auf die Uhr. Scheiße. Fast fünf vor halb. Anthea stand vielleicht schon mit den Jungen vor der Bibliothek und überlegte im lauten Selbstgespräch, ob Papa womöglich vergessen habe, rechtzeitig aufzubrechen. Er schaute eine quälende Sekunde lang das Telefon an. Wie auch immer, je länger er hier saß, desto später würde es werden. Aber der Gedanke, die Sache unerledigt zu lassen, den ganzen Abend lang überlegen zu müssen, ob Leo deshalb angerufen hatte oder aus einem anderen, vollkommen harmlosen Grund; Antheas Geplauder zuhören zu müssen, während er insgeheim aufs äußerste angespannt war – dieser Gedanke erschien ihm unerträglich. Er atmete tief ein, nahm den Hörer von der Gabel und wählte die Nummer.

»Francis, Frank und Maloney.«

»Kann ich Leo Francis sprechen, bitte.« Großer Gott, seine Stimme zitterte ja.

»Es tut mir leid, Mr. Francis ist schon gegangen. Kann ich etwas ausrichten?« Marcus starrte das Telefon einen Augenblick an. Leo war nicht mehr da. Er mußte sich bis morgen gedulden. Wie eine Woge glitt eine plötzliche Erleichterung durch seinen Körper.

»Richten Sie ihm nur aus, daß Marcus Witherstone angerufen hat«, sagte er und legte auf. Scheiße. Eine Riesenscheiße. Auf was ließ er sich da ein?

Mit leicht zitternden Fingern schloß er seine Aktentasche, nahm den Zettel mit Leos Nummer, faltete ihn zusammen und schob ihn in die Brusttasche seiner Jacke. Er würde ihn zu Hause in den Abfalleimer werfen. Aber warum zum Teufel durfte keine Mitteilung von Leo auf seinem Schreibtisch liegen? Leo war schließlich ein bekannter Rechtsanwalt, mit dem Witherstone oft zusammengearbeitet hatte. Du bist drauf und dran, paranoid zu werden, sagte er sich, als er die Bürotür schloß. Außerdem hatte er noch gar nicht mit Leo gesprochen. Er konnte es sich immer noch anders überlegen.

Jetzt hatte er sich etwas beruhigt; er fuhr sich mit den Fingern durchs Haar, wünschte den noch anwesenden Angestellten fröhlich einen schönen Abend, blätterte kurz einen Stapel Papiere durch. Draußen rannte er fast in eine Frau hinein, die ihr Fahrrad vom Geländer im Hof losschloß.

»Oh, hallo!« sagte sie und lächelte ihm etwas schüchtern zu. »Ich wollte mich nur noch mal bei Ihnen bedanken.«

Marcus schloß seinen Mercedes auf und schaute sich zu ihr um. Natürlich. Es war die Frau aus Nigels Büro. Sie blickte ihn mit geradezu rührender Dankbarkeit an und schob sich ein paar dunkle Locken aus dem Gesicht.

»Nicht der Rede wert«, erwiderte er charmant und sehr professionell.

»Doch, doch«, beharrte sie. »Es war schrecklich nett von Ihnen, so Anteil zu nehmen. Und ich hatte keine Ahnung, wer Sie sind«, fügte sie hinzu und schaute zu dem beleuchteten »Witherstone & Co.« über dem Büroeingang. »Ich bin sicher, daß Sie sich normalerweise nicht so mit den Problemen Ihrer Klienten befassen.«

Marcus zuckte entwaffnend die Schultern. »Ich bin einfach ein Immobilienmakler, genau wie alle anderen auch.«

»Nein. Sie sind völlig anders als andere Makler!« Marcus mußte lachen.

»Das ist so ungefähr das größte Kompliment, das Sie mir machen können. Aber sagen Sie das bitte niemandem.«

»Okay«, sagte sie grinsend und schob ihr Fahrrad auf die Straße. »Auf Wiedersehen und nochmals vielen Dank!«

Marcus lächelte immer noch, als er sich in seinen Wagen setzte. Es zeigte sich immer wieder, daß Leute wie Nigel, wie schlau und talentiert sie auch sein mochten, bei den Kunden einfach nicht beliebt waren. Er nahm sich vor, die ganze kleine Geschichte beim nächsten wöchentlichen Meeting zu erzählen, inklusive der Bemerkung der Klientin, daß er, Marcus, ganz anders sei als die meisten Makler. Auch wenn Miles sich grün ärgern würde, ganz zu schweigen von seinem kostbaren Schützling. »Ich habe mich entschlossen, Nigel«, würde er mit freundlicher Stimme sagen, »die weitere Abwicklung dieses Falles selbst zu übernehmen. Ich bin nicht davon überzeugt, daß Sie bei dieser Klientin den richtigen Ton angeschlagen haben. Wir können es uns nicht erlauben, daß sich unsere Klienten so sehr aufregen.« Er mußte grinsen. Das war genau die Rüge, die er vor Jahren von Miles bekommen hatte, als er diesem ekelhaften alten Ehepaar gesagt hatte, sie könnten ihr Haus unmöglich verkaufen, weil es darin abscheulich muffele. Es würde ihn außerordentlich befriedigen zu sehen, was Miles für ein Gesicht zog, wenn er wortwörtlich dasselbe zu Nigel sagte. Und das allerbeste war, daß Miles dermaßen hochtrabende Vorstellungen von Familienloyalität hatte und brüderliche Einigkeit vor den Angestellten dermaßen wichtig nahm, daß er wahrscheinlich kein einziges Wort zu Nigels Verteidigung vorbringen würde.

Liz kam mit glänzenden Augen und einer Tüte voll Doughnuts zu Hause an.

»Höchste Zeit, einen Tee zu trinken«, sagte sie und gab Jonathan einen Kuß auf den Hinterkopf. »Höchste Zeit, die Arbeit zu beenden und einen Doughnut zu essen.«

»Ist alles gutgegangen?« fragte Jonathan und folgte ihr in die Küche. »Haben wir das Haus verkauft?« Liz füllte den Wasserkessel. Als sie sich umdrehte, sah er ihr triumphierendes Gesicht.

»Das brauchen wir nicht«, sagte sie. »Wir vermieten es.«

»Was?«

»Mit der Miete zahlen wir die monatliche Rate. Dann brauchen wir nichts dazuzulegen.«

»Wer sagt das? Der Makler?« Jonathan klang skeptisch und Liz schaute ihn ungeduldig an.

»Nicht irgendein Makler«, sagte sie. »Der alleroberste. Mr. Witherstone höchstpersönlich.«

»Wie will er das so genau wissen?« Liz starrte Jonathan an. »Kannst du nicht aufhören, Fragen zu stellen? Ehrlich gesagt hatte ich gehofft, daß du dich ein bißchen mehr freuen würdest.«

»Ich freue mich doch«, protestierte Jonathan, öffnete die Tüte und legte die Doughnuts auf eine Platte. »Das glaube ich wenigstens. Aber ich verstehe nicht ganz, wie das all unsere Probleme lösen soll. Ich denke doch, wir sollten das Haus verkaufen, um die Hypothek auf einen Schlag zu tilgen.«

»Aber das brauchen wir nicht, wenn wir regelmäßige Mieteinnahmen haben, oder?« sagte Liz ungeduldig. »Ich sehe das ungefähr so, daß wir dann gar keine Hypothek mehr haben.«

»Ich bin mir nicht sicher, ob die Bank das auch so sehen wird«, sagte Jonathan vorsichtig.

»Also, ich glaube, daß es darauf hinauslaufen wird«, sagte Liz triumphierend. »Mr. Witherstone wird mit ihnen reden.« Jonathan blickte überrascht auf.

»Liz, machst du Witze?«

»Nein, wirklich nicht.« Sie wurde rot. »Er hat gesagt, daß er mit ihnen reden will. Einfach ein paar Beziehungen spielen lassen, verstehst du?«

»Das kommt mir alles ziemlich komisch vor«, antwortete Jonathan. »Können wir nicht einfach weiter versuchen, das Haus zu verkaufen? Du weißt doch, wie hoch unsere Schulden alles in allem sind. Die Rückzahlungen für die Schule werden uns schwer genug fallen, ganz zu schweigen von dem Haus.«

»Verdammt noch mal, Jonathan! Es wird schon alles gutgehen! Mit den Mieteinnahmen decken wir die monatliche Rate, und weiter brauchen wir uns keine Sorgen zu machen.«

Ja, aber was ist, wenn die Miete niedriger ist als die Rate? wollte Jonathan sagen. Als er aber Liz' rotes Gesicht sah, schwieg er lieber. Der Wasserkessel fing an zu pfeifen, und Liz goß das siedende Wasser in die Teekanne.

»Egal wie«, sagte sie kämpferisch durch den aufsteigenden Dampf hindurch, »es muß einfach klappen. Sonst müssen wir nämlich den Verkaufspreis des Hauses um fünfzigtausend Pfund senken. Das haben sie jedenfalls gesagt. Nur so könnten wir das Haus zur Zeit verkaufen.«

»Was?« Jonathan fühlte sich plötzlich ganz schwach. »Fünfzigtausend? Das ist doch unmöglich.«

»Das haben sie gesagt«, wiederholte Liz. »Wenn wir darauf eingehen würden, könnten wir die Hypothek niemals zurückzahlen. Sie würde ewig wie eine dunkle Wolke über uns hängen.« Jonathan schaute sie an. Sie holte Tassen aus dem Schrank und vermied es, ihn anzuschauen.

»Du scheinst dir ja keine großen Sorgen zu machen«, sagte er, bemüht, nicht anklagend zu klingen.

»Vollkommen richtig«, antwortete Liz schnell. »Es wird schon alles gutgehen.«

»Und was ist, wenn dieser großartige Plan nicht aufgeht?« Jonathan ertrug es kaum, auch nur daran zu denken. Der zweite Kredit war beängstigend genug. Aber wenn ihr Haus fünfzigtausend Pfund weniger wert war, als sie gedacht hatten, dann würden sie den ersten Kredit selbst nach dem Hausverkauf nicht zurückzahlen können. Fünfzigtausend Pfund. Er dachte an das jährliche Einkommen, das er als Lehrer in der Staatsschule bekommen hatte, und es schauderte ihn. Wie sollten sie jemals eine solche Riesensumme zurückzahlen? Selbst wenn sie anfingen, Profit zu machen?

»Hier ist dein Tee«, sagte Liz. Sie schaute ihn an und zog die Stirn kraus. »Ach hör doch auf. Sei doch nicht so ein Jammerlappen.« Jonathan riß sich zusammen und lächelte sie an. Liz biß in einen Doughnut und schaute ihren Mann vorwurfsvoll an. »Ich hab wirklich einen harten Tag hinter mir«, sagte sie.

»Das kann ich mir vorstellen«, erwiderte Jonathan beruhigend. »Weißt du was, setz dich gemütlich hin und ich bring dir eine Scheibe Toast.«

»Okay.« Liz biß noch einmal in ihren Doughnut. »Wo ist Alice?«

»Sie ist vorhin weggegangen«, sagte Jonathan. Er öffnete eine Schublade und nahm das Brotmesser heraus. »Sie hat nicht gesagt, wo sie hin will.«

Das Haus sah genauso aus wie immer, solide und sehr vertraut. Das alte Zuhause. Während Alice es von der Straße aus betrachtete, dachte sie, daß sie es im Vorbeigehen und flüchtigen Hinschauen immer noch für ihr Haus halten könnte. Wenn sie hineinginge, würde sie ihre Mutter in der Küche oder im Wohnzimmer finden, ihr Vater würde in seinem Arbeitszimmer klassische Musik hören, es würde nach Essen duften, und Oscar würde schlafend vor dem offenen Kamin liegen.

Alice biß sich auf die Lippen, runzelte die Stirn und zog ihre schmalen Schultern in der alten braunen Wildlederjacke hoch. Sie hatten Oscar weggeben müssen. Von allen gräßlichen Leuten ausgerechnet dieser Antonia Callender. *Was für ein hinreißender Kater! Ich wette, daß du ihn vermißt. Du kannst natürlich jederzeit kommen und ihn besuchen.* Diese dumme Gans. Sie würde nicht einmal in die Nähe von Antonias Haus gehen. Sie hatte sie von Anfang an gehaßt; seit sie in der dritten Klasse nebeneinander gesessen hatten und Antonia sie am ersten Tag gefragt hatte, was ihr Lieblingsgetränk sei. Sie hatte laut darüber gelacht, daß sie, Alice, Sprite am liebsten mochte. Antonias Lieblingsgetränk war natürlich Gin mit Tonic. Und dann hatten alle Mitschüler behauptet, auch sie fänden Gin-Tonic am besten. Neuerdings fragte Antonia die anderen, ob sie am Wochenende kifften, und gab damit an, daß sie oft bei ihren beiden Cousins sei, die echt cool wären und vor der Nase ihrer Eltern Joints rauchten. Alice glaubte ihr kein Wort von all dem Quatsch. Als sie Oscar hingebracht hatten, hatte Antonias Mutter ihr Orangensaft angeboten. Aber sie hatte es nicht geschafft, auch nur einen Schluck zu trinken.

Sie hatte ihn im Auto hingefahren, in seinem Reisekorb, den er haßte. Alice erinnerte sich noch ganz genau daran, wie sich der geflochtene Korb auf ihren Knien angefühlt hatte. Oscar war unruhig gewesen, als könnte er es nicht erwarten, rausgelassen zu werden. Aber als sie die kleine Gittertür geöffnet hatten, hatte er nur den Kopf herausgestreckt, sich nervös umgeschaut und sich dann wieder in den Korb zurückgezogen. Schließlich hatten sie ihn herausgeholt, und er war sofort unter dem Sofa verschwunden. Später hatte er auf den Teppich gemacht. Das geschah ihnen ganz recht...

Eine alte Dame mit Einkaufskorb ging so nahe an Alice vorbei, daß sie sie fast streifte.

»Entschuldigung«, sagte sie säuerlich und warf Alice einen mißtrauischen Blick zu. Alice starrte sie rücksichtslos an. Das war immer noch ihre Straße hier. Sie war hier aufgewachsen; sie gehörte hierher. Nicht in die verdammte Privatschule in Silchester.

Sie hatte es heute nachmittag dort einfach nicht länger ausgehalten. Ihr Vater hatte versucht, unten in den Klassenräumen Ordnung zu schaffen, und immer wieder gerufen, wenn er beim Herumschieben von Bänken ihre Hilfe brauchte. Dann hatte er ihr befohlen, die Musik leiser zu stellen; dann hatte er gesagt, sie könnte wirklich ein bißchen hilfreicher sein und viele vierzehnjährige Mädchen hätten schon Wochenendjobs und er wolle doch nichts weiter, als daß sie ihm eine halbe Stunde lang helfe. Je mehr er geredet hatte, desto weniger hatte sie Lust gehabt, ihm zu helfen. Also hatte sie ihre Lederjacke angezogen, nachgeschaut, ob die Zigaretten in der Tasche steckten und war die Treppe hinuntergepoltert. Sie hatte es nicht geschafft, auch nur ein Wort zu ihrem Vater zu sagen – sie fand es noch schlimmer, wenn er sie hoffnungsvoll anlächelte, als wenn er herumschimpfte. Aber sie hatte das Haus auch nicht heimlich verlassen.

Es wurde kalt, und die ersten Regentropfen fielen. Sie suchte ihr Feuerzeug und überlegte sich, was sie tun sollte. Sie hatte gar nicht vorgehabt hierherzukommen. Sie hatte nur irgendwo eine Zigarette rauchen wollen, sich vielleicht auf den Rasen hinter der Kathedrale setzen. Das ist das einzig Gute daran, in der Privatschule zu wohnen, dachte sie schlecht gelaunt. Wenigstens war es nicht mehr so weit bis zum

Zentrum von Silchester. Aber nun war sie ganz woanders gelandet. An irgendeinem Punkt des Weges hatte sie an etwas anderes gedacht und automatisch den alten Heimweg eingeschlagen.

Es war ganz schön irre – daß sie dorthin gegangen war, wohin ihre Beine sie getragen hatten, und nicht dorthin, wo sie eigentlich hingewollt hatte. Als ob sie hypnotisiert wäre oder schlafwandelte oder so was. Das würde sie Genevieve im nächsten Brief schreiben. *Es war echt irre*, würde sie schreiben. Oder nein, *es war echt gespenstisch*. Genevieve fand immer alles gespenstisch. Jetzt würde sie den Leuten in Saudi-Arabien erzählen, wie gespenstisch das alles war. Vielleicht erzählte sie ihnen, wie gespenstisch sie waren. Sie sah Genevieve vor sich, wie sie in ihren abgeschnittenen Levi's Jeans in der Wüste stand und einem Araber in einem weißen Gewand sagte, daß er gespenstisch aussähe, und sie mußte kichern.

Ihr Feuerzeug war das Abschiedsgeschenk von Genevieve gewesen. Sie hatte es in ein geschnitztes Holzkästchen gelegt, schön eingewickelt, und ihr doch tatsächlich in Anwesenheit ihrer und ihrer eigenen Eltern überreicht. Alice war fast gestorben, als sie das Kästchen geöffnet und das Feuerzeug gesehen hatte. Und dann hatte ihre Mutter gesagt, was für ein hübsches Geschenk das sei und ob sie mal hineinschauen dürfe, und Alice hatte Genevieve angeschaut, die lachend sagte: »Ach ja, Alice, zeig es deiner Mama!« Schließlich hatte sie das Einwickelpapier zusammengeknüllt und, als niemand geschaut hatte, das Feuerzeug hineingesteckt; erst am nächsten Morgen hatte sie es wieder aus dem Papierkorb geholt.

Jetzt lag es warm in ihrer Hand, silbern und schwer. Alice schaute unauffällig die Straße hinauf und hinab. Sie würde jetzt, dachte sie, schnell eine Zigarette in der Garage rauchen. Das durfte schließlich nicht verboten sein; es war ja immer noch ihre Garage. Es war immer noch ihr Haus, strenggenommen. Sie hätte den Schlüssel mitnehmen sollen, dann hätte sie sogar in der Küche rauchen können, wenn sie das gewollt hätte. Oder im Wohnzimmer. Überall.

So selbstverständlich wie möglich – sie tat ja nun wirklich nichts Verbotenes – ging sie über die Straße zum Haus Nummer 12. Das Törchen quietschte altvertraut, als sie es aufdrückte, und sie schob automatisch einen Zweig des Rosenbusches zur Seite, dessen Dornen sich sonst in ihren neuen schwarzen Leggings festgehakt hätten. Sie lief quer über den Rasen vor dem Haus, fühlte sich idiotischerweise schuldig und öffnete das Törchen zum rückwärtigen Garten.

Natürlich hatten ihre Eltern es nicht geschafft, das Schloß an der Hintertür zur Garage reparieren zu lassen. Sie war ganz sicher, daß sie das nicht hingekriegt hatten. Sie drückte mit der Schulter dagegen, die Tür gab nach, und sie trat schnell in die vertraute Dunkelheit. Die Zeitschriftenstapel, auf denen sie und Genevieve es sich immer bequem gemacht hatten, waren fort, aber eine Ecke war so trocken, daß man sich gut hinsetzen konnte. Sie zündete sich eine Zigarette an, lehnte sich zurück und nahm einen tiefen, tröstlichen Zug.

2. KAPITEL

Jonathan räusperte sich und schaute sich, angespannt lächelnd, im Raum um.

»Wie Sie sehen«, sagte er, »haben wir einige Veränderungen vorgenommen.« Er machte eine Pause und schaute sich erneut um. Die Lehrer der Silchester-Privatschule blickten ihn an. Einer oder zwei nickten ihm ermutigend zu, aber kein einziger lächelte. Sie hatten sich im ehemaligen Lehrerzimmer versammelt – einem langen, hellen Raum, von dem aus man in den kleinen rückwärtig gelegenen Garten schauen konnte. Als Miss Hapland noch gelebt hatte, war dieser Raum ein hübsch möbliertes Wohnzimmer gewesen, mit leicht verblichenen

Chintzsesseln, einer Kaffeemaschine und einem Fernseher. Hier hatten sich die Lehrer zwischen den Unterrichtsstunden erholen können. Jetzt war es ein kühl eingerichtetes Klassenzimmer mit einer neuen Tafel, einem Overheadprojektor und Bücherregalen.

Die Lehrer waren heute morgen in der Erwartung erschienen, sich in die alten Sessel werfen und eine Tasse Kaffee machen zu können – und ihr schockierter Gesichtsausdruck angesichts des umgestalteten Raumes war Jonathan sehr unangenehm gewesen. Es war extrem wichtig, daß sie die Lehrer auf ihre Seite bekamen. Er war ziemlich nervös; vielleicht hätten sie die Kollegen schon früher von der Veränderung in Kenntnis setzen sollen.

»Wie Sie sehen«, wiederholte er, »haben wir ein paar Veränderungen vorgenommen. Das Lehrerzimmer zum Beispiel befindet sich jetzt im ersten Stock, da, wo bisher der Sprachunterricht stattgefunden hat.«

Er deutete zögernd nach oben; ein paar Lehrer blickten folgsam zur Decke hoch, andere warfen einander vielsagende Blicke zu.

»Ich hätte nicht gedacht, daß dieser Raum für uns alle groß genug ist.« Der Mathematiklehrer, Mr. Stuart, schaute Jonathan herausfordernd an.

»Da haben Sie natürlich vollkommen recht«, antwortete Jonathan, »vielleicht ist nicht Platz für alle. Aber das Lehrerzimmer ist ja nur für diejenigen da, die gerade nicht unterrichten. Also werden sich nie alle gleichzeitig dort aufhalten!« Er lachte kurz auf. »Und wir haben gedacht, daß dieser Raum hier eine sehr viel bessere Verwendung finden könnte.« Er machte eine Pause.

Sprich weiter, dachte Liz, die neben Jonathan saß. Warum machte er so oft eine Pause? Jedesmal, wenn er innehielt, schauten die Lehrer einander vielsagend an; er mußte sie in seinen Bann ziehen! Sie lächelte ihm ermutigend zu. Er schaute auf das Blatt Papier.

»Also wird der Sprachunterricht künftig in diesem Raum stattfinden«, sagte er. »Und wir installieren eine Anlage, dann können die Schüler zeitweise mit Kopfhörern arbeiten. Wir wollen überhaupt das Schwergewicht auf den Sprachunterricht legen.« Er räusperte sich. »Liz unterrichtet vier Sprachen, wie manch einer von Ihnen bereits wissen wird. Vielleicht schon alle.« Er machte wieder eine Pause, als müsse er über etwas nachdenken. Liz hielt es nicht länger aus.

»Die Silchester-Privatschule soll nicht wie bisher in erster Linie ein Paukstudio für Nachprüfungen sein«, sagte sie schnell. »Sprachen waren noch nie so wichtig wie heute, und wenn wir erstklassigen Unterricht in allen großen europäischen Sprachen anbieten – und je nach Bedarf auch noch ein paar andere –, dann wird unsere Schule nicht mehr nahezu ausschließlich faule und darum schlechte Schüler anziehen. Wir planen, an Unternehmen heranzutreten und ihnen guten Sprachunterricht anzubieten, und vielleicht werden wir Ferienkurse abhalten. Um all das realisieren zu können, brauchen wir erstklassigen Unterricht. Ich werde mich gesondert mit den Sprachkollegen zusammensetzen, damit wir alles Nötige besprechen können. Wir sind dankbar für jede Anregung.« Sie verstummte und schaute sich im Raum um. Kein Zweifel, sie hatten ihr aufmerksam zugehört. Die Sprachlehrer sahen sie eindeutig angeregt an, die anderen wirkten mehr oder weniger gleichgültig, nur ein paar schauten mißtrauisch oder sogar feindselig drein.

»Heißt das«, fragte einer, »daß Sie vorhaben, andere Fächer zu streichen?«

»Nein, bestimmt nicht«, antwortete Liz. »Aber unser Ziel ist es, die Schule sehr viel effizienter zu leiten.« Sie atmete tief ein und vermied es, Jonathan anzuschauen. »Um es einmal klipp und klar zu sagen, diese Schule braucht neuen Wind. Ein Grund, das Lehrerzimmer in den ersten Stock zu verlegen, war der, daß wir weniger herumsitzende und kaffeetrinkende Lehrer haben wollen und mehr Unterricht.«

So. Sie hatte es gesagt. Jonathan würde alles andere als froh sein. Sie hatten sich darüber gestritten, was sie bei diesem ersten Meeting sagen sollten. Er hatte gemeint, vorsichtig und diplomatisch vorgehen zu müssen und auf keinen Fall irgendwelche Federn rupfen zu dürfen. Liz hatte ärgerlich erwidert, genau das sei nötig, es müßten endlich einmal Federn gerupft werden, die Lehrer hätten bislang ein viel zu bequemes Leben gehabt. Sie waren mehr oder weniger gekommen und gegangen, wie sie lustig waren, hatten mal ein bißchen hier, mal ein bißchen da unterrichtet, die Schulräume sogar für eigene Privatstunden benutzt. Miss Hapland hatte während der letzten fünf Jahre alle geschäftlichen Angelegenheiten schleifen lassen. Es hatte ihr gefallen, daß sich die Lehrer in der Schule wohl fühlten; sie war oft ins Lehrerzimmer gekommen, um ein Schwätzchen mit ihnen zu halten, und hatte großzügig Kaffee nachgeschenkt.

Aber sie war nicht darauf angewiesen gewesen, Gewinn zu machen. Sie hatte keine riesige Hypothek abzubezahlen gehabt. Sie hatte in der Leitung der Schule, zumindest in den letzten Jahren ihres Lebens, mehr eine soziale Aufgabe als eine Einnahmequelle gesehen. Sie beide hingegen mußten rationalisieren; so bald wie möglich Gewinne machen, um ihre Schulden zurückzahlen zu können. Und das mußten sie den Lehrern klarmachen. Sicher, alle waren sehr traurig über Miss Haplands Tod. Das war ja verständlich. Aber es hieß noch lange nicht, daß alles so bleiben würde, wie es gewesen war. Das konnten die Lehrer gar nicht früh genug begreifen.

Und obwohl viele ratlose Gesichter machten, die Augenbrauen hochzogen und beredte Blicke tauschten, war Liz, als nähme sie auch noch etwas anderes im Raum wahr: eine lebendige, positive Energie. Sie riskierte es, eine der jüngeren Kolleginnen anzuschauen, eine bezaubernde junge Frau, die Deutsch gab. Ihr Gesicht leuchtete vor Freude; sie erwiderte Liz' Blick und wartete offensichtlich darauf, daß sie weitersprach.

»Es kommen viele aufregende Aufgaben auf uns zu«, sagte

Liz und wandte sich direkt an sie. »Ich bin sicher, daß Sie alle Ihre eigenen Gedanken und Vorschläge haben, was wir tun könnten, und ich freue mich darauf, alles mit Ihnen zu diskutieren.« Die junge Frau wurde rot, und Liz lächelte sie an. Jetzt hatte sie immerhin schon eine Verbündete. Und die anderen würden nachziehen, wenn sie merkten, daß sie nicht ausgebootet werden sollten, sondern sogar mehr unterrichten konnten.

Sie schaute kurz zu Jonathan hinüber. Er lächelte geradezu jammervoll. Die verstimmten Gesichter hatten ihn eindeutig schwer verunsichert. Warum konnte er sich nicht ein bißchen zusammennehmen? Warum konnte er sie nicht einfach ignorieren, so wie sie das tat? Er war doch schließlich der Boß!

Später, als alle gegangen waren, machte sie ihm eine Tasse Kaffee und trug sie in sein Klassenzimmer.

»Es tut mir leid«, sagte sie.

»Warum denn?« Er blätterte ein Buch mit lateinischer Prosa durch und suchte geeignete Stücke für fünf Schüler heraus, die durchgefallen waren. *Gallia est omnis divisa in partes tres,* dachte Liz, wie immer, wenn sie einen lateinischen Text sah. Das war die erste Zeile gewesen, die sie für das Examen auswendig gelernt hatte, und es war fast das einzige im Lateinischen, an das sie sich überhaupt erinnern konnte. Es ist wirklich überraschend, dachte sie und schaute über Jonathans Schulter auf die vage vertrauten Worte, daß so viele junge Leute sich immer noch entschließen, eine tote Sprache zu lernen, wo es doch so viele lebendige gibt. Nein, natürlich ist es gar nicht so überraschend, korrigierte sie sich hastig. Das war genau der gedankenlose, dumme Kommentar, der Jonathan immer verrückt machte.

»Was für eine herrliche Sprache«, sagte sie schuldbewußt. »Ich sehe immer das Italienische darin.« Idiotische Bemerkung. Was hatte sie eigentlich sagen wollen? Ach so. »Jonathan, es tut mir leid, daß ich vorhin die Zügel in die Hand genommen habe«, sagte sie und legte ihm eine Hand auf die Schulter. »Ich wollte mich nicht in den Vordergrund drängen.« Er schaute zu ihr auf, liebevoll und überrascht.

»Ach, mein Schätzchen, du brauchst dich doch nicht zu entschuldigen. Ich finde, du hast das wunderbar gemacht. Ganz prima. Sehr viel besser, als ich es gekonnt hätte.« Er schenkte ihr dieses sehr natürliche, strahlende Lächeln, das immer alle Schüler und Eltern für ihn eingenommen hatte, und Liz empfand eine merkwürdige Mischung aus Zuneigung und Erleichterung. Zu ihrer Überraschung dachte sie: Deshalb liebe ich ihn, genau deshalb...

Daniel Witherstone wußte genau, daß ihn seine Mutter nach dem ersten Schultag abholen würde. Er blieb länger als nötig in der Garderobe und unterhielt sich mit Oliver Fuller, der zu Fuß nach Hause ging, und zwar genau dann, wenn er Lust dazu hatte. Er wäre gern noch länger in dem gemütlichen kleinen Raum geblieben, aber es bestand die Gefahr, daß seine Mutter hereinkam und ihn hier aufgabelte, wie an jenem denkwürdigen Tag, als er sich den Walkman von Martin Pickard ausgeliehen und die Zeit vergessen hatte. Sie war vollkommen ausgeflippt, hatte geglaubt, er wäre überfahren oder entführt worden, und hatte sich vollkommen hysterisch auf die Suche nach Mr. Sharp gemacht. Als die beiden ihn schließlich in der Garderobe gefunden hatten, mit nichts als Michael Jackson im Kopf, war sie laut Pickard fast in Tränen ausgebrochen. Daniel war Martin ewig dankbar dafür, daß er diese Geschichte nicht als großen Witz in der Klasse herumerzählt hatte. Aber er wollte verhindern, daß so etwas jemals wieder passierte.

Also verließ er die Garderobe widerwillig, ging die Treppe hoch, durch die Halle und auf die Straße. Das Auto seiner Mutter stand direkt gegenüber, und Andrew, sein jüngerer Bruder, saß schon angeschnallt auf dem Rücksitz. Es war Daniel viel lieber, wenn ihre Haushälterin Hannah sie abholte. Sie war wirklich cool, stellte die Musik laut und fluchte mit ihrem schottischen Akzent auf Leute, deretwegen sie bremsen mußte. Am ersten Schultag kam immer seine Mutter. Außerdem wollte sie so bald wie möglich erfahren, ob er ein Stipendium bekommen hatte.

Beim Gedanken daran durchströmte Daniel ein erhebendes Gefühl des Stolzes. Mr. Williams hatte ganz nebenbei gesagt: »Und natürlich Witherstone. Sie bekommen irgendein Stipendium, da bin ich mir ganz sicher.« Er hatte Daniel angelächelt – und ihm damit zu verstehen gegeben, daß er wußte, wie gebauchpinselt Daniel sich fühlte, auch wenn er das niemals zugeben würde – und dann gesagt, daß alle ihre Mathematikbücher herausholen sollten. Und den ganzen Tag hatte Daniel eine kleine Freude mit sich herumgetragen. Sogar als Miss Tilley ihm mitgeteilt hatte, daß seine Klarinettenstunde schon Montag morgen um acht Uhr dreißig sei, hatte er gelächelt und gesagt, das sei ganz in Ordnung. Er hatte das Gefühl, daß überhaupt nichts schiefgehen könne.

Aber jetzt mußte er es seiner Mutter sagen. Fragend lächelte sie ihm durch die Windschutzscheibe entgegen. Wenigstens war sie inzwischen soweit, daß sie nicht mehr ausstieg und ihn laut so gräßliche Sachen fragte wie »Wie ist der Rechtschreibtest ausgefallen?«. Aber sie würde trotzdem wissen wollen, ob Mr. Williams etwas über Stipendien gesagt hätte. Dann mußte er es ihr sagen, und dann war es vorbei mit seiner heimlichen Freude.

Natürlich, sie würde sich freuen. Die Sache war die, daß sie sich zu sehr freuen würde. Sie würde zuviel darüber reden, ihn haarklein ausfragen, ihn fragen, wie viele andere Jungen ein Stipendium bekommen würden und was Mr. Williams ganz genau gesagt hätte, und dann würde er ihr alles noch mal erzählen müssen, und dazu hatte er einfach keine Lust.

Den ganzen Weg nach Hause würden sie davon reden, und dort würde sie es Hannah erzählen und seinem Vater und allen anderen Leuten, die sie kannte. Genau wie damals, als er in einem Klarinettenwettbewerb den ersten Preis bekommen hatte; das hatte sie den Müttern all seiner Freunde erzählt. Es war wirklich peinlich.

Als er sich dem Wagen näherte, beugte sie sich zurück und öffnete ihm die hintere Tür.

»Steig ein«, sagte sie. »Wie war's?«

»Ganz in Ordnung«, murmelte er.

»Ist irgendwas passiert?«

»Nein. Was gibt es zum Tee?«

»Hannah hat was gebacken, irgendwas Besonderes.« Sie fuhr den Wagen vorsichtig rückwärts aus der Parklücke. Ein paar Augenblicke lang herrschte Schweigen. Daniel starrte finster zum Fenster hinaus. Andrew las ein Comicheftchen, das er sich von jemandem in der Schule geliehen haben mußte. Daniel sah ihn an.

»Kann ich das zu Hause lesen?« fragte er, *sotto voce*.

»Okay«, sagte Andrew ohne aufzublicken.

»Was hat er da?« fragte ihre Mutter fröhlich.

»Nichts«, sagte Daniel. Seine Mutter haßte Comicheftchen; sie fand, sie sollten Bücher lesen, obwohl sie ihre ganze Zeit damit verbrachte, große bunte Magazine mit mehr Bildern als Worten durchzublättern. Er hätte nichts sagen sollen; vielleicht würde sie sich umschauen und Andrew fragen, was er da las. Er saß sehr still und überlegte fieberhaft, was er Harmloses sagen könnte. Aber es fiel ihm nichts ein.

»Also...«, sagte sie munter. Daniel schaute aus dem Fenster; vielleicht sprach sie nicht mit ihm. »Daniel?«

»Ja?« fragte er etwas lahm.

»Hast du Mr. Williams gehabt?« Vielleicht sollte er besser lügen. Aber das haute nie hin. Er wurde rot dabei, und seine Stimme zitterte, und sie bekam es immer heraus.

»Ja«, sagte er zögernd.

»Prima!« Sie schaute sich kurz um und strahlte ihn an; sofort spürte er, wie seine Freude kleiner wurde. Der Witz daran war nämlich, daß es eine *heimliche* Freude war. Er starrte die Häuser an, an denen sie vorbeifuhren, und erinnerte sich ganz genau an das Lächeln, das Mr. Williams ihm geschenkt hatte; an den aufregenden Augenblick, als er seinen Namen laut ausgesprochen hatte; an die Art, wie Xander, sein bester Freund, ihn angeschaut hatte – ziemlich beeindruckt... Aber ihre Stimme war unerbittlich und verscheuchte seine angenehmen Gedanken. »Und hat er irgendwas gesagt, daß du ein Stipendium kriegst?«

Gegen acht konnte Marcus das Wort Stipendium nicht mehr hören. Anthea war gnadenlos in Hochstimmung, obwohl, falls er es richtig begriffen hatte, nichts weiter passiert war, als daß ein Lehrer Daniel gesagt hatte, daß er sich mit guten Erfolgsaussichten um ein Stipendium bewerben könne. Das war weiter nicht verwunderlich, wenn man sich klarmachte, wie oft Anthea Daniels Lehrer auf ein Stipendium angesprochen hatte. Die mußten ja allmählich eingesehen haben, daß ihr Leben nur dann lebenswert war, wenn sie Daniel für ein Stipendium vorschlugen. Sie war vollkommen besessen von dieser Idee. Marcus hingegen war ziemlich ambivalent und beschloß, fast gegen seinen Willen, ihr seine Meinung dazu mitzuteilen.

Nach dem Essen machte er eine Kanne starken, schwarzen Kaffee – auf Antheas Anordnung hin koffeeinfreien – und trug sie ins Wohnzimmer. Die Jungen halfen Hannah freiwillig beim Einräumen der Geschirrspülmaschine, was bedeutete, daß sie in der Küche herumhängen, verbotenen Zigarettenrauch einatmen und Radio hören konnten, das war Marcus ganz klar. Als er noch mal in die Küche ging, um Milch zu holen, saßen sie beide auf dem Boden und lasen Comicheftchen – von Anthea streng verboten. Daniel sprang erschrocken auf, mit der rehartigen Beweglichkeit, die er von seiner Mutter geerbt hatte. Andrew hingegen blickte ruhig von seinem Heftchen auf, ignorierte die Nervosität seines älteren Bruders und sagte: »Sag Mami nicht, daß wir Comics lesen.«

»So spricht man nicht!« rügte ihn Hannah und trocknete sich die Hände an einem mit grünen Äpfeln bedruckten Handtuch ab. Sie zog das Gummiband aus ihrem dunkelrot gefärbten Haar, der Ponyschwanz löste sich langsam auf, und eine wilde Mähne fiel ihr bis zu den Schultern herab. »Du weißt ganz genau, daß du keine Comics lesen sollst«, fuhr sie fort. »Wenn deine Mama das rauskriegt, dann ist es deine eigene Schuld.«

»Ich hab es dir ja gesagt«, flüsterte Daniel Andrew zu und schaute seinen Vater ängstlich an. Marcus hatte das Gefühl, etwas sagen zu müssen.

»Also wirklich, ihr zwei«, sagte er und versuchte mißbilligend zu klingen. »Was hat Mami über Comics gesagt?« Daniel senkte den Kopf und schloß sein Heftchen schuldbewußt.

»Bitte, nur heute abend noch einmal!« Andrew schaute Marcus flehentlich an. »Ich bin fast fertig damit, aber Daniel will es auch noch lesen.«

Marcus schaute halb amüsiert, halb mitleidig zu, wie Daniel rot wurde. Er war etwas ratlos. Er fand es vollkommen normal, daß Jungen in diesem Alter Comics lasen. Er selbst hatte regelmäßig fünf verschiedene gekauft. Aber bei Auseinandersetzungen mit Anthea hatte er in diesem Punkt immer den kürzeren gezogen. Und er stellte sich prinzipiell auf die Seite seiner Frau, wenn sie den Kindern etwas verbot, ganz egal, was er von der jeweiligen Erziehungsmaßnahme hielt.

Andrew schien keinerlei Schuldbewußtsein zu empfinden. Er schaute wieder auf sein Heftchen, als wollte er noch so viel wie möglich lesen, bevor es ihm weggenommen wurde. Daniel hielt den Blick gleichfalls gesenkt, sah aber unglücklich aus und wartete ganz offensichtlich auf die Schelte seines Vaters. Marcus fand, der Junge müsse nun wirklich nicht am Boden kauern, als sollte er gleich Prügel beziehen.

Und plötzlich war er gar nicht mehr unsicher. Er sah Daniels gebeugten Kopf, seinen resignierten Gesichtsausdruck, seine tintenbefleckten Finger. Hatte wahrscheinlich einen harten Tag hinter sich, mit all dem Getue um das Stipendium. Wahrscheinlich war es gerade das richtige für ihn, jetzt ein bißchen Comics zu lesen.

»Weißt du was«, sagte er, »heute machen wir mal eine Ausnahme. Du darfst das Heftchen zu Ende lesen, und dann ab ins Bett mit dir. Aber nur, wenn ihr die Dinger morgen zurückgebt.«

»Okay.« Daniel lächelte seinen Vater verwundert an. »Vielen Dank.«

»Vielen Dank, Papa«, sagte Andrew fröhlich. »Willst du sie auch lesen?«

»Äh... nein, danke«, sagte Marcus und schaute Hannah an. Sie grinste ihm zu.

»Ich bringe die Jungs morgen in die Schule. Ich sorge dafür, daß sie die Heftchen zurückgeben oder in den Müll werfen«, fügte sie hinzu und schaute Andrew strafend an.

»Vielen Dank, Hannah«, sagte Marcus. »Also, warum bin ich eigentlich hergekommen? Ach ja, Milch...«

»Bitte schön«, sagte Hannah und reichte ihm aus dem Eisschrank einen Milchkarton.

»Vielen Dank«, sagte Marcus. »Aber...«

Sie seufzte. »Ich weiß schon. Ich fülle sie in einen Gießer.«

»Mami haßt Milchkartons«, sagte Andrew seelenruhig.

»Ja«, antwortete Marcus mit fester Stimme. »Und ich auch.« Er ignorierte Hannahs rätselhaften Blick und trug den Porzellankrug in das Wohnzimmer.

Die bodenlangen Vorhänge waren zugezogen, die Lampen verbreiteten ein warmes Licht im Raum. Anthea saß auf einem Sofa mit gelbem Brokatbezug und las mit gerunzelter Stirn in einem Buch namens *»Wie erhöhe ich den Intelligenzquotienten meiner Kinder«*. Ihr Kinn ruhte in einer Hand, und während sie las, klopfte sie mit einem ihrer rosa lackierten Fingernägel gegen ihre Zähne. Als Marcus Milch in ihren Kaffee goß, blickte er ihr über die Schulter. Oben auf der Seite lächelten ein Kind und seine Mutter einander über ein aufgeschlagenes Buch hinweg zu. Darunter stand: *Diese Argumentationsübungen werden sich bei jeder Auseinandersetzung als hilfreich erweisen.*

Marcus schauderte leicht. Seiner Meinung nach brauchte Anthea nichts so wenig wie Argumentationsübungen! Sie erkannte die geringste Schwäche ihrer Gesprächspartner sofort und schlug rücksichtslos zu. Das hatte ihn früher, als sie noch eine langbeinige, sehr ernsthafte Studentin in Oxford gewesen war, ungeheuer angezogen. Er hatte sie mit zu Partys genommen, sich hingesetzt und gespannt darauf gewartet, daß sie ihre langen roten Haare zurückschleuderte, ihren Gesprächspartner kühl ansah und vollkommen mundtot machte. Ganz besondere Freude hatte ihm das bereitet, wenn sein Vetter Miles ihr Opfer war. Miles hatte sich von Anfang an über Anthea gewundert. »Sie ist ein verdammter Teenager!« hatte er ausgerufen, als Marcus seine Freundin zum erstenmal mit nach Hause gebracht hatte.

»Fast zwanzig«, hatte Marcus grinsend geantwortet. »Sie sieht jung aus, aber sie ist sehr schlau. Verdammt schlau sogar.«

Und das war natürlich das Besondere gewesen. Als erfolgreicher Immobilienmakler hatte Marcus mit Ende Zwanzig angefangen, sich entsetzlich durchschnittlich vorzukommen. Ein halbwegs komfortables Leben auf dem Lande schien alles zu sein, was er erreichen würde. Und das hatte ihm merkwürdigerweise sehr zu schaffen gemacht. Mit einer Begeisterung, die er als Student niemals empfunden hatte, hatte er angefangen, am Wochenende Londoner Nachtclubs zu besuchen, hatte ein paar Drogen eingeworfen und nachzuholen versucht, was er verpaßt zu haben glaubte. Und dann hatte er Anthea kennengelernt: jung und schön und klug; sie war mit einer Horde Studenten zum Tanzen ins Stringfellows gekommen. Mit ihrem blassen Gesicht und ihrem langen roten Haar hatte sie ihn vollkommen bezaubert, noch bevor er wußte, wie ihm geschah. Und als sie ihm wie das Normalste von der Welt gesagt hatte, daß sie achtzehn sei und in Oxford Mathematik studiere, hatte ihn eine Woge der Erregung erfaßt; das waren endlich mal ein Intellekt und eine Begabung, die diesen Namen verdienten! Das erste Mal als er sie in Oxford besuchte, kam sie spät von irgendeiner Veranstaltung in ihr Zimmer zurück, und als er sie im Minirock und mit diesen endlos langen Beinen auf sich zurennen sah, erfaßte ihn eine solche Erregung, daß ihm fast die Luft wegblieb.

Während der folgenden Wochen und Monate saß er in seinem langweiligen Büro in Silchester, starrte zum Fenster hinaus und stellte sich vor, wie sie, umringt von hohen Bücherstapeln, in der Bodleian-Bibliothek saß oder wie sie in einem riesigen Vorlesungssaal wie eine Wilde die Ausführungen des Professors mitschrieb. Als sie ihr Examen machte, fuhr er jeden Abend nach Oxford, um zu hören, wie die Prüfungen gelaufen waren. Am letzten Tag erwartete er sie mit einem riesigen Blumenstrauß und einem Verlobungsring mit einem Diamanten.

»Ich ziehe nach Oxford, damit du weitermachen kannst«, sagte er. »Oder nach London. Oder in die Vereinigten Staaten. Wo immer du hin willst.«

»Wirklich?« Sie schaute den blitzenden Ring an ihrer Hand nachdenklich an. »Ich weiß gar nicht genau, was ich eigentlich will. Vielleicht fangen wir einfach in Silchester an und sehen, was passiert.«

»Gut«, hatte er geantwortet. »Prima Idee.«

Und so war Anthea in Marcus' Haus in Silchester gezogen, und ein paar Jahre lang hatten sie die Farce aufrechterhalten, daß sie zu Hause wissenschaftlich arbeite. Marcus hatte ein paar mathematische Fachzeitschriften abonniert, die wichtig im Wohnzimmer herumlagen, hatte einen guten Computer gekauft und in Gesprächen oft auf Antheas wissenschaftliche Arbeiten hingewiesen. Aber es war von der ersten Woche an klar gewesen, daß sie daran gar nicht wirklich interessiert war.

Plötzlich fiel es Marcus wie Schuppen von den Augen: Sie war überhaupt nie wirklich an Mathematik interessiert gewesen. Ihr Ziel war schlicht und einfach gewesen, die Jahresbeste zu sein, die besten Noten zu bekommen, all ihre Mitstudenten auszustechen. Sie hatte die Mathematik nur benutzt, um ihren Ehrgeiz zu befriedigen. Und wenn sie sich nicht in einer Wettbewerbssituation befand, verlor sie jegliches Interesse. Jetzt sprach sie das Wort Mathematik nur noch aus, wenn es um die Hausaufgaben der Jungen ging.

Sie schaute auf, als Marcus ihr Milch in den Kaffee goß, und lächelte ihn an. Sie hatte ihr Haar, das immer noch rot war, aber etwas dunkler gefärbt, zu einem Bubikopf schneiden lassen, der Marcus von Anfang an nicht gefallen hatte. Besonders verletzt hatte ihn, daß sie es nicht für nötig gehalten hatte, ihn vorher von ihrem Plan zu informieren. Das war jetzt ein halbes Jahr her, aber noch immer machte es ihn manchmal wütend. Er begriff selbst nicht, warum die Vorstellung, daß ihr wunderschönes Haar auf dem Fußboden eines Friseursalons lag, ihm so zusetzte. Aber nach der ersten Auseinandersetzung hatte er nie wieder davon gesprochen; allenfalls beteuerte er hin und wieder, wie gut es ihm gefalle, jetzt, da er sich daran gewöhnt habe.

»Ich hab den Jungen erlaubt, einen Comic zu lesen, bevor sie ins Bett gehen«, sagte er, sobald er sich hingesetzt hatte. Er wußte, daß er sich nicht darauf verlassen konnte, daß die Burschen diskret sein und ihrer Mutter die Geschichte verheimlichen würden. Besonders Andrew würde es sich beim Gutnachtsagen nicht verkneifen können, die neuesten Streiche von Daniel zu erzählen.

»Wirklich?« Antheas helle Haut war so zart, daß sich trotz ihrer Jugend schon feine Fältchen darauf abzeichneten. »Von wem haben sie die Hefte?«

»Von jemandem in der Schule.« Marcus versuchte die Sache

herunterzuspielen. »Aber Daniel hat doch heute gute Neuigkeiten heimgebracht, oder?« Sobald er die Worte ausgesprochen hatte, wurde ihm klar, daß sie eigentlich gar nicht stimmten. »Ich hab mir allerdings überlegt, ob es überhaupt nötig ist, daß er ein Stipendium bekommt. Wir brauchen das Geld doch nicht wirklich, und es scheint ja eine Riesenanstrengung zu bedeuten.«

»Aber Marcus!« rief Anthea vorwurfsvoll und mit einer unnatürlich hohen Stimme. Marcus fragte sich, ob sie irgend etwas in dieser Richtung von ihm erwartet hatte. »Das Geld ist doch gar nicht der Punkt. Es ist die Anerkennung. Die wird sein Leben ändern. Ein Stipendium für Bourne. Wer kann das schon in seinen Lebenslauf schreiben?«

»Na ja, ich bin sicher, daß Daniel keine Schwierigkeiten haben wird, einen interessanten Lebenslauf zu schreiben, ob er nun ein Stipendium bekommen hat oder nicht«, sagte Marcus.

»Ein Stipendium für Bourne ist nicht irgendein Stipendium«, antwortete Anthea nervös. »Du weißt, daß Bourne zu den besten Schulen im ganzen Land gehört.«

»Das weiß ich allerdings«, erwiderte Marcus ärgerlich und fühlte sich plötzlich wie ein zorniger alter Mann. »Ich war selbst dort.«

»Na also.«

»Aber ich hatte kein Stipendium. Ich brauchte kein Stipendium.«

Es herrschte eine kurze Stille, die Anthea bewußt auskostete.

»Schau mal«, sagte Marcus schließlich ruhiger, »auch ich will nur das Allerbeste für ihn. Wenn das heißt, daß er sich für ein Stipendium bewerben soll, nun gut. Aber ich habe das Gefühl, daß er so schon genug um die Ohren hat.« Er machte eine Pause und sagte dann versöhnlich: »Ich finde, wir sollten es beide etwas leichter nehmen.« Kaum hatte er das gesagt, wußte er, daß er einen Fehler gemacht hatte.

»Ach, tu doch nicht so, als ob du das wirklich meinst«,

zischte Anthea. »Du meinst doch nichts anderes, als daß ich es etwas leichter nehmen soll.«

»Nein«, protestierte Marcus mit schwacher Stimme.

»Woher weißt du überhaupt, was das Beste für Daniel ist? Du hast ja keine Ahnung, wie hart es draußen zugeht, wie wichtig es ist, so früh wie möglich im Konkurrenzkampf bestehen zu lernen. Du hast dir doch nie selbst einen Job suchen müssen, oder?«

»Das stimmt«, gab Marcus zu. *Und du auch nicht,* dachte er feindselig. »Ich will nur nicht, daß Daniel zuviel Streß bekommt«, sagte er. »Du kennst ihn ja. Er regt sich so leicht auf.«

»Ja, das braucht er aber nicht«, antwortete Anthea kurz. »Nicht, wenn er tut, was von ihm erwartet wird. Er ist ein sehr kluger Junge. Das scheinst du gar nicht zu bemerken.«

»Doch«, sagte Marcus verärgert. »Ich bin sicher, daß er jedes Stipendium kriegen könnte, das er haben will. Ich bin sehr stolz auf ihn«, fügte er ruhiger hinzu. Er trank seinen Kaffee aus, erhob sich und griff nach der Kaffeekanne. Anthea schenkte ihm den Anflug eines Lächelns, als er ihr Kaffee nachgoß; das war ein Zeichen für einen Waffenstillstand.

Als er sich wieder hinsetzte, wurde ihm klar, daß es völlig absurd war, von Anthea ein anderes Verhalten zu erwarten. Ihren akademischen Erfolg, ihr Oxfordstipendium, all das, was ihn am Anfang so zu ihr hingezogen hatte, hatte sie nur durch den maßlosen Ehrgeiz erreicht, den sie jetzt auf den armen Daniel übertrug. Sie konnte ganz einfach nicht anders. Und in vielerlei Hinsicht würde es für sie alle leichter sein, wenn er sie gewähren ließ.

3. KAPITEL

Eine Woche später erinnerte Alice sich endlich daran, das Gespräch auf die geplante Skireise der Schule zu bringen, über die nur am ersten Tag kurz geredet worden war. Sie saß in ihrer Schuluniform in der winzigen Küche im Dachgeschoß der Privatschule auf einem unbequemen Chromstuhl und frühstückte.

Es war ein häßliches Räumchen mit abgenutztem braunen Linoleumboden und grauen Einbauelementen, für einen Tisch war kein Platz. Es wäre wirklich vernünftiger gewesen, wenn sie alle nebenan im Wohnzimmer gefrühstückt hätten, wo wenigstens ein kleiner Eßtisch stand. Aber Alice, Liz und Jonathan waren daran gewöhnt, in der Küche zu frühstücken. In der Russell Street hatten sie einen großen Tisch aus Kiefernholz und bequeme Korbsessel gehabt. Hier gab es nichts dergleichen, und sie behalfen sich jeden Morgen mit irgendwelchen Hockern und Arbeitsflächen. Jonathan saß neben dem Kühlschrank; so konnte er den Toaster bedienen, ohne aufstehen zu müssen. Er frühstückte leidenschaftlich gern und verdrückte jeden Morgen acht bis zehn Scheiben Toast – und trotzdem blieb er dünn und knochig, was Liz oft bedauerte. Alice hatte seine schlanke Figur geerbt und verschlang ähnlich erfolglos wie er große Mengen von Nahrungsmitteln. Liz dagegen beobachtete besorgt, wie ihre Hüften breiter wurden. Heute morgen stand sie an die Spüle gelehnt, aß eine Banane und versuchte sich jede Bemerkung zu verkneifen, als Alice ihre große Schüssel zum zweitenmal mit Cornflakes füllte. Als sie Milch darüber goß, erinnerte sie sich an die Skireise. Ohne jede Vorwarnung sagte sie: »Kann ich im Januar die Schul-Skireise mitmachen?« und begann die Cornflakes zu essen. Sie hatte keine besondere Lust, Skifahren zu lernen, das sie sich ziemlich abstrakt als ein eher langweiliges Den-Berg-Herunterrutschen vorstellte. Aber sie waren in der Schule daran erinnert worden, ihre Eltern zu fragen, deshalb tat sie es. Jonathan steckte die nächste Scheibe Brot in den Toaster und schaute sie an.

»Ist es sehr teuer, Alice?«

»Sechshundert Pfund.« Jonathan hielt die Luft an.

»Na ja, wir müssen mal sehen«, sagte er. »Mama und ich werden uns drüber unterhalten. Du weißt ja, daß wir zur Zeit nicht gerade im Geld schwimmen. Aber wenn du wirklich gern mitfahren willst...«

»Was soll das heißen?« unterbrach ihn Liz. »Darüber können wir uns gar nicht unterhalten. Es spielt überhaupt keine Rolle, ob sie mitfahren möchte oder nicht; wir können es uns einfach nicht leisten. Es tut mir leid, Alice.«

»Okay«, sagte Alice.

»Vielleicht ja doch, es kommt ganz darauf an«, meinte Jonathan bedeutungsvoll. Liz fand, daß er erschöpft aussah. Und sie selbst war völlig erledigt. Die erste Woche in der Silchester-Privatschule war ein wildes Durcheinander aus Unterrichtsstunden, Büroarbeiten, Gesprächen mit Eltern und unvorhergesehenen Zwischenfällen gewesen.

»Jetzt hör aber auf, Jonathan. Wir haben einfach keine sechshundert Pfund übrig. Und Skifahren ist im Augenblick nun wirklich nicht das wichtigste.«

Jonathan ignorierte sie. »Fahren alle deine Freunde mit?« fragte er Alice.

Alice zuckte die Achseln. »Keine Ahnung.«

Sie wußte nicht genau, wer ihre Freunde eigentlich waren, jetzt, da Genevieve fort war. Sie verbrachte ihre Freizeit mit den Mädchen, mit denen sie und Genevieve sich früher getroffen hatten. Aber es waren eigentlich Genevieves Freundinnen, nicht ihre. In letzter Zeit hatte sie öfter daran gedacht, mit ein paar anderen Leuten was zu unternehmen, aber die hatten schon ihre eigenen Freunde, und dazu gehörte sie eben nicht. Es war alles etwas schwierig.

»Das wäre eine gute Gelegenheit für Alice«, sagte Jonathan.

»Unsinn«, erwiderte Liz. »Eine gute Gelegenheit, Skifahren zu lernen? Da gibt's nun wirklich Wichtigeres.«

»Schon gut«, sagte Alice. »Ich will gar nicht unbedingt mitfahren. Ich wollte euch nur fragen.«

»Das ändert sich ganz bestimmt«, sagte Jonathan, für Liz' Ohren unnötig ernsthaft. »Ich verspreche dir, daß du nächstes Jahr mitfahren kannst. Wenn wir erst mal das Haus verkauft haben.« Er warf Liz einen Blick zu. »Oder was immer wir damit anfangen werden.«

»Du weißt genausogut wie ich, was wir vorhaben«, sagte Liz überzeugter, als sie es war. »Wir vermieten das Haus, bis der Markt sich erholt hat.« Sie schwieg und dachte angestrengt nach, was sie sonst noch dazu sagen könnte. Jedesmal, wenn sie darüber sprachen, versuchte sie sich an die zuversichtlichen Sätze zu erinnern, die dieser nette Makler gesagt hatte; versuchte Worte zu finden, die Jonathan für den neuen Plan begeistern könnten. Aber sie schienen sich in Nichts aufgelöst zu haben; sie erinnerte sich nur an die blanke Möglichkeit der Vermietung, nicht aber an die verführerischen Formulierungen. Sie würden das Haus also vermieten. Darüber hinaus nichts, gar nichts. Seit dem letzten Gespräch hatte sie von dem Makler nichts mehr gehört; die Mieter, die er ihr versprochen hatte, hatten es noch nicht geschafft, leibhaftig zu erscheinen. Selbst sie begann langsam gewisse Zweifel zu hegen, was diesen Plan betraf.

Jonathan schwieg ganz bewußt. Er nahm sich einen frischen Toast und beschmierte ihn sorgfältig mit Butter. Liz schaute ihm mit wachsender Verzweiflung zu. Schließlich hielt sie es nicht länger aus.

»Guck nicht so!« rief sie.

»Wie?«

»Na ja, so: Ich sag zwar nichts, aber ich wundere mich darüber, wie dumm meine Frau ist.«

»Das denke ich nicht«, protestierte Jonathan.

»Was denkst du denn sonst?«

»Ich geh jetzt zur Schule, in Ordnung?« fuhr Alice dazwischen. Sie schob ihren Stuhl zurück und verließ die Küche, ohne ihre Eltern noch einmal anzuschauen.

»Gut«, sagte Liz etwas ruhiger. »Viel Vergnügen, mein Liebling«, rief sie Alice nach.

»Wir sollten vor ihr nicht so streiten«, meinte Jonathan, als sie die Haustür zuschlagen hörten.

»Quatsch, das macht überhaupt nichts«, entgegnete Liz. »Wir streiten uns doch gar nicht. Wir führen eine angeregte Unterhaltung. Um die du dich seit Tagen drücken willst.«

»Ich versuch mich nicht zu drücken. Ich finde nur...«

»Was?«

»Na ja, dieser Plan, das Haus zu vermieten. Du kommst zurück und verkündest das, ohne mich auch nur zu fragen, und das ist auch ganz in Ordnung so, wenn es hinhaut.«

»Aber?« Sie fand, daß ihre Stimme blechern klang.

»Aber, na ja, es scheint ja nicht hinzuhauen, oder? Es ist schon mehr als eine Woche vergangen, und wir haben nichts mehr von dem Makler gehört. Wo sind denn diese berühmten Mieter, die er aus seinem Ärmel schütteln wollte?«

»Keine Ahnung. Ich denke, er kümmert sich drum.« Abrupt stand Liz auf und fing an, die Teller und Tassen zusammenzuräumen. »Ich rufe ihn nachher an, in Ordnung? Oder willst du, daß ich die ganze Sache abblase?«

»Nein, natürlich nicht!« Jonathan streckte abwehrend die Hände aus. »Ich hab doch nun wirklich überhaupt keine Ahnung! Ich finde nur, daß wir versuchen sollten, das Haus entweder zu verkaufen oder zu vermieten, und im Augenblick geschieht gar nichts. Trotzdem, ich bin sicher, daß du recht hast. Ich bin sicher, daß bald etwas passieren wird. Aber vielleicht ist es eine gute Idee, den Makler anzurufen.« Er lächelte ihr ermutigend zu, räumte Brot und Butter weg und wischte die Küchentheke ab.

Sie ließ Wasser in die Abwaschschüssel laufen und drückte einen dicken Strahl Spülmittel aus der Plastikflasche. Dann griff sie in einem dunklen Bedürfnis nach Selbstbestrafung in das sehr heiße Wasser. Ärgerlich dachte sie: Warum mußt du immer so verdammt vernünftig sein? Und warum muß ich rumbrüllen und wütend werden? Warum bin ich immer so kratzbürstig?

Bei der ersten Gelegenheit wählte sie die Nummer von Witherstone & Co. Es kam ihr etwas dreist vor, nach Mr. Witherstone persönlich zu fragen, aber sie wollte nicht riskieren, plötzlich mit dem entsetzlichen Nigel sprechen zu müssen.

»Welchen Mr. Witherstone möchten Sie sprechen?« fragte die Sekretärin unliebenswürdig. Liz stand in dem kleinen Büro der Privatschule und war völlig durcheinander.

»Tut mir leid, könnten Sie...«

»Möchten Sie mit Mr. Miles Witherstone oder mit Mr. Marcus Witherstone sprechen?«

Liz überlegte verzweifelt. Sie wußte, daß der Vorname mit einem M anfing. Aber das brachte sie auch nicht weiter.

»Ich glaube, Marcus«, sagte sie schließlich.

»Ich fürchte, Mr. Marcus Witherstone ist heute morgen nicht im Büro«, antwortete die Sekretärin wie aus der Pistole geschossen. »Kann ich etwas ausrichten?«

»Ja«, antwortete Liz. »Richten Sie ihm doch bitte aus, daß Mrs. Chambers angerufen hat wegen des Hauses in der Russell Street, und sie möchte wissen, ob schon Mieter beschafft worden sind.« Sie gab die Telefonnummer der Privatschule an, legte auf und war sehr zufrieden mit sich. Der Gebrauch des Wortes »beschaffen« hatte ihr ganz besonderes Vergnügen bereitet. Jetzt brauchte sie sich wegen des Hauses nicht mehr schuldig zu fühlen. Es war nicht mehr ihr Problem; es war das Problem von Marcus Witherstone.

Marcus fuhr in diesem Augenblick die Hauptstraße von Collinchurch entlang, dem Ort, in dem Leo Francis wohnte. Er hatte heute morgen an das Zusammentreffen mit Leo gedacht und die Fahrt mit einem kräftigen Adrenalinstoß angetreten. Mittlerweile hatte dieses Gefühl sich gelegt, und langsam war immer größere Panik in ihm aufgestiegen.

Er konnte kaum glauben, daß er wirklich drauf und dran war, es zu tun. Leos vorsichtig formulierte Einladung anzunehmen, sich damit so gut wie einverstanden zu erklären… Womit eigentlich? Während er alle Möglichkeiten durchdachte, erbebte er innerlich; Angst- und Hochgefühle wechselten einander ab. Und er hatte auch Schuldgefühle. Obwohl er Leos Haus noch nicht einmal betreten hatte, noch gar nicht genau wußte, auf was er ihn ansprechen würde. Er war wirklich noch vollkommen unschuldig.

Aber er hatte Miles schon angelogen. Den vertrauensvollen, ehrlichen Miles, der Marcus heute zum Mittagessen hatte einladen wollen. Er hatte – wahrscheinlich, um die Verstimmung der vergangenen Woche aus der Welt zu schaffen – versöhnlich gefragt, ob er ihn ins Le Manoir einladen dürfe. Und Marcus, der ausgesprochen gern im Le Manoir aß und Miles normalerweise keinen Korb gab, hatte Panik bekommen.

»Tut mir leid, Miles. Ich treff mich mit einem Klienten. Diese Mietgeschichte von der ich dir erzählt habe. Ein anderes Mal vielleicht?« Er hatte den Hörer aufgelegt und leicht gezittert. Jetzt war ihm das sehr peinlich. Warum zum Teufel hatte er das gesagt? Warum hatte er nicht zugegeben, daß er zu Leo Francis fuhr? Ein informelles Treffen eines Maklers mit einem Rechtsanwalt. Nichts konnte respektabler sein.

Außer… außer. O Gott. Die Erwartung fühlte sich an wie eine Mischung aus Entsetzen und größtem Vergnügen. Würde er es wirklich tun? Marcus Witherstone? Besser gar nicht daran denken. Einfach hinfahren und ein, zwei harte Drinks kippen.

Es war jetzt etwa drei Monate her, daß Leo während einer

ziemlich langweiligen Party an Marcus herangetreten war und ihm ein paar diskrete, nicht ganz klare Sätze zugemurmelt hatte. Sätze, die man so oder so verstehen konnte. Sätze, die Miles zum Beispiel extra – oder sogar unwissentlich – mißverstanden hätte.

Marcus jedoch war nicht Miles. Er war alles andere als Miles. Er hatte Leos doppelsinnigen Worten gelauscht und dann, um etwas Zeit zu gewinnen, sein Glas an die Lippen gehoben. Es war ihm so vorgekommen, als müßten die anderen Gäste schockiert sein, wenn sie wüßten, was ihm Leo eben indirekt vorgeschlagen hatte. Entsetzt. Ein Teil von ihm war jedenfalls von Leos Vorschlägen schockiert gewesen. Natürlich wußte er, daß solche Dinge vorkamen, aber er hätte es nie für möglich gehalten, daß er in so eine Geschichte verwickelt werden könnte. Solche Sachen machten andere, aber keinesfalls respektable Leute wie er.

Andererseits hatte ihn das natürlich auch angezogen. Die Vorstellung, die sicheren, vorhersehbaren Geschäfte eines erfolgreichen Maklers in mittleren Jahren mit etwas Gefährlicherem, etwas Lukrativerem, etwas Aufregenderem zu verbinden. Oder wenigstens mit etwas weniger Langweiligem. Denn das Leben bei Witherstone & Co. langweilte Marcus zu Tode. Das war ihm bei jener Party aufgegangen, während er sich an seinem Glas festhielt und die Implikationen von Leos Worten durchdachte. Er hatte alles gelernt, was er in diesem Beruf jemals würde lernen können; er hatte neue Pläne ausgetüftelt und alle Ideen gehabt, zu denen er jemals würde fähig sein können. Seine Position war sicher, seine Arbeit nicht anstrengend; er konnte seine Klienten selbst auswählen. Er hatte kein Ziel mehr; nichts Neues, nichts Unbekanntes mehr vor sich.

Er hatte noch einen Schluck Wein getrunken, sich an Leo gewandt und mit kaum hörbarer Stimme gemurmelt: »Ich bin hochgradig an dem interessiert, was Sie mir da gesagt haben.« Er hatte sich den Anschein gegeben, genau zu wissen, worum es ging, der richtige Mann dafür zu sein. Und den Rest des Abends war er in Hochstimmung herumstolziert.

Natürlich war er am nächsten Morgen wieder ganz klein und davon überzeugt gewesen, daß er Leo vollkommen mißverstanden hatte. Er war drauf und dran gewesen, Anthea die ganze Geschichte zu erzählen; vielleicht hätte er das auch getan, wenn er nicht sicher gewesen wäre, daß sie so etwas absolut nicht würde verstehen können. Während der darauf folgenden Wochen hatte er nichts mehr von Leo gehört und allmählich angenommen, daß er sich das Ganze irgendwie zusammenphantasiert hätte.

Aber es war keine Phantasie. Es passierte tatsächlich. O Gott. Es passierte tatsächlich.

Als er sich Leos Haus näherte, nahm Marcus unwillkürlich den Fuß vom Gas, bis sein Wagen geradezu lächerlich im Schneckentempo fuhr. Eine junge Mutter überholte ihn mit ihrem Kinderwagen und schaute ihn neugierig an. Scheiße. Er zog Aufmerksamkeit auf sich.

»Hau ab«, sagte Marcus leise. »Schau mich nicht an.« Er gab Gas, überholte die Frau und bremste praktisch sofort wieder, als er auf der linken Seite das Gartentor von Leos Haus erkannte. Er blinkte und bog langsam ein.

Er stieg aus und schlug die Wagentür unnötig laut zu, entschlossen, wie er hoffte. Er atmete tief und lächelte seinem Spiegelbild im Wagenfenster zuversichtlich zu. Als er sich umdrehte und beschwingt auf die Haustür zuging, sah er, daß ihn die junge Frau mit dem Kinderwagen von der anderen Straßenseite her immer noch neugierig betrachtete. Sein Herz klopfte schneller.

Er lächelte sie an, und sie beschleunigte ihren Schritt. Marcus war ziemlich nervös. Er wollte so schnell wie möglich in diesem Haus verschwinden. Ein paar Hunde fingen an zu bellen; er hörte Schritte auf die Tür zukommen, dann wurde sie aufgerissen.

»Marcus!« Leos Willkommensruf wirkte unnötig laut und wurde von dem Willkommensgebell zweier englischer Setter, die an ihm hochsprangen, noch verstärkt. Marcus war alles andere als froh über diese Begrüßung und zog sich soweit wie möglich in seine Jacke zurück. Aber Leo schien das nicht zu bemerken.

»Machen wir es uns gemütlich«, sagte Leo und führte seinen Gast den breiten Korridor entlang. »Kommen Sie herein.« Sie betraten ein großes, helles Wohnzimmer und Leo deutete auf eine Gruppe grünbezogener Sessel. Marcus blickte sich angespannt um. Die eine Wand des Raumes bestand aus mehreren Fenstern, die zur Straße hinausgingen.

»Nehmen Sie Platz«, sagte Leo fröhlich. »Ich habe meine Haushälterin gebeten, uns Kaffee zu machen.«

Marcus setzte sich zögernd in einen der Sessel. So hatte er sich das Treffen ganz und gar nicht vorgestellt. Er hatte gedacht, es würde in einem kleinen, diskreten Zimmer stattfinden, abgeschirmt von den Augen der Außenwelt, möglichst sogar verriegelt. Hier in diesem großen Raum fühlte er sich verletzlich und angespannt.

»Also«, sagte er aggressiver als beabsichtigt, »worum handelt es sich eigentlich genau?« Während er sprach, blickte er unabsichtlich zu den Fenstern hinüber. Je schneller er das Haus wieder verlassen konnte, desto besser. Herausfordernd starrte er Leo an.

Aber Leo, der ihm genau gegenüber in einem Sessel saß, lächelte nur und legte die Fingerspitzen beider Hände sorgfältig zusammen. Obwohl er fünf bis zehn Jahre jünger war als Marcus, wirkte er – dank seiner Korpulenz – schon wie ein Mann in den besten Jahren. Sein rosiges Gesicht wurde von blonden Locken eingefaßt, und während Marcus ihn beobachtete, lächelte er breit, so daß seine kleinen, perlweißen Zähne zu sehen waren.

»Nun gut«, sagte er schließlich mit seiner hohen, energischen

Stimme. Dann herrschte wieder Stille in dem großen, kaum möblierten Raum.

Ich könnte einfach gehen, dachte Marcus. Ich könnte mich erheben, bevor Leo weiterspricht und ihm sagen, daß ich krank bin; dann könnte ich die ganze Sache vergessen. Er versuchte seinen Fuß zu bewegen, die Muskeln anzuspannen, als wollte er sich auf einen schnellen Aufbruch vorbereiten. Aber sein Körper war ganz und gar träge in dem bequemen Sessel versunken. Und allmählich wurde er sich eines ganz neuen Gefühles bewußt. Unter Anspannung und Schuldgefühlen spürte er immer deutlicher eine ständig wachsende, wunderbare Begeisterung.

An diesem Tag hatte Alice gleich nach der Mittagspause zwei Freistunden. Sie sollte sie in der Bibliothek verbringen, dort ihre Schularbeiten machen und allerlei lesen. In der vergangenen Woche hatte sie während einer Unterrichtsstunde gelernt, wie die Bibliothek zu benutzen war. Während sie tat, als ob sie zuhörte, hatte Alice beobachtet, wie Mädchen an glänzenden Holztischen saßen, schrieben oder lasen oder Vokabeln büffelten. Es hatte eine ruhige, angenehme Atmosphäre geherrscht, genau richtig, um ungestört zu arbeiten. Aber das war alles nichts für Alice. Sie machte ihre Hausaufgaben am liebsten auf dem Fußboden in ihrem Zimmer oder am Küchentisch bei laufendem Radio oder, noch besser, vor dem Fernseher, so daß sie immer mal wieder aufblicken und irgend etwas Interessantes sehen konnte.

Außerdem befolgten nur echte Loser die Anweisungen und gingen in die Bibliothek zum Arbeiten. Ein paar Mädchen aus ihrer Klasse ließen sich in den Freistunden immer auf dem Rasen hinter den Bäumen nieder, flüsterten und kicherten miteinander und rauchten eine Zigarette nach der anderen. Andere Mädchen verließen das Schulgelände und gingen zum nächsten McDonalds. Einmal waren sie schon von einem Lehrer zurückgebracht worden, aber sie gingen wieder hin, obwohl sie wußten, daß es verboten war. Ein paar Schülerinnen gingen in den Musikraum, wo man mit Kopfhörern CDs hören konnte. Es sollte klassische Musik sein, doch das wurde nie überprüft.

Während Alice sich mit ihrem Tablett in der Essensschlange anstellte, überlegte sie, was sie tun würde. Im Grunde hatte sie zu nichts wirklich Lust. Sie hatte eigentlich nichts dagegen, aber sie hatte auch keine Lust, sich mit ihren Mitschülerinnen zusammenzutun. Alice stellte sich vor, mit Fiona Langdon auf dem Rasen zu sitzen, und schauderte. Mit ein paar Mädchen aus ihrer Englischgruppe hätte sie gern etwas unternommen, aber sie kannte sie nicht gut genug, weil sie aus einer Parallelklasse kamen.

Als sie sich mit einem Teller voll Lasagne, einem Apfel und einem Glas Wasser an den Tisch setzte, ging gerade Charlotte vorbei.

»Hallo Charlotte«, sagte Alice, »hast du nach dem Essen frei?«

»Leider nein«, sagte Charlotte. »Eine verdammte Doppelstunde Biologie. Wir sezieren einen Wurm.«

»Guten Appetit«, erwiderte Alice. Charlotte ging weiter, um sich einen Sitzplatz zu suchen, und Alice bohrte trübsinnig ihr Messer in die Lasagne.

Sie starrte vor sich hin, kaute und kam zu dem Schluß, daß das, was sie fühlte, Einsamkeit war. *Ich bin einsam,* dachte sie und war ein bißchen stolz darauf, daß sie diesem unangenehmen Gefühl einen Namen hatte geben können. Sie hatte sich immer gewundert, wenn andere Leute ihre Gefühle so leicht benennen konnten. Woher wußten sie eigentlich, daß alle das gleiche fühlten?

Sie erinnerte sich daran, daß sie einmal auf der Fahrt zu einer Geburtstagsparty hinten im Auto gesessen und gefragt hatte: »Wie nennt man das, wenn man sich auf etwas nicht freut und glaubt, daß es schrecklich wird? Wie fühlt man sich dann?« –

»Dann fühlt man sich deprimiert«, hatte ihre Mutter geantwortet. Also hatte Alice gesagt: »Ich fühle mich deprimiert.« Aber natürlich hatte sie nichts anderes ausdrücken wollen, als daß sie angespannt war. Und lange Zeit hatte sie jedesmal, wenn sie angespannt war, gesagt: »Ich fühle mich deprimiert.« Sie wußte nicht mehr, wann ihr dieser Fehler bewußt geworden war, aber es mußte irgendwann passiert sein.

Und jetzt fühlte sie sich ganz eindeutig einsam. Es war nicht so schlimm, daß sie hätte weinen mögen, aber doch alles andere als angenehm. Sie sehnte sich danach, sich vor dem Fernseher zusammenzurollen oder, noch besser, sich mit einer Tasse heißer Schokolade ins Bett zu verziehen. Sie dachte so intensiv an die Gemütlichkeit zu Hause, daß sie für kurze Zeit das hektische Hin und Her in der Kantine vergaß und sich vorstellte, zwischen dem brennenden Kaminfeuer und dem laufenden Fernseher im Wohnzimmer zu liegen.

Dann bemerkte sie ihren Irrtum. Wie dumm! Sie hatte an das Haus in der Russell Street gedacht. Aber das war nicht mehr ihr Zuhause. Ihr Zuhause war jetzt in der Silchester-Privatschule. Sie stellte sich das kleine, dunkle, ungemütliche Wohnzimmer in der Dachwohnung vor. Ihr winziges Zimmer, in dem immer noch volle Umzugskartons herumstanden. Und all die gräßlichen Klassenräume darunter.

In der vergangenen Woche hatte sie den Fehler gemacht, einmal mitten am Tag in die neue Wohnung zu gehen, weil sie Noten vergessen hatte. Als sie durch das Tor trat, war ihr plötzlich klargeworden, daß im Haus Schulbetrieb herrschte, daß überall Unterricht stattfand. Bis dahin hatte sie nur muffig riechende, leere Klassenzimmer gesehen. Aber als sie die Tür aufsperrte, hörte sie Stimmen und spürte die Anwesenheit vieler Menschen im Haus. Hinter den Milchglasscheiben in den Klassenzimmertüren erkannte sie undeutliche Gestalten; aus einem Raum hörte sie die Stimme ihres Vaters, der gerade einen lateinischen Satz vorlas. Mit einem wachsenden Gefühl von Panik war sie schnell und so leise wie möglich die Treppe hochgelaufen; die Vorstellung, jemanden zu treffen und ihre Gegenwart erklären zu müssen, war schrecklich gewesen. Obwohl ihren Eltern doch das ganze Haus gehörte.

Inzwischen hatte sie sich angewöhnt, das Haus sehr früh am Morgen zu verlassen, damit sie weder Schülern noch Lehrern begegnete. Und nachmittags trödelte sie auf dem Nachhauseweg, verdrückte sich hier und da in irgendeine Ecke, um schnell eine Zigarette zu rauchen. Während sie ihr Wasser austrank, spürte sie den angenehmen Druck der Zigarettenschachtel in ihrer Tasche. Sie würde eben irgendwohin gehen und allein eine rauchen.

Als Marcus zurück nach Silchester fuhr, fühlte er sich belebt und voller Energie. Er raste bei lauter Musik über die Autobahn, summte mit, klopfte von Zeit zu Zeit auf das Lenkrad und freute sich darüber, daß alles so einfach sein würde. Das Treffen mit Leo war ein Kinderspiel gewesen. Er hatte nichts tun müssen, als dazusitzen und ihm zuzuhören. Hin und wieder hatte er genickt, aber davon abgesehen hatte er zu dem Gespräch nichts beigetragen. Und dennoch war er jetzt fest einbezogen in einen Plan, der ehrlicherweise nur als... als...

Als ihm das Wort »Betrug« einfiel, zuckte er leicht zusammen. Aber es war gar nicht nötig, dieses Wort zu bemühen. Ja, es war viel zu moralisch, viel zu streng. Worüber Leo und er sich geeinigt hatten, war nichts als eine geschäftliche Zusammenarbeit. Wenn sie abgewickelt war, würden sie beide enorm daran verdient haben, nämlich mehrere hunderttausend. Leicht verdientes Geld!

Aber Marcus vermutete ganz richtig, daß das Geld weder für ihn noch für Leo die Hauptrolle spielte. Jedermann wußte, daß Leo nach dem Tod seines Vaters sehr viel geerbt hatte. Und Marcus selbst stand auch nicht gerade schlecht da. Es war also nicht die Aussicht auf finanziellen Gewinn, die ihn dazu gebracht hatte, Leos Einladung anzunehmen. Selbst jetzt, da er genau wußte, um wieviel Geld es ging, war etwas anderes ausschlaggebend. Und zwar der Nervenkitzel, der Reiz des Verbotenen. Es ist keine Kunst, sich im Rahmen des Erlaubten zu bewegen, dachte er. Aber wie viele Leute gab es, die eine Unternehmung wagten, wie Leo und er sie jetzt fest geplant hatten?

Als Marcus vom Gas ging, um sich in die Ringstraße einzuordnen, war ihm, als sei das ganze Auto angefüllt mit Adrenalin. Er hatte es tatsächlich gewagt. Er hatte zugesagt. Er gehörte jetzt zu einer anderen Welt, zu einer anderen Gruppe von Geschäftsleuten. Der Gedanke stärkte sein Selbstgefühl ungeheuer. Er platzte fast vor Energie. Es war ihm unmöglich, jetzt ins Büro zu gehen. Er hatte Lust, einen Spaziergang über die Felder zu machen oder ein Grundstück zu besichtigen. Nur nicht direkt in das provinzielle kleine Büro.

Die Vorstellung, dort zu sitzen und einen Stapel ziemlich unwichtiger Papiere durchzublättern, erfüllte ihn plötzlich mit Entsetzen. Außerdem mußte er an Miles denken. Es war sehr gut möglich, daß er heute nachmittag in sein Büro kam und ihn über den Termin befragte. Den sogenannten Termin mit einem Klienten. Bei diesem Gedanken fühlte Marcus Angst in sich aufsteigen und schüttelte den Kopf. Das war ja lächerlich. Ein raffinierter Mann wie er brauchte sich doch nicht vor der Einschätzung seines biederen Cousins zu fürchten. Er stand doch über all dem, verdammt noch mal. Er war heute in eine ganz neue Riege von Geschäftsleuten aufgenommen worden. Hier ging es um das große Geld, hier war er sein eigener Boß und brauchte vor niemandem Rechenschaft abzulegen.

Auf der anderen Seite war es sicher nicht verkehrt, irgendeine Geschichte parat zu haben, nur für alle Fälle. Marcus blinkte und bog in die Ringstraße ein. Er versuchte, sich an die Klientin zu erinnern, die er als Entschuldigung angegeben hatte, die Frau, die ihr Haus vermieten wollte. Vielleicht konnte er sich das Haus anschauen. Das mußte er sowieso tun, denn er hatte ihr versprochen, sich darum zu kümmern. Er konnte sich nicht an ihren Namen erinnern, aber sehr genau an ihren enorm erleichterten Gesichtsausdruck, als er ihr versprochen hatte, sich für sie einzusetzen. Sie war so dankbar gewesen, und er hatte bislang überhaupt nichts für sie unternommen. Mit schlechtem Gewissen versuchte er sich zu erinnern, wo das Haus stand. Irgendwo im Westen von Silchester: Mehr wußte er beim besten Willen nicht.

Aber die Adresse stand sicher auf der aktualisierten Liste der Grundstücke, die er gestern abend noch in seine Aktentasche gesteckt hatte. Er öffnete sie mit einer Hand, wühlte darin herum und hatte schließlich Glück. Er würde die Liste überfliegen, und die Adresse würde ihm wieder einfallen. Er würde sie erkennen, wenn... ja! Russell Street 12. Jetzt erinnerte er sich. Und glücklicherweise war er auch noch nicht zu weit gefahren.

Als er vor dem Haus Nummer 12 parkte, kam es Marcus so vor, als sähe er eine schmale Gestalt in Richtung Garage gehen. Er stieg aus und ging ein paar Schritte auf das Haus zu. Aber wer immer das gewesen sein mochte, er war verschwunden. Vielleicht jemand, der eine Abkürzung genommen hatte. Oder er hatte sich die Person nur eingebildet. Er schaute sich das Haus an. Eine hübsche viktorianische Villa. Nicht riesig, aber groß genug. Groß genug für Ginny Prentice und ihren Mann, dessen war er sich ganz sicher. Und sie hatte ihm klipp und klar gesagt, sie wolle ein Haus in Silchester mieten. Er sah keinen Grund, warum es nicht dieses sein sollte.

Er öffnete das Gartentor. Er würde sich die Schlüssel besorgen und das Haus auch von innen besichtigen müssen, aber zumindest einen Eindruck konnte er sich auch so verschaffen. Langsam ging er außen herum und schaute in die Fenster. Weiße Wände, dunkelroter Teppichboden. Gar nicht schlecht. Auf der anderen Seite eine angenehm große Küche. Und oben waren vermutlich zwei oder drei Schlafzimmer und ein bis zwei Bäder. Nein, wahrscheinlich nur ein Bad. Aber das war ganz in Ordnung.

Er wandte sich um und betrachtete den Garten. Rasen und ein paar Büsche. Nichts Besonderes. Dennoch war es geradezu ideal für Mieter. Und eine praktische Garage. Er ging hin und versetzte dem Tor einen Stoß. Das Schloß schien kaputt zu sein, aber die Tür öffnete sich dennoch nicht. Vielleicht war das Holz feucht geworden und aufgequollen. Das mußten sie richten lassen. Und den Rasen mähen. Aber vom ersten Eindruck her war das Haus sehr geeignet für Ginny und ihren Mann, den Schauspieler. Er würde sie anrufen, sobald er im Büro wäre. Das war gut, dann brauchte er nicht an die andere Sache zu denken.

Alice wartete, bis die Schritte sich entfernt hatten. Dann hörte sie, wie ein Auto angelassen wurde und wegfuhr. Erst dann entspannte sie sich. Sie wußte nicht, wer sich ihr Haus angeschaut hatte. Aber die Vorstellung, daß derjenige so nahe an sie herangekommen war, ohne zu ahnen, daß sie da war, erfüllte sie mit einer gewissen Befriedigung. Sie schaute auf die Uhr. Es war erst zwanzig nach eins. Sie hatte Zeit bis zwanzig nach drei. Und niemand hatte auch nur die leiseste Ahnung, wo sie war.

4. KAPITEL

»»Ein schönes Familienhaus in einer der besten Straßen von West Silchester.«« Ginny Prentice schaute von dem Papier auf, das sie in der Hand hielt, und kicherte. »Tut mir leid«, sagte sie. »Aber ich glaube nicht, daß es in West Silchester überhaupt eine begehrte Straße gibt.«

»Aber doch«, sagte Piers. »Zumindest für die unteren Schichten. Du hast dich mit zu vielen Schreiberlingen von

Country Life unterhalten, das ist dein Problem.« Er lehnte sich bequem in seinem Sessel zurück, ordnete die Falten seines Schlafrockes und trank einen Schluck Kaffee aus dem handbemalten italienischen Becher. »Lies weiter, was steht da noch über das Haus?«

»›Eine geräumige viktorianische Doppelhaushälfte mit einer großen Eingangshalle und einem geräumigen Wohnzimmer. Im oberen Stockwerk befinden sich drei Schlafzimmer und ein attraktives Badezimmer im viktorianischen Stil.‹ Na ja, das klingt gar nicht so schlecht.«

»Es klingt ganz prima«, sagte Piers. »Das Haus nehmen wir.«

»›Nach hinten erstreckt sich eine Rasenfläche mit verschiedenen großen Büschen, und seitlich steht eine aus Ziegelsteinen gemauerte Garage.‹«

»Bestens. Große Büsche. Genau das richtige. Ruf heute noch an, und sag ihnen, daß wir das Haus mieten wollen.«

»Ich sage ihnen, daß wir es *besichtigen* wollen«, antwortete Ginny gut gelaunt. »Ich habe sowieso am Dienstag einen Termin in Silchester. Du kannst mitkommen, und dann schauen wir uns das Haus an.«

»Das brauche ich nicht«, antwortete Piers lässig. »Ich weiß genau, wie es ist. Drei Schlafzimmer und ein viktorianisches Bad. Das wird eins von diesen riesigen Bädern sein, wo die Wanne Löwenfüße hat und wo sich fünf Leute gleichzeitig waschen können.«

»Nein, eben nicht«, antwortete Ginny. »Es ist klein und cremefarben, hat goldene Armaturen und eine hölzerne Wandverkleidung.«

»Na wunderbar«, antwortete Piers. »Ich liebe goldene Armaturen.« Er grinste Ginny etwas gelangweilt an.

Aber Ginny war nicht in der Stimmung, sich von seiner Langeweile anstecken zu lassen. Es war ein heller, leuchtender Oktobertag, und sie platzte fast vor Energie. Und es sah ganz so aus, als würden sie tatsächlich nach Silchester ziehen. Sie strahlte Piers an. Er saß lässig am Erkerfenster in ihrer Londoner Küche, in einer Pose, die sie aus einer Aufführung von *Les Liaisons Dangereuses* kannte, in der er die Hauptrolle gespielt hatte. Sie goß sich Kaffee nach. Sie war schon fürs Büro gekleidet, trug elegante Schuhe, Strumpfhosen und ein neues bernsteinfarbenes Kostüm, das, wie sie fand, gut zu ihrem gelockten blonden Haar paßte. Piers hatte im Gegensatz zu ihr gar nichts vor. Er würde, wie Ginny wußte, sich irgendwann im Laufe des Vormittags anziehen, und zwar sorgfältig. Aber da er einen langen freien Tag vor sich hatte, war es wirklich nicht einzusehen, fand sie, daß er sich gleich morgens fertig machte.

Ginny dagegen hatte einen anstrengenden Tag vor sich. Sie fuhr mit einer Gruppe von Journalisten ein Stück aus London hinaus, um ihnen eine gerade fertiggestellte neue Siedlung zu zeigen. Sie öffnete ihre Aktentasche und überprüfte, ob sie alles Nötige hatte: die Liste der Journalisten, die sich angesagt hatten, die glänzenden Pressemappen. Sie schaute schnell noch einmal die Fotografien durch, um sicherzugehen, daß keine fehlte. Die sorgfältig angelegten Gärten. Die Panoramafenster. Die großen offenen Kamine in den Wohnzimmern.

Clarissa, ihre Geschäftspartnerin, konnte die modernen, eingebauten Sitze vor den Kaminen nicht ausstehen. Sie haßte Neubausiedlungen und verstand nicht, wie Ginny es schaffte, Presseleuten einen ganzen Tag lang davon vorzuschwärmen.

»Kleine Schachteln für kleine Beamte«, hatte sie etwas von oben herab mit hoher Babystimme gesagt. »Und überall bügelfreie Anzüge.« Aber Ginny hatte sie angelächelt, sich die Fotos angeschaut und sich vorgestellt, die glückliche Ehefrau eines solchen kleinen Beamten zu sein; jeden Tag das Haus zu saugen, Cremetörtchen zu backen und sogar eine geblümte Schürze zu tragen. Das konnte ein nettes, gemütliches, herrlich langweiliges Leben sein.

»Das ist doch gar nicht so schlecht«, hatte sie gesagt.

»Na ja, ich weiß nicht, wie du das schaffst«, hatte Clarissa erwidert.

»Ich weiß es auch nicht.«

Aber Ginny wußte es, sie wußte, daß sie irgendeine merkwürdige Fähigkeit hatte, in fast allen Wohnungen etwas Attraktives zu finden, ob es nun ein winziges Apartment oder ein großes Haus war. Selbst wenn sie das häßlichste kleine Häuschen besichtigte, war sie in der Lage, sich dort ein recht angenehmes Leben vorzustellen und das Objekt mit indirekten, oft eher irrealen Vorzügen auszustatten. Scharen von Journalisten hörten ihr gebannt zu, wenn sie vor einer langweiligen Siedlung auf der grünen Wiese stand und mit geschickten Worten ein wunderschönes Bild von ländlichem Familienleben entwarf oder im Eingang eines heruntergekommenen Lagerhauses begeistert die geplanten Apartments und ein derart pulsierendes Großstadtleben schilderte, daß in den Wohnungen auf die Küche praktisch verzichtet werden könne. Es war ganz bestimmt eine Begabung von ihr, durchschnittliche oder sogar häßliche Häuser mit Worten so auszuschmücken, daß sich Leute dafür interessierten, das fand sie auch. Und deshalb liebte sie ihre PR-Arbeit im Immobiliengeschäft.

»Gut«, sagte sie. »Ich gehe.«

»Hab einen schönen Tag«, sagte Piers.

»Ich tu mein Bestes.« Ginny hatte es längst aufgegeben, Piers zu fragen, was er vorhabe. Er hatte angefangen, hinter diesen Fragen Kritik zu vermuten; sie hatten sich sogar schon deswegen gestritten. Sie gab ihm einen Kuß, erhob sich, schob ihre Kostümjacke zurecht und vergewisserte sich, daß ihre Strumpfhose keine Laufmaschen hatte.

»Ginny«, sagte Piers plötzlich. Er hatte eine ungewöhnlich tiefe, wohlklingende Stimme, die er in Läden und Restaurants mit großem Erfolg einsetzte; alte Damen traten nervös ein paar Schritte zurück, und Kellnerinnen erröteten und schrieben die Rechnung schneller.

»Ja?« fragte sie zögernd. Seine Stimme konnte sie lächerlicherweise jetzt noch, nach vier Jahren Ehe, völlig durcheinanderbringen.

»Sag ihnen, daß wir das Haus in Silchester zusammen besichtigen wollen.« Er grinste sie an und schob sein dunkles Haar aus der Stirn. »Ich freu mich schon darauf.«

»Ach, das ist ja wunderbar!« Ginnys Begeisterungsfähigkeit war erwacht. »Wir nehmen uns Zeit. Wir gehen irgendwo schön essen, ja? Ich muß natürlich zu dem Termin bei Witherstone, aber du wirst schon irgendwas in Silchester anfangen können, oder?«

»Das hoffe ich doch sehr«, sagt Piers. »Wenn wir dort leben werden.«

Prentice Fox Public Relations hatten ein kleines Büro in Chelsea, nur ein paar Minuten zu Fuß von der Wohnung, in der Ginny und Piers zur Zeit lebten. Auf dem Weg zum Büro überlegte Ginny, wie sie Clarissa die Neuigkeit beibringen sollte, daß sie sich am kommenden Dienstag ein Haus in Silchester anschauten. Sie hatte Clarissa schon angedeutet, daß sie daran dächte, von London wegzuziehen, daß sie die Nase voll habe von der Stadt, daß sie sich in das verschlafene Silchester verliebt habe..., aber Clarissa hatte ihr nicht glauben wollen.

»Du ziehst nie hier weg«, hatte sie behauptet. »Du würdest London viel zu sehr vermissen.«

»Aber ich bin sowieso schon mehr als die Hälfte der Zeit nicht in London«, hatte sie geantwortet. »Fast all unsere Klienten wohnen in Silchester. Witherstone ist der größte und dann noch die beiden anderen.«

»Und was ist mit Brinkburns? Die sitzen in London. Und was ist mit den Journalisten? Die wohnen alle in London.«

»Ich weiß«, sagte Ginny. »Aber ich kann ja ein paarmal pro Woche in die Stadt fahren. Manche Leute wohnen in Silchester und fahren täglich zur Arbeit nach London. Und all das könnte ich doch auch von zu Hause aus machen, oder nicht?« Sie hatte auf die Computer, die Aktenschränke und die Stapel von Presseerklärungen gedeutet, die verschickt werden sollten.

»Aber du kannst mich doch nicht hier allein sitzen lassen!« hatte Clarissa gejammert. »Wir sind doch ein Team!«

»Ich weiß«, hatte Ginny beruhigend gesagt. »Und das würden wir auch bleiben. Ich wär nur nicht mehr die ganze Zeit hier. Aber mach dir bloß keine Sorgen. Vielleicht ziehen wir ja gar nicht weg.«

Jetzt versuchte sie sich taktvolle Sätze auszudenken. Es wäre sinnlos, Clarissa die Tatsache zu verheimlichen, daß sie sich ein Haus anschauen würden. Selbst wenn Witherstone nicht ihr Kunde wäre, würde Clarissa im Handumdrehen Wind davon bekommen. Sie war aus gutem Grund eine von Londons erfolgreichsten PR-Beratern im Immobilienbereich. Sie unterhielt hervorragende Beziehungen zu einem der größten Makler im ganzen Land, hatte ein sehr einnehmendes Wesen und die Fähigkeit, Leuten, die kaum mitbekamen, daß sie etwas von großem Interesse preisgaben, alles mögliche zu entlocken. Außerdem war sie eine von Ginnys besten Freundinnen, und es würde, darüber war Ginny sich völlig im klaren, alles andere als leicht für sie beide sein, einander nicht mehr täglich zu sehen, alles zu bereden und gemeinsam zu kichern.

Aber sie konnte nicht den Rest ihres Lebens kichernd in einem Büro verbringen. Für Clarissa mochte das in Ordnung sein – sie hatte einen reichen, großzügigen Vater und einen reichen, großzügigen Ehemann, und ihre Zukunftspläne lagen haarklein fest. Mit zweiunddreißig würde sie ein Kind bekommen, mit vierunddreißig das zweite, und mit sechsunddreißig würde sie eine heiße kleine Affäre haben. »Nur um mir zu beweisen, daß das noch klappt«, hatte sie Ginny erzählt. »Und um in Form zu bleiben.«

Im letzten Jahr hatten sie ihren dreißigsten Geburtstag gefeiert, und Clarissa hatte Ginny zugeflüstert, daß sie das erste Kind um ein Jahr verschoben hätten. Vielleicht sogar um zwei.

»Dann findet die Affäre eben statt, wenn ich achtunddreißig bin«, hatte sie gesagt und sich leicht angetrunken an Ginnys Schulter gelehnt. »Aber das wäre doch ganz okay, oder?«

Für Ginny war die Zukunft nur hinsichtlich ihrer Karriere klar. Alles andere stand in den Sternen. Nach ein paar Jahren Ehe mit einem Schauspieler hatte sie gelernt, daß ein fester Job nicht nur eine dauernde Quelle von Langeweile war, nicht nur ein Mühlstein, den sich ängstliche kleine Leute freiwillig um den Hals hängten. Ein fester Job bedeutete Zukunft und ein regelmäßiges Einkommen.

Während der zwei Jahre vor ihrer Hochzeit hatte Piers fast immer gearbeitet. Er hatte großen Erfolg in einer schlechtbezahlten und von der Kritik gut besprochenen Fernsehserie namens *Coppers* gehabt. Als sie heirateten, war er fast, aber doch nicht ganz, ein Schauspieler, der überall erkannt wurde.

Doch irgendwann hatte Sebastian, der Held, den er spielte, das Training bei der Polizei zu anstrengend gefunden und schließlich Selbstmord begangen. Das hatte zugegebenermaßen niemanden überrascht, denn es hatte von Anfang an im Drehbuch gestanden – obwohl Ginny sich gefreut hätte, wenn ihr Mann immer weiter in der populären Serie zu sehen gewesen wäre. Aber seit *Coppers* für ihn beendet war, wußte Piers nicht so genau, was er tun sollte. Er war jetzt etwas zu bekannt, um jede kleine Rolle annehmen zu können, aber auch noch nicht so bekannt, daß Produzenten sich um ihn gerissen hätten. Der Agent meinte, es wäre das beste, wenn er eine Zeitlang beim Theater arbeiten würde.

Das ist ja alles gut und schön, dachte Ginny und bog in die Straße ein, in der ihr Büro lag. Aber die kleine Schauspieltruppe, bei der er früher gearbeitet hatte, hatte sich während seiner Sebastian-Zeit aufgelöst. Und andere Arbeit schien es nicht zu geben. Die Engagements, die er hin und wieder bekam, waren extrem schlecht bezahlt. Und im letzten halben Jahr hatte er überhaupt keine Arbeit gefunden.

Ginny hielt sich für sehr bescheiden, was ihre Lebensansprüche betraf. Sie wollte nicht unbedingt reich sein. Sie war nicht wild auf eine riesige Wohnung in Knightsbridge, wie die von Clarissa, oder auf einen schicken Wagen oder teure Freizeitbeschäftigungen. Aber sie wollte ein Haus und einen Garten. Und ein paar Jahre zu Hause, um Kinder kriegen und aufziehen zu können, und zwar ohne das Gefühl, sich keine hübschen Kleider und andere Kleinigkeiten mehr leisten zu können, die das Leben angenehm machten. Andere schaffen das schließlich auch, sagte sie sich, als sie die Stufen zum Eingang des Bürogebäudes hochging. Andere Leute hatten Häuser, viel Platz, mehrere Kinder und fuhren dennoch jedes Jahr in Urlaub.

Aber eine leise Stimme flüsterte ihr ins Ohr, daß andere Leute nicht mit Schauspielern verheiratet waren.

Um elf Uhr vormittags hatte Piers ein Bad genommen, sich Jeans und ein T-Shirt angezogen und eine Stunde lang ferngesehen. Er lauschte gerade einer Diskussion über gefährliche Hunde, als er hörte, wie die Post eingeworfen wurde. Dieses Geräusch ließ sein Herz immer noch schneller schlagen, obwohl er wußte, daß heutzutage alles über Telefon oder Fax abgewickelt wurde. Er sah auf den ersten Blick, daß keine interessanten Briefe gekommen waren und blätterte die neue Ausgabe von *The Stage* durch. Zu glauben, daß ich hier etwas finde, ist natürlich lächerlich, dachte er. Die besten Rollen waren immer schon vergeben, dafür sorgte die Agentenmafia, der sein eigener Agent, Malcolm, nicht anzugehören schien. Kurz schoß ihm der altvertraute Gedanke durch den Kopf, daß er wirklich Ausschau nach einem anderen Agenten halten sollte, doch der Gedanke verschwand wieder, und zurück blieb nichts als ein vages Verbundenheitsgefühl mit Malcolm. Schließlich hatte er ihm die Rolle in *Coppers* verschafft. Aber das war schon lange her. Viel zu lange. Und jemand wie er sollte es wirklich nicht nötig haben, die Rollenangebote auf der Rückseite von *The Stage* zu studieren.

Als das Telefon klingelte, blickte er auf, als wäre er bei einer wichtigen Arbeit gestört worden, erhob sich schließlich und schlenderte, die Zeitung unter den Arm geklemmt, zum Telefon.

»Darling! Hast du gelesen, was ich gelesen hab?« Es war die unverwechselbare Stimme von Duncan McNeil, dem einzigen Freund aus der Schauspielschule, zu dem Piers noch Verbindung hatte. Der kleine, schwule und leicht erregbare junge Mann lebte ganz in der Nähe von Piers und Ginny, genauso nahe wie vorher, als sie in Islington, und davor, als sie in Wandsworth gewohnt hatten.

»Das ist der Zeitgeist«, hatte er schwermütig gesagt, als sie ihn darauf ansprachen, daß er ihnen zum drittenmal nachziehen würde. »Etwas in mir hat ganz deutlich gesagt: Es ist an der Zeit, nach Fulham zu ziehen. Alle guten Leute wohnen inzwischen dort.« Jetzt war seine Stimme noch höher und noch erregter als normalerweise.

»Wovon sprichst du eigentlich?« fragte Piers geduldig.

»Von *The Stage*. Hast du sie schon?«

»Ja. Und?« Piers fühlte sein Herz schneller schlagen. »Steht was Interessantes drin?« fügte er möglichst beiläufig hinzu.

»Also, wenn du so blind bist, muß ich rüberkommen und dich mit der Nase draufstoßen. Ich bin in einer Minute bei dir.« Er legte auf, und Piers schaute fieberhaft die Rollenangebote durch. Aber er fand nichts, das ihm auch nur im entferntesten passend vorgekommen wäre. Der verdammte Duncan. Das war mal wieder einer seiner blöden Witze.

Es klingelte. Plötzlich ziemlich verärgert, öffnete er Duncan die Tür.

»Wovon zum Teufel redest du eigentlich?« fragte er, sobald Duncan eingetreten war.

»Genau da, du Dummerchen.« Duncan nahm ihm die Zeitung ab und deutete auf eine große Anzeige mitten auf der Seite. »Das neue Musical. Casting nächsten Montag und Dienstag.«

»Ja, und hast du auch gelesen, was hier steht? Man muß erstklassig tanzen können.« Duncan zuckte mit den Achseln. »Na ja, wenn man alles glaubt, was da steht... Ich geh auf alle Fälle hin. Ich hab mich noch nie für ein Musical beworben. Vielleicht hab ich ja Glück.« Piers schaute seinen kleinen, etwas dicklichen Freund bedeutsam an.

»Ich dachte, du meinst es ernst«, sagte er vorwurfsvoll.

»Das tue ich doch«, protestierte Duncan. »Wirklich. Na ja, halb wenigstens. Irre viele Leute, die in Musicals auftreten, können nicht tanzen. Wir zwei könnten doch wenigstens im Hintergrund ein bißchen hin- und herwackeln...« Er unterbrach sich, als er Piers' strengen Gesichtsausdruck sah. »Findest du die Vorstellung denn gar nicht lustig? Soll ich Kaffee machen?«

»Es ist keine Milch da.«

»Okay, dann lade ich dich zu einem Kaffee ein.«

Das italienische Café, in das sie immer gingen, füllte sich mit jungen Müttern und älteren Ehepaaren.

»Schnell«, zischte Duncan. »Setz dich an den Fensterplatz, bevor die alte Fledermaus dort ist.« Kurz darauf kam er mit zwei Tassen Cappuccino an den Tisch, den Piers okkupiert hatte. Er drapierte seine Lederjacke und seinen Schal über die beiden leeren Stühle, setzte sich, trank einen Schluck und wischte sich den weißen Milchschnurrbart ab.

»Also, was gibt's Neues?« sagte er.

»Wir ziehen nach Silchester.« Vor lauter Ärger über Duncan klang Piers schroffer, als er beabsichtigt hatte. Er und Ginny hatten Duncan ganz bewußt nichts von ihren Umzugsplänen erzählt, weil sie vermuteten, daß es ihn aufregen könnte, daß er versuchen könnte, sie davon abzubringen; vielleicht auch, weil noch gar nicht sicher war, daß etwas daraus wurde. Piers stand dem ganzen Plan sowieso sehr zwiespältig gegenüber. Manchmal dachte er, es wäre der reine Wahnsinn, aus London wegzuziehen; andere Male stellte er sich eine sorgenfreie Existenz auf dem Lande vor und machte sich klar, daß sie in London kaum jemals in eines der vielen Theater gingen.

»Was?« Duncans Stimme brach, und er starrte Piers schockiert an. Piers erinnerte sich wütend daran, daß Duncan den Ausdruck des aschfahlen unschuldigen Opfers von Betrügern schon in der Schauspielschule gut beherrscht hatte.

»Es ist noch nicht ganz sicher«, sagte er. »Aber wir schauen uns nächste Woche dort ein Haus an.«

»Aha.« Duncan starrte unglücklich in seine Tasse. Piers rührte betreten seinen Kaffee um. Dann blickte Duncan auf, überrascht und erleichtert.

»Hast du Silchester gesagt?« fragte er. »Wie merkwürdig. Gerade gestern habe ich gedacht, wenn ich jemals aus London wegziehen würde, dann nur nach Silchester. Findest du das nicht komisch?«

»Duncan...«

»Also wirklich, ich hab nie an Zufälle geglaubt, aber das ist ja der reinste Wahnsinn. Findest du nicht?«

»Unglaublich«, sagte Piers und gab auf. Wenn es soweit war, würde er schon mit Duncan fertig werden. Wenn. Er erhob sich, um zwei weitere Kaffee und zwei Mandelcroissants zu holen. Als er wieder an den Tisch kam, empfing Duncan ihn mit dem neuesten Klatsch.

»Hast du schon das Neueste über Ian Everitt gehört?« fragte er, noch bevor Piers sich hingesetzt hatte.

»Nein, was denn?« Die heftige Eifersucht, die Piers früher empfunden hatte, wenn die Sprache auf ihren alten Kameraden aus der Schauspielschule gekommen war, hatte sich im Laufe der Jahre etwas gelegt. Inzwischen konnte er ihn sogar in den dreimal pro Woche ausgestrahlten Folgen der Serie *Summer*

Street anschauen, ohne daß sich ihm der Magen umdrehte vor Eifersucht, Bedauern und dem entsetzlichen Gefühl, eine gute Gelegenheit verpaßt zu haben. Ian Everitt war, wie Piers, hochgewachsen und dunkelhaarig und halbwegs gutaussehend. Er hatte eine kleine, nur für ein paar Folgen geplante Rolle in der neuen Kitschserie namens *Summer Street* angenommen, etwa zur gleichen Zeit, als Piers bei *Coppers* angefangen hatte. Während Piers' Rolle sehr gut gelaufen war, durch den Selbstmord Sebastians jedoch ein abruptes Ende genommen hatte, war Ians Part immer wichtiger geworden, und er hatte seinen Vertrag verlängert bekommen. *Summer Street* war mittlerweile die erfolgreichste Kitschserie im ganzen Land, und Ian Everitt wurde auf der Straße praktisch von allen erkannt, was Piers fast, aber nicht ganz, gelungen war. Das schlimmste aber war, daß Piers Ian Everitts Rolle angeboten bekommen hatte und sie zugunsten des Sebastian in *Coppers* abgelehnt hatte.

»Ich hab gehört, er will nach Hollywood«, sagte Duncan.

»Warum, eine Filmrolle?«

»Offenbar. Es wird gemunkelt, daß er der nächste David Niven wird.«

Piers schnaufte verächtlich. »Ach ja, natürlich.«

Duncan zuckte die Achseln. »Er steigt nächsten Frühling bei *Summer Street* aus.«

»Und was haben die vor? Lassen sie ihn sterben?«

Duncan schwieg einen Augenblick, biß von einem Croissant ab und rührte seinen Kaffee um. »Offenbar«, sagte er schließlich und schaute Piers nicht an, »suchen sie einen Nachfolger für ihn.«

»Scheiße.« Piers starrte Duncan ungläubig an. »Meinst du das ernst?«

»Das hab ich jedenfalls gehört.«

»Scheiße. Wie kann ich das herausfinden?« Für einen Moment herrschte Schweigen und Piers sah sich zerstreut im Café um. Als er Duncan wieder anblickte, sah er, wie sich auf dessen Lippen ein zartes Lächeln formte.

»Worüber lachst du?«

»Mir ist gerade was eingefallen«, sagte Duncan leichthin. »Ich hab es schon immer für wichtig gehalten, hin und wieder in so scheußliche Magazine wie *Rural House* zu schauen. Weißt du, wo Everitts wunderschön eingerichtetes Landhaus steht?«

»Weiß der Teufel.« Piers starrte Duncan ungeduldig an. Plötzlich änderte sich sein Gesichtsausdruck. »Was? Doch nicht etwa...«

Duncan blickte ihn triumphierend an. »Doch, ganz genau«, sagte er. »Es ist der Zeitgeist. Alle guten Leute wohnen in Silchester.«

5. KAPITEL

Nun leiteten sie die Privatschule schon fast einen Monat lang, und Liz wußte trotzdem noch nicht genau über ihre Gefühle Bescheid. Sie schwankte immer wieder zwischen funkenstiebender Energie, Macht und Kontrolle – und der erschlagenden Überzeugung, daß sie sich viel zuviel vorgenommen hatten; daß sie es letzten Endes nicht schaffen würden und Bankrott anmelden müßten. An guten Tagen traf sie schnelle Entscheidungen, sprach mit klarer, gut artikulierter Stimme, freute sich darüber, wie alles schon fast von allein zu laufen schien, und dachte bereits darüber nach, ob sie die Schule nicht vergrößern sollten. An schlechten Tagen mußte sie sich zwingen, ihre Wohnung zu verlassen und in die exponierte Rolle des zweiten Rektors zu schlüpfen. Sie sehnte sich danach, wieder eine einfache Lehrerin zu sein, eine Angestellte mit klar definierten Aufgaben und keinerlei Verantwortung außerhalb des Klassenraums.

Jonathan unterlag nicht solchen Gefühlsschwankungen. Er hatte die Verantwortung auf sich genommen, ganz egal, wie das

Ganze letzten Endes ausgehen würde, und er nahm jeden Tag so, wie er kam; er erlebte weder die Begeisterungsstürme noch die Verzweiflungsanfälle von Liz. Heute abend war Liz positiv gestimmt, nach einer Konferenz mit den Sprachlehrern, die sehr gut gelaufen war. Ihre Augen leuchteten, und ihre Wangen waren rot vor freudiger Erregung. Sie hatte angefangen, die Karotten für das Essen zu schaben, aber nachdem sie das Messer zum drittenmal hingelegt hatte, um Jonathan mit weitausholenden Gesten für eine geplante Italienreise zu erwärmen, übernahm er die weitere Zubereitung des Essens.

Er füllte gerade einen Topf mit Wasser, als das Telefon klingelte. Liz zögerte keinen Augenblick und nahm den Hörer ab.

»Hallo?«

»Mrs. Chambers?« Es war eine männliche Stimme, die ihr irgendwie bekannt vorkam.

»Ja, ich bin's.« War es einer der Lehrer? Oder ein Schüler?«

»Hier spricht Marcus Witherstone.« Liz' Herz tat einen kleinen Sprung.

»Ach, hallo«, sagte sie sehr freundlich. Sie fühlte, daß Jonathan sie fragend anschaute, und aus irgendeinem Grund, über den sie erst später nachdenken würde, drehte sie sich von ihm weg. Sie schüttelte ihr Haar nach hinten und lächelte die Pinwand aus Kork an.

»Ich habe Mieter für Sie gefunden.« Er klang angeregt und ziemlich selbstzufrieden. »Ginny und Piers Prentice. Das Ehepaar, von dem ich Ihnen erzählt habe.«

»Wie schön«, sagte Liz. Sie warf Jonathans Rücken einen triumphierenden Blick zu. »Das sind ja wunderbare Neuigkeiten. Wann wollen sie einziehen?« Jonathan drehte sich mit überraschtem Gesichtsausdruck um, aber Liz hatte sich schon wieder abgewandt.

»Bald«, sagte Marcus. »Offenbar schon in ein paar Wochen. Und Ginny, die junge Frau, hat morgen in Silchester zu tun. Sie würde sich gern mit uns im Haus treffen, um den Mietvertrag zu unterschreiben und sich mit Ihnen über die Übernahme von Möbelstücken zu unterhalten. Irgendwann am Nachmittag.«

Liz war enttäuscht. Sie mußte den ganzen Nachmittag unterrichten.

»Ja, das paßt mir gut«, sagte sie zu ihrer eigenen Überraschung. »Um drei. Bis dann.«

Ohne Jonathan anzuschauen, wählte sie eilig die Nummer von Beryl, einer älteren Sprachlehrerin, die nur vormittags unterrichtete.

»Beryl? Hier spricht Liz Chambers. Könnten Sie mir morgen nachmittag ein paar Stunden Unterricht abnehmen? Ab drei Uhr. Ich hab was Dringendes zu erledigen. Ja, ich trag Sie ein. Wirklich? Ach, Beryl, das ist ja prima. Ja, natürlich, die normale Bezahlung. Natürlich. Adieu!« Sie legte auf und blickte Jonathan an.

»Wir haben Mieter für das Haus gefunden.« Sie fühlte, daß ihre Augen glänzten und ihr Gesicht rot wurde.

»Das habe ich mitgekriegt«, sagte Jonathan. »Das sind ja gute Nachrichten.« Er ging zur Tür. »Alice!« rief er. »Komm her und deck den Tisch!«

»Ist das alles, was dir dazu einfällt?« fragte Liz. Ihre Stimme klang unangenehm aufsässig. »Nachdem du so viel Druck gemacht hast wegen der berühmten Mieter?«

»Natürlich nicht.« Er wandte sich um und grinste sie an. »Es tut mir leid, daß ich der ungläubige Thomas war. Ich nehme alles zurück. Entschuldigung!« Er griff an ihrem Kopf vorbei, um das Ketchup vom Bord zu holen, und Liz verspürte plötzlich den Drang, ihn zu schlagen. Sie starrte ihn an, seine milde Stirn, seine schmalen Schultern und knochigen Hände, und fühlte eine Woge der Frustration in sich aufsteigen.

Die Küchentür öffnete sich, und Alice kam herein. »Hallo«, sagte sie leise.

»Messer und Gabeln bitte, Alice«, sagte Jonathan. Er öffnete die Ofentür und schaute hinein. »Wer will zwei Stück Fisch?«

Niemand sagte ein Wort. Alice setzte sich auf den Chromstuhl und betrachtete ihre Fingernägel. Liz wandte ihren Blick von Jonathans schmalem Rücken ab und lächelte Alice mütterlich an.

»Hallo, Liebes«, sagte sie. »Wie war es in der Schule?«

Alice tat, als hätte sie nichts gehört. Sie konnte es nicht ausstehen, wenn ihre Eltern Fragen stellten. Und das war nun wirklich die dümmste Frage von allen. Was sollte sie darauf antworten? An der Schule gab es überhaupt nichts Interessantes, und wenn, dann waren es Dinge, die ihre Eltern nicht verstehen würden. Sie starrte auf ihren Teller, biß die Zähne zusammen und wartete auf den unausweichlichen Augenblick, da sie nachgeben, aufblicken und antworten mußte.

»Alice?« Liz fuhr ihrer Tochter durch das seidige dunkle Haar, und Alice versuchte keine Grimasse zu ziehen. »Wir haben gute Nachrichten«, sagte sie fröhlich. »Der Makler hat Mieter für unser Haus gefunden.«

»Wirklich?« Alice hatte das unangenehme Gefühl, daß ihr das Wort aus dem Mund gerissen würde. Sie drehte ihr Gesicht leicht von Liz weg, damit keine Gefahr bestand, ihr in die Augen schauen zu müssen. Manchmal konnte sie es kaum aushalten, mit ihren Eltern zusammenzusein.

»Ich treffe sie morgen«, fuhr Liz mit einer etwas zu lauten Stimme fort. »Die Mieter.«

»Morgen nachmittag, stimmt's?« fragte Jonathan, der einen Krug Wasser zum Eßtisch trug. »Du weißt doch, morgen nachmittag habe ich keinen Unterricht. Ich hätte die Leute treffen können. Alice, wo sind die Messer und Gabeln?«

»Wirklich?« fragte Liz möglichst beiläufig und schaute zu, wie Alice sich mürrisch erhob. »Na ja, jetzt hab ich es schon anders organisiert.«

Am nächsten Nachmittag erwischte Liz sich zweimal dabei, wie sie ihren Schülern kompletten Unsinn erzählte. Als ihre erste Stunde vorbei war, raste sie nach oben in die Wohnung und warf ihre Bücher auf das Doppelbett in ihrem dunklen Schlafzimmer. Sie ging zum Fenster und starrte sich im Spiegel an. Wenn sie etwas Make-up auflegte, würde sie attraktiver aussehen. Aber es konnte auch angestrengt wirken. Bilder von gepflegten Frauen, die sich jeden Tag schminkten, zogen Liz durch den Kopf. Aber sie war zu alt, um damit noch anzufangen. Und was viel wichtiger war: Es war bereits zehn vor drei. Einen Augenblick lang starrte sie voller Panik ihr Spiegelbild an. Ihr Gesicht war rosig, wenigstens das. Und sie hatte ihre Kontaktlinsen drin. Und ihr Haar würde gehen, wenn sie es im Auto noch einmal durchkämmte.

Aber als sie in die Russell Street einbog, sah sie den Makler schon am Gartentörchen lehnen. Er sah ihr Auto und lächelte ihr fröhlich zu. Liz lächelte zurück, hoffend, daß er die Haarbürste auf dem Beifahrersitz übersah. Sie parkte und öffnete vorsichtig die Tür, damit sie nicht gegen das steil ansteigende Pflaster stieß. Alles sieht genauso aus wie immer, dachte sie beim Aussteigen. Es war fast so, als wäre sie noch gar nicht weggezogen. Nur daß vor ihr dieser glänzende, teuer aussehende Mercedes stand. Und daneben Marcus Witherstone. Er hielt eine Flasche Champagner in der Hand.

»Hallo, Mr. Witherstone«, sagte Liz. Sie schloß ihr Auto ab und versuchte kurz, sich im spiegelnden Fenster zu betrachten.

»Bitte, nennen Sie mich doch Marcus«, sagte er und lächelte sie herzlich an. Liz lächelte nervös zurück.

»Und ich bin Liz«, sagte sie, zwang sich, den Türgriff loszulassen und ging so natürlich wie möglich auf ihn zu. Plötzlich wurde ihr bewußt, daß sie hier mit Marcus stand, und zum erstenmal in ihrem Leben fragte sie sich, was die Nachbarn wohl dazu sagen würden. Die Straße wirkte wie leergefegt, und ihre Stimme klang ihr dünn und hoch in den Ohren. Sie blickte schnell zum Haus.

»Nun, das ist es«, sagte sie.

»Ja«, sagte Marcus freundlich. »Ich kann mir vorstellen, daß es für Sie etwas merkwürdig ist, es fremden Leuten zu zeigen.«

»Na ja, ja«, sagte Liz. »Aber es fällt mir leichter, es zu vermieten, als es zu verkaufen...« Sie unterbrach sich, wurde rot und erinnerte sich plötzlich daran, wie sie den armen Nigel angeschrien hatte. »Es mußte ja etwas geschehen, und ich ziehe diese Lösung vor.« Sie lächelte Marcus zögernd zu. »Es ist sehr nett, daß Sie sich so für uns eingesetzt haben.«

»Nicht der Rede wert!« erwiderte Marcus und schwenkte die Champagnerflasche fröhlich hin und her. »Das gehört zum Service.«

»Aber daß Sie so schnell Mieter gefunden haben!«

»Kein Problem.« Er lächelte sie an, es war ein entspanntes Lächeln, und Liz blickte ihn bewundernd an. Sie wollte, daß er weitersprach, daß er ihr etwas von seiner mühelosen Sicherheit, von seinem Selbstvertrauen abgab. Er hielt die Flasche Champagner so selbstverständlich, als sei das ganz alltäglich für ihn. Zweifellos würde er sie mit einem kräftigen Ruck öffnen und keinen Tropfen verschütten.

Marcus sah, daß Liz auf die Flasche blickte, und erinnerte sich daran, warum er sie überhaupt in der Hand hielt.

»Die ist für Sie!« rief er aus. »Das ist ein neuer Brauch bei Witherstones«, erklärte er. »Eine Flasche Champagner für jedes verkaufte Haus.«

»Aber...«

»Ihr Fall liegt etwas anders. Wir haben kläglich versagt, Ihr schönes Haus zu verkaufen, deshalb hab ich gedacht, daß Sie sich diese Flasche auch bei einer Vermietung verdient haben.«

»Großer Gott!« Jetzt fühlte sich Liz wirklich wie auf dem Präsentierteller. In der Russell Street waren Champagnerflaschen und fremde Männer mit teuren Autos alles andere als an der Tagesordnung. Sei nicht albern, sagte sie sich. Er ist kein fremder Mann, er ist ein Makler. Sie blickte Marcus unauffällig an. Mit seiner weichen Tweedjacke und den polierten Schuhen sah er ganz und gar nicht wie ein Makler aus. Er lehnte sich wieder bequem gegen das Gartentor und kniff die Augen gegen den Wind leicht zusammen. Von da, wo Liz stand, verdeckten seine breiten Schultern die Haustür ganz und gar. Sie wagte es nicht, ihm ins Gesicht zu blicken.

Ein paar Sekunden lang herrschte Schweigen, und Liz begann, sich miserabel zu fühlen. Sie überlegte fieberhaft, was sie sagen könnte.

»Das ist ein wirklich wunderschönes Auto«, sagte sie schließlich und beschimpfte sich gleich hinterher: *Was für eine langweilige, dumme Bemerkung.* Aber Marcus wandte sich um und schaute sein Auto so überrascht an, als hätte er es noch nie richtig betrachtet.

»Ein schönes Modell, stimmt's?« sagte er. »Ich zieh es dem neuesten vor.« Er schaute sie fragend an, als rechnete er mit Widerspruch. Aber Liz hatte keine Ahnung von Autos. Sie nahm die eiskalte Flasche in die andere Hand und überlegte, was sie sagen könnte.

»Wo Ginny nur bleibt.« Marcus schaute auf die Uhr und lächelte Liz entschuldigend an. »Es tut mir leid, daß Sie warten müssen. Wenn Sie lieber gehen und den Vertrag an einem anderen Tag unterschreiben wollen, würde Ginny das bestimmt verstehen.«

»Ach nein«, sagte Liz atemlos. »Es macht mir gar nichts aus zu warten.« Sie warf einen Blick auf die Uhr. »Es ist erst Viertel nach.« Sie stellte die Champagnerflasche auf das Pflaster und rieb sich die eiskalten Handflächen. Trotz des hellen Sonnenscheins war die Nachmittagsluft kühl, und ein kalter Wind war aufgekommen. »Aber wenn Sie wollen«, fügte sie langsam hinzu, »dann können wir gern im Haus warten.«

»Natürlich könnten wir das! Warum habe ich nicht schon vorher daran gedacht?« Marcus sah auf Liz' Hände. »Sie erfrieren ja noch!« rief er aus. »Es tut mir wahnsinnig leid, daß wir so lange hier draußen herumgestanden haben. Natürlich können wir im Haus warten.« Er drückte das Tor auf und ging voran.

Liz zog den Schlüssel aus der Tasche. Sie schob ihn in das Schloß und hob die Tür mit einem Ruck beim Drehen etwas hoch. Die Tür sprang mit dem altvertrauten Knarren auf, das sie schon seit Jahren nicht mehr bemerkt hatte. Im Haus roch es leicht nach Bohnerwachs, und Liz brach zu ihrem Entsetzen und ihrer großen Überraschung in Tränen aus.

Um vier Uhr kam Alice leise in die Küche, öffnete den Eisschrank und nahm einen Joghurt heraus. Um einen Löffel aus der Schublade zu holen, griff sie an Jonathan vorbei, der sich gerade eine Tasse Tee einschenkte und überrascht aufsprang.

»Alice! Willst du einen Tee?«

»Ich hasse Tee.« Alice blieb unsicher bei der Tür stehen, weil sie sich nicht entscheiden konnte, ob sie es schlimmer fand, mit Jonathan in der Küche zu bleiben oder den Joghurt ganz allein in ihrem Zimmer zu löffeln. Sie schaute zu, wie er sich vorsichtig Milch in den Tee goß, die Flasche zurück in den Eisschrank stellte und den Tisch abwischte. Ihr war aufgefallen, daß ihre Eltern andauernd damit beschäftigt waren, die Küche zu säubern, Krümel vom Boden auffegten und alles immer gleich wegzuräumen. Als ob die Küche dadurch hübscher würde! In ihrer alten Küche in der Russell Street hatte immer ein Heidendurcheinander geherrscht, bis irgend jemand sich entschloß, aufzuräumen und abzuspülen; normalerweise Jonathan. Aber selbst im aufgeräumten Zustand war die Küche mehr als voll gewesen; überall hatten Pflanzen gestanden, Bücher hatten herumgelegen, Oscars Körbchen und seine Spielsachen hatten auf dem Boden gelegen. In dieser Küche war gerade mal Platz für eine Pflanze, und die sah schon reichlich mitgenommen aus.

Jonathan wandte sich zu ihr um und lächelte.

»Du bist ja früh zu Hause.«

Alice glaubte, einen versteckten Vorwurf zu hören. »Nein, das stimmt gar nicht.«

»Schon um vier Uhr zu Hause?«

Alice verdrehte die Augen und seufzte laut. »Ich hatte eine Freistunde. Dann dürfen wir schon heimgehen. Ich kann dir meinen Stundenplan zeigen, wenn du es mir nicht glaubst.«

»Natürlich glaube ich dir.« Jonathan trug seinen Tee ins Wohnzimmer, und Alice folgte ihm unwillig.

»Eine Freistunde«, meinte Jonathan und setzte sich neben einen Stapel von Aufsätzen auf das Sofa. »Und hast du das Gefühl, daß du auch was lernst?«

Alice warf ihrem Vater einen haßerfüllten Blick zu. Manchmal sprach er mit ihr, als ob sie immer noch neun Jahre alt wäre.

»Erzähl doch mal, wie geht es mit deinem Griechisch?«

Alice löffelte sich Joghurt in den Mund und dachte an ihre Griechischstunden, an die merkwürdigen Buchstaben und die rhythmischen Worte. *Alpha, beta, gamma, delta*. Sie hatte erst in diesem Schuljahr mit Griechisch angefangen, es machte ihr Spaß. Der Lehrer hatte unter ihre erste Hausaufgabe »sehr gut« geschrieben und vor der ganzen Klasse gesagt: »Einen schönen Gruß an deinen Vater, Alice, und sag ihm, daß du es meiner Ansicht nach sehr gut machst.« Aber Alice hätte sich lieber auf die Zunge gebissen, als ihrem Vater das auszurichten. Sie zuckte die Schultern und schaute weg.

»Es ist ganz in Ordnung«, sagte sie und kratzte ihren Joghurtbecher aus. Als sie fertig war, griff sie nach der Fernbedienung.

»Du wirfst den Becher weg, ja?« sagte Jonathan.

»Ja«, antwortete Alice irritiert. Warum mußte er ihr das sagen? Warum konnte er nicht einfach abwarten, ob sie den Becher in den Abfall warf oder nicht? Sie schaltete den Fernseher ein, und eine fröhliche Stimme begrüßte sie schon, bevor das Bild klar wurde; es zeigte einen Mann mit blondem Haar, der sich mit einer großen Puppe herumbalgte.

»Und jetzt«, sprach er in die Kamera, »ist es Viertel nach vier, und Zeit für *Ninas Bande*.« Laute Gitarrenmusik ertönte. Jonathan zuckte zusammen und erhob sich.

»Viertel nach vier«, sagte er. »Ich vermute, daß Mama schon auf dem Heimweg ist.« Er bückte sich und hob den Joghurtbecher auf. »Ich mache noch eine Kanne Tee.«

Liz war nicht auf dem Heimweg. Sie saß auf dem Boden in ihrem alten Schlafzimmer und lehnte sich an die Wand. Zu ihrer Rechten stand die halbleere Champagnerflasche. Zu ihrer Linken saß Marcus.

Liz hatte darauf bestanden, die Flasche zu öffnen. Obwohl ihre Tränen gleich wieder versiegt waren, fühlte sie sich aufgewühlt und völlig durcheinander, als sie durch das Haus ging und mit aufgeregter Stimme erklärte, daß sie den Kieferntisch hiergelassen hätten, weil in der Privatschule kein Platz dafür sei, und daß das Katzentürchen für ihren Kater Oscar sei, den sie hätten weggeben müssen.

»Und das ist unser Schlafzimmer«, hatte sie gesagt und die Tür in ein sonniges Zimmer hinein geöffnet. Auf dem Teppichboden sah man deutlich, wo das Doppelbett gestanden hatte. »Wir haben es mitgenommen«, erklärte sie unnötigerweise. »Es war schon eins in der neuen Wohnung, aber wir wollten unseres nicht hierlassen.«

»Das wundert mich überhaupt nicht«, sagte Marcus. »Ich finde, ein Bett ist das wichtigste Möbelstück überhaupt.« Das war praktisch das erste, was er seit Betreten des Hauses gesagt hatte, und während er seinen Worten nachlauschte, hatte er plötzlich ein merkwürdig surreales Gefühl. Diese Verabredung lief ganz anders, als er erwartet hatte.

Zuerst hatte sie in der Haustür angefangen zu weinen. Sie hatte sich schnell gefangen, aber das Bedürfnis gehabt, ihm alles über das Haus zu erzählen. Er war Liz geduldig von einem Zimmer ins nächste gefolgt und hatte ihren stockenden, irrelevanten Erklärungen gelauscht; er hatte sich ein Bild davon gemacht, wie ihr Familienleben in diesem Haus gewesen sein mußte. Und jetzt wohnten sie offenbar in einer häßlichen kleinen Dachwohnung oben in dieser Privatschule. Kein Wunder, daß diese arme Frau aufgeregt war.

»Aber warum haben Sie das gemacht?« fragte er abrupt. »Von hier wegzuziehen?«

»Wir mußten es«, sagte Liz und wandte sich ihm zu. »Wir mußten diese Gelegenheit einfach beim Schopf ergreifen«, sagte sie energisch. »Wir können wirklich etwas Tolles aus der Privatschule machen. Wir werden den Sprachunterricht intensivieren, Ferienkurse anbieten, das Haus langsam renovieren, bis es wirklich schön aussieht...« Sie fuhr sich mit einer Hand durchs Haar und schaute sich kurz im Zimmer um. »Natürlich vermisse ich dieses Haus«, sagte sie langsam. »Ich bin auch nur ein Mensch. Aber man muß an die Zukunft denken. Es wird schon alles besser. Wir bleiben sicher nicht ewig in dieser kleinen Wohnung.«

»Es muß schwer sein«, sagte Marcus vorsichtig.

Liz schaute ihn eindringlich an. »Natürlich ist es schwer«, sagte sie etwas lauter. »Es ist höllisch schwer. Und manchmal frage ich mich, warum wir nicht alles beim alten gelassen haben, wir hatten ein sehr angenehmes Leben. Aber wissen Sie, es war uns auf lange Sicht einfach zu wenig, ein angenehmes Leben zu haben, verstehen Sie das?«

»Nun ja«, sagte Marcus. »Ich glaube, Sie haben ganz recht.« Er schaute Liz in die leuchtenden Augen; sie gefiel ihm sehr.

Sie ging zu einem Flecken Sonnenlicht auf dem Teppich und ließ sich wie eine Katze darauf nieder.

»Ich hab dieses Zimmer immer gemocht«, sagte sie und schloß die Augen.

Marcus räusperte sich und trat ans Fenster.

»Ich sehe weit und breit nichts von Ginny«, sagte er. »Vielleicht sollte ich mal im Büro anrufen.«

»Vielleicht sollten wir die Flasche öffnen, während wir auf sie warten«, sagte Liz immer noch mit geschlossenen Augen.

Marcus zog die Stirn kraus. »Aber Sie wollen sie doch sicher mit Ihrem Mann trinken? Und...« Wie hieß noch mal Ihre Tochter? »Und mit Alice?«

Liz öffnete die Augen. »Was ich wirklich gern täte«, sagte sie ruhig, »das wäre, die Flasche jetzt zu trinken.« Und sie hielt sie ihm entgegen. Marcus zögerte, fing aber an, die Metallkappe zu lösen. Es war schließlich nur eine Flasche. Und sie konnte damit genau das tun, was sie wollte.

Also saßen sie jetzt friedlich im Schlafzimmer und tranken abwechselnd aus der Flasche. Manchmal stand Marcus auf, um zu schauen, ob Ginny angekommen war, aber irgendwann gab er es auf. Vielleicht hatte sie den Tag verwechselt oder die Adresse, oder irgendein Zwischenfall hatte sie aufgehalten. Jedenfalls war es unwahrscheinlich, daß sie so spät noch aufkreuzte. Das beste war wohl, wenn sie aufgaben und nach Hause fuhren.

Aber Marcus wollte nicht nach Hause. Er hatte angefangen, die Atmosphäre in dem ruhigen Raum zu genießen, den warmen Sonnenschein auf seinem Gesicht und den kalten, prickelnden Champagner im Mund. Liz hatte darauf bestanden, daß er mittrank, doch er war ganz sicher, daß er höchstens halb so viel getrunken hatte wie sie. Dennoch fühlte er sich leicht angetrunken. Auch Liz schien irgendwie zu schweben. Sie hatte den Kopf mit geschlossenen Augen zurückgelegt, und ihre Wangen waren gerötet.

Marcus schaute ziellos im Zimmer herum, und wieder fiel sein Blick auf die Stelle, wo das Ehebett gestanden hatte; Liz und ihr Mann hatten da geschlafen und waren da aufgewacht. Hatten sich da gestritten. Sich geliebt. Nur wenige Schritte von da entfernt, wo er jetzt saß. Liz liebte vielleicht mit derselben Energie, mit der sie sprach und stritt. Und hinterher lag sie vielleicht mit zurückgeworfenem Kopf und roten Wangen genauso da wie jetzt. Der Gedanke begann ihn zu erregen.

Marcus hatte Anthea Treue geschworen, bis daß der Tod sie scheiden würde. Und seiner Meinung nach hatte er dieses Versprechen mehr oder weniger eingehalten. Er hatte eine Geschichte mit einer inzwischen ebenfalls verheirateten früheren Freundin; sie trafen sich ein- bis zweimal pro Jahr. Und einmal hatte er vor ein paar Jahren den Fehler gemacht, mit einer seiner Sekretärinnen zu schlafen. Das Verhältnis hatte nur ein paar Wochen gedauert, aber hinterher hatte er monatelang Ärger gehabt, bis er sie schließlich auf ihren Wunsch hin bei einem angesehenen Immobilienmakler in New York untergebracht hatte.

Alles in allem, fand Marcus, hatte er seinen Treueschwur gehalten. Er hatte kein einziges Mal eine richtige Affäre gehabt. Genaugenommen hatte er nie die Gelegenheit dazu gehabt. Die meisten Frauen, denen er begegnete, waren Kolleginnen oder alte Freundinnen oder Bekannte von Anthea. Die Klienten, mit denen er zu tun hatte, waren normalerweise sehr wohlhabend und überwiegend männlich.

Aber diese Frau mit ihrem geröteten, ungeschminkten Gesicht, ihren leuchtenden Augen und ihrer energischen Art erregte ihn auf eine Art und Weise, die ihn selbst überraschte. Ohne darüber nachzudenken, rückte er etwas näher zu ihr hin. Sie schien es nicht zu bemerken. Er kam noch näher und versuchte ihre Reaktion zu erkennen. Ihre Wimpern zuckten leicht, aber sie behielt die Augen geschlossen. Sie spürte doch bestimmt seinen Atem auf der Wange? Schlief sie vielleicht?

Liz saß ganz still und erlaubte es Marcus dadurch näher zu kommen. Der Champagner hatte sie etwas leichtsinnig gemacht; glücklich saß sie da und wartete ab, was geschehen würde. Es wäre auf keinen Fall ihre Schuld, dachte sie, wenn sie die Augen geschlossen hielt und so tat, als wüßte sie nicht, was passierte.

Sie spürte, wie er sich ihr näherte; sie wandte sich ihm kaum merklich zu und öffnete ganz leicht die Lippen. Nichts geschah, und einen Augenblick lang glaubte sie, alles völlig falsch verstanden zu haben. Vielleicht hatte Marcus sich erhoben und hielt wieder nach Ginny Ausschau; vielleicht hatte er sogar den Raum verlassen.

Aber dann fühlte sie plötzlich einen fremden Mund auf ihrem, eine Hand streichelte ihre Wange, und ein warmer, süßer und sehr fremder Mund öffnete sich und küßte sie. Für ein paar herrliche und scheinbar endlose Augenblicke beantwortete sie den Druck seiner Lippen; ihr Kopf war wie leergefegt, und sie spannte sich an vor Lust und freudiger Erwartung.

Seine Hände wanderten langsam an ihrem Körper hinab, und sie fing an, vor Lust leicht zu zittern. Aber je tiefer seine Hände kamen, desto mehr schwand der Zauber, der sie gefangenhielt, und machte Bedenken Platz.

»Eigentlich«, murmelte sie, als eine Hand ihre rechte Brust streichelte, »eigentlich...« Die Hand hielt still. Liz öffnete die Augen. Sie schaute auf Marcus' linkes Ohr.

»Stimmt irgend etwas nicht?« flüsterte er. Sie spürte seinen Atem heiß an ihrem Nacken, und plötzlich fühlte Liz sich eingeengt. Sie wand sich aus seiner Umarmung und lehnte sich wieder gegen die Wand.

»Nein, eigentlich nicht«, antwortete sie und verspürte plötzlich den Drang loszukichern. Sie schaute Marcus an. Er atmete schwer und sah besorgt aus. »Es ist nur, ich weiß einfach nicht...« Sie machte mit beiden Händen eine hilflose Geste. »Ich fühl mich einfach ein bißchen komisch, wenn wir uns küssen. Es macht mir ein bißchen angst.«

»Du brauchst keine Angst haben«, antwortete Marcus mit fester Stimme. »Wir tun niemandem etwas Böses damit. Du brauchst keine Schuldgefühle zu haben.« Er sprach fast so, als wollte er sich selbst Mut zusprechen. Liz dachte eine Weile darüber nach.

»Eigentlich«, sagte sie, »glaube ich gar nicht, daß ich Schuldgefühle habe.«

»Ja dann«, antwortete Marcus leise und beugte sich wieder über ihr Gesicht, und Liz kam ihm mit ihrem Mund entgegen. Seine Hände schlüpften unter ihren Pullover, öffneten den Reißverschluß an ihrem Rock und strichen zärtlich über ihre Schenkel. Liz atmete schwer und setzte sich senkrecht auf.

»Es tut mir leid«, sagte sie. »Ich hab keine Ahnung, was mit mir los ist.« Sie schüttelte sich kurz. »Alle tun es, es scheint das Selbstverständlichste von der Welt zu sein: *Wir fielen übereinander her und liebten uns.*«

Sie schluckte und schob ihr Haar zurück. »Ich glaube nicht, daß ich in so was einfach reinrutschen könnte. Ich glaube, daß es mir lieber wäre, mich klar dafür zu entscheiden. Und...« Marcus starrte sie ungeduldig und neugierig an.

»Was stört dich denn? Ist es vielleicht dieses Zimmer?«

Liz zuckte die Achseln. »Vielleicht. Vielleicht will ich aber auch nicht, daß du siehst, wie ich in Wirklichkeit aussehe. Unter den Klamotten.« Sie zerrte an ihrem Pullover herum. »Ich möchte wetten, daß du nur Frauen mit perfektem Körper kennst. Meiner ist schon ziemlich schlaff.«

»Unsinn«, sagte Marcus. Er sah kurz Antheas Figur vor sich, ihre kleinen, wohlgeformten Brüste, ihre weiche, blasse Haut und ihre zarten Schultern. Mit ihr zu schlafen, war nicht nur ein sexuelles, sondern auch ein sehr ästhetisches Erlebnis.

»Ich hab nicht gerade erwartet, heute nachmittag verführt zu werden«, sagte Liz. »Ich glaube, ich hab meinen ältesten BH an.«

Marcus starrte sie gebannt an. Er konnte es selbst nicht fassen, wie sehr ihn danach verlangte, sie auszuziehen, ihren alten Büstenhalter und ihre höchstwahrscheinlich ausgeleierte Unterhose zu sehen.

»Es ist mir vollkommen egal, was du anhast«, sagte er mit vor Begehren rauher Stimme. »Ich muß dich einfach haben.« Liz starrte ihn an, ihr Atem ging schneller, und sie fühlte eine Woge der Lust in sich aufsteigen.

»Hallo! Ist da jemand?« Eine fröhliche weibliche Stimme erklang, und gleich darauf läutete die Glocke. Marcus und Liz starrten einander eine Sekunde lang an. Dann flüsterte Marcus verärgert: »Verdammt noch mal! Es ist Ginny!« Er sprang auf und fuhr sich durchs Haar. Liz hätte am liebsten losgeweint.

»Hallo! Wir warten hier im Haus.«

»Marcus, es tut mir ja so leid! Ist Mrs. Chambers noch da? Habt ihr schon lange gewartet? Ich hab gar nicht mitgekriegt, daß es schon so spät ist.«

»Macht nichts«, antwortete Marcus langsam und trat vom Fenster zurück.

Er blickte Liz an und fuhr sich noch einmal durchs Haar. »Wir müssen runtergehen und sie reinlassen«, sagte er.

»O Gott«, sagte Liz. Sie preßte die Hände auf ihre flammendroten Wangen. »Bin ich sehr rot im Gesicht?«

»Nein«, antwortete Marcus. »Oder eigentlich doch. Ein bißchen.« Er lächelte ihr zu, und Liz merkte, daß sie leicht zitterte.

»Ich komme nicht rein! Die Tür ist abgeschlossen!« rief Ginny von unten hoch.

»Ich laß sie rein«, sagte Marcus schnell. »Du kommst einfach nach, wenn du soweit bist.«

»Nein!« sagte Liz. »Das würde wirklich komisch aussehen.« Sie strich ihren Rock glatt. »Wir gehen zusammen runter.«

Als Marcus die Haustür öffnete, kam Ginny wie ein junger Hund hereingeschossen. Sie küßte Marcus auf beide Wangen und lächelte Liz charmant und beschämt zugleich an.

»Mrs. Chambers, es tut mir sehr leid! O Gott, ihr müßt ja bei dem langen Warten halb erfroren sein!«

»Ach nein«, sagte Liz unbekümmert, obwohl sie sich neben dieser sorgfältig zurechtgemachten jungen Frau sehr zerzaust vorkam. »Wir haben eine Flasche Champagner getrunken, die hat uns warm gemacht«, fügte sie etwas dümmlich hinzu.

»Wirklich?« Ginny schaute mit glänzenden Augen von Liz zu Marcus. »Wie schön! Ist noch ein Rest da?«

»Tut mir leid«, erwiderte Liz. »Die Flasche ist leer.« Sie mußte loskichern, und Marcus ergriff Ginny am Arm.

»Wir schenken unseren Klienten immer eine Flasche Champagner, wenn ein Verkauf oder eine Vermietung erfolgreich abgewickelt wurde«, sagte er mit fester Stimme.

»Ja, das weiß ich«, sagte Ginny, und ihre Augen leuchteten. »Aber ich wußte nicht, daß die Flasche immer gleich ausgetrunken wird.«

»Das wird sie normalerweise auch nicht«, sagte Marcus leicht gereizt. Ginny schaute ein paarmal zwischen ihm und Liz hin und her. Sie lächelte.

»Das glaub ich gern«, sagte sie schließlich. »Das ist heute einfach mal eine große Ausnahme.«

6. KAPITEL

Am dritten Samstag im Oktober holten Ginny und Piers die Schlüssel für das Haus Nummer 12 in der Russel Street ab und schauten zu, wie der Umzugslaster herankam und parkte. Es dauerte eine Stunde, den Futon, die Kelims, die großen Kerzenleuchter aus Schmiedeeisen, die Kisten voll Kleider, die CDs, Bilder und Bücher auszuladen. Sie ließen alles ins Wohnzimmer tragen, schlossen die Haustür ab und fuhren für eine Woche nach Wales, wo Piers eine kleine Rolle in einem Märchenfilm für Kinder spielte.

Am Samstag danach konnte Alice noch immer keine Änderung feststellen. Sie hatte sich angewöhnt, den kürzesten Weg von der Schule zur Garage zu nehmen; sie stellte ihren Walkman laut und schaute kaum nach rechts oder links. Sie hätte aus großer Nähe in das Wohnzimmerfenster schauen müssen, um die aufgestapelten Kisten und die zusammengerollten Teppiche zu sehen. Und obwohl ihre Eltern ihr erzählt hatten, daß das Haus jetzt vermietet war, hatte sie das nicht wirklich registriert. Das Gespräch über die Mieter, die schon eingezogen sein sollten, ging genauso in ein Ohr hinein und zum anderen hinaus wie die Nachrichten, die ihre Eltern jeden Morgen beim Frühstück hörten, um politisch auf dem laufenden zu sein.

Sie hatte sich die Garage inzwischen ganz angenehm hergerichtet. Sie hatte ein paar billige Kissen gekauft und in die Ecke gelegt, und sie hatte eine Taschenlampe von zu Hause mitgebracht und so an einem Regal befestigt, daß sie wie eine Lampe wirkte. Die Garage war unbeheizt, und es wurde von Woche zu Woche kälter. Aber nur dazusitzen, Musik zu hören, zu rauchen, Süßigkeiten zu lutschen und manchmal ein Magazin zu lesen machte sie auf merkwürdige Weise glücklich; sie hatte irgendwie das Gefühl, etwas erreicht zu haben.

Sobald sie die Tür hinter sich zugezogen hatte, nahm sie eine Marlboro aus dem Päckchen in ihrer Brusttasche und zündete sie an. Sie hatte sich angewöhnt, dieses kleine Ritual noch im Stehen zu vollziehen. Es war zu einer festen Angewohnheit, zu einer abergläubisch befolgten Routine geworden.

Ebenso war ihr Aufenthalt in der Garage zu einer Routine geworden. Sie kam fast jeden Tag her, normalerweise zwischen der Schule und dem Abendessen. Ihre Eltern fragten manchmal, was sie gemacht hatte, aber sie hatte den Eindruck, daß sie es gar nicht wirklich wissen wollten. Das einzige Mal, als sie sich eine glaubwürdige Geschichte ausgedacht hatte, hatte ihre Mutter sie unterbrochen und irgend etwas Langweiliges aus der Privatschule erzählt.

Die Privatschule. Alice konnte sie jetzt noch weniger leiden als zu Anfang. In einer düsteren kleinen Dachwohnung zu leben war noch nicht einmal das schlimmste. Letzte Woche war sie gegen Abend nach Hause gekommen und hatte ein Mädchen, das sie aus ihrer eigenen Schule kannte, aus dem Haus kommen sehen. Sie hatten einander bestürzt zugelächelt und hallo gesagt, und dann war Alice rot geworden und die Treppe zu ihrer Wohnung hochgerannt.

»Was hat denn Camilla Worthing hier zu suchen?« hatte sie ihre Mutter gefragt, die im Wohnzimmer auf dem Sofa saß und mit leerem Gesichtsausdruck in den Fernseher starrte.

»Camilla Worthing? Ach ja, die hatte hier Mathematik-Nachhilfeunterricht. Es muß etwas länger gedauert haben.«

»Nachhilfeunterricht hier bei uns?« Alice fühlte Panik in sich aufsteigen. »Was, nach der Schule?«

»Ja, natürlich nach der Schule«, antwortete Liz kurz.

Alice hörte nicht zu. »Kommen viele Schüler hierher? Zum Nachhilfeunterricht?« fragte sie.

»Noch nicht«, erwiderte Liz. »Es ist noch ein bißchen früh im Schuljahr. Aber wir hoffen, daß es mehr werden. Ein paar haben sich schon für den Nachhilfeunterricht im nächsten Schuljahr angemeldet.«

»Aus meiner Schule?«

»Ja, warum denn nicht?«

»Und nächstes Jahr?«

»Was willst du damit sagen?«

»Gebt ihr auch Nachhilfeunterricht für die Prüfungsvorbereitungen?«

»Natürlich.« Liz drückte auf die Fernbedienung, und die Anfangsmusik von *Summer Street* erklang.

»Aber den Kurs mach ich doch nächstes Jahr auch!« jammerte Alice. »Dann kommen Mitschüler von mir hierher. Das ist ja total peinlich.«

»Stell dich doch nicht so an«, sagte Liz brüsk.

»Aber dann treffe ich sie hier! Das wird schrecklich!«

»Um Gottes willen, Alice! Werd doch endlich ein bißchen erwachsen!«

Werd erwachsen, sagten sie. Werd erwachsen! Alice starrte haßerfüllt in die Dunkelheit der Garage. Das sagten sie immer, und dann behandelten sie sie, als wäre sie ein Kind. Heute nachmittag hatte sie stundenlang mit ihrem Vater durch Silchester laufen und Flugblätter in Briefkästen einwerfen müssen. Als hätte sie nichts Besseres zu tun.

Ihr Vater war ein aktives Mitglied einer lokalen Ökogruppe, und Alice war vor kurzem ebenfalls dort eingetreten. Das machte nicht viel Mühe, vor allem, da sie sich weigerte, zu den wöchentlichen Treffen zu gehen. Aber es verstand sich irgendwie von selbst, daß sie jedesmal half, wenn ihr Vater Flugblätter verteilen mußte. Sie hatte im Grunde nichts dagegen; in freundschaftlichem Schweigen gingen sie durch die Randgebiete von Silchester, und sie versuchte immer, mit ihrer Straßenseite schneller fertig zu werden als er mit seiner, ohne daß es aber so aussah, als ob sie sich auch nur im geringsten beeilte. Und ihre Mutter kaufte an diesen Tagen immer einen besonders guten Kuchen zum Tee, als kleinen Dank.

Aber heute war sie sauer; sie fühlte sich richtiggehend benutzt. Sie sollten nicht einfach davon ausgehen, daß sie immer Zeit für solche Sachen hätte; sie sollten sie gefälligst fragen, und sie sollten ihr dankbar sein. Sie behandelten sie nicht wie ein ernst zu nehmendes menschliches Wesen. Schlechtgelaunt war sie durch die Straßen geschlurft und hatte die Flugblätter achtlos in die Briefkästen gestopft. Und sie hatte es vermieden, die Flugblätter auch nur anzuschauen; sie hatte nicht das geringste Interesse daran. Es war sicher wieder so ein blöder Aufruf, bei der Weihnachts-Demo mitzumachen, wie jedes Jahr. Wenn sie diesmal wieder versuchten, sie zum Mitgehen zu überreden, würden sie aber was erleben.

Als die letzten Flugblätter eingeworfen waren, hatte Jonathan wie jedesmal gesagt: »Gut gebrüllt, Löwe.« Warum mußte er das nur jedesmal sagen? Das war doch nun wirklich nicht komisch! »Und jetzt gehen wir zurück und kriegen heiße Schokolade und Kuchen.« Alice hatte ein langes Gesicht gezogen.

»Eigentlich«, hatte sie, ohne lange zu überlegen, gesagt,

»muß ich noch ein paar Sachen erledigen. Ich komm etwas später heim.«

»Oh.« Er hatte enttäuscht geklungen, und Alice hatte ein schlechtes Gewissen gehabt. Sie war rot geworden, genauso wie in der Schule, wenn sie aufgerufen wurde.

»Wir sehen uns später zu Hause«, hatte sie gemurmelt und war in die andere Richtung davongegangen.

»Ja, natürlich«, hatte Jonathan gesagt. »Vielen Dank auch, du hast mir sehr geholfen.«

Alice hatte sich taub gestellt und war schnell weggegangen, bevor ihr Vater sie fragen konnte, was sie erledigen wollte, oder womöglich vorschlug, sie zu begleiten. Es war fast schlimmer, für etwas gelobt zu werden, das man getan hatte, als es tun zu müssen.

Sie war wenige Minuten später in der Russel Street angekommen und geradewegs in die Garage gegangen. Jetzt schaute sie sich um, blies eine Rauchwolke aus und wartete auf das gewohnte Gefühl der Zufriedenheit. Aber heute schien es in der Garage noch kälter zu sein als sonst. Sie setzte sich auf die Kissen und betrachtete durch den Spalt in der Tür den dunkler werdenden Himmel; sie fühlte sich bedrückt, wie schon lange nicht mehr. Sie hatte sich so darauf gefreut, hier zu sein, aber jetzt... es war gar nicht so schön hier. Sie schaute auf die Uhr. Zehn vor sechs. Sie wickelte sich fester in ihre Jacke, saß reglos da und starrte vor sich hin. Sie nahm sich vor, noch zwanzig Minuten hierzubleiben und noch zwei Zigaretten zu rauchen. Dann würde sie nach Hause gehen.

Ginny, Piers und Duncan kamen um sechs in der Russel Street 12 an. Nachdem sie am Morgen ausgepackt und herumgeräumt hatten, waren sie nach Silchester gefahren, um Lebensmittel einzukaufen und sich umzuschauen. Duncan hatte darauf bestanden, jede Menge exotischer Zutaten für das heutige Abendessen einzukaufen. Sie hatten lange gesucht, bis sie ein Feinkostgeschäft gefunden hatten, und das sollte gerade geschlossen werden. Er hatte all seine Überredungskunst eingesetzt, damit sie noch bedient wurden. Verschiedene Sachen, die auf seiner Liste standen, waren nicht vorrätig, von anderen hatte die Verkäuferin noch nie gehört.

»Na ja, es ist eben doch sehr ländlich hier...«, sagte er als sie durch den Garten gingen. »Die Auswahl an Olivenölen war ja geradezu jämmerlich.«

»Duncan«, sagte Ginny drohend. »Piers, hast du den Schlüssel?«

»Ich weiß, ich weiß, tut mir leid«, sagte Duncan. »Es ist wunderbar hier. Ich werde es aus vollen Zügen genießen, hier zu leben.«

Piers hatte Duncan vorgeschlagen für eine Weile in ihrem Haus in Silchester ein Zimmer zu mieten. Schließlich lief sein Mietvertrag in Fulham aus; er war arbeitslos, und sie konnten das Geld gut gebrauchen. Duncan hatte in der Küche gestanden, während Piers Ginny all diese Gründe aufzählte. Sie war müde, sie war gerade von der Arbeit nach Hause gekommen und hatte nasse Füße, weil sie in den Regen gekommen war. Sie hatte zugestimmt, ohne wirklich zu realisieren, um was es ging.

Jetzt stand sie da und schaute Duncan prüfend an.

»Du wirst doch keine Schwierigkeiten machen, oder?« fragte sie.

»Schwierigkeiten? Was für Schwierigkeiten?«

»Keine Ahnung.« Sie schaute ihn von der Seite an und spürte, wie ihr Mißtrauen gegen ihn wuchs. »Vergiß nie, daß du nur auf Probe bei uns wohnst.«

»Das weiß ich doch. Ich führ mich ganz bestimmt gut auf, das verspreche ich dir.« Er machte eine Pause. »Übrigens«, fügte er beiläufig hinzu, »ich hab Ian Everitt für heut abend eingeladen. Wir müssen unseren Einzug schließlich irgendwie feiern.«

»Duncan! Bist du wahnsinnig geworden?«

»Um Gottes willen, Duncan!«

Alice hörte aufgeregte Stimmen und ging vorsichtig zur Garagentür. Sie öffnete sie weit genug, um ihren Kopf herausstrecken zu können, und spähte um die Ecke. Zuerst hörte sie nichts und dachte, daß es Leute auf der Straße gewesen seien. Doch als sie den Kopf wieder einzog, vernahm sie das altbekannte Knarren der Haustür.

Im ersten Moment dachte sie, daß es sich um Diebe handeln müsse und befürchtete, in der Garage entdeckt, verprügelt und ermordet zu werden. Sie würde ins Fernsehen kommen. Silchester betrauert den tragischen Tod von Alice. Ein paar Sekunden lang stand sie reglos da, gerührt von der Vorstellung, wie ihr trauriges Gesicht vom Bildschirm her in die Wohnzimmer all ihrer Freunde blickte.

Dann ging das Küchenlicht an. Das konnten keine Diebe sein. Es mußten... es mußten... Sie zog die Stirn kraus. Und dann dämmerte es ihr. Es waren die Mieter. Sie wunderte sich über ihre eigene Scharfsinnigkeit. Die Mieter. Seit Wochen war zu Hause immer wieder die Rede von ihnen gewesen, und sie hatte es nie ernst genommen. Aber jetzt erinnerte sie sich an das, was ihre Eltern gesagt hatten. Und zum erstenmal realisierte sie, was ihre Eltern eigentlich gemeint hatten.

Ihr Herz begann rasend schnell zu klopfen. Wenn jetzt andere Leute in ihrem Haus lebten, dann hatte sie kein Recht mehr, hier in der Garage zu sein. Das Wort »unbefugt« geisterte ihr durch den Kopf. Sie schaute noch einmal durch den Türspalt zum erleuchteten Küchenfenster. Eine Hand erschien und drehte den Wasserhahn auf. Ein Wasserkessel wurde gefüllt. Dann verschwand die Hand wieder. Alice zählte bis zehn und verließ die Garage.

Als sie im Vorgarten ankam, blieb sie stehen. Auch das Wohnzimmer war erleuchtet, und plötzlich war sie begierig darauf zu sehen, was die Leute für Sachen ins Haus gebracht hatten. Aber als sie vorsichtig auf das Fenster zuging, betrat ein

Mann den Raum. Sie hielt die Luft an, trat langsam rückwärts und dachte sich fieberhaft irgendeine Geschichte aus. Aber er rief etwas zur Tür hinaus und schaute gar nicht zum Fenster. Sie mußte gehen, bevor auch die anderen ins Wohnzimmer kamen. Ohne sich noch einmal umzublicken, rannte sie leichtfüßig über den Rasen, öffnete das Tor und erreichte sicher den Bürgersteig. Sie ging ein paar Schritte und schaute sich noch einmal um. Sie war nicht erwischt worden. Alles war okay.

Ginny wußte nicht, was sie am meisten war, aufgeregt, ärgerlich oder nervös.

»Um Himmels willen, Piers«, sagte sie, zerrte ein paar leere Umzugskisten in den Flur und starrte sie geistesabwesend an. »Schau doch, wie es hier aussieht!«

»Was?« sagte Piers. »Es sieht wunderbar aus.«

»Mit den leeren Umzugskisten, die überall rumstehen? Und den ganzen Bücherstapeln auf dem Boden?«

»Es sieht nach Bohème aus«, antwortete Piers. »Wie bei Künstlern eben.« Er schaute sie an. »Du regst dich doch nicht zu sehr darüber auf, oder?«

»Natürlich nicht«, antwortete Ginny kurz. »Ich will nur, daß ein bißchen Ordnung herrscht. Sonst nichts.«

Er umarmte sie, zog sie an sich und hob ihr Gesicht so, daß sie ihn anschauen mußte.

»Hör mal«, sagte er ruhig. »Ich weiß gar nicht, ob ich diese Rolle überhaupt haben will. Ich war doch nicht jahrelang auf der Schauspielschule, um dann mit einer Rolle in einer rührseligen Seifenoper zufrieden zu sein.« Ginny öffnete den Mund, um etwas zu sagen, schloß ihn aber wieder. »Ich will mich nur mal ganz unverbindlich informieren«, fuhr Piers fort. »Jetzt beruhige dich, und entspann dich vor allem. Ein paar Umzugskisten haben doch nun wirklich nichts damit zu tun.«

»Gut«, sagte Ginny, als er ihre Hände losließ. »Ich bin ganz ruhig. Ich bin so ruhig, daß ich fast einschlafe.«

»Das klingt schon besser«, sagte Piers. »Wie wär's mit einem Drink?«

»Wenn du diese Kisten in die Garage getragen hast«, sagte Ginny. Und sie hob eine Hand, bevor Piers protestieren konnte. »Ich hab sie bis hierher getragen, bitte trag du sie raus. Und Duncans Fahrrad auch. Er wird es *nicht* im Flur stehenlassen!«

»In Ordnung«, antwortetete Piers. »Das wird er bestimmt verstehen. Und danach nehmen wir einen Drink.«

»Genau«, sagte Ginny zustimmend.

Während Piers die Kisten hinaustrug, blieb Ginny ein paar Sekunden unschlüssig stehen, dann lief sie die Treppe hinauf. Sie ging ins Badezimmer, schloß die Tür und starrte sich im Spiegel an. Ihre Wangen waren gerötet, ihre Augen glänzten. »Beruhige dich«, beschwor sie sich und versuchte, entspannt auszusehen. Aber sie war schrecklich aufgeregt und konnte kaum stillstehen.

Seit Piers ihr erzählt hatte, daß er vielleicht die Rolle in *Summer Street* bekommen würde, versuchte sie verzweifelt, ihm zu verheimlichen, wie sehr sie sich das wünschte. Sie hatte dagesessen und eine Tasse Kakao getrunken, während er und Duncan besprachen, wieviel Everitt offenbar verdiente und wie unbegabt er schon immer gewesen sei und daß der Produktion ja gar nichts anderes übrigblieb, als die Rolle neu zu besetzen, und daß Piers dafür wie geschaffen sei. An jenem Abend waren sie sehr ausgelassen gewesen, voller Optimismus und Hoffnung.

Aber am nächsten Morgen hatte Piers schwarzgesehen. Vielleicht würden sie die Rolle überhaupt streichen, hatte er düster gesagt, und wenn nicht, dann würden sich viele Schauspieler um die Rolle geradezu prügeln; außerdem hasse ihn der derzeitige Produzent – er hatte ihn schon einmal abgelehnt. Nach mehreren Ehejahren wußte Ginny genug, um ihm nicht zu widersprechen oder unwillkommenen Optimismus zu verbreiten, wenn er in dieser Stimmung war. Sie selbst aber konnte an nichts anderes mehr denken als daran, daß er die Rolle bekommen mußte, um jeden Preis.

An jenem Tag hatte sie auf dem Weg zur Arbeit die Höhe der Hypothek berechnet, die sie sich aufgrund seines Einkommens würden leisten können, und sie hatte den Rest des Morgens damit verbracht, die Anzeigen für große Landhäuser zu studieren. Seit damals hatte sie alles gelesen, was über die Serie *Summer Street* in den Zeitschriften stand; sie war zusammengezuckt, als sie erfuhr, daß Ian Everitt zu einer kleinen Party bei der königlichen Familie eingeladen war; sie hatte voller Neid und Sehnsucht das Bild eines weiblichen *Summer Street*-Stars mit neugeborenem Baby betrachtet.

»Das könnten wir sein«, sagte sie leise zu ihrem Spiegelbild. »Das werden wir sein.« Ihr Spiegelbild lächelte sie an. Sie setzte sich auf den Wannenrand, schloß die Augen und überließ sich kurz ihrer Lieblingsphantasie. Sie würde den Fernseher andrehen, sie würde diese bekannte, unverwechselbare Melodie hören... und dann würde sie Piers auf dem Bildschirm sehen. Sie fühlte sich wunderbar und sehr erregt. Er würde die Sache perfekt machen. Er würde herrlich aussehen. Er würde den anderen die Show stehlen. Tausende von Frauen im ganzen Land würden sich in ihn verlieben.

Aber sie durfte nicht zu oft daran denken. Sie mußte sich zusammennehmen, sie kannte die Regeln. Denn wenn man etwas zu sehr wünschte, dann bekam man es nicht. Ginny erhob sich, atmete tief durch und preßte ihre glühende Wange gegen den kühlen Spiegel. Sie mußte sich beruhigen; ganz normal aussehen. Piers hatte schon gesagt, daß sie zu oft von *Summer Street* spräche. Sie mußte ihre Zunge besser im Zaum halten. Ganz besonders heute abend.

O Gott, sie konnte kaum glauben, daß Duncan es gewagt hatte, Ian Everitt einzuladen. Nur er konnte so... so dreist sein. Aber vielleicht wußte er, was er tat. Vielleicht wurde das die

Nacht, in der sich alles veränderte. Sie würden sich wieder daran erinnern, wenn Piers seine Autobiographie schrieb. O Gott. O Gott. Nicht mehr daran denken.

Sie ignorierte das unangenehme Gefühl in ihrem Magen und öffnete zuversichtlich die Badezimmertür. Sie griff nach dem Geländer, schaute nach unten in den leeren Flur und summte ein paar Töne eines fröhlichen Liedes; dann ging sie langsam und sorglos die Treppe hinab und warf ihr Haar zurück; sie probierte einen fröhlichen, entspannten Gesichtsausdruck, den sie für den Rest des Abends beibehalten wollte.

Erst nach dem Abendessen, als sie für eine schnelle Zigarette in ihrem Zimmer am offenen Fenster stand, entdeckte Alice, daß ihr Feuerzeug nicht mehr da war. Sie klopfte auf ihre Jackentaschen und griff in jede einzelne hinein; zuerst methodisch und dann mehr und mehr alarmiert. Das Feuerzeug steckte nicht in ihrer Jeanstasche und in keiner der beiden Umhängetaschen, die sie dabeigehabt hatte. Sie mußte es in der Garage gelassen haben.

Zuerst nahm sie sich vor, es am nächsten Tag abzuholen. Dann war es hell, und diese Leute waren wahrscheinlich nicht da, und sie würde es sofort finden. Sie erinnerte sich vage daran, daß sie es auf einem der Kissen hatte; aber sie war sich nicht sicher, ob das heute oder vor ein paar Tagen gewesen war. Jedenfalls mußte es dort sein. Und bis morgen würde es dort bestimmt niemand klauen.

Aber der Gedanke an das Feuerzeug beunruhigte sie mehr und mehr. Die Überlegung, daß sie es morgen bei Tageslicht leichter finden würde, war ja gut und schön. Aber sie wollte es jetzt zurückhaben. Sie wollte seine abgerundete, angenehme Form jetzt in der Hand spüren. Sie wollte das gewohnte Gewicht in ihrer Tasche fühlen. Vor allem wollte sie das nagende, an Panik grenzende Angstgefühl, daß sie es vielleicht verloren hätte, sobald wie möglich loswerden.

»Ich gehe noch mal weg«, sagte sie in der Wohnzimmertür und vermied es, ihre Eltern anzuschauen.

»Um diese Zeit?«

»Wohin willst du denn?«

»Ich treff mich mit ein paar Leuten aus meiner Schule. Bei McDonald's.« Sie machte eine Pause. »So wie früher oft mit Genevieve«, fügte sie mit einer mitleiderregenden Stimme hinzu. Sie sah, wie ihre Eltern einander kurz anblickten. Dann wandte ihre Mutter sich um und strahlte sie an.

»Das klingt ja sehr nett«, sagte sie. »Kenne ich sie?«

»Nein«, sagte Alice vage. »Also, bis später.«

»Ja. Sei aber bis elf zurück, in Ordnung?«

»Brauchst du etwas Geld?« fragte ihr Vater und zog seine Brieftasche hervor.

»Soll ich dich hinfahren?« fragte ihre Mutter und setzte sich auf. »Ich fahr dich in die Stadt, wenn du willst.«

»Nein, nein! Vielen Dank«, sagte Alice. Sie spürte, wie sie rot wurde. Warum waren sie auf einmal dermaßen nett zu ihr?

Als sie in die Russel Street kam, war das Haus Nummer 12 hell erleuchtet. Die Vorhänge waren zugezogen, und als sie vorsichtig über den Rasen auf die Garage zuging, hörte sie Musik im Wohnzimmer. Sie öffnete leise das Tor und schritt zuversichtlich in die Dunkelheit hinein. Sie kannte die Garage in der Zwischenzeit so gut, daß sie ihre Kissen in der Ecke mit geschlossenen Augen hätte finden können.

Deshalb schrie sie leise auf, als sie über ein Fahrrad stolperte, das da in der Dunkelheit stand. Ein paar Sekunden lang blieb sie reglos hocken. Der Metallrahmen des Fahrrads hing schräg über ihr, dann rutschte er weiter herunter, und ihr Schienbein tat so weh, daß sie aufschrie. Plötzlich hatte sie Platzangst. Sie versuchte, das Rad fortzuschieben. Aber dort, wo sie den Lenker vermutete, griff sie in ein sich langsam drehendes Rad. Wenn sie nur eine Taschenlampe hätte, wenn sie nur bis morgen gewartet hätte; wenn sie nur ...

»Hallo.« Eine tiefe Stimme unterbrach ihre Gedanken. Alice versuchte aufzuspringen, dabei preßte sich ihr die Bremse schmerzhaft in die Rippen. Einen Augenblick lang dachte sie daran, sich totzustellen; vielleicht würde der Mann dann weggehen. Wie ein Grizzlybär. »Ich würde mir nicht die Mühe machen«, sagte der Mann in ironischem Ton. »Das Fahrrad ist kaum was wert.«

»Was?« Alice wandte sich wütend um. »Glauben Sie etwa, daß ich es stehlen will?«

Die Garagentür stand offen, und draußen war eine dunkle Silhouette zu erkennen. Alice konnte sein Gesicht nicht sehen, hatte aber das unangenehme Gefühl, daß er sie sehr wohl sah.

»Ich bin kein Dieb«, fügte sie empört hinzu.

»Wirklich nicht?« Alice fühlte, wie sie rot wurde. Sie mußte zugeben, daß die Situation sehr nach einem Diebstahl aussah.

»Ich will hier nur was holen«, sagte sie. »Ich hab hier gewohnt.«

»Aha.«

»Wirklich!« rief sie. »Ich bin Alice Chambers. Wir haben hier gewohnt. Das weiß jeder.«

Plötzlich ging eine Taschenlampe an, und der Lichtstrahl beleuchtete ihr Gesicht. Sie kniff die Augen zusammen und gab dem Fahrrad einen Stoß.

»Oje.« Die Stimme klang amüsiert. »Darf ich Ihnen helfen?« Der Mann kam auf sie zu, und sie spürte, wie sie fest unterm Arm gegriffen und von dem Fahrrad befreit wurde. Es fiel klappernd zu Boden, und plötzlich stand sie neben dem Mann.

»Alles in Ordnung?« fragte er. Der Strahl der Taschenlampe zog noch einmal über ihr Gesicht. »Nein, Sie sehen wirklich nicht wie ein Fahrraddieb aus. Was suchen Sie denn hier? Ich hab gedacht, hier wär gar nichts drin.«

»Mein Feuerzeug«, murmelte Alice.

»Was, ein Feuerzeug?« Jetzt klang er sehr amüsiert. »Wie alt sind Sie denn?« Alice antwortete nicht. »Gut, wie sieht es denn aus?«

»Silbern. Ich glaub, es liegt da drüben.« Sie deutete in die Ecke, und der Strahl der Taschenlampe glitt zu dem Kissenhaufen, den alten Zeitschriften, den Verpackungen von Schokoriegeln, die überall auf dem Boden herumlagen.

»Sieht ganz so aus, als hättest du es dir hier schon oft gemütlich gemacht«, sagte er freundlich. Alice antwortete nicht, folgte aber mit den Augen dem Lichtkegel der Taschenlampe. Sie konnte das Feuerzeug doch unmöglich verloren haben...

»Da!« rief sie aufgeregt. »Auf dem Bord da. Neben der Taschenlampe.« Und plötzlich erinnerte sie sich daran, als hätte sie es die ganze Zeit gewußt, beim Ausknipsen der Taschenlampe hatte sie es dort hingelegt.

Die Gestalt neben ihr machte ein paar Schritte vorwärts, griff mühelos über die Umzugskisten hinweg, die jetzt den Weg in Alice' Ecke versperrten, holte das Feuerzeug und reichte es ihr.

»Vielen Dank«, sagte sie, und ihre Hand umschloß die angenehm abgerundete Form. »O Gott, wenn ich es verloren hätte...«

»Dann hätte deine Mutter dich umgebracht?« fragte er trocken. Alice kicherte und schaute ihn an. Aber sie konnte nicht mehr als dunkles Haar und dunkle Augen erkennen...

»Also, noch mal vielen Dank«, sagte sie und ging zurück zur Tür.

»Nicht so schnell.« Eine Hand griff sie an der Schulter, und plötzlich fühlte Alice Panik in sich aufsteigen. Genauso fing es an, wenn Frauen vergewaltigt wurden. Sie hatte es oft genug im Fernsehen gesehen. Die Männer taten freundlich, und plötzlich wurden sie dann gewalttätig. »Du kannst jetzt nicht einfach abhauen«, fuhr er fort. »Ich möchte, daß du mit ins Haus kommst und hallo sagst. Du hast ja schließlich hier gewohnt.«

»Ich muß jetzt aber heim«, murmelte Alice und überlegte fieberhaft, wie sie fliehen könnte.

»Alle würden sich freuen, dich kennenzulernen«, sagte er. »Sie haben mich rausgeschickt um nachzuschauen, was da so einen Krach gemacht hat, und wenn ich jetzt allein zurückkomme, sind sie sicher sehr enttäuscht.«

»Na ja, gut.« Er klang doch ziemlich normal. Aber vielleicht war es auch nur ein Trick.

»Und ich bin sicher, daß du gern eine Tasse Kaffe trinken würdest. Oder ein Glas Whisky?«

Alice blieb stehen und schaute das dunkle Gesicht an. Es waren mehrere Leute im Haus. Sie hatte sie gehört. Und wenn er versuchen würde, sie zu vergewaltigen, dann würde sie ihm ihr Feuerzeug ins Gesicht schmeißen und laut um Hilfe schreien.

»In Ordnung«, sagte sie langsam.

»Gut!« Sie gingen auf das Haus zu, und Alice' Angst legte sich, als sie sich der wohlbekannten Hintertür näherten.

»Ich heiße übrigens Piers«, sagte der Mann. »Und du bist Anna, stimmt's?«

»Alice.«

Sie gingen durch die Küche und durch den Flur direkt ins Wohnzimmer. Dort blieben sie stehen, und Alice zwinkerte und schaute sich überrascht um. Es war derselbe Raum wie vorher, mit denselben Wänden, dem offenen Kamin und sogar demselben Sofa. Aber jetzt waren lauter fremde Leute da, und es roch anders, und irgendwie sah es auch anders aus. Ein fremder Teppich lag auf dem Boden, und überall brannten Kerzen, und in der Ecke stand eine teuer aussehende Musikanlage.

»Das ist Alice«, sagte Piers amüsiert, »sie hat in diesem Haus gelebt und zu meinem großen Bedauern nicht versucht, dein Fahrrad zu klauen, Duncan.« Ein Mann, der auf dem Boden saß, stieß einen hohen, quietschenden Ton aus.

»Das ist Duncan«, sagte Piers. »Den brauchst du nicht weiter zu beachten. Und das ist meine Frau Ginny, und...«

Aber Alice hörte nicht zu. Sie starrte den Mann an, der auf

dem Sofa saß. Sein Gesicht kam ihr so bekannt vor. Sie fühlte sich sehr erleichtert und hatte keine Angst mehr, vergewaltigt zu werden. Sie kannte ihn von irgendwoher. Aus der Schule? Er war kein Lehrer, und er war zu jung, um Vater zu sein. Wohnte er in der Russel Street? War er einer der Nachbarn, die sie nie richtig kennengelernt hatte? Plötzlich wußte sie, wer es war.

»Ich kenne Sie«, sagte sie. »Sie sind Rupert...«

Sie unterbrach, holte Luft und wurde rot. Während sie seinen Namen aussprach, wußte sie plötzlich, woher sie ihn kannte. Sie fing an zu zittern, und die ganze Situation kam ihr absolut unwirklich vor. Er war es. Rupert aus der Serie *Summer Street*. Er saß vor ihr und lächelte sie selbstzufrieden an. O Gott, er mußte sie ja für total bescheuert halten.

»Es tut mir leid...«, murmelte sie.

»Aber meine Liebe!« Er klingt ein bißchen anders als im Fernsehen, dachte sie verwirrt, aber er ist es. »Sie brauchen sich nicht zu entschuldigen. Ich heiße Ian.«

»Bleib doch auf einen Drink«, sagte eine junge Frau, die vor dem Feuer auf dem Boden saß. Sie lächelte Alice freundlich an, und Alice betrachtete bewundernd ihr glänzendes blondes Haar, ihr enges weißes T-Shirt und den breiten Ledergürtel, den sie um die zerrissene Jeans gebunden hatte. »Schön, dich kennenzulernen. Ich hab bis jetzt nur deine Mutter kennengelernt.«

»Was möchtest du trinken?« unterbrach Piers. »Wir trinken alle Whisky. Aber ich könnte auch einen Kaffee machen.«

»Trink einen Whisky«, krähte der dickliche Mann, der auf dem Boden saß. »Er wird dir guttun.«

»Und setz dich hier neben mich«, sagte Ian-Rupert. Er lächelte sie verführerisch an, und Alice ging wie in Trance auf ihn zu. Sie konnte nicht glauben, daß ihr das wirklich passierte.

7. KAPITEL

Das erste Mal, als Liz und Marcus sich liebten, bestand Liz darauf, daß das Licht die ganze Zeit ausgeschaltet blieb. Beim zweitenmal erlaubte sie, daß eine kleine Nachttischlampe anblieb, über die sie einen Pullover geworfen hatte. Beim drittenmal überraschte Marcus sie in der Badewanne. Er hob sie heraus, obwohl sie tropfnaß strampelte und protestierte, legte sie auf den dicken Badezimmerteppich des Hotels und verschloß ihr den Mund mit seinen Lippen.

Danach saß Liz glücklich am Schminktisch und schmierte sich mit Bodylotion ein. Als Marcus von hinten herantrat und eine Hand auf ihre Schulter legte, schaute sie ihn im Spiegel an und lächelte. Ihr gefiel seine besitzergreifende Art, ebenso wie sein ruhiges, sicheres Autofahren, seine selbstsichere Stimme, sein teurer Mantel und perverserweise sogar seine völlige Unkenntnis irgendeiner Fremdsprache.

Vor einer Woche waren sie zum erstenmal zum Abendessen hier in das Hotel gekommen. Als Liz im Laufe des Abends mitbekam, daß Marcus vorsorglich ein Zimmer mit großem Doppelbett genommen hatte, war sie überrascht und erfreut gewesen.

»Was wäre gewesen«, hatte sie ihn später auf dem Rückweg nach Silchester gefragt, »wenn ich mich nach dem Essen bei dir bedankt und dich gebeten hätte, mich nach Hause zu fahren?«

»Dann«, antwortete Marcus ruhig, »hätte ich die Rechnung bezahlt und dich heimgefahren.« Er machte eine Pause und streichelte ihren Nacken. »Aber ich war mir ziemlich sicher, daß es anders kommen würde.« Seine Berührung versetzte Liz einen leichten elektrischen Schlag; glücklich lehnte sie sich im bequemen Ledersitz von Marcus' Mercedes zurück. Sie fühlte sich wohl, geliebt und beschützt.

Jetzt stellte sie die Flasche mit der Bodylotion ab und schaute ihrer beider Spiegelbilder an. Marcus war breiter gebaut als Jonathan, war an Brust und Beinen behaart und hatte kräftige Arme und Handgelenke. Er stand aufrecht da, entspannt und sorglos, und Liz zog einen ungerechten Vergleich mit Jonathan, der immer über die Bücher gebeugt dasaß, bis er seine schlechte Haltung irgendwann selbst bemerkte und mit einer plötzlichen Bewegung die Schultern zurückschob.

»Wir trinken noch was zusammen, bevor wir fahren«, sagte Marcus und streichelte ihr die Schulter. »Ich muß um Mitternacht zurück sein.« Sie schauten einander kurz in die Augen. Eine Träne aus weißer Lotion lief ihr den Arm hinab, und sie verrieb sie schnell. Sie hatte es vermieden, über Marcus' Frau nachzudenken, über seine Familie, all jene unklaren Gestalten, die ihr jederzeit ihre Süßspeise zu versalzen drohten.

Denn das war der Name, den sie Marcus gegeben hatte. Er war ihre Süßspeise. Sie fand, daß sie sie sich nach all der schweren Arbeit in der Privatschule wirklich verdient hatte. Und Marcus – der groß, stark und leidenschaftlich, wenn auch im Bett nicht besonders einfallsreich war – erinnerte sie immer wieder an etwas Luxuriöses. Wenn sie in seinem Auto saß und der Musik lauschte; wenn sie zuschaute, wie er ganz nebenbei die Rechnung für das Dinner unterschrieb; wenn sie sich an seine breite Brust lehnte und den köstlichen Geruch seines After-Shaves einatmete, konnte sie gar nicht anders, als sehr zufrieden zu lächeln. Worte wie Untreue und Betrug kamen ihr nicht in den Sinn. Marcus was einfach ihre spezielle Süßspeise und hatte nichts mit Jonathan zu tun. Und manchmal dachte sie sogar, daß er wahrscheinlich froh wäre, wenn er von dieser Affäre wüßte. Ihr zuliebe.

Er würde es niemals herausfinden. Als Marcus sie zum Abendessen eingeladen hatte, hatte Liz Jonathan erzählt, sie hätte Lust, wieder in den Italienischkurs in Frenham Dale zu gehen, gut zwanzig Meilen von Silchester entfernt. Er hatte keine Ahnung, daß Grazia, die den Konversationskurs leitete, nach Italien zurückgegangen war; er fragte auch nicht, wo der Kurs stattfände. Und er hätte sie gar nicht stärker in dem Vorhaben unterstützen können. Liz erinnerte sich mit einem Anflug von schlechtem Gewissen daran, wie sehr er sich darüber gefreut, wie ermutigend er ihr zugelächelt hatte. Er dachte wirklich, daß sie sich dieser Extramühe nur zugunsten der Privatschule unterzog. Dieser Dummkopf.

Sie hatte Marcus nicht gefragt, was er seiner Frau erzählt hatte. Sie wollte nicht darüber nachdenken. Jetzt beobachtete sie ihn verstohlen, wie er sich das Hemd zuknöpfte. Er sah sehr ernst aus, fast grimmig. Ihr kam der schreckliche Gedanke, daß er vielleicht an seine Frau dachte und bedauerte, was geschehen war. Es konnte auch sein, daß er überlegte, wie er sie loswerden könnte. Sie stellte sich sein Gesicht vor, wenn er ihr sagte, daß sie sich heute zum letztenmal getroffen hätten. Er würde versuchen, freundlich, aber unzweideutig zu sein. Und dann würden sie sich nie mehr sehen, alles wäre vorbei, die schönen Abendessen, die schönen Hotelzimmer und die schönen Autofahrten. Sie hätte nichts mehr als das unbeschreiblich langweilige Leben mit Jonathan. Sie konnte diesen Gedanken kaum ertragen.

Wieder schaute sie Marcus an und versuchte, seinen Gesichtsausdruck zu deuten. Aber sie war sich nicht sicher, an wen er dachte. An sie? Oder an seine Frau?

Marcus dachte nicht an seine Frau. Und auch nicht an Liz. Genaugenommen hatte er fast vergessen, daß sie hier war. Er machte ein ernstes Gesicht, weil er morgen für Leo die Bewertung von Panning Hall beginnen mußte.

Es würde nicht weiter schwer sein. Es war ein großer Besitz, etwas außerhalb von Silchester gelegen, mit fast zwölfhundert Morgen Land, einem Gutshaus, mehreren dazugehörenden Häusern und einem Reiterhof. Anläßlich einer Wohltätigkeitsveranstaltung hatte er den Besitz vor Jahren einmal besucht, und soweit er sich erinnerte, gab es dort nichts wirklich Ungewöhnliches; keinen Zoo, kein Aufnahmestudio, keine größeren Überraschungen.

Damals hatte er auch Lady Ursula kennengelernt. Ungewöhnlich mager und trotz ihres Alters elegant gekleidet. Sie war eine der wenigen unter den Gutsbesitzern, die er kennengelernt hatte, die sich tatsächlich in ihren großen Häusern zu Hause gefühlt hatten. Oft wurden diese Häuser von häufig abwesenden Geschäftsleuten und ihren unglücklichen Frauen bewohnt. In solchen Häusern gab es gähnend leere Wohnzimmer, und die Frauen lagen im Schlafzimmer und sahen fern. Die Eßzimmer waren kalt und abweisend, und die Kinder saßen abends in der Küche und aßen Fischstäbchen. Aber Lady Ursula hatte ihr großes Haus zu bewohnen gewußt. Sie war darin aufgewachsen. Sie hatte in großem Stil gelebt. Marcus hatte stets Bewunderung für sie empfunden. Das tat er heute noch, da sie tot war.

Es war ein kleiner Schock für ihn gewesen, als Leo gegen Ende ihres Treffens beiläufig erwähnte, daß es sich bei dem fraglichen Landbesitz um Panning Hall handelte. Marcus hatte zu dem Zeitpunkt noch nichts von Lady Ursulas Tod gewußt.

»Das ist ja entsetzlich!« hatte er ausgerufen.

»Was ist denn los? Haben Sie sie gekannt? Gibt es irgendein Problem?« Leo hatte Marcus aufmerksam angeschaut. »Sie war doch keine Freundin von Ihnen oder so was?«

»Nein, das nicht. Ich habe sie vor ein paar Jahren einmal getroffen. Und ich wußte nicht, daß sie gestorben ist.«

»Das ist leider so«, hatte Leo gesagt und ein trauriges Gesicht aufgesetzt. Dann hatte sich sein Ausdruck verändert. »Aber ehrlich gesagt ist der Rest der Familie eine einzige Katastrophe. Keiner will den Besitz haben; sie interessieren sich nur für das Geld.«

»Wirklich?« hatte Marcus verblüfft gefragt. Leo hatte ihn fixiert.

»Glauben Sie bloß nicht, daß mein Vorschlag in diesem speziellen Fall meinem normalen Geschäftsgebaren meinen Klienten gegenüber entspricht.«

»Ach, äh, nein«, hatte Marcus gesagt. »Natürlich nicht.«

»Ich habe mich ganz bewußt an Sie gewandt, weil ich Ihrem Urteil vertraue.« Leo hatte sich etwas vorgebeugt und Marcus in die Augen gesehen. »Ich halte Sie für sehr begabt. Ich hoffe, daß Sie mich nicht enttäuschen werden.«

Und Marcus hatte sich verwirrt, geschmeichelt und sehr angeregt gefühlt, alles auf einmal. Leo hatte sich für ihn entschieden. Er hatte seine Fähigkeiten erkannt; hatte bemerkt, daß die alltäglichen Arbeiten im Immobiliengeschäft ihn eher lähmten als beflügelten; hatte erkannt, daß Marcus ein Mann war, der sich danach sehnte, eine große Aufgabe anzupacken.

Das lag jetzt schon ein paar Wochen lang zurück. Und seitdem war alles wie am Schnürchen gegangen. Er hatte die üblichen Arbeitsabläufe peinlich eingehalten. In seinen Akten lag ein Brief von Leo, der ihn über den Tod von Lady Ursula informierte und ihn beauftragte, eine genaue Bewertung des Besitzes vorzunehmen, der so bald wie möglich verkauft werden sollte. Der Brief war an die Arbeitsadresse von Marcus gerichtet, aber Leo hatte ihn an seine Privatadresse geschickt, um zu verhindern, daß irgendein Mitarbeiter von Witherstone ihn in die Finger bekam und die Bewertung selbst vornahm. Es war leicht für Marcus gewesen, den Brief ins Büro mitzunehmen, ihn in einen Aktenordner zu legen und sich schnell wieder an seinen Schreibtisch zu setzen, bevor Suzy, seine Sekretärin, hereinkam.

Er hatte hin und her überlegt, ob er Suzy darüber informieren sollte, wo er an diesem Tag hinginge; ob seine unerklärte Abwesenheit mehr Aufmerksamkeit erregen würde als die Worte *Panning Hall* in seinem Kalender. Alle waren so neugierig! Sein Vetter Miles würde bestimmt alles über die Bewertung wissen wollen, wenn er davon erführe; würde vielleicht sogar vorschlagen, daß er mitkommen könnte, um sich den Besitz anzuschauen.

Deshalb hatte er letzten Endes die sehr doppeldeutigen Worte *Bewertung – Panning* in seinen Kalender geschrieben. Panning selbst war eine große Ortschaft, in der es ein paar sehr schöne Anwesen gab. Und wie jedermann wußte, war zur Zeit ein großer Trend, daß Leute ihre Häuser bewerten ließen, ohne im geringsten die Absicht zu haben, sie zu verkaufen. Wenn jemand fragen würde, wo er gewesen war, konnte er irgend etwas von einer Klientin erzählen, die ihm schließlich gestanden hätte, daß sie gar nicht wirklich am Verkauf interessiert sei. Niemand würde sich die Mühe machen, die Geschichte zu überprüfen. Zu einem späteren Zeitpunkt wäre es vielleicht gar nicht schlecht, daß er Panning in seinen Kalender geschrieben hatte. Falls irgendwann jemand behaupten sollte, daß er diesen Fall anders als andere behandelt und versucht hätte, ihn in aller Stille abzuwickeln.

Marcus versuchte, so normal wie möglich an diese Bewertung heranzugehen. Er würde sie sehr professionell vornehmen, würde wie üblich alles der Reihe nach notieren; er würde die Maße des Haupthauses und den Zustand der anderen Gebäude genau aufnehmen; er würde sich das Gelände am Flußufer und die Wälder gründlich anschauen. Er würde seinen Job sehr zuverlässig machen und nicht die kleinste Kleinigkeit weglassen.

Marcus' Hände verkrampften sich, als er die Schuhe zuband; sein Atem ging etwas schneller. Und dann, am Ende der Bewertung, wenn er alles bedacht und ausgerechnet hätte, würde er, wie krumm oder gerade die Zahl auch war, genau eine Million Pfund davon abziehen.

Eine Kleinigkeit. Was sagte sein Sohn Andrew immer? Keine Kunst.

Gegen fünf am nächsten Nachmittag war Marcus vollkommen erledigt. Er war um zehn Uhr vormittags auf dem Landsitz angekommen; ein älterer Mann in einem dunkelblauen Anorak hatte vor dem Haus in einem Range Rover auf ihn gewartet.

»Ich dachte mir, daß Sie bald kommen«, sagte er freundlich. »Ich bin Albert, hab viele Jahre für Lady Ursula gearbeitet. Hab gedacht, Sie könnten jemanden brauchen, der Sie herumführt.«

»Das ist nicht nötig«, sagte Marcus sehr höflich. »Ich möchte Ihnen keine Mühe machen.«

»Das ist mir doch ein Vergnügen«, antwortete Albert und grinste Marcus an. »Ich hab es Mr. Francis letzte Woche vorgeschlagen, und er meinte, daß Sie wahrscheinlich froh wären über jemanden, der sich hier auskennt.«

»Hat er das?« sagte Marcus und fühlte Ärger in sich aufsteigen. Dieser verdammte Leo. Warum hatte er das bloß gesagt?

»Na gut«, sagte er so freundlich wie möglich, um in dem Mann kein Mißtrauen aufkommen zu lassen, »ich wäre froh, wenn Sie mir etwas helfen könnten.«

Als sie durch das Hauptgebäude gingen, plauderte Albert in einem fort.

»Glauben Sie, daß sie das Haus verkaufen wollen?« fragte er. »Diese Töchter?«

»Ich glaube, ja«, antwortete Marcus.

»Das sind Drogenabhängige, alle beide«, fügte Albert überraschenderweise hinzu. »Die haben in einem der Ställe diese komischen Zigaretten geraucht. ›Ach Albert‹, sagten sie, ›bitte sagen Sie Mutter nichts davon.‹ Lady Ursula das zu verschweigen, was denn sonst noch! Ich hab es ihr gleich am selben Nachmittag erzählt. Und sie gingen zu ihr und fingen an zu weinen und sagten, daß sie es nie mehr machen würden.« Er schnalzte mit der Zunge. »Haben einfach woanders geraucht, so war das.« Er zog die Nase hoch und schaute sich um. »Kein Wunder, daß sie nach Amerika abgehauen sind.«

Marcus hörte nicht zu. Er starrte den Kamin an. Wenn es, wie er vermutete, ein Kamin von Adam war, dann würde er den Wert des Hauses um etwa fünfzigtausend Pfund erhöhen. Wenn nicht, konnte er diesen Betrag schon jetzt von der Endsumme abziehen. Seine Hände zitterten leicht, er kritzelte in sein Notizbuch »Attraktiver Kamin«. Albert nickte zustimmend.

»Das ist ein sehr schöner Kamin«, sagte er lästigerweise. »Muß ziemlich viel wert sein.«

»Ein attraktives Stück«, sagte Marcus kurz.

»Ich hab mal im Fernsehen einen Kamin gesehen, der sah genauso aus wie der hier, und der soll einhunderttausend Pfund wert gewesen sein!« Er sprach die Zahl bewundernd aus und blickte Marcus beeindruckt an. »Glauben Sie, daß der da auch so viel wert ist?«

»Das bezweifle ich«, sagte Marcus kurz. Er überlegte sich, was er sagen könnte, um diesem Mann das Maul zu stopfen. »Erstens einmal sind die Medaillons an den Ecken nachgemacht.« Er durfte den Namen Adam gar nicht erwähnen. »Und die Verzierungen hier oben kommen mir unauthentisch vor«, fügte er mit überzeugter Stimme hinzu.

»Wirklich?« fragte Albert beeindruckt. »Na so was.« Er blickte Marcus scharf an, und der verspürte plötzlich große Lust, ihn zu verprügeln.

»Gehen wir weiter«, sagte er und schritt auf die Tür zu.

»Nach Ihnen, Sir«, sagte Albert und trat höflich zur Seite. Marcus blickte ihn mißtrauisch an. In seinem angespannten Zustand bildete er sich ein, Albert sei ein Spitzel und werde alles, was ihm aufgefallen war, sofort seinen Auftraggebern berichten; er, Marcus, werde bald und ganz plötzlich verhaftet, und der Betrug flöge auf. Großer Gott! Marcus starrte Albert an und fühlte, wie es ihm kalt den Rücken herunterlief, obwohl Leo ihm versichert hatte, daß er nichts zu befürchten hatte.

»Der zuständige Gutachter ist ein alter Kumpel von mir,

noch aus der Schulzeit«, hatte er Marcus lachend erzählt. »Der bescheinigt mir alles, was ich ihm vorlege.« Marcus war schockiert und zugleich erstaunt gewesen, daß es derlei Dinge tatsächlich zu geben schien. »Was passiert denn sonst noch?« hätte er Leo am liebsten gefragt. »Was passiert in der Stadt denn sonst noch, von dem ich keine Ahnung habe?« Jetzt wollte er gar nichts davon wissen. Albert schritt vor ihm den Korridor entlang. Marcus stellte sich vor, daß er plötzlich umdrehen und ihm bewundernd und wissend in die Augen schauen würde. Scheiße! Wieviel konnte dieser Kerl überhaupt wissen? Wieviel Blößen hatte er sich schon gegeben?

»Stimmt irgendwas nicht, Sir?« Albert wandte sich um, und Marcus riß sich zusammen und atmete tief durch. Er mußte überzeugend wirken.

»Also«, sagte er und folgte Albert durch den Korridor. »Lady Ursula hat viele Jahre in diesem Haus gelebt?«

»Sie hat mehr oder weniger ihr Leben lang hier gewohnt«, antwortete Albert. »Sie ist hier aufgewachsen, zog weg, erbte das Haus und kam zurück. Sie hat an die achtzig Jahre hier gelebt.«

»Und nie daran gedacht zu verkaufen?« fragte Marcus mit ruhiger Stimme, wartete aber angespannt auf Alberts Antwort. Es wäre mehr als ärgerlich, wenn sie ihren Besitz kürzlich hätte schätzen lassen – obwohl man immer alles auf die Marktsituation schieben konnte.

»Nie im Leben«, sagte Albert schockiert. »Das war doch ihr Zuhause. Sie hätte sich gefreut, wenn eine ihrer Töchter zurückgekommen und auch hier gelebt hätte. Aber die hatten keinerlei Interesse daran.« Er machte eine Pause. »Ich nehme allerdings an, daß sie sich durch den Verkauf ganz schön gesundstoßen werden.« Seine Augen leuchtete vor Spekulationslust.

»Na ja, das ist schwer zu sagen«, bemerkte Marcus entmutigend. »Der Immobilienmarkt ist zur Zeit ziemlich eingebrochen, müssen Sie wissen. Das macht sich besonders empfindlich bei großen Landsitzen wie diesem bemerkbar. Sie sind zur Zeit sehr viel weniger wert, als man annehmen sollte. Sehr viel weniger«, wiederholte er überdeutlich. Ihm fehlte gerade noch, daß Albert und seine Kumpel irgendwelche Preisvorstellungen im Ort ausstreuten.

»Ach«, sagte Albert und wirkte ziemlich enttäuscht. »Aber sie werden immer noch ganz schön viel Geld dafür bekommen.«

»Bestimmt«, sagte Marcus zuversichtlich. »Das ist ja klar bei so einem schönen Besitz.« Er schaute auf die Uhr. »Aber ich will Sie nicht aufhalten«, sagte er. »Wenn Sie was anderes vorhaben...«

»Ach nein«, sagte Albert fröhlich. »Ich führ Sie überall herum, Sir. Machen Sie sich meinetwegen bloß keine Sorgen.«

Schließlich war Albert den ganzen Tag mit Marcus herumgegangen, hatte ihn zum kleinen Laden begleitet, wo sie ein Sandwich zum Mittagessen kauften, und hatte ihn im Anschluß daran mit seinem Range Rover auf der Farm herumgefahren.

»Kommen Sie morgen wieder?« fragte er, als Marcus gegen Abend müde in seinen Mercedes stieg.

»Ich weiß noch nicht so recht«, sagte Marcus. »Vielleicht.«

»Ich bin zu Hause, falls Sie mich brauchen sollten«, sagte Albert. »Mason's Cottage. Fragen Sie im Laden nach mir.«

»Das mach ich«, sagte Marcus und kratzte das letzte Restchen Humor zusammen, um Albert anzulächeln. »Und vielen Dank für Ihre Hilfe. Es war wirklich sehr nützlich für meine Arbeit.«

Albert zuckte die Achseln. »Jederzeit«, sagte er und stieg in seinen Range Rover.

Es entstand eine Pause, jeder wartete darauf, daß der andere losführe. Schließlich ging Marcus ungeduldig aufs Gas und fuhr so schnell davon, daß die Kieselsteine hinter dem Auto hochstiebten.

Auf der Heimfahrt dachte er düster daran, wieviel Arbeit noch vor ihm lag. Er hatte nur einen keinen Teil des riesigen Besitzes erfaßt. Er überlegte, ob es möglich wäre, einen der jungen Makler in seinem Büro diskret zu beauftragen, ihm behilflich zu sein. Aber er wußte sofort, daß das unmöglich war. Die jungen Leute waren durch die Bank sehr ehrgeizig und hatten nichts anderes im Sinn, als so schnell wie möglich Karriere zu machen. Sie saßen länger als nötig im Büro, erledigten freiwillig Extraaufgaben und blickten ihn geradezu entsetzt an, wenn er früher ging, um Anthea und die Jungen abzuholen. Sie schienen keinerlei Respekt vor ihm und seinem Cousin zu haben; sie packten jede Gelegenheit beim Schopf, wenn es darum ging, sich in irgendeiner Weise persönlich zu bereichern; Loyalität schien für sie ein Fremdwort zu sein. Es war viel sicherer, die ganze Sache allein abzuwickeln. Und es was schließlich eine sehr einträgliche Arbeit, wenn er an den Anteil dachte, den er nach erfolgreichen Abschluß des Geschäftes von Leo erhalten würde.

Als er bei einer roten Ampel halten mußte, überlegte er gerade, wie lange die ganze Sache wohl dauern würde. Plötzlich klopfte jemand ans Fenster, und er zuckte zusammen. Es hätte ihn nicht gewundert, das Gesicht eine Polizisten zu sehen. Aber es war Ginny Prentice, die ihn anlächelte.

»Marcus!« rief sie. »Kann ich mit dir in die Stadt fahren?« Ohne auf die Antwort zu warten, öffnete sie die Beifahrertür und stieg ein. »Ach Entschuldigung, ich sitz auf deinen Papieren. Soll ich sie woanders hinlegen?« Marcus packte die Mappe.

»Das mach ich schon«, murmelte er und legte sie auf den Rücksitz. Großer Gott. Das hatte ihm gerade noch gefehlt!

»Wie schön, dich zu sehen!« sagte Ginny fröhlich und legte ihren Sicherheitsgurt an. »Ich hab gerade einer Gruppe Journalisten die neue Siedlung in Nordsilchester gezeigt.«

»Ach ja?« sagte Marcus und zwang sich, ihr zuzuhören. »Ich hab so gut wie nie etwas mit neuen Siedlungen zu tun.«

»Na ja... diese ist wirklich schön. Und ich glaube, sie hat auch den Journalisten gefallen. Es gab für alle Champagner im Musterhaus«, fügte sie etwas sprunghaft hinzu. »Deshalb konnte ich nicht mit dem Wagen fahren. Ich hab viel getrunken. Ich wollte ein Taxi nehmen.« Sie kicherte und schaute auf die Uhr. »Fährst du zurück ins Büro? Ich hab Miles versprochen, ihn zu besuchen. Aber jetzt ist es schon ein bißchen spät, oder?«

»Ich glaube, ja«, sagte Marcus. Er versuchte verzweifelt, irgendein Thema zu finden, das nichts mit der Arbeit zu tun hätte. Egal was. Solange sie ihn nur nicht fragte, wo er gewesen war...

»Und wo kommst du gerade her?« frage Ginny angeregt. »Hast du blau gemacht?« Marcus fühlte, wie ihm heiß wurde.

»Ach«, sagte er leichthin. »Ich hatte einen Termin. Er war todlangweilig.«

»Was ist bloß mit euch los?« rief Ginny aus. »Wie soll ich interessante Geschichten für die Presse schreiben, wenn ihr alles langweilig findet? Ich möchte wetten, daß du gerade ein wunderschönes Haus besichtigt hast... Gab es dort auch ein Gespenst? Ich hab gerade eine Geschichte über Gespensterhäuser gelesen, aber hier in der Gegend scheint es keine zu geben.«

»Nein«, sagte Marcus kurz, »es war kein Gespensterhaus.«

»Sind das die Unterlagen für das Haus?« fragte Ginny und griff auf den Rücksitz, wo die Panning-Hall-Papiere lagen.

»Nein! Das ist was ganz anderes«, rief Marcus. Das war ja unerträglich. Er trat aufs Gaspedal. Er mußte Ginny so schnell wie möglich loswerden.

»Okay, okay«, sagte Ginny. Sie legte die Papiere wieder hin und schaute ihn neugierig an.

»Und wie gefällt dir euer Haus?« fragte Marcus plötzlich.

Ginny dachte nach. »Ach, es ist sehr schön«, sagte sie schließlich. »Sehr hübsch. Wir haben auch die Tochter kennengelernt. Alice Chambers. Die Tochter der Frau, die uns das Haus vermietet hat.« Sie sah Marcus aufmerksam an.

»Ach ja«, erwiderte Marcus zerstreut. Gott sei Dank. Sie hatten das Thema gewechselt. »Nettes Mädchen, was?« fügte er auf gut Glück hinzu.

»Sie ist ein bezauberndes junges Mädchen«, sagte Ginny und schaute Marcus wieder an.

Den Rest der Fahrt schwiegen sie. Ginny schaute zum Fenster hinaus und erinnerte sich an die Gesichter von Marcus und Liz an jenem Tag, als sie das Haus der Russel Street besichtigt hatten. Sie hatte es damals komisch gefunden, daß die beiden so lange auf sie gewartet hatten, daß sie Champagner getrunken hatten. Und jetzt hatte Marcus ganz offensichtlich den Nachmittag lang irgend etwas gemacht, worüber er nicht sprechen wollte. Die zwei hatten was zusammen. Ganz bestimmt.

Marcus saß still und hoffte inständig, daß Ginny keine weiteren Fragen zu diesem Nachmittag stellen würde. Natürlich hätte er ihr ohne weiteres sagen können, daß er eine Bewertung vorgenommen hatte. Das war ja absolut legitim. Und jedem anderen Menschen hätte er das auch gesagt. Nicht aber Ginny Prentice. Ginny war nicht zufällig in die PR-Arbeit reingerutscht. Er kannte niemanden mit einer solchen Phantasie, mit so einer Nase für das, woraus man eine gute Geschichte machen konnte. Hätte sie auch nur die geringste Ahnung von dem gehabt, was er heute getan hatte, würde sie im Handumdrehen alles zusammenreimen können.

Als sie an die erste große Kreuzung vor der Russel Street kamen, griff Ginny nach ihrer Tasche.

»Ich steige hier aus«, sagte sie und lächelte ihn an. »Vielen Dank, Marcus! Ich werde Witherstone eine Taxifahrt weniger berechnen!«

»Nicht der Rede wert«, sagte Marcus, zwang sich zu einem Lächeln und fuhr schnell davon.

Zu Hause war ein Streit im Gange. Als Marcus hereinkam, standen Anthea, Daniel und Andrew noch in der Halle. Daniels Gesicht war hochrot; er hatte seinen Blazer noch an und den Rucksack noch auf dem Rücken, und er sprach mit schriller Stimme.

»Alle haben den ganzen Tag lang über mich gelacht«, sagte er.

»Unsinn«, antwortete Anthea lebhaft.

»Doch, es stimmt«, sagte Andrew ruhig. Er hatte seinen Blazer ausgezogen, saß an dem großen, schweren Eichentisch und ließ ein kleines Auto seine Beine hinauf- und hinabrollen. »Sie haben über ihn gelacht.«

»Worum geht es hier eigentlich?« fragte Marcus. »Hallo, mein Schatz.« Er küßte Anthea, zog seinen Mantel aus und hängte ihn in den Schrank. »Daniel, warum ziehst du deinen Blazer nicht aus? Dann geht's dir gleich besser.«

»Nein, das will ich nicht«, murmelte Daniel, erlaubte seinem Vater aber, ihm beim Absetzen des Rucksacks zu helfen, und begann mit ruckartigen Bewegungen, seinen Blazer aufzuknöpfen.

»Jetzt erzähl mal, Dan«, sagte Marcus, als Daniel ein bißchen ruhiger aussah. »Was war denn los?«

»Alle haben mich ausgelacht, weil Mami den anderen Müttern erzählt hat, daß ich immer nur so aus Spaß meine Hausaufgaben ins Französische übersetze.« Seine Stimme bebte. »Aus Spaß!« wiederholte er mit hoher Stimme. »Edward Whites Mutter hat es ihm erzählt, und er hat es der ganzen Klasse erzählt, und die haben gelacht und so getan, als würde ich nur Französisch verstehen, und dann haben sie mich Danielle genannt.«

»Also, das finde ich unreif und dumm«, sagte Anthea. »Ignorier sie doch einfach.«

»Das sagst du immer! Es ist einfach ungerecht! Und es ist deine Schuld! Warum hast du das der Frau erzählt?«

Ja, warum hast du das getan? wollte Marcus sie fragen. Er

schaute Anthea mißtrauisch an, lächelte ihr aber hilfsbereit zu, als sie sich an ihn wandte.

»Das ist alles ein riesengroßer Unsinn«, sagte sie defensiv. »Ich hab mich nur mit ein paar Müttern über die Hausaufgaben unterhalten, und dabei muß ich von der Zeit gesprochen haben, als Jacques Renauds Kinder bei uns waren. Erinnerst du dich? Sie haben den ganzen Abend Französisch geredet. Und sie haben Daniels Hausaufgaben ins Französische übersetzt.«

»Ja, aber das war ein Spiel!« rief Daniel frustriert. »Und wir haben es nur einmal gemacht! Du hast ihnen erzählt, daß ich es aus Spaß jeden Tag mache!«

»Das hab ich überhaupt nicht erzählt«, sagte Anthea scharf. »Edward Whites Mutter hat das offenbar falsch verstanden.«

»Hast du vielleicht etwas übertrieben?« fragte Marcus vorsichtig.

»Natürlich nicht!« Anthea klang empört. »Das ist doch einfach lächerlich. Wenn sich diese Jungen über dich lustig machen, dann nur, weil sie eifersüchtig sind. Jetzt geht in die Küche. Hannah hat Tee für euch gemacht.«

Als die Jungen verschwunden waren, schaute Marcus Anthea streng an. Er wußte ganz genau, wie sie sich in Gesellschaft der anderen Mütter vor dem Schultor aufführte: Sie gab ungeheuer mit der Intelligenz der Kinder an; sie war nicht in der Lage, irgendeine Erfolgsgeschichte einer anderen Mutter hinzunehmen, ohne sie mit ein paar spitzen Worten in Frage zu stellen.

»Was hast du zu dieser Frau gesagt?«

»Nichts! Ich hab nichts gesagt.« Ihr Blick irrte unruhig hin und her. »Es ist doch nicht meine Fehler, wenn diese dummen Jungen auf Daniel herumhacken.«

»Sie scheinen mir ein bißchen oft auf ihm herumzuhacken. Und meistens wegen irgend etwas, das du gesagt hast.«

»Was genau willst du damit sagen?« Antheas Wangen wurden gefährlich rot. »Was soll ich schon wieder falsch gemacht haben?«

»Ich finde nur, du solltest besser auf deine Worte achten. Daniel steht im Augenblick unter genug Druck, auch wenn er nicht zum Hanswurst der Klasse gemacht wird.«

»Ich verstehe. Du glaubst also, daß ich ihn extra zum Hanswurst mach, stimmt's?« Anthea blickte Marcus wütend an.

»Natürlich nicht...«

»Weißt du eigentlich, was ich alles für ihn tue? Wie viele Stunden ich damit verbringe, ihm bei den Hausaufgaben zu helfen, wie oft ich ihn in der Gegend herumfahre?«

»Ich weiß das ganz genau!« sagte Marcus und hatte plötzlich das Gefühl, einfach nicht mehr zu können. Er hatte einen schweren Tag hinter sich, auch ohne diesen Streit. »Vielleicht solltest du einfach etwas weniger tun!«

Anthea wirkte schockiert. Langsam wandte sie sich ab und senkte den Kopf. Verdammt noch mal, dachte Marcus. Er hatte genau das Falsche gesagt.

»Es tut mir leid«, sagte er. Er ging zu ihr und legte ihr eine Hand auf die knochige Schulter. Er fühlte, wie sie sich etwas entspannte. Dann sah er plötzlich die gut gepolsterte Schulter von Liz vor sich, warm und nackt. Er wurde etwas rot und schüttelte den Kopf, um das Bild zu verscheuchen. Gott im Himmel! Wer war er, daß er Anthea Vorhaltungen machte? »Es tut mir leid«, wiederholte er. »Ich habe einen harten Tag hinter mir. Wir versuchen einfach, das Ganze zu vergessen, ja?«

Sie schaute ihn an, und er sah ihre schuldbewußten Augen. Sie hatte vor den anderen Müttern angegeben. Und sie wußte das ganz genau. Aber sie konnte es einfach nicht zugeben. Es war immer dasselbe. Wenn sie in dieser Stimmung war, weigerte sie sich hartnäckig, irgendwelche Schuld auf sich zu nehmen, bis sie schließlich völlig hysterisch wurde. Marcus schauderte bei der Erinnerung an frühere Auseinandersetzungen; er hatte sie immer massiver beschuldigt, und sie hatte sich mit Händen und Füßen gewehrt. Er lenkte immer als erster ein. Es lohnte sich einfach nicht. Und so machten sie alle immer weiter und ließen ihr die Behauptung durchgehen, daß sie unschuldig sei; erfanden sogar andere Erklärungen, hielten mitten im Streit plötzlich inne, ohne ein befriedigendes Ende gefunden zu haben. Die Jungen würden bald lernen, daß es das einfachste war, immer auf ihrer Seite zu sein; um des lieben Friedens willen die Wahrheit mit Füßen zu treten.

Aber es war nicht fair. Wie zu der Zeit, als er ein kleiner Junge gewesen war, wiederholte Marcus immer dieselben Worte, selbst noch als er anfing, Anthea die Schulter zu massieren; selbst als er ihren Kopf liebevoll mit seinen Händen umfaßte. *Es ist nicht fair. Es ist nicht fair. Es ist nicht fair.*

Später an diesem Abend ging er nach oben, um Daniel, der im Bett lag und ein Buch las, gute Nacht zu sagen.

»Ich hoffe, daß diese Sache morgen ausgestanden ist«, sagte er ehrlich. Daniel zuckte die Achseln und wurde rot. »Ich sag es nicht gern«, fügte Marcus hinzu, »aber es ist schon was dran, wenn Mami dir rät, es zu ignorieren. Du weißt doch, wie das ist, wenn du jemanden aufziehst. Wenn er das ignoriert, dann wird es schnell langweilig.« Es herrschte Stille. Daniel tat so, als hätte er nichts gehört. Marcus wartete.

»Sie hat das aber gesagt«, sagte Daniel plötzlich leise. Er klang verletzt. »Ich weiß, daß sie es gesagt hat.«

»Na ja, vielleicht hat sie es aber gar nicht so gemeint«, sagte Marcus beschwichtigend. »Die Schwierigkeit ist eben«, fuhr er fort, »daß Mami so stolz auf dich ist. Es fällt ihr wahnsinnig schwer, nicht allen zu erzählen, wie gut du bist.«

»Das weiß ich«, sagte Daniel verzweifelt. Er schaute seinen Vater an. »Wir erzählen ihr vieles gar nicht, weil sie es sonst gleich allen weitererzählen würde.« Er machte eine Pause und wartete ab, wie sein Vater darauf reagieren würde. Marcus wußte nichts zu sagen. »Andrew hat letzte Woche eine Eins im Aufsatz gekriegt«, fuhr Daniel fort, »und das hat er Mami nicht erzählt. Und er hat mir das Versprechen abgenommen, daß ich es auch nicht sage. Aber Hannah haben wir es gesagt.« Marcus schaute in das ernste Gesicht des Jungen und fühlte, daß er sehr traurig wurde. War es schon soweit gekommen? Daß sie, um einigermaßen miteinander auszukommen, Geheimnisse voreinander haben mußten? Daß die einzige Person, der sie vertrauten, die Haushälterin war?

»Ich verstehe gut, warum ihr solche Sachen geheimhalten wollt«, sagte er schließlich. Er zog Daniels blau-weiß gestreifte Bettdecke hoch, und der Geruch von frisch gebügeltem Leinen stieg auf. »Und ich glaube...« Er unterbrach sich und schaute Daniel an. »Ich glaube, daß das gar nicht dumm ist.«

Er erhob sich plötzlich und ging auf die andere Seite des Raumes, nahm ein kleines Modellauto vom Kaminsims und spielte damit herum. »Aber weißt du«, sagte er plötzlich, ohne Daniel anzuschauen, »Hannah ist nicht der einzige Mensch, dem ihr was erzählen könnt.« Er stellte den Wagen wieder hin und kam zum Bett zurück. »Ich renn bestimmt nicht zu Mami«, sagte er leise. »Wenn ihr gute Noten geschrieben habt, du oder dein Bruder, dann könnt ihr mir das ruhig erzählen.« Daniel schaute ihn ernst an.

»Okay«, sagte er.

»Und Andrew auch«, sagte Marcus.

»In Ordnung.«

»Und ich werde auch Edward Whites Mutter kein Wort davon erzählen«, sagte Marcus ernst. Er schaute Daniel an, und sie begannen zu lachen. »Ich kenne Edward Whites Mutter nicht mal«, fügte Marcus hinzu. Daniel lachte lauter; sein Gesicht wurde rot, und er verschwand unter der Decke.

Anthea erschien in der Tür.

»Was ist denn hier so lustig?« fragte sie. Marcus fand, daß ihre Stimme mißbilligend klang. War das neu? Oder hatte er es nur noch nie wahrgenommen?

»Nichts Besonderes«, sagte er. »Ich gehe jetzt. Gute Nacht, Dan.«

»Gute Nacht«, sagte Daniel fröhlich.

Als Marcus an Anthea vorbeiging, schaute sie ihn gespannt und etwas mißtrauisch an. Er ignorierte sie. Als er den Flur entlangging, hörte er noch, wie Anthea Daniel ziemlich spitz fragte, ob er sich die Zähne geputzt hätte.

Laß den Jungen in Ruhe, dachte er verärgert. Laß ihn in Ruhe. Aber wenn er das zu Anthea sagte, würde er es zu bereuen haben. Ganz egal, was er Anthea zur Zeit sagte, er würde es wahrscheinlich bereuen müssen.

8. KAPITEL

Piers gähnte etwas befangen, sah aus dem Fenster und versuchte, sich ein Grinsen zu verkneifen. Er saß allein im Büro von Alan Tinker, dem Produzenten von *Summer Street*. Vor zwei Minuten hatte das Telefon geklingelt, und Alan hatte mit einer entschuldigenden Grimasse zur Piers hin den Hörer abgehoben.

»Mist«, sagte er, als er wieder auflegte. »Dieser gräßliche McKenna. Es macht Ihnen doch nichts aus, Piers, wenn ich Sie mal kurz allein lasse?« Mit einer großzügigen Handbewegung wies er in die Runde. »Machen Sie sich ruhig noch einen Kaffee, wenn Sie möchten; fühlen Sie sich wie zu Hause. Schauen Sie doch inzwischen ein bißchen fern!« Und mit einem verschwörerischen Lächeln in Piers' Richtung war er hinausgegangen. Piers blieb nichts anderes übrig, als sich in Geduld zu fassen und so gut es ging die freudige Erregung zu ignorieren, die er in sich aufsteigen fühlte.

Die Unterredung ließ sich gut an, doch, da gab es gar keinen Zweifel. Alan Tinker hatte Piers höchstpersönlich am Empfang abgeholt, hatte ihn ganz zwanglos auf eine Tasse Kaffee in die Kantine mitgenommen und ihn ein paar Leuten vorgestellt. Und zwar ein paar wirklich wichtigen Leuten. Nun ja, er hatte zwar nicht direkt gesagt: »Das ist Piers, er wird die Rolle von Ian übernehmen«, aber so leutselig, wie er sich gab, schien es doch ...

Piers zwang sich, seinen Optimismus zu verdrängen. Zu oft schon hatte er sich vorschnell von seinem Wunschdenken mitreißen lassen. Immerhin hatte er den Mann gerade erst getroffen. Es war ja nicht mal so, als hätte er schon eine Hörprobe hinter sich gebracht. Für Triumphgefühle bestand wahrhaftig noch kein Anlaß. Doch während er nun bewußt gleichgültig im Raum umherblickte, die Augen über die vier Fernsehmonitore an der Wand schweifen ließ, über die Regale voller Bücher und Zeitschriften, die Stapel von Broschüren und Skripten, konnte er nicht verhindern, daß ihm das Herz bis zum Halse klopfte. Alan Tinker war ein Top-Produzent. Wenn er jemandem wohlwollte, hatte er die Macht, ihn groß rauskommen zu lassen. Ja, *wenn*.

»Wir wissen, daß Sie ein guter Schauspieler sind«, hatte er gleich zu Anfang gesagt. Piers starrte auf den blaßblauen Teppich zu seinen Füßen und gestattete sich einen heimlichen, fast schmerzhaften Schauer der Vorfreude. Alan Tinker wußte, daß er gut war. Alan Tinker hatte es ihm selbst bestätigt.

»Aber hier geht's ja nicht darum, ob Sie ein guter Schauspieler sind oder nicht«, hatte Alan gewichtig hinzugefügt. Und Piers hatte brav genickt, als hätte er einen Schimmer, was damit gemeint war.

»Natürlich nicht«, murmelte er und fragte sich sogleich, ob es ein Fehler gewesen war, so beflissen zuzustimmen.

»Was wir wollen, ist jemand, der sich wirklich mit der Rolle identifiziert, der hundertprozentig zuverlässig ist«, erklärte Alan. Piers gab sich Mühe, seine zuverlässigste Miene aufzusetzen. »Wir wollen keinen, der nach einem halben Jahr plötzlich die Fliege macht, um na ja, beispielsweise ...« Alan wedelte leichthin mit den Armen. »... eine Hauptrolle an einer West-End-Bühne zu übernehmen.«

»Natürlich nicht«, wiederholte Piers. Wär ja auch zu schön, dachte er bitter.

»Sie haben doch in letzter Zeit viel am Theater gearbeitet, nicht wahr, Piers?« Alan warf ihm einen forschenden Blick zu.

»Ja, das schon...« Piers überlegte hastig. »Aber ich bin sehr daran interessiert, auf langfristiger Basis fürs Fernsehen zu arbeiten.«

»Tatsächlich?« Alan sah mit bedenklich hochgezogenen Brauen zu Piers hinüber, der sich zu spät daran erinnerte, daß in der letzten Ausgabe von *The Stage* über Alan Tinkers Vorhaben berichtet worden war, eine eigene Theatergruppe zu gründen. Oh, verdammt. Er war und blieb ein Pechvogel. Doch Alan schien entschlossen, Nachsicht walten zu lassen. »Nun, um so besser«, sagte er aufmunternd und lehnte sich vor. »Also Piers, wir von *Summer Street* verstehen uns als eingeschworenes Team, als eine Art Familie. Wenn Sie so in der Arbeit aufgehen, wie wir, bleibt Ihnen gar keine Zeit, mit irgendwem nicht gut auszukommen oder sich irgend jemandem überlegen zu fühlen. Sie sind einfach ein Teil der Maschinerie. Ein Zahnrad unter vielen. Verstehen Sie, was ich meine?«

»Aber ja«, sagte Piers eifrig, so überzeugend, wie er nur konnte. »Alle arbeiten einträchtig auf dasselbe Ziel hin.« Oje, dachte er, hoffentlich hält der Kerl mich jetzt nicht für einen Kriecher.

»Viele Schauspieler«, fuhr Alan fort, »sind zu sehr von sich eingenommen, um sich als Teil einer Gruppe zu begreifen. Schließlich gehört ein gewisses Maß an Selbstherrlichkeit dazu, daß man überhaupt Schauspieler wird.« Piers fragte sich, ob es nicht ratsam sei, hier Widerspruch anzumelden. War dies vielleicht nur ein umständlicher Test, um seine Charakterfestigkeit zu prüfen? Zu sehen, ob er eine eigene Meinung vertreten konnte? Er versuchte, Alans Miene zu ergründen. Doch Alan schaute todernst drein. Und er hatte ja schon von anderen gehört, daß der Typ ziemlich ausgefallene Ansichten hatte.

»Was wir uns daher überlegt haben«, sagte Alan, »ist, jeden Bewerber für die Rolle nicht bloß die übliche Testaufnahme machen zu lassen, sondern auch zu einer Probe mit der ganzen Besetzung ins Studio einzuladen. So kriegen wir es gleich mit, wenn jemand Probleme hat, sich in die Gruppe zu integrieren.«

»Gute Idee«, bekräftigte Piers eilig. »Wirklich, äußerst sinnvoll.«

Nun, allein gelassen, erhob er sich von seinem Stuhl, zu aufgeputscht, um länger stillzusitzen. Er trat ans Fenster, nicht ohne die Papiere auf Alans Schreibtisch mit einem neugierigen Blick zu streifen, und lehnte sich dann in lässiger, eleganter Pose ans Fensterbrett. Rupert, die Figur, die er in *Summer Street* spielen würde, war, wenn auch nicht direkt affektiert, so doch keinesfalls schlicht und bieder – und es konnte nichts schaden, Alan eine Kostprobe davon zu geben, wie gut er sich in die Rolle einzufühlen verstand.

Die Tür ging auf, und Piers wandte betont langsam den Kopf zur Seite. Auf der Schwelle stand eine Frau in Samtleggings und Wildlederstiefeln, die bis über die Knie hinaufreichten.

»Es tut mir leid«, sagte sie, »aber ich soll Ihnen von Alan ausrichten, daß er noch länger aufgehalten wird. Er wird sich in ein paar Tagen wieder bei Ihnen melden.« Piers starrte sie verdutzt an, und es dauerte eine Weile, bis ihm aufging, was sie meinte.

»Ach – ach so«, stammelte er schließlich. »Dann gehe ich jetzt wohl besser, was?«

»Wenn's Ihnen nichts ausmacht«, sagte sie in einem Tonfall, in dem nur ganz verhalten Ironie mitschwang, »Alan hat mich gebeten, ihn zu entschuldigen. Er ist zur Zeit dermaßen in Anspruch genommen...«

»Aber nein!« winkte Piers hastig ab. »Das geht völlig in Ordnung. Wir hatten das Gespräch ohnehin beendet.«

»Ich bring Sie hinaus«, sagte sie.

Piers folgte ihr durch die mit Teppich ausgelegten Korridore; sie nickte im Vorbeigehen etlichen Leuten zu, ohne sich ein einziges Mal nach ihm umzuwenden. An der Eingangstür angekommen, fühlte er sich reichlich niedergedrückt.

»Also, dann auf Wiedersehen«, sagte er, trotz allem bemüht, eine unbeschwerte Miene zu wahren. »Und danke für die Begleitung.«

Die Frau erwiderte, ohne auch nur ein Lächeln anzudeuten: »Wenn Sie dann bitte noch Ihren Besucherausweis zurückgeben würden.« Piers händigte ihr die weiße Karte aus und kam sich vor, als hätte man ihn dabei ertappt, wie er sich den Zugang zu dem Gebäude arglistig habe erschleichen wollen. Er stieß die Schwingtür auf, und der harsche Winterwind blies ihm geradewegs ins Gesicht. Trotzig warf er den Kopf zurück. Die konnten ihn doch alle mal! Und ihre miese kleine Rolle konnten sie sich an den Hut stecken.

Doch als er im Zug nach Silchester saß, war sein anfänglicher Optimismus bereits zurückgekehrt. Gut, dann hatte er sich eben von einer zickigen Tippse einschüchtern lassen. Na wenn schon. Wer zählte, war allein Alan Tinker. Und Alan Tinker hatte gesagt, er wisse, daß er ein guter Schauspieler sei. Piers starrte aus dem Zugfenster und ging im Geiste die Besetzungsliste durch. Die Figuren in *Summer Street* waren größtenteils jung, locker, Leute von seiner Art. Er würde gut mit ihnen klarkommen. Was blieb ihm auch anderes übrig.

Es war dunkel, als der Zug ankam, und noch kälter als vorher. Während er durch die Straßen eilte, überlegte Piers zerstreut, ob es wohl schneien würde. Er selbst freute sich nie besonders, wenn es Schnee gab; Ginnys unvermeidliche Begeisterungsausbrüche über die ersten Schneeflocken fand er rührend, wenn auch kindisch. Doch sogar er mußte zugeben, daß ein verschneites Silchester sehr pittoresk aussehen würde. Auf jeden Fall war es kalt genug, saukalt geradezu. Im Gehen stellte er sich schon ein behaglich knisterndes Kaminfeuer vor. Dazu ein, zwei Gläser Glühwein, vielleicht auch ein paar schöne kleine Gewürzpasteten. Es war noch nicht mal Dezember, aber in den Läden herrschte bereits die totale Weihnachtsstimmung. Er sah auf die Uhr. Halb fünf. Er würde Duncan nachher in den Supermarkt mitnehmen. Duncan wußte bestimmt, was für Zutaten man für Glühwein brauchte.

Doch als er sich dem Haus Nummer 12 in der Russel Street näherte, stellte er enttäuscht fest, daß die Fenster dunkel waren. Schade; gerade jetzt war ihm so sehr nach fröhlichem Trubel und Geselligkeit zumute. Das Haus würde kalt und leer und still sein. Fast war er versucht, kehrtzumachen und sich unter das bunte Treiben im Stadtzentrum zu mischen.

Dann sah er plötzlich ein Paar Füße über die Türschwelle ragen, und sein erster Gedanke war, daß Duncan oder Ginny sich wohl ausgesperrt haben mußte. Automatisch fiel er in Laufschritt. Besonders Ginny konnte Kälte schlecht vertragen; wenn sie schon lange da draußen gesessen hatte, würden ihre Finger blaugefroren sein, und so elend, wie sie sich dann fühlte, würde sie ihn gereizt anblaffen. Hoffentlich war wenigstens der Boiler heiß; dann konnte er ihr sofort ein Bad einlassen und schon mal Feuer im Kamin machen. Am Gartentor angekommen, sah er jedoch, daß es magere Kinderbeine waren, die in dicken Wollstrumpfhosen und merkwürdig klobigen Stiefeln steckten. Das konnte nicht Ginny sein. Ach so, natürlich wieder diese Kleine, Alice.

Er klinkte das Tor auf, und sie blickte zu ihm hoch, mit blassem, erschrockenem Gesicht. Sie saß dicht an die Tür geschmiegt, die Schultern in ihrem Anorak hochgezogen, Kopfhörer übergestülpt.

»Hallo, du«, sagte er freundlich. »Niemand daheim?«

»N-nein«, antwortete sie zögernd. Sie griff in die Jackentasche und stellte den Walkman ab. »Ich wollte nicht lange warten. Ich dachte nur, ich schau mal, ob vielleicht doch noch einer kommt.«

»Und das war auch ganz richtig«, sagte Piers herzlich. Im

Prinzip fand er ja, daß die Kleine hier schon etwas häufig aufkreuzte. Fast jeden Tag ließ sie sich bei ihnen blicken, steckte schüchtern den Kopf durch die Küchentür oder winkte ihnen vom Vorgarten aus durchs Wohnzimmerfenster zu. Sie traute sich nie zu klingeln; vielleicht, dachte er, ist sie auch manchmal einfach wieder gegangen, wenn es ihr nicht gelungen war, sich bemerkbar zu machen. »Wenn du magst, kannst du mir gleich beim Einkaufen helfen.« Er fuhr fort. »Ich wollte Glühwein machen, aber ich weiß nicht, was man dafür braucht. Kennst du dich da aus?« Alice dachte angestrengt nach. Irgendwelche Gewürze, soviel war klar, aber welche? Aber sie konnte nicht nein sagen.

»Ja«, nickte sie atemlos.

»Gut«, sagte Piers. Er steckte den Schlüssel ins Schloß. »Dann komm erst mal mit rein. Ich muß mir nur schnell eine dickere Jacke holen. Brrr, ist das kalt!« Er sah sie prüfend an. »Du siehst ganz verfroren aus. Soll ich dir einen von Ginnys Pullovern borgen?«

»Nein, nein«, wehrte Alice schnell ab. »Danke.« Sie errötete, was Piers aber nicht sah.

»Also«, rief er über die Schulter zurück, während er die Treppe hochlief, »bin gleich wieder da.«

Alice blieb in der Diele stehen, die Arme schützend um den Körper geschlungen, halb vor Kälte, halb vor Nervosität. Sie war zwar schon oft hergekommen, um Ginny und Piers und Duncan zu besuchen, aber sie war noch nie mit Piers allein gewesen. Sie fürchtete sich ein bißchen vor ihm; seine Stimme war so laut, und sie wußte nie so recht, ob er sich über sie lustig machte oder nicht.

Mit Ginny und Duncan war alles so viel einfacher. Sie schienen immer froh, sie zu sehen, machten ihr Tee und fragten sie, wie es in der Schule war. Eigentlich genau wie ihre Eltern, gestand Alice sich ein – und doch war es bei denen etwas völlig anderes. Alles, was sie Ginny und Duncan erzählte, wirkte auf einmal viel interessanter als vorher. Duncan hörte immer richtig aufmerksam zu, kommentierte mit erstaunten Zwischenrufen ihre »unendliche Geschichte von St. Catherine's«, wie er es nannte. Und Ginny verstand immer ganz genau, was sie meinte und wieso etwas wichtig war, nicht wie ihre Mutter; die sagte bloß Sachen wie: *Aber wenn du eine Freistunde hast, warum kannst du sie dann nicht für deine Hausaufgaben nutzen?*

Manchmal nahm Ginny sie mit nach oben und zeigte ihr ein paar neue Kleider, ließ sie Parfum oder Make-up ausprobieren. Einmal hatte sie Alice wie einen Filmstar geschminkt, ein anderes Mal hatte sie ihr einen braunen Pulli geschenkt, der ihr angeblich nicht stand, an Alice aber fabelhaft aussah, wie sie sagte. Hin und wieder brachte sie sich Arbeit mit nach Hause und bat Alice, ihr zur Hand zu gehen; ließ sie neue Zeitschriftenausgaben falten und in Umschläge steckten oder Fotos von Herrenhäusern sortieren. Sie hatte ihr versprochen, sie bei Gelegenheit mal in ihr Büro und sogar zu einer Reportage mit richtigen Journalisten mitzunehmen.

Duncan schien überhaupt nie zu arbeiten, aber dafür wußte er immer lustige Anekdoten über die »braven Bürger von Silchester« zu erzählen. Alice hatte eine Weile gebraucht, bis sie begriff, daß er damit die Leute meinte, die er tagtäglich in der Stadt traf, und nicht etwa irgendwelche historischen Gestalten. Er hatte ein verblüffendes Talent, überall etwas Aufregendes oder Sonderbares zu entdecken oder wildfremde Leute in lange Gespräche zu verwickeln. Alles bekam bei ihm etwas Märchenhaftes. Mit normalen Dingen schien er sich gar nicht abzugeben.

Manchmal fragte Alice sich ja, ob sie nicht ein bißchen zu oft hier hereinschneite. Es war schon vorgekommen, daß Ginny freundlich zu ihr sagte: »Weißt du, Alice, jetzt paßt es gerade nicht so«, und prompt wäre sie am liebsten weggelaufen und nie, nie wiedergekommen. Aber wenn Ginny dann sagte: »Wie wär's denn mit Sonntag?« oder: »Morgen zum Tee, okay?« war alles wieder gut.

Und sie hätte es auch gar nicht über sich gebracht wegzubleiben. Hier war das Leben so viel bunter und spannender. Ihr Zuhause kam ihr dagegen noch fader und trister vor, als es sowieso schon war. Einmal hatte Ginny vorgeschlagen, Alice' Eltern auf einen Drink einzuladen, um sich in aller Form mit ihnen bekannt zu machen.

»Sie müssen ja viel Vertrauen in die Menschheit haben«, meinte sie, »daß sie dich so viel Zeit bei Leuten verbringen lassen, von denen sie kaum was wissen. Bring sie doch einfach mal mit, hm?« Alice rutschte unbehaglich auf ihrem Stuhl herum und sagte, ihre Eltern hätten viel zu tun und gingen nie aus, und es sei ihnen nicht so wichtig, wo sie hinginge, ehrlich. Was allerdings nicht ganz stimmte. Als sie Liz und Jonathan schließlich sagte, wo sie sich nach der Schule meistens aufhielt, hatte Liz nämlich Ginny und Piers sofort zum Essen einladen wollen. Alice war vor Schreck fast die Luft weggeblieben.

»Sie haben unheimlich viel zu tun«, hatte sie gesagt, »und sie wissen nie, wann sie mal 'n Abend freihaben. Aber ich frag sie«, hatte sie eilig hinzugesetzt, als sie ihre Mutter zum Protest ansetzen sah. »Ich frag sie.«

Sie fragen! Alice schauderte bei dem bloßen Gedanken, Ginny und Piers und Duncan durch die leeren Flure und Klassenzimmer der Privatschule führen zu müssen, und dann die enge Treppe hinauf in die winzige Wohnung, wo sie aufgewärmten Shepherd's Pie essen und mit ihren schrecklichen Eltern Konversation machen müßten. Ihre Mutter würde einen auf jugendlich machen und so tun, als sei sie selbst eine verhinderte Schauspielerin, und ihr Vater würde Sachen sagen wie: »*Summer Street*? Ist das nicht die Serie, die in Australien spielt?«

Alice wußte inzwischen alles über *Summer Street*. Sie wußte, daß Ian Everitt ausgeschieden war und daß Piers sich für seine

Rolle beworben hatte. Und sie wußte, daß er sie unbedingt kriegen mußte.

Vor ein paar Wochen hatte sie Ginny am Abend Gesellschaft geleistet, während Piers und Duncan in London waren, um sich ein Theaterstück anzusehen. Nach einigen Gläsern Wein hatte Ginny ihr erzählt, daß Piers kaum noch Arbeit hatte und wie wunderbar es wäre, wenn er die Rolle in *Summer Street* bekäme; dann könnten sie endlich in ein großes Haus in Berkshire ziehen und viele Kinder kriegen, und Alice könnte sie jeden Sommer besuchen kommen. Es hatte solchen Spaß gemacht, sich das alles auszumalen, und dann hatten sie noch eine Flasche Wein aufgemacht und Pizza bestellt und sich alle Videos von Piers in alten Episoden von *Coppers* angeschaut.

Alice hatte Piers vorher noch nie im Fernsehen gesehen, und sie war hingerissen. Nie hätte sie gedacht, daß er so gut war, wie ein richtiger berühmter Filmstar, und es kam ihr ganz komisch vor, als sie die Szene sah, wo er eine der Polizistinnen küßte. Am liebsten hätte sie Ginny gefragt, was sie für ein Gefühl dabei hatte, aber dann hatte sie sich doch nicht getraut. So hatten sie beide nur dagesessen, die Arme um die Knie geschlungen, und schweigend zugeschaut, wie Piers das Mädchen langsam auszog und sanfte Koseworte murmelte und sie überall küßte, und gleich darauf war es Morgen gewesen, und Piers war neben dem Mädchen im Bett aufgewacht.

Dann hatte Ginny sie seltsam angesehen und nach ihren Eltern ausgefragt. Wie lange sie schon verheiratet seien, und ob es nicht sehr anstrengend für sie sei, so einen Betrieb zu leiten, und ob ihre Mutter denn überhaupt so etwas wie ein geselliges Leben habe. Darüber hatte Alice sich noch nie Gedanken gemacht, aber sie beantwortete Ginnys Fragen, so gut sie konnte. Und plötzlich hatte Ginny sich vorgebeugt und sie fest in die Arme genommen und gesagt: »Oh, arme kleine Alice!«

Alice fand das alles ziemlich sonderbar. Doch als sie Duncan schüchtern davon erzählte, hatte er nur gelacht, das sei eben typisch Ginny, die alte Schnapsdrossel werde immer sentimental, wenn sie einen über den Durst getrunken habe. Und dann hatte er für den Rest des Abends nur noch Sir Toby Belch nachgemacht.

»So, fertig!« Alice zuckte zusammen, als Piers plötzlich an ihrer Seite auftauchte, jetzt in einem riesigen, naturfarbenen Schafwollpullover unter einer Barbourjacke. »Gehen wir einkaufen!«

Sie machten sich auf den Weg. Piers mit langen Schritten, so daß Alice sich ordentlich sputen mußte, um mitzuhalten. Die ersten paar Minuten liefen sie schweigend nebeneinanderher. Alice überlegte fieberhaft, was sie wohl sagen könnte. Einmal setzte sie schon zum Sprechen an, ließ es dann aber doch lieber bleiben. Erst, als sie zu der Abzweigung kamen, wagte sie eine Bemerkung.

»Dieser Weg hier ist kürzer.« Sie errötete, als Piers unvermittelt stehenblieb.

»Ach, tatsächlich?«

»Es ist eine Abkürzung. Ich meine...«, sie geriet ein bißchen ins Stammeln, als sein Blick auf sie fiel, »wir können genausogut auch weiter geradeaus gehen, nur...«

»Aber natürlich nehmen wir die Abkürzung.« Piers bedachte sie mit seinem charmanten Lächeln, während sie in den Seitenweg einbogen. »Ein Glück, daß ich dich dabeihabe. Von selber wäre ich gar nicht auf die Idee gekommen, daß es auf die Weise schneller geht.« Alice glühte vor stiller Genugtuung.

»Ich habe heute den Produzenten von *Summer Street* getroffen«, sagte Piers plötzlich.

»Wirklich?« Alice sah ehrfürchtig zu ihm auf. Piers hatte ihr noch nie etwas über *Summer Street* erzählt, nur Ginny.

»Es sieht alles recht günstig aus«, setzte Piers hinzu. »Nach Neujahr will er mir einen Termin zum Vorsprechen geben.«

»Wow, das ist ja super. Triffst du dann auch all die anderen, die da mitmachen?«

»Ja.« Er sah auf sie hinunter. »Das gehört zum Vorsprechen, weißt du. Die sind ja ein eingeschworenes Team, da muß man sich einfügen können.«

Sie waren beim Supermarkt angekommen, und Piers hielt Alice die Tür auf. Er nahm sich einen Einkaufskorb und blickte suchend umher.

»Also dann«, sagte er. »Was brauchen wir? Zimtstangen? Gewürznelken?«

»Ich glaub schon«, meinte Alice vage. Sie hatte gerade weiter hinten im Laden Antonia Callender entdeckt, mit ihrer Mutter. Echt cool, wenn sie einfach so mit Piers an ihr vorbeigehen und Antonia nur eben mal lässig zunicken könnte. Sie warf die Haare zurück und riskierte ein Lächeln zu Piers hinauf. Vielleicht hielt Antonia ihn sogar für ihren Freund.

»Die Gewürze sind da drüben, glaub ich«, sagte sie und zeigte auf die hinteren Regale.

»Na, dann nichts wie hin.«

Während sie auf Antonia zugingen, fühlte Alice, wie ihr das Blut in die Wangen stieg. Sie grub die Finger in das Taschenfutter ihrer Jacke. Gleich würde Antonia sie sehen, und ...

»Hallo, Alice!« schallte Antonias Stimme durch den Gang. Alice wartete eine Sekunde, ehe sie aufschaute und Antonias Blick begegnete, der neugierig zwischen ihr und Piers hin und her wanderte. Alice tat ganz unbeteiligt, als hätte sie die andere nicht gleich erkannt. Dann deutete sie ein kleines Lächeln an.

»Hallo, Antonia«, grüßte sie knapp. Antonia sah wieder zu Piers hin und errötete.

»Oh, Alice, grüß dich.« Antonias Mutter kam von der Tiefkühltheke herüber und warf Piers einen mißbilligenden Blick zu. »Kaufst du für deine Mutter ein?«

»Nein, wir versuchen gerade, die Zutaten für Glühwein zusammenzukriegen.« Piers' Stimme tönte durch den Laden, selbstbewußt und unwiderstehlich. »Wie war das noch, vor allem braucht man Zimt und Nelken, oder?«

»Nun, je nachdem.« Antonias Mutter sah jetzt wieder Alice an. »Ich zum Beispiel spicke ein paar Orangenscheiben mit Nelken und gebe braunen Zucker und Wasser dazu.«

»Genau«, rief Piers. »Jetzt erinnere ich mich. Und dann noch eine Menge Brandy.«

»Tja«, sagte Antonias Mutter, »das kommt natürlich darauf an, wie stark man den Glühwein haben will. Und darauf, wer ihn trinken soll.« Sie schaute Alice bedeutungsvoll an. Antonia trat unbehaglich von einem Bein aufs andere.

»Oh, ich meine doch, wir wollen ihn so stark wie möglich«, entgegnete Piers fröhlich. »Nicht wahr, Alice?«

»Aber ja«, strahlte Alice beglückt; sie zwang sich, nicht zu Antonia hinüberzuschielen. »Gehen wir dann mal?« setzte sie mutig hinzu.

»Ja, wir sollten schauen, daß wir weiterkommen.« Piers lächelte Antonia und ihre Mutter freundlich an. »Nett, Sie getroffen zu haben. Und danke für das Rezept.« Seine Stimme klang ein wenig spöttisch. Im Davonschlendern hörte Alice, wie Antonia sich beschwerte: »Mummy, warum mußtest du das bloß sagen?«

»Eine Freundin von dir?« fragte Piers, als sie um die nächste Ecke waren.

»Eine Feindin«, knurrte Alice.

»Dachte ich mir«, sagte Piers. Sie grinsten einander an wie Verschwörer, und Alice spürte ein sehnsüchtiges Ziehen in der Magengrube. Sie blickte Piers an; auf einmal wurde ihr heiß. Wie ein fernes, unklares Wunschbild hatte sie schon lange die Silhouette eines in leidenschaftlichem Kuß versunkenen Paares im Kopf. Das Mädchen war Alice; der Mann war immer gesichtslos gewesen. Doch ohne es zu wollen, sah sie nun jäh sein Gesicht. Und es war Piers.

Im Wohnzimmer saßen Ginny und Duncan auf dem Boden und spielten Scrabble. Ginnys Kopf fuhr hoch, als sie eintraten.

»Wie war's?«

»Was, das Einkaufen?«

»Nein, das Gespräch! Wegen *Summer Street*!«

»Ach herrje, das hatte ich ja schon fast vergessen.« Grinsend zog Piers seine Barbourjacke aus.

Ginny saß ganz still da und wartete. Sie durfte nichts sagen. Sie durfte nicht anfangen, auf ihm herumzuhacken. Aber die Spannung war schier unerträglich. Es konnte doch sicher nicht schlecht gelaufen sein, wenn er so vergnügt aussah. Jetzt hängte er seine Jacke draußen ans Treppengeländer, und sie hätte fast aufgejault vor Gereiztheit. Wieso konnte er das Ding nicht einfach auf einen Stuhl werfen wie sonst auch?

»Es war ein voller Erfolg.«

»Was?« Ihr Kopf ruckte hoch.

»Ich glaube, er mag mich. Er hat wortwörtlich gesagt: ›Wir wissen, daß Sie ein guter Schauspieler sind.‹«

»Echt wahr, das hat er gesagt?« Ginnys Augen leuchteten auf. »Alan Tinker?«

»Jawohl, und zwar gleich als erstes.«

»Und was hast du darauf gesagt?«

»Ich weiß nicht mehr. Ich glaube, ich hab nur genickt.«

Ginny zog die Knie hoch und umschlang sie fest mit den Armen, um ihre überbordende Begeisterung irgendwie einzudämmen. *Wir wissen, daß Sie ein guter Schauspieler sind.* Na bitte. Einen Moment lang kostete sie den Satz genußvoll aus, nahm sich vor, ihn im Gedächtnis zu bewahren, um sich auch in Zukunft wieder daran zu erfreuen.

»Und wie ging's dann weiter?«

»Er hat gesagt, daß er dann nach Weihnachten einen Vorsprechtermin mit mir arrangieren wird und daß das wichtigste ist, daß man gut mit der übrigen Besetzung harmoniert.«

»Was?« Duncan blickte auf. »Was soll denn das heißen?«

»Ach, du weißt schon, der übliche Schmus von wegen Teamgeist und so. Sie wollen halt keinen mit Starallüren.«

»Wenn das so ist, kannst du dir den Job abschminken«, sagte Duncan. »Jeder weiß doch, wie du dich bei der Arbeit aufführst.«

Ginny sah Piers erwartungsvoll an. »Aber wie entscheiden die das dann?«

»Ich arbeite einen Nachmittag lang mit den anderen, wir gehen ein paar Szenen durch, irgendwas in der Art.«

»Und wie sind die anderen so? Meinst du, daß du mit denen auskommst?« Zu spät merkte Ginny, wie besorgt sie klang.

»Das will ich doch hoffen«, sagte Piers, ein wenig irritiert. »Es sei denn, ich habe bis dahin auch noch meinen letzten Rest an Charme eingebüßt.«

»Nein, so hab ich das nicht gemeint, ich wollte nur...«

»Aber natürlich wird das gutgehen«, sagte Duncan leichthin. »Ist doch weiter keine Kunst. Jetzt kommt mal her und macht mit, ihr zwei.« Er schwenkte seine Buchstabenreihe zu Piers und Alice hin, so daß die Spielsteine sich prompt über den Boden verstreuten.

»Wir haben Zutaten für Glühwein besorgt«, sagte Piers. »Und ich mache erst mal den Kamin an.« Er bückte sich und hauchte einen Kuß auf Ginnys schimmernden Blondschopf. »Weißt du, wie man Glühwein macht? Nelken haben wir jedenfalls genug dabei.«

Ginny sah mit einem reumütigen Lächeln zu Piers auf. »Das klingt ja wunderbar. Nichts hätte ich jetzt lieber als Glühwein. Und entschuldige, Alice, ich habe dich ja noch gar nicht begrüßt. Wie geht's?«

»Alice hat mir geholfen, die Nelken zu kaufen«, erklärte Piers.

»Und jetzt kann sie mir helfen, den Glühwein aufzusetzen«, sagte Duncan schnell. »Ich bin der weltbeste Weinpanscher, das werdet ihr gleich sehen.«

»Und der weltschlechteste Feuermacher«, sagte Piers. »Das wissen wir schon.«

Eine halbe Stunde später hockten sie beim flackernden Holzfeuer gemütlich um das Scrabble-Brett, mit Gläsern voll dampfendem, aromatisch duftendem Glühwein.

»Teufel noch mal!« sagte Piers nach dem ersten Schluck. »Was ist denn da drin?«

»So ungefähr drei Flaschen Brandy«, kicherte Alice. Sie und Duncan hatten in der Küche schon ein paar Gläser gekippt, und sie fühlte sich recht angenehm beschwipst.

»Ich bin dran«, sagte Duncan. Er starrte auf das Brett. »Oh, verdammt, ich krieg überhaupt nichts zusammen.« Er kratzte sich den Kopf und nippte an seinem Glas.

»Gibt's nicht ein Wort, das X-Y-N-E heißt? Ich bin sicher, das kommt irgendwo bei Shakespeare vor.«

»Glaub ich kaum«, meinte Ginny. Sie saß bequem an einen Sessel gelehnt, das Gesicht der Glut zugekehrt, Hand in Hand mit Piers, und mit jedem Schluck Glühwein entspannte sie sich mehr. »Du willst uns einen Bären aufbinden.«

»Xyne, Xyne«, murmelte Duncan vor sich hin. »Ist das nicht eine Form von Meditation? Xyne Karma?«

»Nie gehört«, sagte Piers.

»Banause«, brummte Duncan. Er seufzte resigniert. »Na gut, dann muß ich eben passen.«

»Aber nein, Dummerchen«, sagte Ginny. »Wie wär's mit Yen?«

»Ist zwar japanisch, aber von mir aus, wenn ihr das durchgehen laßt...« Duncun legte die Steine auf dem Brett aus. Dabei wäre ich doch so gern mein X losgeworden. Ich möchte fast wetten, daß es Xyne auch gibt. Es ist wirklich unfair.« Er sah Alice streng an. »Was gibt's denn da zu feixen?«

»Ich bin dran«, sagte Ginny. Sie starrte auf ihre Buchstaben, trank einen Schluck Glühwein und kicherte. »Ich hab eins.«

»P-I-M-M-E-L«, las Duncan, während sie die Steine legte. »Pimmel. Das gilt nicht. Das steht nicht im Lexikon.«

»Blödsinn!« prustete Ginny. »Das ist ein ganz gebräuchliches Wort, und im Gegensatz zu Xyne weiß jeder, was damit gemeint ist.«

»Ach ja?« Duncun zog die Augenbrauen hoch. »Ich pflege solche Worte nicht zu gebrauchen, und Alice sicher auch nicht, oder doch?« Er zwinkerte Alice zu, die gar nicht mehr aufhören konnte zu giggeln. Ginny ignorierte ihn.

»Piers, du bist dran.«

»Nein, erst kommt Alice an die Reihe.«

Alice fühlte sich wunderbar, so warm und behaglich und beschwipst, hier im Kreis der nettesten, lässigsten, witzigsten Leute, denen sie je begegnet war. Sie nahm sich zusammen und versuchte, sich auf ihre Buchstaben zu konzentrieren. Doch ihr wollte absolut kein Wort einfallen, und schon gar kein lustiges. Ihr Kopf war benebelt.

»Laß mich mal sehen«, bot Duncun sich an. Er beugte sich vor und pfiff durch die Zähne. »Oje. Ojemine. So ein Kuddelmuddel aber auch!«

»Nichts zu machen?« fragte Ginny.

»Nee, wirklich, beim besten Willen... warte mal!« Duncan lachte triumphierend. »Ich hab's!« Langsam und feierlich legte er Alices Buchstaben der Reihe nach auf das Brett. Ginny las von oben nach unten mit.

»J-E-C-C-S – Duncan, was soll denn das? – Q-B. Duncan!«

»Jeccsqb«, sagte Duncan selbstgewiß. »Du willst doch nicht behaupten, daß du das nicht kennst.« Er strahlte Alice an, die sich vor Lachen den Bauch hielt. »Bravo! Du kriegst einen Extrabonus von fünfzig Punkten, weil du all deine Buchstaben aufgebraucht hast. Und noch ein Glas Glühwein.«

Den ganzen Heimweg über hielt ihr euphorische Stimmung an. Beschwingt lief sie die Treppe zur Wohnung hinauf. Nie im Leben hatte sie soviel gelacht, und auch jetzt noch brach sie immer wieder in Gekicher aus, wenn sie an Duncans Späße dachte. Übers ganze Gesicht grienend, platzte sie ins Wohnzimmer, wo ihre Eltern vor dem Fernseher saßen.

»Ich hab dir dein Essen im Backofen warmgestellt«, sagte Liz. »Lasagne.«

»Oh, prima.« Plötzlich merkte Alice, wie hungrig sie war. Piers und Ginny und Duncan schienen sich meistens mit Trinken zu begnügen, boten nicht mal was zu knabbern an, so daß Alice immer ganz ausgehungert war, wenn sie nach Hause kam.

Sie nahm ihren Teller mit ins Wohnzimmer und balancierte ihn auf den Knien. Im Fernseher ging gerade ein Dokumentarfilm zu Ende. Nach dem Abspann schaltete ihr Vater den Ton aus, blickte auf und lächelte Alice zu.

»Na, hast du einen schönen Abend verbracht?«

»Mmm«, nickte Alice, den Mund voll Lasagne. »Wir haben Scrabble gespielt.«

»Scrabble! Wie nett. Das haben wir schon lange nicht mehr gespielt.« Jonathan sah zu Liz hinüber. »Hättest du nicht auch mal wieder Lust auf Scrabble?«

»Ach, ich weiß nicht«, sagte Liz gelangweilt. Doch dann lächelte sie. »Nein, eigentlich ist es eine gute Idee. Hol doch das Brett mal her.«

Als er wiederkam, brachte Jonathan ein Blatt Papier mit.

»Ich hab hier mein Beitragsformular für die ÖKO-Weihnachtsparade«, sagte er. »Magst du dich als Sponsor eintragen?«

»Was kostet denn der Spaß?« fragte Alice. Sie kam sich erwachsen und großzügig vor.

»Du solltest lieber mitmachen, Alice, statt bloß zu spenden«, wandte Liz ein. »Bist du nicht auch als Vereinsmitglied eingetragen?«

»Ja, aber ich hab doch schon Flugblätter verteilt«, rechtfertigte sich Alice. »Ich hab echt keinen Bock, mich wieder als Baum zu verkleiden.«

»Dieses Jahr sind's Vögel«, verbesserte Jonathan. »Und sag nicht ›keinen Bock‹, das ist ordinär. Unsere Exkursionen hier in den Wäldern waren wirklich enorm aufschlußreich. Man glaubt ja gar nicht, wie viele Vogelarten sich in der Umgebung von Silchester noch gehalten haben. Aber manche sind inzwischen vom Aussterben bedroht.« Er tastete nach seiner Brille. »Na ja, du kannst das Formular auch später ausfüllen. Spielen wir erst mal Scrabble.«

Der Anblick der kleinen quadratischen Steine reizte Alice gleich wieder zum Lachen. Dieser Duncan mit seinem Geblödel! Sie sortierte ihre Buchstaben und blickte erwartungsvoll auf.

»Wer fängt an?« Ihre Stimme klang laut in dem kleinen Raum. »Soll ich?«

»Du hast wohl die Regeln vergessen«, meinte ihr Vater mit einem nachsichtigen Lächeln. »Vorher muß jeder sich noch einen Buchstaben aus der Tüte nehmen; damit wird entschieden, wer der erste ist. So.« Frustriert schaute Alice zu, wie ihr Vater einen Stein aus der Tüte klaubte und sie weiterreichte.

»Ich fang an«, verkündete Liz. Sie spähte stirnrunzelnd auf ihre Buchstabenreihe. »Hm. Was leg ich denn?«

Alice beobachtete sie, wie sie, das Kinn in die Hand gestützt, abwägend mal nach diesem, mal nach jenem Stein griff. Ihr Vater legte inzwischen eine Punkteliste an. Er benutzte sogar ein Lineal dazu. Ein Lineal!

»Da, fertig«, sagte Liz endlich. »Tempel. Leider nicht sehr originell.«

»Gut gemacht«, lobte Jonathan. »Wieviel macht das?« Ein Schweigen trat ein, während er penibel die Punktezahl notierte. Alice hätte am liebsten geschrien. Jeder kleine Laut im Raum ging ihr auf die Nerven, das Klicken der Steine, das Rascheln der Tüte, das Atmen ihrer Mutter, der quietschende Filzstift ihres Vaters.

»Alice«, mahnte er. »Du bist dran.«

Alice starrte auf ihre Steine, verzweifelt bemüht, etwas Lustiges zu finden.

»Kann ich Piet legen?« fragte sie schließlich.

»B-E-A-T?« buchstabierte ihr Vater.

»Nein, P-I-E-T.« Sie blickte ihn herausfordernd an.

»Das geht nicht«, sagte er. »Eigennamen sind nicht erlaubt. Versuch was anderes.«

»Und was ist mit Tiep? So 'n Wort gibt's doch bestimmt. Tiep! Tiep!« Ihre Stimme kam ihr selbst hysterisch vor, und sie sah ihre Mutter an, in der Hoffnung, bei ihr ein bißchen Unterstützung zu finden. Doch ihre Mutter schaute abwesend vor sich hin und schien sie nicht einmal gehört zu haben.

»Nein, wirklich, Alice!« Ihr Vater schüttelte verwundert den Kopf. »Du wirst doch wohl noch was Besseres finden können. Laß mich mal sehen.«

Alice reichte ihm schweigend ihre Buchstabenreihe hinüber. Ihr war auf einmal elend zumute. Sie wollten nicht in diesem engen, stillen Zimmer sitzen. Sie wollte nicht mit ihren todlangweiligen Eltern Scrabble spielen. Sie wollte wieder in der Russell Street sein, mit Ginny und Duncan spielen und lachen und Wein trinken und immer mal wieder aufschauen, um vielleicht, mit viel Glück, einen Blick von Piers zu erhaschen.

9. KAPITEL

Am Morgen der ÖKO-Parade fuhr Anthea nach Silchester und kehrte mit zwei großen Schachteln zurück.

»Jungs!« rief sie, sobald sie durch die Haustür trat. »Kommt mal her und schaut, was ich hier habe!«

Die beiden kamen in die Diele gelaufen, noch im Schlafanzug, Weetabix kauend. Hannah folgte ihnen, in der Hand einen Becher süßen, starken Tee, ohne den sie morgens nicht in Gang kam.

»Bitte sehr!« sagte Anthea stolz und hielt Daniel eine Schachtel hin. Er reckte den Hals, spähte nach der Aufschrift.

»Eule, zehn bis zwölf«, las er.

»Auf dieser hier steht: Eule, acht bis zehn«, meldete Andrew. »Was kann da wohl drin sein?«

»Macht sie auf, dann seht ihr's ja«, sagte Anthea. Daniel sah zu ihr hoch. Er ahnte Schauerliches. Trotzdem begann er pflichtschuldig, an dem Bindfaden zu zerren, der den Deckel umspannte. Andrew bekam seinen als erster auf.

»Federn!« rief er.

»Das ist ein Kostüm«, erklärte Anthea. Endlich schaffte es auch Daniel, die Schachtel zu öffnen. Er blickte hinein. Eine Eulenmaske starrte ihn an. Mit leicht zitternden Fingern hob er sie hoch. Es war ein vollständiger, hohler Kopf aus braunen Federn und irgendeinem plüschartigen Material. Er hatte gelbe Glasaugen mit runden Gucklöchern und einen orangefarbenen Plastikschnabel. Und unten in der Schachtel lag zusammengerollt ein pelziger, federnbesetzter Eulenkörper.

»Seht nur, da sind sogar richtige Flügel dran, damit könnt ihr dann beim Gehen flattern, als ob ihr fliegt«, sagte Anthea aufmunternd. Die beiden wechselten einen Blick

»Müssen wir die Dinger anziehen?« fragte Daniel. »Können wir uns nicht einfach nur das Gesicht anmalen, wie letztes Jahr?«

Anthea schaute verdutzt drein. »Nein«, entschied sie mit fester Stimme. »Das wär doch albern, wo ihr jetzt so schöne Kostüme habt. Wenn ihr fertig gefrühstückt habt, könnt ihr sie gleich anziehen. Um elf müssen wir los.« Sie blickte zwischen den schmollenden Jungen hin und her. »Jetzt habt euch mal nicht so! Die Parade wird bestimmt lustig! Und ihr beide werdet ganz fabelhaft aussehen.« Sie warf Hannah einen hilfesuchenden Blick zu. »Nicht wahr, Hannah?«

»Fabelhaft«, bestätigte Hannah, aber es klang nicht gerade begeistert. Anthea fixierte sie mißtrauisch, zuckte dann die Schultern und ging mit schnellen Schritten zur Treppe.

»Und trödelt nicht so lange beim Frühstück, hört ihr?« rief sie über die Schulter zurück. »Wir wollen doch nicht zu spät kommen.«

Kaum war sie oben um die Ecke verschwunden, schaute Daniel mit gepeinigter Miene zu Hannah auf. »Wir können diese Dinger nicht anziehen! Damit sehen wir ja wie Vollidioten aus!«

»So schlimm wird's schon nicht sein«, tröstete Hannah. »Immerhin erkennt auch da drin keiner.«

»Dafür wird Mami schon sorgen«, sagte Andrew düster. »Sie wird's allen erzählen, daß wir da drin stecken.«

Hannah lachte. »Da könntest du allerdings recht haben.« Sie sah zu Daniel hin, der betreten an seinem Kostüm herumfingerte. »Weißt du was, Daniel«, sagte sie begütigend, »nach dem Frühstück schlüpfst du einfach mal rein, und wenn es wirklich zu blöd aussieht, dann wird deine Mutter vielleicht sagen, du brauchst nicht damit zu gehen.«

»Okay.« Daniel ließ die Schachtel fallen und versetzte ihr einen Fußtritt. »Aber ich wette, das sagt sie nicht.«

Marcus saß am Frühstückstisch, schlürfte seinen Kaffee und dachte gar nicht daran, sich in die Kostümdebatte einzumischen. Er schien ganz in die Zeitung vertieft, die vor ihm ausgebreitet lag, doch in Wirklichkeit war er mit den Gedanken weit weg. Am Abend zuvor hatte Francis bei Witherstone vorbeigeschaut, angeblich zu einem rein freundschaftlichen Plausch zwischen Anwalt und Makler. Sobald die Tür hinter Suzy ins Schloß gefallen war, hatte er sich verschwörerisch zu Marcus hinübergelehnt.

»Es wird Sie sicher freuen zu hören«, murmelte er, »daß Panning Hall von der Nachlaßverwaltung freigegeben worden ist und auch schon einen Käufer gefunden hat, und zwar zu dem Preis, den Sie vorgeschlagen haben.«

»Ah, gut«, antwortete Marcus ebenso leise, ohne sich seine freudige Erregung anmerken zu lassen. »Und Ihre Klienten sind damit zufrieden?«

»Vollkommen.« Leo grinste schlau. »Da sie in den Staaten

leben, können sie die gegenwärtige Lage auf dem britischen Immobilienmarkt nicht so leicht einschätzen. Ich hatte sie darauf vorbereitet, daß der Verkauf des Anwesens vielleicht nicht allzuviel bringen würde, und so waren sie wohl ziemlich erfreut, es zu einem vernüftigen Preis loszuwerden.« Marcus nickte schweigend, den Blick auf seine Schreibunterlage gesenkt. Er war sich nicht ganz sicher, wie er sich verhalten sollte. Konnte er eine direkte Nachfrage riskieren? Oder war es ratsamer, das Gespräch so zu führen, als würde es aufgezeichnet, um gegebenenfalls als belastendes Beweismaterial verwendet zu werden?

»Und der Käufer?« fragte er schließlich.

»Der Erwerb des Anwesens wurde zu Investitionszwecken getätigt«, sagte Leo glattzüngig, »von einer kleinen Privatgesellschaft.« Er lächelte Marcus an.

»Aha«, nickte Marcus. »Eine Privatgesellschaft.« Deren Eigentümer offensichtlich Leo selbst war, wer sonst? Er fragte unwillkürlich, wo Leo eigentlich das Geld hernahm, um so ein kostspieliges Objekt zu erwerben. Vielleicht hatte er finanzkräftige Partner. Oder mit ähnlich krummen Geschäften im Laufe der Zeit ein hübsches Vermögen angesammelt. Immerhin brachte ihm allein dieses Geschäft wohl schon eine gute Million an Provision. Minus die zwanzig Prozent, die er Marcus als Anteil lassen mußte.

»Und will diese Privatgesellschaft das Anwesen bald wieder weiterverkaufen?« fragte er und überlegte zugleich, ob das nicht schon zu kraß formuliert war. Aber Leo grinste nur noch breiter.

»Selbstverständlich.« Er legte eine kurze Kunstpause ein und schaute aus dem Fenster. »Die Marktlage hat sich ja mittlerweile gebessert, wenn ich nicht irre.«

»Ganz recht«, hatte Marcus zugestimmt. »Deutlich gebessert.«

Jetzt fiel sein Blick auf eine Schlagzeile in der Morgenzeitung. *Immobilienpreise weiter gefallen.* Aber nicht in Panning, dachte er schmunzelnd. Die ganze Sache war wirklich kinderleicht gewesen. Zweihunderttausend Pfund Reingewinn für nur sechs Tage Arbeit. Was ergab das für einen Stundensatz?

Während er still vergnügt vor sich hinrechnete, klingelte das Telefon.

»Marcus? Miles hier.«

»Oh, hallo, Miles.« Aus irgendeinem Grund löste Miles' Stimme sofort Gewissensbisse bei ihm aus. Automatisch suchte er nach einem unverfänglichen Gesprächsthema.

»Prächtiges Wetter, was? Die Jungs machen nachher bei dieser großen Parade mit. Wird sicher ein tolles Erlebnis für sie.« Herrje, was quasselte ich da bloß für ein Zeug?

»Marcus, ich wollte dich nur fragen, ob du dich gestern mit Leo Francis getroffen hast.« Marcus erschrak.

»Oh, ähm, ja, wieso?« Schweigen am anderen Ende. Marcus zwang sich, nicht mit übereilten Erklärungen herauszusprudeln. Was zum Teufel war denn dagegen einzuwenden, daß er sich mit Leo traf?

»Hast du geschäftlich mit ihm zu tun gehabt?« Marcus wurde es heiß unterm Kragen.

»Ach, na ja, wie man's nimmt«, sagte er. »Aber warum fragst du?« Und mit welchem Recht spielst du dich hier eigentlich als Inquisitor auf? setzte er im stillen hinzu.

»Ich dachte, ich sollte das mal ansprechen«, entgegnete Miles in seiner bedächtigen Art, »weil du dir vielleicht nicht darüber im klaren bist, was so allgemein über diesen Leo Francis gemunkelt wird.«

»*Gemunkelt?*« Marcus spürte, wie seine Stimme vor Nervosität in eine höhere Tonlage rutschte. »Was sagt man ihm denn nach? Ineffizienz?«

»Nein, Marcus, ganz im Gegenteil, bei dem, was er tut, ist er sicher alles andere als ineffizient.«

»Was dann?«

»Ich weiß es selbst nur vom Hörensagen.« Miles' Stimme klang völlig ruhig und gelassen. »Aber viele Leute sind der Ansicht, daß man Leo Francis nicht recht trauen kann. George Easton zum Beispiel will nichts mehr mit ihm zu tun haben, seit dieser Francis einen seiner jüngeren Mitarbeiter zu irgendeiner betrügerischen Transaktion verleitet hat. Man hat ihm zwar nichts nachweisen können, aber seitdem ...«

»Und was ist dem Mitarbeiter dann passiert?« platzte Marcus unbedacht heraus. O Gott, was redete er denn da? Am anderen Ende trat ein überraschtes Schweigen ein.

»Das weiß ich leider nicht«, sagte Miles schließlich. »Marcus ...« Seine Stimme ging im Kindergeschrei unter, als Daniel und Andrew heftig rangelnd in die Küche gestürmt kamen.

»Hör auf, Andrew!« zeterte Daniel. »Das ist nicht witzig!«

»Ruhe!« Marcus deckte den Hörer mit der Hand ab. »Seht ihr denn nicht, daß ich telefoniere! Entschuldige die Unterbrechung, Miles«, sagte er ins Telefon. »Hier gibt's gerade ein bißchen Zoff.«

»Ich will dich auch gar nicht länger stören. Aber bitte bedenk doch ...«

»Ja, was?« Marcus war sich bewußt, wie unwirsch er klang.

»Nichts. Du weißt sicher selbst am besten, was du tust.«

Als Marcus den Hörer auflegte, fühlte er sich ziemlich flau. Wußte Miles etwas? Versuchte er, ihn zu warnen? Wenn ja, dann war es auf jeden Fall zu spät. Einen kurzen, angsterfüllten Moment lang bildete er sich ein, Miles hätte seine gestrige Unterredung mit Leo belauscht. Aber das war unmöglich. Undenkbar. Er zwang sich zu einem Lächeln und blickte auf.

»Hey, was ist denn los?« Er schaute in Daniels verdrossenes Gesicht, dann fragend zu Hannah hin. Sie hob mit vielsagender Miene die Schultern, wandte sich ab und setzte den Wasserkessel auf den Herd. »Jungs? Daniel?«

»Mami will uns zwingen, diese gräßlichen Kostüme zu tragen«, platzte Daniel heraus. »Ich will aber nicht als Eule verkleidet auf die Parade gehen.«

»Eulenkostüme?« Marcus lachte unsicher auf. »Aber warum denn gerade Eulen?«

»Na ja, bei der Parade geht's um Vögel.« Daniel ließ sich mißmutig auf einen Stuhl fallen. Er starrte auf seine halbgeleerte Schale Weetabix, schob sie lustlos hin und her.

»Also, wenn du mich fragst«, sagte Marcus aufmunternd, »ich finde Eulenkostüme eigentlich ganz lustig.«

»Das würdest du aber anders sehen, wenn du selbst eins tragen müßtest«, entgegnete Daniel prompt.

»Och, ich weiß nicht«, meinte Marcus. »Vielleicht würde ich nicht gerade als Eule gehen. Aber ich glaube, als Moorhuhn würde ich keine schlechte Figur machen. Und du, Hannah, was würdest du dir für einen Vogel aussuchen?« Er lächelte sie jovial an, in der Hoffnung, das sie seinen Wink aufgreifen würde. Bei Hannah konnte man nie wissen, ob sie das Passende sagen würde, besonders den Kindern gegenüber; wegen einer beiläufigen Anspielung auf die Wohltaten des Cannabis hätte Anthea ihr einmal fast gekündigt.

Aber jetzt lächelte sie fröhlich zurück: »Ich glaube, ich wäre ein prima Pinguin.« Sie sah Daniel an. »Und du wirst bestimmt eine tolle Eule abgeben.«

»Werde ich nicht«, widersprach Daniel zornig. »In dem Ding werde ich aussehen wie ein Wichser.«

»Daniel!« ließ Anthea sich entrüstet von der Tür aus vernehmen.

»Was is 'n Wichser?« fragte Andrew sofort. Marcus sah hilflos zu Hannah hinüber, die in ihren Teebecher kicherte.

»Daniel, wie kannst du es wagen, solche Ausdrücke zu benutzen!« Anthea trat an den Tisch und warf Hannah einen argwöhnischen Blick zu.

»Was is 'n Wichser?« fragte Andrew noch einmal. Daniel errötete.

»Ich will mich nicht als so 'ne Scheiß-Eule verkleiden«, murrte er. Mit knallrotem Kopf saß er da und vermied es, seine Mutter anzusehen. »Ich will überhaupt nicht mit zu der blöden Parade.«

Marcus riskierte einen Blick auf Anthea. Ihr Mund war unheilverkündend zusammengepreßt, doch ihre Augen wanderten ratlos zwischen den Gesichtern hin und her. Sie wußte wohl selbst nicht so recht, wie sie mit der Situation fertig werden sollte.

»Nun ja...« versuchte er einzulenken – und wünschte, er hätte geschwiegen, als Antheas Kopf zu ihm herumfuhr.

»Was?«

»Vielleicht braucht Daniel ja nicht unbedingt an der Parade teilzunehmen«, sagte er beschwichtigend. »Vielleicht kann er auch zu Hause bleiben.«

»Er *muß* mitkommen!« Anthea funkelte Marcus aufgebracht an und beharrte, an Daniel gewandt: »Du kommst mit, und Schluß!« Marcus seufzte stumm. Sein Vorschlag hatte nur dazu geführt, daß sie noch entschlossener an ihrer Auffassung festhielt. »In deinem Antrag auf das Stipendium ist ausdrücklich vermerkt, daß du dich aktiv bei einer Umweltorganisation engagierst«, hielt sie Daniel vor.

»Na und? Das heißt doch nicht, daß ich bei jedem beknackten Aufmarsch mitdackeln muß!«

»O doch! Du mußt bei der Aufnahmeprüfung davon berichten können. Und es wird nicht sehr glaubwürdig klingen, wenn du gar nicht dabei warst.«

»Auf so was kommt's denen sowieso nicht an«, entgegnete Daniel trotzig.

»Da sei mal nicht so sicher. Gestern erst« – Anthea warf sich mit selbstgerechter Miene in die Brust – »hat jemand mir erzählt, daß der Direktor von Bourne College als eingetragenes Mitglied der ÖKO-Gesellschaft ebenfalls an der Parade teilnehmen wird. Vielleicht triffst du ihn da sogar.« Sie blickte triumphierend in die Runde. Hannah zuckte die Schultern und drehte sich zum Spülbecken um, als gäbe sie sich geschlagen.

Dieses verdamme Stipendium fürs Bourne College, sagte sich Marcus, ist in diesem Haushalt zu einer unüberbietbaren Trumpfkarte geworden. Niemand konnte dagegen etwas vorbringen. Und Anthea nahm sich heraus, als einzige darüber zu bestimmen, was dieses Stipendium gefährden könnte und was nicht. Hinter ihrem Rücken warf er seinem Sohn einen mitfühlenden Blick zu. Trotz seiner Beteuerung konnte er sich kaum etwas Schlimmeres vorstellen, als in so einem lächerlichen Vogelkostüm durch das Stadtzentrum von Silchester marschieren zu müssen. Als ob dieser Mummenschanz irgendwas mit einem Schulstipendium zu tun haben könnte! Anthea benutzte das bloß als Vorwand, um Daniel nach ihrer Pfeife tanzen zu lassen. Er mußte mal ein ernsthaftes Wort mit ihr reden, damit sie einsah, daß solche Bevormundungen zu nichts Gutem führte. Höchste Zeit, daß sie endlich Vernunft annahm.

Aber jetzt war nicht der rechte Moment für eine Auseinandersetzung; nein, nicht jetzt, da er gerade so zufrieden mit sich war. Daniel würde eben in den sauren Apfel beißen müssen, um des lieben Friedens willen. Er ignorierte Hannahs vorwurfsvolle Miene, wandte den Blick von Daniels zornrotem Gesicht, faltete die Zeitung zusammen und verzog sich in sein Arbeitszimmer.

Er schloß die Tür, lehnte sich behaglich in seinem Schreibtischstuhl zurück und wählte die Nummer der Privatschule. Wenn Liz das Telefon unten klingeln hörte, würde sie bestimmt runterlaufen und abheben. Sie hatte gemeint, so sei es unauffälliger, als wenn er oben in der Wohnung anriefe. Nicht, daß Jonathan auch nur das geringste ahnte, hatte sie noch hinzugefügt, und Marcus hatte plötzlich Mitleid mit diesem arglosen, braven Ehemann verspürt, der so leicht zu hintergehen war. Aber dieser kurze Anflug von schlechtem Gewissen war längst vergessen. Jetzt stützte er das Kinn in die Hand und wartete in freudiger Anspannung darauf, Liz' Stimme wieder zu hören.

»Hallo?« Sie klang ein bißchen außer Atem, und Marcus stellte sich vor, wie sie rotwangig und zerzaust den Hörer umklammerte.

»Bleibt's bei unserer Verabredung für heute nachmittag?«

»Ja, klar, warum, ist was?«

»Nein, ich wollte mich nur vergewissern, daß alles klargeht.«

»Ach so.« Ihr Atem hatte sich beruhigt; Marcus malte sich aus, wie sie an der Wand lehnte, mit der Hand durch ihr Haar fuhr und lächelte. »Dann hast du mich also für nichts hier runterrennen lassen?«

»Ja...« Da fiel ihm plötzlich was ein. »Das heißt, eigentlich wollte ich dich noch was fragen.«

»Was?«

»Es ist aber ein bißchen indiskret.«

»Trau dich ruhig.«

»Na gut. Sag mal, geht dein Mann etwa als Vogel verkleidet auf diese bescheuerte Parade?«

Oben in der Küche schaufelte Alice sich eilig die letzten Happen Cornflakes in den Mund. Dann stand sie von der Heizung auf, stellte ihre Schüssel in den Ausguß und nahm ihre halbausgetrunkene Kaffeetasse mit in ihr Zimmer, ehe ihr Vater sie ansprechen konnte.

Sie machte die Tür zu und starrte trübsinnig in den Spiegel. Sie fand sich zu blaß und zu dünn, und dazu noch diese schiefen Mausezähnchen! Neidisch dachte sie an Ginnys blendend weiße, ebenmäßige Zähne, an Ginnys Grübchen, Ginnys ansteckendes, kehliges Lachen. Wenn Alice jemals lachte, klang es entweder zu schrill oder zu laut.

Sie schnitt eine ärgerliche Grimasse, schnappte sich ihren Eyeliner und malte sich einen dicken schwarzen Strich auf jedes Augenlid und noch zwei Striche unter die Augen. Dann tuschte sie sich die Wimpern mit klebriger Mascara, legte den Kopf schief und plinkerte verführerisch mit den Augendeckeln. Gar nicht so übel, wenn man mal vom restlichen Gesicht absah. Sie warf das Haar zurück, wie sie es von den Filmstars abgeguckt hatte, und biß sich auf die Lippen, damit sie röter wurden. »Hi, Piers«, sagte sie lässig, mit einem halben Lächeln, und schaute gespannt, ob vielleicht etwas Farbe in ihre Wangen stieg. Doch sie blieb blaß. »Du hast so eine schöne Haut«, hatte Ginny einmal zu ihr gesagt. »Nicht eine einzige Falte, beneidenswert.«

Alice dachte an Ginnys Haut. Natürlich sah sie älter aus als Alice, aber irgendwie paßte es zu ihr, zu ihrem schimmernden blonden Haar, ihrem strahlenden Lächeln, ihren runden Brüsten, die Alice ein paarmal gesehen hatte, wenn sie zusammen Kleider anprobierten. Wie mager und unterentwickelt ihr eigener Körper dagegen aussah! Und sie wußte, es lag nicht bloß daran, daß sie jünger war. Nie im Leben würde sie sich je mit Ginny messen können.

Und Ginny war es, die Piers liebte. Zumindest nahm Alice an, daß er sie liebte. Allein schon der Gedanke, daß Piers irgend jemand liebte, selbst wenn es Ginny war und nicht sie, ließ ihr Herz höher schlagen. Und der Tagtraum, daß Piers sie plötzlich an sich ziehen möchte, um ihr einen langen, leidenschaftlichen Kuß zu geben – vorzugsweise unter Antonia Callenders neidischen Blicken –, erfüllte sie mit einem wunderbaren Gefühl, das sie meist über eine ganze Schulstunde auszudehnen vermochte.

Sie schüttelte noch einmal das Haar zurück, prüfte ihre Rückenansicht im Spiegel, zog ihre Jacke über und klopfte kurz auf die Tasche, ob sie auch ihr Feuerzeug eingesteckt hatte. Sie steckte sich manchmal eine Zigarette an, wenn sie in der Russel Street war, und Ginny und Piers hatten nichts dagegen. Doch ihr war schon aufgefallen, daß sie dort immer weniger rauchte. Die anderen rauchten alle nicht – außer vielleicht Gras, aber nie, wenn sie dabei war. Irgendwie machte es keinen rechten Spaß, allein vor sich hinzupaffen und den Aschenbecher mit einsamen Kippen zu füllen.

Heute aber hatte sie beschlossen, daß sie auf jeden Fall ein paar rauchen würde. Mit einer Zigarette wirkte man einfach ein bißchen sexyer. Sie würde auf dem Boden sitzen, ans Sofa gelehnt, hin und wieder einen tiefen Zug nehmen und sich mit der Hand durchs Haar fahren. Und sie würde kein einziges Mal zu Piers hinschielen.

Sie schnappte sich ihren Rucksack, trat in die Diele hinaus und rieb sich im Gehen ein bißchen Lipgloss mit Kirschgeschmack auf die Lippen. Ihr Vater saß noch in der Küche über einem Brief. Beim Anblick seiner gebeugten Schultern bekam Alice plötzlich Gewissensbisse, daß sie nicht mit ihm auf diese dämliche Parade ging.

»Tschüs«, sagte sie verlegen. »Hoffentlich läuft alles gut.«

»Was, was?« Ihr Vater blickte mit zerstreuter Miene auf. »Ah, ja, danke.« Er sah auf die Uhr. »Ich muß mich wohl langsam fertig machen.« Er senkte den Blick auf den Brief und schaute dann wieder hoch, mit einem Lächeln, das irgendwie nicht ganz echt wirkte. Sein Blick fiel auf ihre Jacke, ihren Rucksack, den buntgemusterten Baumwollschal, den sie sich gerade um den Hals wickelte. Ginny hatte ihn ihr gekauft; sie habe ihn auf dem Markt gesehen, hatte sie gesagt, und einfach nicht widerstehen können. Alice war hingerissen von dem Schal.

»Gehst du aus?« fragte er.

»Ja.« Zugleich wünschte sie, sie hätte sagen können, *nein, ich gehe doch lieber mit dir auf die Parade,* aber sie brachte es einfach nicht über sich. Sie stopfte die Schalenden in den Kragen ihrer Jacke und warf sich ihren Rucksack über. »Vielleicht sehen wir uns dann nachher in der Stadt«, sagte sie. »Wir wollen ein paar Weihnachtseinkäufe machen.«

»Jaja, mach nur«, antwortete ihr Vater vage. Er schien ihr gar nicht zuzuhören. Alice schnaubte ungeduldig und marschierte aus der Küche. Sie konnte es keine Sekunde länger ertragen, so schuldbewußt dazustehen und sich gleichzeitig so überflüssig vorzukommen.

Sie schlug die Haustür zu, ging mit schnellen Schritten die Straße hinab und sah ihren Atem in der kalten Luft dampfen. Ob Piers ihr wohl die Tür öffnen würde, wenn sie in der Russel Street ankam? Zum hundertstenmal zermarterte sie sich den Kopf, was sie ihm – und Ginny und Duncan – wohl zu Weihnachten schenken könnte.

Jonathan blieb reglos am Tisch sitzen, als sie fortgegangen war. Er starrte auf die Küchenwand, den leise zitternden weißen Briefbogen in der Hand. So fand ihn Liz vor, als sie wieder nach oben kam.

»War das Alice, die da gerade die Tür zugeknallt hat?« Sie ging den Wasserkessel aufsetzen und verstrubbelte Jonathan im Vorbeigehen die Haare. Dann fragte sie sich, ob sie sich etwa zu verdächtig verhielt. Hatte sie Jonathan je zuvor die Haare verstrubbelt? Oder machte sie das immer nur bei Marcus? Während Marcus' dicke, glänzende Locken einen geradezu einluden, mit der Hand darüberzustreichen, war Jonathans Haar eher schütter und strohig. Sie versuchte sich zu entsinnen, ob sie ihm früher je die Haare zerzaust hatte, und mußte prompt daran denken, wie sie die Finger in Marcus' dichtem dunklen Haar vergrub, wenn sie miteinander schliefen; wie sie seinen Kopf streichelte, wenn sie hinterher so warm und wohlig beieinanderlagen; wie sie seinen Nacken kitzelte, wenn sie nach Silchester zurückfuhren, bis er den Kopf zur Seite wandte und ihr zulächelte.

Diese Affäre mit Marcus, das ging ihr jetzt auf, beraubte sie ihrer normalen, spontanen Alltagsgesten Jonathan gegenüber. Alles, was sie tat, hatte inzwischen etwas Gezwungenes; jeder Kommentar diente dazu, nur ja keinen Argwohn aufkommen zu lassen; jeder zärtliche Moment war überschattet von der Erinnerung an entsprechende Momente mit Marcus. Sie konnte sich nicht mehr erinnern, wie sie sich verhalten hatte, ehe das alles anfing; konnte nicht mehr ermessen, was natürlich war und was aufgesetzt. Sie kam sich vor wie ein Schauspieler mit Gedächtnislücken; manchmal flog ihr alles mit der gewohnten Leichtigkeit zu, dann wieder blieb sie jämmerlich hängen und konnte sich nur mit knapper Not über den Moment hinwegmogeln.

Sie warf Jonathan einen verstohlenen Blick zu. Er saß immer noch auf seinem Stuhl und starrte ins Leere. Und wahrscheinlich kriegt er überhaupt nichts mit, dachte sie verdrossen. Er war ja immer schon hoffnungslos taub für alle Zwischentöne gewesen, blind für all die kleinen Gesten, mit denen sie ihn anzuspornen versuchte. Er würde sich nie fragen, warum sie ihm plötzlich die Haare zauste; wahrscheinlich hatte er es nicht mal gemerkt.

»Möchtest du noch Kaffee?« fragte sie, bemüht, ganz unbesorgt zu klingen. Sie sah über die Schulter. »Jonathan?« Er wandte sich zu ihr um, mit müder, bedrückter Miene. O mein Gott, dachte Liz. O mein Gott. Er weiß alles.

»Schau dir das mal an«, sagte er und hielt ihr den Brief hin. Die Augen glitten kurz darüber und richteten sich dann wieder auf ihn.

»Was ist das?« fragte sie mit bebender Stimme und haßte sich dafür, daß sie sich nicht besser unter Kontrolle hatte.

»Ein Brief.«

»Das sehe ich selbst! Aber von wem?« Sie nahm einen Becher vom Abtropfgestell und begann unnötig, zerfahren, ihn abzutrocknen.

»Von Brown's«, sagte Jonathan. Er seufzte tief auf und rieb sich mit der flachen Hand übers Gesicht. »Sie haben uns wegen der Hypothek geschrieben.«

Liz starrte ihn an, unfähig, in angemessener Weise zu reagieren. Sie versuchte, wenigstens ein erschrockenes Gesicht zu machen, obwohl sie nichts anderes empfand als grenzenlose Erleichterung. Gottlob, es war bloß die Hypothek. Sie und Marcus waren außer Gefahr.

»Und was ist damit?« Sie runzelte mit gespielter Besorgnis die Stirn.

Jonathan zuckte die Achseln. »Ich weiß auch nicht«, sagte er. »Vielleicht gar nichts. Die neue Zweigstellenleiterin hat uns geschrieben, sie sei sich nicht sicher, wieso man uns zwei Hypotheken bewilligt hat. Sie möchte sich mal persönlich mit uns darüber unterhalten.«

»Eine Sie?«

Jonathan sah auf den Brief hinunter und nickte. »Ja. Sie heißt Barbara Dean.«

»Meinst du nicht, es könnte auch ein Mann sein, der Dean Barbara heißt? Es gibt doch manchmal die komischsten Namen.« Liz lächelte Jonathan aufmunternd zu, doch der spähte schon wieder mit gerunzelter Stirn auf den Brief.

»Barbara Dean, Klammer auf, Mrs.« Er blickte zu Liz auf. »Klammer zu.«

»Also gut, es ist eine Frau.« Liz wurde langsam kribblig, wie wenn Schüler sich meldeten, um zu monieren, daß ein falsches Datum an der Tafel stand. »Und was will sie von uns?«

»Sie will uns sehen. Um unsere Finanzlage zu besprechen, wie sie sagt.« Er las aus dem Brief vor: ›Insbesondere würde ich gern die Umstände mit Ihnen erörtern, aufgrund derer Sie eine so hohe Hypothek auf Ihr Haus in der Russel Street beibehalten haben, obwohl Ihr Betrieb ebenfalls mit einem beträchtlichem Zinsaufkommen belastet ist.‹«

»Na, das ist doch kein Problem. Ich meine, die Bank hat ja selbst entschieden, daß wir beide Hypotheken beibehalten können.« Liz errötete leicht, als sie sich erinnerte, wie weit Marcus an dieser Entscheidung beteiligt war. Hab meine Beziehungen spielen lassen, hatte er gesagt. Ein alter Freund der Familie im Vorstandsausschuß. Aber dagegen war eigentlich nichts einzuwenden; schließlich hatte er versprochen, das mit den Hypotheken zu deichseln, bevor sie beide... Sie schüttelte ungeduldig den Kopf, als ihre Gedanken anfingen, in die vertraute, angenehme Richtung abzudriften, und zwang sich, Jonathan zuzuhören.

»Ich weiß, daß es ihre Entscheidung war«, sagte er. »Aber jetzt bereuen sie es vielleicht.«

»Ihr Pech. Wir haben die Hypotheken ja jetzt, und wir zahlen sie doch auch pünktlich ab, oder?«

»Meistens schon.« Jonathan strich mit einer matten Geste durchs Haar. »Diesen Monat sind wir allerdings im Rückstand.« Liz riß verdutzt die Augen auf.

»Ach ja? Wieso?«

»Ganz einfach, weil wir im Moment nicht das Geld haben, alle unsere Rechnungen zu zahlen. Irgendeine mußte also offenbleiben.« Jonathan starrte Liz an, als wollte er sie durch reine Willenskraft dazu bringen, echtes Interesse zu zeigen; ihr bewährtes Talent zur Lösung von Problemen bei diesem, dem schlimmsten überhaupt, mit ganzer Energie einzusetzen. Doch ihr Blick war kalt und unbeteiligt.

»Na, dann warten sie eben«, sagte sie. »Im Prinzip können sie uns ja nichts anhaben.«

»Nein?«

»Etwa doch?« entgegnete Liz scharf.

Jonathan zuckte die Achseln. »Ich weiß es nicht. Ich weiß es wirklich nicht.« Er sah hoffnungslos auf den Brief hinab. Vor zorniger Ungeduld hätte Liz ihm den Brief am liebsten aus der Hand gerissen und ihn angeschrien, er solle sich aufraffen, etwas tun, nicht so ein Schlappschwanz sein. Unweigerlich drängte sich der Vergleich zu Marcus auf, so unfair es auch war. Wenn Marcus solch einen Brief bekommen hätte, dann hätte er nicht einfach so dagesessen und Trübsal geblasen; er hätte sich sofort ans Telefon gehängt und keine Ruhe gegeben, bis die Sache irgendwie geregelt war.

Aber ja. Marcus. Die Eingebung traf sie wie ein freudiger Schock. Natürlich, Marcus würde das für sie hinbiegen. Er brauchte ja nur einen seiner alten Freunde bei Brown's anzurufen und ein gutes Wort für sie einzulegen. Tiefes Behagen überkam sie, als sie sich vor Augen hielt, wieviel Macht Marcus in Silchester hatte; eine Macht die sie dank seiner Vermittlung nun ebenfalls besaß. Und damit befand sie sich auf der Siegerseite; im Gegensatz zu Jonathan, dem armen, kummervollen Jonathan, der es nicht verstand, mit seinen Pfunden zu wuchern, und vor jeder Autorität kuschte. Er wußte ja gar nicht, wie es in der Welt zuging, hatte keine Ahnung von dem Einfluß, den sie, seine eigene Frau, im Notfall geltend machen konnte.

»An deiner Stelle würde ich mir da keine Sorgen mehr machen«, sagte sie und versuchte, nicht allzu leichtfertig und unbeschwert zu klingen. Das Wasser kochte, und sie gab ein paar Löffel Pulverkaffee in ihren Becher. »Am besten, du gehst dich jetzt mal für die Parade umziehen«, schlug sie vor, »und mit dieser Barbara Dean reden wir nächste Woche. Im Augenblick kannst du sowieso nichts an der Lage ändern.«

»Mhm, du hast wohl recht.« Jonathan faltete den Brief ordentlich zusammen und schob ihn in den Umschlag zurück. »Bis Montag kann ja keiner von uns was dran machen.« Liz goß heißes Wasser über den Kaffee, trank einen Schluck und schwieg.

Als sie dann zum Einkaufen gegangen waren, machte er schnell noch einen Abstecher nach unten in sein Klassenzimmer, um einen Stapel Hefte zum Korrigieren zu holen. Auf dem Treppenabsatz sah er ein paar Pakete stehen, die Material für das neue Sprachlabor enthielten. Computer, Software, Kassetten und Arbeitsbücher. Als sie geliefert worden waren, hatte er an sich halten müssen, sie nicht sofort auszupacken. Sie gehörten Liz; das Sprachlabor war ihr Projekt. Und als sie an dem Abend nach Hause gekommen war, hatte er gespannt auf ihre Reaktion gewartet.

Aber sie hatte bloß gesagt: »Oh, gut, die Sachen sind da.« Sie hatte sich nicht mal die Mühe gemacht, die Pakete aufzumachen. Fast eine Woche standen sie nun schon ungeöffnet herum. Jonathan fragte sich, ob Liz überhaupt einen Begriff davon hatte, was das Zeug kostete; ob sie sich darüber im klaren war, daß er extra noch ein Darlehen hatten aufnehmen müssen, um die Sachen zu bezahlen. Dann fiel ihm ein, daß er ihr ja nichts von diesen zusätzlichen Schulden erzählt hatte. Nur er wußte davon. Und die Bank. O Gott. Jonathan sank auf seinen Stuhl am Lehrerpult und vergrub das Gesicht in den Händen. Auf einmal fühlte er sich sehr allein.

Sobald er versuchte, sein Eulenkostüm anzuziehen, merkte Daniel, daß es zu klein war. Er zwängte sich hinein, so weit es ging, und besah sich dann in dem Spiegel an seinem Schrank. Seine Beine waren von gelblichem Filz bedeckt, und über den Schuhen schlackerten lose zwei ausgeschnittene orangerote Krallen. Sein Leib war zu einem unbeholfenen Fäßchen aus stramm gespanntem Plüsch und braunen Federn geworden. Er konnte es nicht ertragen, sich vorzustellen, wie es erst mit dem Vogelkopf obendrauf aussehen würde.

»Es ist zu klein!« hörte er Andrew rufen. Daniel drehte sich um und sah seinen Bruder, nur zur Hälfte in das Eulenkostüm gequetscht, wie eine Witzfigur durch den Flur wanken. Er warf noch einen Blick in den Spiegel und ging zur Tür.

»Meins auch!« rief er. »Schau mal!« Andrew prustete los.

»Viel zu klein!« lachte er. »Größe null! Deins ist ja Größe null!«

»Und deins minus hundert!« gab Daniel zurück. Er wedelte grotesk mit den Flügeln, und sein Bruder machte es ihm sofort nach.

»Minus tausend!«

»Minus eine Million!« Sie wedelten sich gegenseitig an und gackerten albern.

»Jungs! Macht nicht solchen Krach!« Anthea kam die Treppe herauf. »Laßt mal sehen.« Auf der obersten Stufe blieb sie stehen und musterte sie ärgerlich. »Zieht sie doch erst mal richtig über!«

»Sie passen nicht«, sagte Andrew. »Sie sind zu klein.« Anthea sah mißtrauisch von ihm zu Daniel, der eifrig nickte. »Meins ist auch viel zu klein.«

»Größe minus hunderttausend Millionen.« sagte Andrew. Daniel lachte.

»Ruhe!« Anthea erhob drohend die Stimme. »Ihr geht jetzt sofort in eure Zimmer und zieht euch die Kostüme ordentlich an.« Sie zupfte unsanft an Daniels Ärmel. »Siehst du, es paßt doch. Du gibst dir nur keine Mühe. Zieh den Pulli aus und versuch's noch mal.«

Daniel ging in sein Zimmer und machte die Tür zu. Gehorsam zog er den Pullover aus und zerrte an den Schultern seines Kostüms. Er kniff vor Anstrengung das Gesicht zusammen und wand sich hin und her, bis er eine Schulter übergestreift hatte. Dann die andere. Er probierte ein paar Schritte. Die Beine ließen sich schlecht bewegen, und die Schultern fühlten sich an wie festgenagelt. Aber wenigstens war es geschafft. Jetzt noch der Kopf. Drinnen war es dunkel und kratzig, und er sah nicht viel durch die Augenlöcher. Er kam sich vor wie eine Mumie. Ein paar Sekunden lang schnaufte er laut und bedrückt vor sich hin, dann nahm er den Eulenkopf wieder ab und legte ihn aufs Bett. Vielleicht würde sie ihm wenigstens den erlassen. Aber wenn ihn dann alle in der Aufmachung erkannten, war es vielleicht noch schlimmer. Er öffnete die Tür und watschelte in den Gang hinaus.

»Na, das sieht doch ganz passabel aus!« Antheas Stimme klang deutlich erleichtert. »Wo bleibt Andrew so lange? Andrew! Komm raus, und zeig uns dein Kostüm!«

Andrew tauchte an seiner Zimmertür auf, das Eulenkostüm in der Hand. Daniel erschrak. Irgendwas war mit Andrews Kostüm passiert. Ein Flügel hing traurig herunter, und mitten in dem Stoff klaffte ein großer Riß.

»Es ist mir beim Anziehen kaputtgegangen«, sagte Andrew unschuldig. »Ich hab ordentlich gezogen, wie du gesagt hast, und da ist es gekracht.« Er streckte Anthea das Federbündel hin. »Andrew! Du unartiger Junge!« Daniel zuckte unter dem zornigen Aufschrei seiner Mutter zusammen. Doch vor allem spürte er eine ungeheure Erleichterung. Wenn Andrews Kostüm ruiniert war, brauchten sie nicht mehr verkleidet auf die Parade zu gehen. Er fing Andrews Blick auf, und Andrew grinste ihn verschmitzt an. Bestimmt hat er extra so doll gezogen, dachte Daniel. Vielleicht hatte er es sogar zerschnitten. Aber niemand konnte etwas beweisen. Es war wirklich eine tolle Idee. Hastig begann er, sein Kostüm abzustreifen.

»Was fällt dir denn ein?« Anthea fuhr zu ihm herum. »Zieh es sofort wieder an!«

»Was?«

»Zieh es wieder an! Du trägst es auf der Parade.«

»Aber...« Daniel schaute von ihrem zornroten Gesicht zur zufriedenen Miene seines Bruders hin. Er traute seinen Ohren nicht. »Aber das ist unfair!« begehrte er auf. »Warum muß ich es tragen, wenn Andrew seins nicht trägt?«

»Andrew war sehr unartig«, sagte seine Mutter scharf. »Er wird seine Strafe schon noch kriegen. Aber das hat nichts damit zu tun, was du auf der Parade trägst.«

»Hat es wohl!« Daniel konnte es nicht fassen, daß keiner diese Ungerechtigkeit sehen wollte. »Ich will das blöde Kostüm nicht tragen, wenn Andrew seins nicht anziehen braucht!«

»Nicht in diesem Ton!« Antheas Stimme war stahlhart.

»Ich mal mir das Gesicht an«, schlug Andrew zuckersüß vor. »Wie letztes Jahr. Dann bin ich auch verkleidet.«

»Das ist nicht dasselbe!« fauchte Daniel. Wütend zerrte er an den Ärmeln seines Kostüms. »Das weißt du ganz genau!« Er gab das nutzlose Gezerre auf und blickte verzweifelt zwischen Andrew und Anthea hin und her.

»Es ist so unfair. So gemein, so beschissen unfair.« Und noch ehe Anthea reagieren konnte, tauchte er in sein Zimmer ab und knallte die Tür zu.

10. KAPITEL

Die ÖKO-Parade in Silchester lief immer nach dem gleichen Schema ab. Alle ordentlichen Vereinsmitglieder mitsamt Ehehälften, Kindern und Hunden sowie jene Mitglieder, die ein schlechtes Gewissen hatten, weil sie nie zu den Vereinssitzungen gingen, und dazu noch etliche Mitläufer trafen sich um elf am Sportplatz der St.-Catherine's-Schule. Sie nahmen sich jeder einen Packen Flugblätter, die sie unterwegs verteilen würden, und einen Becher Kaffee, den das Kantinenpersonal ausschenkte, und mischten sich fröhlich unter die palavernde Menge.

Normalerweise dauerte es mindestens eine halbe Stunde, bis der Zug sich halbwegs formiert hatte; währenddessen gaben die Organisatoren über Megaphone die Marschroute und die Grußbotschaften solidarischer Stadtratsabgeordneter bekannt. Dieses Jahr war Jonathan mit der Durchsage der Instruktionen betraut worden, und als er seine Stimme über den allgemeinen Geräuschpegel erhob, fragte er sich nicht zum erstenmal, ob das alles der Sache wirklich voranhelfen würde. Die meisten Leute, dachte er, mit einem Rundblick über die angeregt schnatternde Versammlung, sind doch nur der Geselligkeit wegen gekommen und weil sie wissen, daß es hinterher Gratisglühwein gibt. Sie würden kaum einen Blick auf die Flugblätter werfen, die er verteilte; sie würden sich lauthals ereifern, daß man doch endlich mal etwas tun müsse für all diese armen... ein kurzes Zögern, ein Blick auf das Flugblatt... ach ja, Vögel.

Diese armen kleinen Vögel. Schrecklich, wie deren Lebensraum eingeengt wurde, einfach kriminell.

Aber sie hatten keine Ahnung von der eigentlichen Arbeit, den wahren Zielen des Vereins; keine Ahnung davon, wieviel Zeit die ordentlichen Mitglieder in die Feldforschung investierten; keine Ahnung von den geduldigen, langwierigen Bemühungen, eine Umweltlobby zu schaffen, getreu dem Grundgedanken des Vereins, den Umweltschutz mit friedlichen Mitteln zu fördern. Ohne Gewalt, ohne Polemik – einzig und allein kraft vernünftiger Argumente.

Diese jährliche Parade stand eigentlich in komplettem Gegensatz zu den ursprünglichen Zielen des Vereins, mit ihrer ganzen lärmenden Betriebsamkeit, die in früheren Jahren sogar in Krawall ausgeartet war. Die – zumeist jugendlichen – Randalierer hatte man inzwischen zwar einigermaßen unter Kontrolle gebracht, aber alles in allem ging es weiterhin ziemlich undiszipliniert zu. Diejenigen im Verein, die immer wieder vorschlugen, die volkstümliche Tradition der Parade abzuschaffen, wurden allerdings Jahr für Jahr überstimmt – der Verein brauchte die Öffentlichkeit, so wurde argumentiert, anders könnten die gemeinnützigen Ziele der breiten Masse nie verständlich gemacht werden.

Aber wie, dachte Jonathan, will dieser buntgemischte Haufen je unsere Ziele, unsere Botschaft weitertragen? Die wußten ja kaum, was ein Vogel war, geschweige denn eine vom Aussterben bedrohte Art. Sein Blick wanderte düster über die Reihe der Gesichter, von denen er die meisten nur vage von früheren Paraden her in Erinnerung hatte. Doch plötzlich erkannte er zwei Gestalten am Rand der Menge. Der Junge im Dufflecoat war Andrew Witherstone, der erst seit kurzem der Jugendgruppe des Vereins angehörte; er hatte sein Gesicht mit bunten Streifen angemalt und trug einen Joghurtbecher als Schnabel. Die schmale, gutaussehende Person, die ihn an der Hand hielt, mußte Mrs. Witherstone sein; Jonathan hatte sie noch nicht kennengelernt. Sie schaute mißbilligend auf die andere Gestalt neben sich herab, wahrscheinlich ihr anderer Sohn, Daniel, obwohl er in seinem komischen Eulenkostüm nicht zu erkennen war.

Jonathan mochte die Witherstone-Jungen recht gern, besonders Daniel, dessen stoische Lebenseinstellung ihn so an seine eigene erinnerte. Als er mit den Instruktionen fertig war, stieg er von dem behelfsmäßigen Podium und ging zu ihnen hinüber, um sie zu begrüßen.

»Mrs. Witherstone? Ich bin Jonathan Chambers.«

»Hallo!« sagte sie munter. »Nennen Sie mich ruhig Anthea. Ist das eine Maske, was Sie da umhaben?«

»Das hier?« Jonathan schnippte an dem Gummiband um seinen Hals. »Ja, eine Entenmaske. Nachher setz ich sie auf.« Er lächelte sie an. »Wir haben uns in diesem Jahr sehr intensiv damit beschäftigt, den natürlichen Lebensraum der Wildenten zu erforschen, und ...« Doch Anthea hörte nicht zu.

»Siehst du, Daniel?« rief sie. »Andere Leute sind auch maskiert.« Die Eule bebte still. Anthea sah auf und begegnete Jonathans fragendem Blick.

»Sie würden's ja nicht für möglich halten, wie kindisch so ein Zwölfjähriger sein kann, Mr. Chambers!« Ihre Stimme tönte laut über die Köpfe der Menge. »Was der Junge für ein Theater gemacht hat, weil er dieses Kostüm anziehen sollte!«

An Daniels Stelle, dachte Jonathan, hätte ich auch Theater gemacht. Aber das konnte er vor der Mutter nicht sagen.

»Du siehst wirklich höchst eindrucksvoll aus«, sagte er und versuchte, Daniels Blick hinter den Augenlöchern der Maske aufzufangen. *Du armer Kerl siehst total bekloppt aus,* setzte er im stillen hinzu.

Anthea sah sich hektisch nach allen Seiten um.

»Wissen Sie zufällig, ob der Direktor vom Bourne College auch da ist?« fragte sie. Jonathan hob verwundert die Augenbrauen.

»Geoffrey? Ich glaube, er wollte auf jeden Fall kommen, falls er's zeitlich schafft. Aber er ist natürlich immer sehr eingespannt.« Jonathan zuckte die Achseln. »Bei den vielen Leuten hier könnte er auch längst da sein, ohne daß ich ihn gesehen habe. Wieso? Haben Sie was mit ihm zu besprechen?« Anthea antwortete nicht. Sie fixierte ihn mißtrauisch. Jonathan fragte sich, was sie wohl hatte. Sie wirkte so nervös. »Soll ich ihm vielleicht was ausrichten?«

»Wollen Sie damit sagen«, entgegnete Anthea, »daß Sie den Direktor des Bourne College persönlich kennen?«

»Aber ja«, nickte Jonathan, einigermaßen verwundert. »Er ist noch nicht lange Mitglied in unserem Verein, aber dafür um so engagierter. Und ich habe früher schon mit ihm zusammengearbeitet, wissen Sie...« Seine Aufmerksamkeit wurde durch einen Zuruf aus dem Hintergrund abgelenkt. »Entschuldigen Sie«, sagte er schnell, »ich glaube, es geht jetzt los.«

»Oh, macht nichts.« Anthea lächelte ihn plötzlich an. »Wir können ja neben Ihnen gehen, wenn Sie nichts dagegen haben.« Jonathan blickte in ihr schmales, angespanntes Gesicht, dann zu Andrew, der gelangweilt seinen Plastikschnabel hin und her schnappen ließ, und schließlich zu Daniel, dieser Jammergestalt im Eulenkostüm.

»Aber gern«, sagte er, »es wird mir ein Vergnügen sein.«

Während der ganze Menschenauflauf sich nun schwankend auf das Schultor von St. Catherine's zu in Bewegung setzte, hatte Daniel das Gefühl, jeden Augenblick vor Scham im Boden versinken zu müssen. Ihm war entsetzlich heiß in seinem Eulenkopf, und er war den Tränen so nahe, daß es nur einer mitfühlenden Bemerkung bedurft hätte, um ihn losheulen zu lassen.

Es war so verdammt ungerecht. Andrew war unartig gewesen, und jetzt wurde er auch noch dafür belohnt, indem er ohne dieses gräßliche Kostüm gehen durfte. Daniel schaute voller Haß auf den Rücken seiner Mutter. *Er* war derjenige, der sich brav in sein Eulenkostüm gequält hatte, obwohl es eindeutig zu klein war; er hatte gehorcht, und doch wurde *er* bestraft, nicht sein Bruder.

Er beäugte Andrew, der fröhlich mit Mr. Chambers plauderte, in dem angenehmen Bewußtsein, nicht wie ein Volltrottel auszusehen. Sicher hatte Andrew das Kostüm mit Absicht zerrissen. Andrew bekam immer, was er wollte, selbst wenn er Sachen machte, die Daniel sich niemals trauen würde. Er schien nie Angst zu haben, daß man ihn erwischte, und nie hatte er auch nur eine Spur von schlechtem Gewissen. Ganz anders als Daniel. Wenn Daniel etwas angestellt hatte, verfolgte es ihn noch tagelang. *Ich bin enttäuscht von dir,* sagte seine Mutter dann, und das Herz zog sich ihm schmerzhaft zusammen, bis er sich so gedemütigt fühlte, daß er kaum noch den Blick zu heben vermochte.

Als sie in die College Road einbogen, kam Andrew auf Daniel zugetänzelt; der sah ihn finster an, bis ihm einfiel daß sein Gesicht ja verdeckt war.

»Mami redet von deinem Stipendium«, berichtete Andrew munter, »mit Mr. Chambers.« Das hatte noch gefehlt. Daniel wollte jetzt nicht an sein Stipendium erinnert werden. »Sie meint, wenn du es nicht bewilligt kriegst, kannst du nicht aufs Bourne College gehen.« Daniels Kopf fuhr hoch.

»Echt?« Seine Stimme zitterte. »Papa hat doch gesagt, es spielt keine Rolle, ob ich's kriege oder nicht.«

»Sie meint, das Schulgeld ist zu hoch«, erklärte Andrew. Er hopste auf einem Bein und ließ seinen Joghurtbecherschnabel am Gummiband schnalzen. »Glaubst du, du schaffst es?«

Daniel zuckte hoffnungslos die Achseln. »Weiß nicht.«

»Jack Carstairs sagt, sein Bruder schafft es bestimmt«, krähte Andrew. »Er sagt, sein Bruder kann riesig lange Zahlen im Kopf dividieren.«

Daniel ließ entmutigt den Kopf hängen.

»Wenn ich in deiner Klasse bin« – Andrew nahm plötzlich

den Plastikschnabel ab und schlenkerte ihn am Gummiband –, »dann versuch ich gar nicht erst, ein Stipendium zu kriegen.« Sie kamen gerade an einer Mülltonne vorbei, und Andrew warf seinen Schnabel geschickt hinein.

»Die werden dich aber zwingen«, wandte Daniel ein. Es klang nicht sehr überzeugt.

»Werden sie nicht«, gab Andrew selbstgewiß zurück. »Wetten?« Er zog einen Kaugummi aus der Tasche und wickelte ihn aus. Als er ihn in den Mund schob, drehte Anthea sich um.

»Andrew!« rief sie. »Was ißt du denn da? Etwa Kaugummi?«

»Ja, Mami«, antwortete Andrew höflich. »Einer von den Erwachsenen hat ihn mir gegeben.« Anthea nickte zweifelnd und wandte sich wieder ab.

»Stimmt das?« fragte Daniel.

»Klar doch«, nickte Andrew grinsend. »Ich hab ihn von einem Mann im Laden gekriegt, nachdem ich ihm zwanzig Pence gegeben habe.« Er fing an zu kichern, und Daniel konnte nicht anders, er mußte einfach mitkichern.

Marcus hatte Schuldgefühle wegen Daniel. Als er aus Silchester hinausfuhr, auf Umwegen, um die für die Parade reservierte Route zu vermeiden, sagte er sich, daß er hätte einschreiten müssen, sich mit Anthea anlegen, diesen schrecklichen Kampf um die Kostüme zu Daniels Gunsten entscheiden. Daniel hatte so trostlos ausgesehen, als er in Antheas Auto stieg; offenbar war er der einzige, der jetzt gegen seinen Willen so vermummt gehen mußte. Und das war doch irgendwie nicht fair.

Hannah schien diese ganze Machtprobe ebenso lächerlich zu finden wie er, und Marcus hatte den Eindruck, daß sie sich auch gern dazu geäußert hätte und nur aus Vorsicht geschwiegen hatte, um sich nicht in die Nesseln zu setzen. Er konnte es ihr nicht verdenken. Wenn irgend jemand etwas hätte sagen sollen, dann er.

Bedrückt parkte er den Wagen in einer Seitenstraße und

schlug den Weg zu dem Hotel ein, wo er sich mit Liz verabredet hatte. Wenn er angeboten hätte, mit auf die Parade zu gehen, sagte er sich, dann hätte er Daniel vielleicht irgendwie aufheitern können. Zum Beispiel, indem er die Familie zum Mittagessen einlud. Er stellte sich vor, wie sie alle vergnügt im Boar's Head in Silchester zusammensaßen: Anthea lächelnd und entspannt, Daniel einigermaßen getröstet, Andrew albern und unbeschwert, wie üblich der sonnige Familienclown.

Aber statt dessen traf er sich mit seiner Geliebten zu einem heimlichen Schäferstündchen. Die ganze Woche hatte er sich darauf gefreut, doch jetzt war seine Vorfreude plötzlich getrübt; fast verdrossen blickte er auf die chromblitzenden Glastüren des Hotels, als er sich dem Eingang näherte. Es war seine Idee gewesen, daß sie sich in Hotels treffen sollten, in möglichst großen, unpersönlichen Hotels außerhalb von Silchester. Doch nun bereute er seinen Entschluß. Hotelzimmer waren immer so trist. Und heute machte er selbst auch eine ziemlich triste Figur.

»Tag, Mr. Whiterstone!« Marcus fuhr erschrocken herum. Von hinten kam ein grauhaariger Mann im Anorak auf ihn zu. »Albert, mein Name«, stellte er sich unnötigerweise vor. »Sie wissen schon, von Panning Hall.« Marcus sah sich hastig um. Niemand sonst weit und breit. Gott sei Dank.

»Hallo, Albert«, sagte er knapp. »Wie geht's?«

»Oh, bestens, danke der Nachfrage, Mr. Whiterstone.« Albert blieb stehen und schnaufte vernehmlich. »Hab Sie schon länger nicht mehr in Panning gesehen«, setzte er hinzu. »Wahrscheinlich sind Sie mit Ihrer Arbeit dort fertig?«

»Ja.« Marcus zögerte. Der Hoteleingang war nur noch wenige Schritte entfernt, doch er wollte nicht, daß Albert ihn da einkehren sah. Andererseits wollte er auch möglichst wenig über Panning Hall sagen müssen.

»Wieviel war das Anwesen denn nun schließlich wert?« Alberts Stimme tönte unverhältnismäßig laut durch die Straße, und Marcus zuckte zusammen. »Wenn die Frage erlaubt ist?«

setzte Albert hinzu. Marcus bekam allmählich Herzklopfen. Der Kerl war ja unerträglich. Er hätte ihn ignorieren und machen sollen, daß er weiterkam. Er hätte mit Anthea und den Jungs auf die ÖKO-Parade gehen sollen. Er hätte einfach nicht hier sein dürfen.

»Es ist nur, weil wir uns im Dorf so unsere Gedanken drüber gemacht haben, wissen Sie«, sagte Albert.

»An Ihrer Stelle würde ich mir nicht den Kopf drüber zerbrechen«, entgegnete Marcus frostig. »Es dauert noch eine Weile, bis alles ausgehandelt ist. Genaugenommen sollten wir gar nicht darüber reden.« Er blickte Albert bedeutungsvoll an, als hätte er das ganze Gewicht der Justiz hinter sich.

»Ach, tatsächlich?« Albert schaute enttäuscht drein.

»Jawohl. Und jetzt müssen Sie mich entschuldigen, ich habe einen wichtigen Termin und bin schon spät dran. Nett, Sie mal wiedergesehen zu haben. Schönen Tag noch.« Er drehte sich auf dem Absatz um und ging eilig die Einfahrt zum Hotel hinauf, ohne sich noch einmal umzusehen. Das Herz klopfte ihm bis zum Hals, und sein Gesicht war schweißüberströmt, als wäre er um Haaresbreite einem Unfall entronnen.

Liz war schon da, und als er ins Zimmer trat, saß sie gemütlich mit einem Gin-Tonic aus der Minibar vor dem Fernseher. Er spürte einen leichten Anflug von Irritation. Natürlich, er war es ja, der Geld hatte; er konnte kaum von ihr erwarten, daß sie für die Zimmerrechnung aufkam. Aber die rührende Zurückhaltung, die sie früher in bezug auf die Minibar und das Telefon und ähnliche Extraposten an den Tag gelegt hatte, war bald geschwunden. Sie lernt schnell, stellte er grimmig fest. Dann schalt er sich: Was fiel ihm denn ein, seiner Geliebten diesen einen bescheidenen Drink zu mißgönnen?

»Hallo, Schatz«, sagte er und mußte sich kaum zu einem Lächeln zwingen. Liz stand auf und fiel ihm um den Hals.

»Hallo, du.« Ihre Lippen preßten sich warm auf die seinen, und er fühlte, wie er sich langsam entspannte. »Magst du auch was trinken?« Mit graziöser Geste wies sie wie eine Gastgeberin auf die Minibar.

»Ich glaube, ich genehmige mir einen Whisky.«

Liz griff nach der Fernbedienung und schaltete das Gerät ab.

»Marcus«, sagte sie ernst. »Ich fürchte, ich muß dir was beichten.«

»Was?« Marcus fuhr herum, die offene Flasche in der Hand. Betroffen starrte er Liz an. Was war denn jetzt wieder los? Hatte er nicht schon genug Ärger? Verschiedene Szenarios tauchten vor seinem inneren Auge auf, eins schlimmer als das andere. Sie war schwanger. Ihr Mann war ihnen auf die Schliche gekommen. Oh, Mist. Was war es? Unerklärlicherweise sah er auf einmal Leos feistes Gesicht vor sich. Mit *ihm* konnte es doch wohl nichts zu tun haben, oder? War das dumme Zusammentreffen mit Albert draußen etwa doch kein Zufall gewesen? Wartete die Polizei schon in der Hotelhalle? Scheiße, bloß das nicht! Er warf einen argwöhnischen Blick zur Tür. »Wie meinst du das?« wisperte er.

»Wir haben heute morgen einen Brief von Brown's bekommen.«

»Was?« Marcus sah sie ein paar Sekunden lang mit verständnislos gerunzelter Stirn an. Dann atmete er auf. »Mit ›wir‹ meinst du dich und deinen Mann?«

»Ja.« Liz errötete. »Entschuldige, ich hätte mich klarer ausdrücken sollen.« Marcus ließ ein paar Eiswürfel aus dem kleinen Plastikbehälter in sein Glas fallen und kam zu ihr herüber. Er nahm einen kräftigen Schluck Whisky. Sofort spürte er eine angenehme, entspannende Wärme in sich aufsteigen; doch der Schreck saß ihm noch in den Gliedern.

»Prost.« Er hob ihr sein Glas entgegen, trat zum Fenster und blickte hinaus. »Herrliches Wetter für die Parade«, sagte er fast anklagend.

»Ja, sicher.« Liz wollte jetzt nicht an die Parade erinnert werden. »Hör zu, Marcus ...«

»Komm her«, kommandierte er, fast brutal. Liz zuckte innerlich zusammen, stellte aber trotzdem ihr Glas auf dem Fernseher ab und ging gehorsam zu ihm hinüber.

Sie sagte nichts, als er ihr grob die Jacke aufknöpfte, ohne sie erst zu küssen. Und sie schrie nur kurz auf vor Überraschung, als er sie auf das Bett schubste, ihr den Rock hochschob, seine Hose herunterstreifte und hastig in sie hineinstieß, ohne auch nur einmal ihrem Blick zu begegnen.

Hinterher ließ er sie halb angezogen auf dem Bett liegen, während er sich noch einen Whisky eingoß. Liz beobachtete ihn unsicher. Er war in einer komischen Stimmung, und die Vernunft gebot ihr, den Mund zu halten. Doch sie konnte nicht schweigen. Sie mußte diese Sache mit der Hypothek geklärt kriegen.

»Marcus«, fing sie wieder an. Sie setzte sich auf und langte nach ihrer Jacke. Es war kühl im Zimmer und auch ziemlich trübe, da die Fenster diskret mit Netzgardinen verhängt waren. Plötzlich sehnte sie sich nach einem warmen Kaminfeuer und einer Kanne heißem, starkem Tee. Doch statt dessen tappte sie zu dem stummen Fernseher hinüber und griff sich ihren Gin. Besser als gar nichts. Sie gab sich einen Ruck. »Marcus, wegen diesem Brief wollte ich...«

»Welcher Brief?«

»Der von Brown's. Es geht um unsere Hypotheken.«

»Ah ja?« Sein Tonfall war nicht gerade ermutigend, aber Liz beharrte tapfer: »Ja, sie haben einen neuen Direktor, besser gesagt, eine Direktorin. Sie will wissen, wieso man uns zwei Hypotheken bewilligt hat. Was sollen wir ihr bloß sagen?«

Marcus zuckte unwillig die Achseln. »Das weiß ich wirklich nicht.« Er trank sein Glas aus und riß ein Päckchen Erdnüsse auf.

»Aber Marcus!«

»Aber was?« Er sah sie irritiert an. Liz erwiderte seinen Blick mit wachsender Unsicherheit. Sie merkte, daß sie sich hüten mußte, seine Hilfe als etwas Selbstverständliches vorauszusetzen.

»Du hast das doch alles für uns eingefädelt«, erklärte sie vorsichtig, in beschwichtigendem Ton. »Wenn du deinen Freund nicht eingeschaltet hättest, dann hätten sie uns die zwei Hypotheken nie behalten lassen. Sie hätten uns gezwungen, das Haus zu verkaufen. Das Haus in der Russell Street«, setzte sie hinzu, um ihn durch die Erinnerung an ihr erstes Treffen milder zu stimmen.

Marcus nahm sein frisch gefülltes Glas und ging ins Badezimmer. Er drehte die Hähne an der Wanne auf und begann sich auszuziehen.

»Marcus!« Liz folgte ihm bis zur Tür. Sie traute sich nicht recht, zu ihm hineinzugehen.

»Was willst du denn?« blaffte er sie an. »Was soll ich da machen?«

»Na, du könntest doch wieder diesen alten Freund bei Brown's anrufen«, schlug Liz vor. »Den vom letztenmal.«

»Der ist schon im Ruhestand«, entgegnete Marcus knapp. »Und jemand anderen kenne ich da nicht.«

»Oh.« Liz hielt verdutzt inne. »Und was dann?«

»Ich sag's dir doch, ich weiß es nicht! Bin ich vielleicht der liebe Gott? Löst eure Probleme gefälligst selbst.« Er drehte sich um und knöpfte seine Manschetten auf.

Liz schaute auf seinen abweisenden Rücken und fühlte so etwas wie Panik in sich aufsteigen. Sie war so sicher gewesen, daß Marcus auch diesmal alles zum Besten wenden würde; sie hatte so sehr auf seine Macht vertraut. Vor allem aber hatte sie ehrlich geglaubt, er würde ihr helfen wollen. Doch statt dessen schien er nur ärgerlich zu sein. Einen Moment lang wußte sie nicht mehr ein noch aus. Unschlüssig stand sie im Türrahmen und fragte sich halb benommen, ob er genug von ihr hatte; ob er ihr gleich sagen würde, sie solle verschwinden. So als wäre sie eine Art Callgirl.

Plötzlich war ihr entsetzlich trostlos zumute; sie begann am ganzen Leibe zu zittern. Sie haßte ihn, haßte sich selbst, haßte diese ganze schäbige, unwürdige Situation. Sie mußte an Jonathan denken, so ohne Fehl und Tadel, so wohlmeinend auf seiner ÖKO-Parade, mit seinen Flugblättern und seiner Entenmaske und seinem vertrauensvollen Lächeln. Eine dicke Träne rollte ihr über die Wange. Die Tränen flossen immer schneller, fielen ihr auf die Hand; sie schluchzte auf.

Marcus fuhr herum.

»Oh, Liz«, sagte er mit schwankender Stimme. »Es tut mir leid, daß ich so barsch war. Es ist nicht deine Schuld.« Das plötzliche Mitleid in seinem Tonfall brachte Liz erst recht zum Weinen. Marcus kam zu ihr herüber, noch halb im Hemd, und nahm sie in die Arme.

»Tut mir leid, Liebes«, murmelte er. Sanft küßte er sie auf die Stirn.

»Geht schon«, schniefte Liz. »Ich hätte dich nicht damit behelligen sollen.«

»Doch, doch«, sagte Marcus matt. »Das ist es ja nicht. Ich bin nur so... gestreßt, weißt du.« Er sah sie an. »Und diese Lügerei macht mich fertig.«

»Vielleicht ist die Liebe am Nachmittag nicht ganz das richtige für uns«, meinte Liz, schon fast getröstet. »Ich hab auch kein gutes Gefühl bei diesen Heimlichkeiten.«

»Eben«, sagte Marcus. »Vielleicht sollten wir uns lieber bei der ÖKO-Parade blicken lassen.«

»Zusammen?« Liz kicherte. »Das würde aber wirklich verdächtig aussehen.« Sie hielt erschrocken die Luft an. War das nicht schon wieder eine dumme Bemerkung gewesen? Doch Marcus schien sich nicht daran zu stören. Er schob sie ein wenig von sich fort und sah ihr in die Augen.

»In der Sache mit Brown's versuche ich zu tun, was ich tun kann«, sagte er ernst. »Aber versprich dir nicht zuviel davon...«

»Ich weiß«, nickte Liz demütig. »Danke dir.« Sie blickte über seine Schulter. »Dein Bad ist voll.« Marcus langte hinüber und drehte die Hähne zu. Es war auf einmal sehr still im Raum.

»Wegen Brown's kann ich nichts garantieren«, sagte er. »Aber eins verspreche ich dir.«

»Was?«

»Daß ich mein Benehmen von vorhin wiedergutmache, ehe einer von uns in dieses Bad steigt.«

»Nein, wirklich, das macht doch nichts...« Liz errötete. Aber Marcus beugte sich schon über sie und begann, sie mit zärtlicher Entschlossenheit zu küssen.

»Wenn wir beide schon kein gutes Gefühl dabei haben, daß wir hier sind«, wisperte er an ihrer Wange, während seine Hand an ihrem Körper hinabglitt und sanft ihre Beine auseinanderzwang, »dann ist es nur fair, wenn wir alle beide auf unsere Kosten kommen, nicht?«

Bei dem Spaziergang ins Stadtzentrum von Silchester fühlte Alice sich wie im siebten Himmel. Um zwölf war sie in der Russell Street angekommen und hatte die anderen hinterm Haus vorgefunden, wo sie in der Wintersonne dampfenden Kaffee tranken. Piers und Ginny hockten auf der Außenschwelle der Terrassentür; Duncan stand auf dem Rasen und deklamierte melodramatisch aus einem Drehbuch.

»Was meinst du, Alice?« rief er ihr zu, als sie um die Hausecke kam. »Könnte ich auch eine Rolle in *Sommer Street* kriegen? Ich glaube, ich spiele...« Er schaute in das Skript, »... ich spiele Muriel, die Großmutter. Die hat einen Spitzentext. Hör dir das an: ›Oh, Rupert, wann wirst du das Leben endlich ernst nehmen?‹« Er schlug die Hände zusammen und rollte die Augen himmelwärts. Alice kicherte.

»Hör auf, Duncan«, sagte Piers träge. »Gönn dir mal 'ne Pause.«

»Das ist das Drehbuch für Piers' Vorsprechtermin«, erklärte

Ginny, während sie hineingingen, um die Kaffeekanne und einen Becher für Alice zu holen. »Es war heute morgen in der Post.« Sie lächelte Alice an und hüpfte förmlich vor Aufregung, wie sie es sich vor Piers nicht erlaubt hatte.

»Is ja toll!« rief Alice mit wohltuender Ehrfurcht. »Ein echtes Drehbuch? Wie im Fernsehen?«

»Jawohl«, strahlte Ginny. »Ganz genauso.«

»Hey, cool«, sagte Alice. »So eins hätte ich auch gern.«

»Ich weiß.« Ginny zwinkerte ihr zu. »Ich heb's auf jeden Fall auf und laß es auf dem Couchtisch liegen. Egal, wie die Sache ausgeht.«

»Aber Piers kriegt die Rolle doch ganz bestimmt«, sagte Alice voller Überzeugung. Ginny drehte sich um. Ihre Augen schimmerten feucht.

»Ich weiß, daß er sie kriegt.« Fast beschwörend preßte sie die verschränkten Arme an den Körper. »Ich weiß es, ich weiß es. Ich kann's gar nicht erwarten.«

Wohlig gewärmt von ihrer gemeinsamen Begeisterung kehrten sie in den Garten zurück. Piers erhob sich gerade von seinem Platz an der Tür, und Duncan schüttete seinen Kaffeesatz ins Blumenbeet.

»Auf zu den Weihnachtseinkäufen!« verkündete er. »Wetten, daß du noch kein Geschenk für mich hast, Alice?« Er sah sie durchdringend an, und sie errötete kichernd.

»Aber doch nicht jetzt gleich!« protestierte Ginny. »Ich hab noch so viel zu tun!«

»Na los, los, beeil dich!« Duncan klatschte in die Hände. »Wir können schließlich nicht den lieben langen Tag rumsitzen und Kaffee trinken.«

Als sie dann alle zusammen aufbrachen, beschwerte Ginny sich lauthals, wie rücksichtslos Duncan sie immer hetzte. Doch Alice merkte ganz genau, daß sie es ihm nicht übelnahm. Sie schien viel zu glücklich, um sich ernsthaft ärgern zu können. Alle schienen froh über den schönen Tag, und Alice war ganz besonders froh. Wie sie da zwischen Piers und Duncan einherlief, kam es ihr vor, als ginge sie wie auf Flügeln, abgeschottet von der Kälte, wunderbar geborgen vor dem Rest der Welt, mit diesen langen Männergestalten rechts und links neben sich. Oder vielmehr, verbesserte sie sich im stillen, einer langen und einer stämmigen Gestalt. Sie wußte, daß Duncan nichts dagegen hatte, wenn man ihn stämmig nannte. Er freute sich sogar; eine Rezension im *Scotsman* hatte ihn mal als »stämmigen Sympathieträger« bezeichnet.

Aber um Duncan ging es ja gar nicht. Es ging um Piers. Was sie glücklich machte, war die Tatsache, daß Piers an ihrer Seite ging – so dicht, daß sie seine Jacke an ihrem Ärmel fühlte und sein Rasierwasser roch. Als sie um die Ecke bogen und er ihr eine freundlich lenkende Hand auf den Arm legte, durchrieselte sie ein wonniger Schauer.

Doch als sie auf den Marktplatz kamen, war es keine Wonne mehr, sondern blanker Schrecken, der sie erschauern ließ. Am anderen Ende des Platzes hielt bunt und lärmend gerade die ÖKO-Parade Einzug. Sie konnte ihren Vater zwar nicht sehen, aber sie wußte, daß er irgendwo in der Menge war, eine alberne Vogelmaske übergestülpt, wacker Flugblätter verteilend. Sie würde sterben vor Scham, wenn sie ihn trafen.

Panisch sah sie sich nach allen Seiten um und versuchte irgendeinen Vorwand zu finden, um ihre Begleiter schleunigst wegzulotsen. Aber die meisten Läden lagen nun mal rings um den Platz, und Duncans Lieblingscafé ebenfalls. Sie sah ihn schon dort hinüberspähen. O Gott, gleich würde er die Parade bemerken. Sie konnte es nicht ertragen.

»Wo wollen wir denn zuerst hin?« begann sie hastig, mit unnatürlich hoher Stimme, aber es war schon zu spät.

»Schaut mal, dahinten!« Duncans Stimme übertönte sie mühelos. »Was ist denn das für ein Aufmarsch?« Alle folgten seinem Blick. Alice versuchte erfolglos, die schmale Gestalt ihres Vaters in dem Gewühl auszumachen.

»Gehen wir doch hin und gucken uns das an«, sagte Ginny. »Es sieht nach einer Demo aus.«

»Eine Demo in Silchester?« wunderte sich Duncan. »Das glaubst du doch selbst nicht!« Er schaute zu Piers hin, der ganz in sich gekehrt dastand. »Wach auf, du Träumer! Du kannst doch nicht immer bloß an *Summer Street* denken!«

»Tu ich ja gar nicht«, gab Piers gereizt zurück. »Ich wünschte, ihr würdet mir nicht dauernd damit in den Ohren liegen.« Er warf Ginny einen vorwurfsvollen Blick zu, und prompt lief sie rosa an.

»Kommt schon«, sagte sie hastig, »wir gucken mal, was da los ist.«

Mitten auf dem Platz wurden sie von einer kleinen dicken Frau aufgehalten. Sie trug unauffällige schwarze Hosen und einen grauen Anorak, doch mitten in ihrem geröteten, faltigen Gesicht prangte ein gelber Vogelschnabel aus Pappmaché. Sie hielt Duncan ein Flugblatt unter die Nase, und er sprang katzenhaft zurück, in echtem oder vielleicht auch gespieltem Erschrecken. Ginny schaute über Alices' Kopf hinweg zu Piers, und ihre Lippen fingen an zu zittern. Alice hörte Piers vor unterdrücktem Lachen aufschnauben und wandte beschämt den Blick ab. Die Frau war Mrs. Parsons, die sie früher, als sie klein gewesen war, manchmal gehütet hatte. Wie peinlich, wenn sie etwas zu ihr sagte. Aber im Augenblick hatte Mrs. Parsons nur Augen für Duncan.

»Ich möchte, daß Sie dieses Flugblatt nehmen, junger Mann.« Sie versuchte noch einmal, es Duncan aufzudrängen, doch der versteckte seine Hände hinter dem Rücken.

»Tut mir leid«, sagte er höflich. »Ich bin allergisch gegen Flugblätter.« Er beugte sich leicht vor und spähte auf das Blatt. »Und ich bin absolut umweltfeindlich, wissen Sie. Soll doch alles vor die Hunde gehen, sage ich immer.« Er strahlte sie jovial an. »Also lohnt es sich doch nicht, daß Sie Ihr kostbares Papier an mich verschwenden.«

»Duncan!« rief Ginny. »Er meint es nicht so...« Doch die Frau funkelte Duncan empört an.

»Sie sollten sich schämen!« trompetete sie los. »Die Umwelt ist uns allen nur geliehen. Wir haben die Pflicht, sie zu schützen. Was würden Sie Ihren Kindern sagen, wenn der Regenwald verschwindet?« Sie fixierte ihn triumphierend. Duncan tat so, als dächte er nach.

»Ich würde sagen: Früher hat's mal 'nen Regenwald gegeben«, antwortete er schließlich. Die Frau schnappte entrüstet nach Luft. Alice wandte sich ab und versuchte, ihr Gesicht hinter dem Schal zu verbergen.

»Geben Sie mir ein Flugblatt«, lenkte Ginny ein. »Danke. Also wirklich, Duncan!« zischte sie ärgerlich, als die Frau davonstapfte. »Das war gemein von dir!«

»Ich weiß, ich weiß.« Duncan zog eine reumütige Miene. »Ich sollte nicht so sein... aber schau sie dir an, die sehen doch echt aus wie aus der *Muppet Show* entlaufen.« Ginny blickte auf die wogende, durcheinanderwuselnde Menge in Vogelkostümen und mußte unwillkürlich kichern.

»Mag sein, aber sie meinen's nur gut«, sagte sie streng. »Wann hast *du* je deinen freien Samstag für einen guten Zweck geopfert?«

»Im Verkleiden kann ich keinen guten Zweck sehen«, gab Duncan zurück. »Für mich ist das Arbeit. Und jeder, der sich verkleidet, ohne Geld dafür zu kriegen, muß ein hoffnungsloser Trottel sein. Ich wette, die verkleiden sich alle als Rittersleute, wenn sie nicht gerade als Vögel rumlaufen. Dann affen sie das ganze Wochenende in irgendeiner finsteren Burgruine herum, sagen ›meiner Treu‹ und solche Sachen und kommen sich wahnsinnig kultiviert vor.«

Alice hörte stumm zu, hin- und hergerissen zwischen Verlegenheit und Empörung. Was Duncan da sagte, klang alles sehr geistreich und witzig, aber es stimmte nicht. Ihr Vater war nicht so. Er mochte es nicht, sich zu verkleiden, und schon gar nicht als Ritter. Sie fühlte, wie ihre Wangen brannten, und sie hoffte inständig, er würde nicht vorbeikommen und sie hier mit den anderen entdecken. Vielleicht hatte Duncan bald genug von der Parade und führte sie alle ins Café ab, wie er es sonst immer tat. Aber einstweilen schaute er noch spottlustig in die Menge.

Und dann passierte es.

»Hallo, Alice!« Sie fuhr herum, und vor abgrundtiefer Demütigung blieb ihr fast das Herz stehen. Neben ihr stand ihr Vater, die Entenmaske über die Stirn zurückgeschoben, lächelte sie wohlwollend an und hielt ihr eins seiner Flugblätter hin. »Haben deine Freunde schon eins?« Alice war wie gelähmt. Sie brachte keinen Ton heraus, vor lauter Angst, in verlegenes Kichern oder gar in Tränen auszubrechen.

Ginny warf einen Blick auf Alice' feuerrotes Gesicht und kam ihr zu Hilfe.

»Hallo«, sagte sie munter und streckte die Hand aus. »Sie sind sicher Mr. Chambers. Ich bin Ginny Prentice, Ihre Mieterin. Und das ist mein Mann, Piers. Und das ist unser Freund, Duncan.«

»Hallo, Mr. Chambers.« Piers volltönende, selbstsichere Stimme hallte über den Platz. Er bedachte Jonathan mit seinem routinierten, charmanten Lächeln.

»Hallo«, kam es wie ein leises Echo von Duncan.

»Freut mich, Sie alle mal kennenzulernen«, sagte Jonathan herzlich. »Nennen Sie mich ruhig Jonathan.« Er schaute Alice an, und sie wich seinem Blick aus. Sein Lächeln wurde ein wenig unsicher, und nach einer kurzen Pause setzte er hinzu: »Na, dann will ich Sie mal nicht bei Ihren Einkäufen aufhalten. Hoffentlich fällt Ihnen die Parade nicht allzu lästig.«

»Aber ganz und gar nicht«, sagte Ginny warm. »Wir waren gerade dabei, sie zu bewundern.«

»Oh, das ist ja fein.« Jonathan war die freudige Überraschung deutlich anzuhören. Wieder schaute er Alice an, und wieder sah sie starr an ihm vorbei. *Geh endlich,* dachte sie. *Geh endlich, und laß mich in Ruhe.*

»Eine hübsche Maske haben Sie da«, sagte Duncan auf einmal, beinahe kleinlaut.

»Finden Sie?« Jonathan zog sich die Maske übers Gesicht. »Tja, also«, tönte es gedämpft darunter hervor, »eigentlich verkleide ich mich ja nicht gern. Aber hier muß man eben mal über seinen Schatten springen, wissen Sie.« Er schob die Maske wieder hoch und strahlte Duncan an. »Wenn es die Leute dazu bringt, von uns Notiz zu nehmen, dann lohnt es sich doch.«

»Ganz recht.« Duncan nickte ernsthaft.

Ginny blickte sich um. Piers war offenbar mit seinen eigenen Gedanken beschäftigt, und Alice starrte immer noch angespannt zur anderen Seite des Platzes hinüber. »Nun denn«, sagte sie und lächelte Jonathan an, »wir müssen wohl allmählich mal weiter.«

»Ja, gut.« Jonathan rieb sich die kalten Hände. »Ich muß auch los.« Er sah auf die Uhr. »Zeit für einen Glühwein.«

»Mmm, Glühwein!« sagte Ginny. »Wunderbar.«

»Es ist so eine Art Tradition geworden, die Parade mit Glühwein auf der Domfreiheit zu beenden«, erklärte Jonathan. »Einer der Chorherren dort ist Mitglied in unserem Verein. Er hat sich nach dir erkundigt«, wandte er sich an Alice. »Kanonikus Hedges. Erinnerst du dich an ihn?«

»Oh, hm, glaub schon.« Alice spuckte die Worte aus wie Traubenkerne und starrte weiter vor sich hin. Jonathan warf Ginny ein etwas betretenes Lächeln zu. »Also, ich geh dann mal.«

»Viel Glück«, rief Duncan ihm kläglich nach. »Ich hoffe, Sie können eine Menge Vögel retten.«

»Duncan«, schalt Ginny ihn, sobald Jonathan außer Hörweite war. »Er muß doch glauben, du machst dich über ihn lustig!«

»Aber nein, das wollte ich nicht!« lamentierte Duncan. »Im

Gegenteil, ich bin ganz zerknirscht! Alice, warum hast du uns denn nicht gesagt, daß dein Vater auf der Parade ist?« Alice zuckte trübselig die Achseln. Nun, da ihr Vater gegangen war, kam sie sich vor wie eine Verräterin. Ein schmerzliches Reuegefühl brannte ihr in der Brust; doch so übermächtig das schlechte Gewissen auch war, sie nahm es ihrem Vater trotzdem übel, daß er hier in ihrem Kreis aufgetaucht war, mit seiner gezwungenen Munterkeit und seiner idiotischen Entenmaske.

»Das wird dir eine Lehre sein, Duncan«, spöttelte Piers.

»Aber ich hab's doch nicht so gemeint!« Duncan packte Alice bei der Schulter. »Ehrlich! Ich hab das nur gesagt, weil...« Er zuckte die Achseln. »Ach, ich weiß auch nicht. Aber es war wirklich nicht gegen deinen Vater gerichtet.« Alice rang sich ein Lächeln ab.

»Das weiß ich doch«, sagte sie.

»Also, ich fand deinen Vater richtig nett«, sagte Ginny mit Nachdruck. »Echt sympathisch. Meine Güte, wenn ich bedenke...« Sie stockte abrupt, als sei sie drauf und dran gewesen, sich zu verplappern. »Fandst du ihn nicht auch nett, Piers?« sagte sie statt dessen.

»Jaja«, sagte Piers vage. »Ein guter Typ.«

Er legte Ginny den Arm um die Schulter, und Alice' Wangen brannten um so heftiger vor Beschämtheit. Ginny und Piers fanden bestimmt, daß sie total fies zu ihrem Vater gewesen war. Jetzt haßten sie sie wahrscheinlich und würden sie nie wieder einladen. Sie würde Piers nie wiedersehen. Sie hielt das nicht aus. Es war alles absolut grauenhaft.

Während Jonathan langsam zur Domfreiheit ging, spürte er plötzlich, wie jemand ihm von hinten auf die Schulter tippte. Ganz kurz flackerte die Hoffnung auf, es könnte vielleicht Alice sein, die doch noch auf einen Glühwein mitkommen wollte. Aber als er sich umdrehte, blickte er in das schmale, hektisch gerötete Gesicht von Anthea Witherstone.

»Ich war sehr beeindruckt von dem, was Sie vorhin gesagt haben«, sprudelte sie sogleich los.

»Was?« Jonathan schaute ratlos drein. »Tut mir leid, ich erinnere mich nicht...«

»Über die Klassiker«, sagte sie. »Über die grundlegenden Vorteile einer humanistischen Bildung.«

»Ich weiß nicht, ob ich das wirklich so...«, begann Jonathan zu protestieren. Doch Anthea hörte gar nicht zu.

»Ich bin völlig Ihrer Meinung«, unterbrach sie ihn. »Die alten Griechen haben doch so etwas Anregendes, geistig Bereicherndes, nicht wahr? Homer, Platon und all diese griechischen Götter, diese reiche Mythologie...« Jonathan sah sie verwundert an, doch sie schwatzte unbekümmert weiter. Über Mrs. Witherstone hörte man immer nur, wie enorm klug und intellektuell sie sei. Aber sie schien keinen einzigen vernünftigen Gedanken im Kopf zu haben. Dann ließ ein Satz ihn plötzlich aufhorchen.

»...und deshalb halte ich es für das beste, wenn Daniel zum Förderunterricht zu Ihnen kommt«, sagte sie gerade. Er starrte sie an.

»Entschuldigung, ich hab das eben nicht ganz mitgekriegt.« Er deutete auf die schnatternde Menge ringsum.

»Ich möchte gern, daß Daniel Förderunterricht bei Ihnen nimmt«, wiederholte Anthea mit merklicher Ungeduld. »In Latein und Griechisch und...«, sie wedelte vage mit der Hand, »... allem, was sonst noch nötig ist, um das Stipendium fürs Bourne College zu bekommen.« Sie kniff lauernd die Augen zusammen. »Sie geben doch Förderunterricht, oder?«

»Ja, schon, aber...«

»Aber was?«

Jonathan war im Begriff gewesen zu sagen, daß unter den hiesigen Kandidaten für das Stipendium, soweit er gehört habe, Daniel Witherstone einer derjenigen sei, die einen Förderunterricht am wenigsten bräuchten. Doch prompt fiel ihm ein, daß er sich ja selbst das Wasser abgrub, wenn er einen so vielversprechenden Schüler abwies. Der Brief von der Bank lag in der Küche wie eine Ermahnung, die Einkünfte aus dem Schulbetrieb mit allen Mitteln zu erhöhen. So ein günstiges Angebot auszuschlagen wäre da geradezu kriminell gewesen. Er blickte auf. Anthea wartete noch immer auf seine Stellungnahme.

»Aber... ich muß erst sehen, wie ich das zeitlich unterbringen kann«, sagte er lahm. »Wie viele Stunden hatten Sie sich denn in etwa vorgestellt?«

»Nun, ich dachte, vielleicht jeden Tag eine halbe Stunde, nach der Schule«, sagte Anthea. »Oder besser eine ganze Stunde?« Jonathans Herz begann schneller zu schlagen.

»Aber da es sich um Privatunterricht handelt«, sagte er zögernd, »wird es natürlich ziemlich teuer kommen.«

Anthea funkelte ihn entrüstet an. »Ist mir egal, was das kostet! Die Ausbildung meines Sohnes ist mir das allemal wert.«

Zuerst dachte Daniel, Andrew hätte sich das nur ausgedacht, um ihn zu ärgern. Er drehte sich um, das warme, klebrige Glas Glühwein in der Hand, und grinste seinen Bruder von oben herab an.

»Nee, da fall ich nicht drauf rein, Kleiner. So leichtgläubig bin ich nun auch wieder nicht.«

»Wußtest du schon«, sagte Andrew, für einen Moment abgelenkt, »daß ›leichtgläubig‹ neuerdings nicht mehr im Lexikon steht?«

»Den Witz hast du doch eh von mir«, winkte Daniel ab. »Du bist vielleicht ein Schnarcher!« Der Glühwein hatte seine Stimmung merklich gehoben, zumal die gräßliche Parade ja praktisch vorbei war. Er hatte die Maske schon abgenommen und trug sie jetzt unterm Arm wie ein kopfloser Eulengeist.

»Bin ich gar nicht«, sagte Andrew, kein bißchen gekränkt. »Und außerdem bist du es, der zum Zusatzunterricht verdonnert wird, nicht ich.«

»Halt die Klappe«, zischte Daniel gereizt. »Laß mich in Ruhe mit deinem Quatsch.« Er nahm noch einen Schluck von dem Glühwein. Besonders gut schmeckte er ihm ja nicht, aber warm war er immerhin besser als kalt und sauer, wie Wein sonst meistens war.

»Es ist aber wahr, ehrlich!« Andrew hüpfte aufgeregt von einem Fuß auf den anderen. »Da, guck mal, die reden gerade darüber, dahinten!« Widerwillig drehte Daniel sich um und sah gerade noch, wie Anthea etwas in ihren Terminkalender schrieb, ehe sie ihn in ihre Tasche schob.

»Das muß doch nichts heißen«, sagte er, als wollte er sich selbst überzeugen. »Die können doch über sonstwas reden.« Aber langsam beschlich ihn ein ungutes Gefühl, als er sah, wie Anthea sich umwandte, stirnrunzelnd umherspähte, ihn plötzlich erblickte und Mr. Chambers auf ihn hinwies. Sie redete eifrig auf Mr. Chambers ein, der ab und zu nickte, und auf einmal wußte er mit trostloser Bestimmtheit, daß es wahr sein mußte.

Er trank noch einen Schluck Wein und noch einen. Dann drängelte er sich mit seinem leeren Glas zum Ausschank durch.

»Entschuldigen Sie«, sagte er wohlerzogen. »Meine Mutter mag keinen Glühwein. Könnte ich normalen Wein haben, bitte?« Eine der Damen hinter dem Tisch beäugte ihn mißtrauisch. Doch die andere erkannte Daniel und griff lächelnd nach seinem Glas.

»Das ist nicht ihr Glas, das ist meins«, sagte Daniel schnell. »Es macht doch nichts, wenn ich die Flasche mitnehme? Ich bring sie auch bestimmt zurück.«

Es waren nur noch wenige Leute im Raum, als Anthea ihre Runde gemacht und mit allen geredet hatte. Sie beendete ihre Unterhaltung mit einem Stadtrat, sah sich nach allen Seiten um und rief Andrew zu sich, der Chips mümmelnd unter einem Tisch hockte.

»Wo ist Daniel?« fragte sie knapp. »Es wird Zeit zu gehen.«

Jonathan, der Andrew amüsiert beobachtet hatte, kam herüber, um sich zu verabschieden. »Haben Sie Daniel gesehen?« fragte sie hoffnungsvoll. »Haben Sie mit ihm gesprochen?« Jonathan verkniff sich die Bemerkung, er habe sich mit Daniel auf Altgriechisch unterhalten, und schüttelte nur den Kopf.

»Vielleicht ist er draußen«, meinte er.

»Das könnte sein. Bleib du hier«, befahl sie Andrew, »ich geh mal nachschauen.«

Andrew stopfte sich eine Handvoll Chips in den Mund. Dann blickte er zu Jonathan auf. »Daniel ist blau«, bemerkte er leichthin.

»Was?« Jonathan sah ihn entsetzt an. »Was meinst du mit blau?«

»Na, Sie wissen schon, er schwankt rum und lallt und riecht komisch«, erklärte Andrew. »Er ist oben.«

»Oje. Dann geh ich mal lieber rauf und schau nach ihm.«

»An Ihrer Stelle würd ich das nicht tun«, meinte Andrew. »Er hat gesagt, er haßt Sie. Und Mami. Und mich«, setzte er in erstauntem Ton hinzu. »Dabei hab ich ihm gar nichts getan.« Er schob noch eine Handvoll Chips nach. Jonathan fixierte ihn streng.

»Bist du immer so fröhlich?«

»Ich denk schon«, erwiderte Andrew mit unschuldigem Augenaufschlag. Jonathan seufzte.

»Hör zu. Ich geh jetzt nachschauen, was mit Daniel los ist, und du bleibst hier, wie deine Mutter gesagt hat.« Er warf einen Blick zur Tür. »Wenn sie wiederkommt, sagst du ihr, daß ich oben bin.«

Daniel fand sich in Kanonikus Hedges' Gästezimmer, noch immer bis zum Hals in gelblichen Plüsch gezwängt. Er hockte am Fußende des Bettes auf dem Boden, ein Glas in der Hand, und starrte zum Fernseher hinauf.

»Da läuft gerade Sch-Schubidu«, nuschelte er, als Jonathan hereinkam. »Das hamse schon lange nicht mehr gebracht!« Sein

Blick schweifte glasig durch den Raum, und er lächelte selig in Jonathans Richtung. Als die Musik einsetzte, fuhr sein Kopf zum Fernseher herum. »Schubi-dubi-duu«, sang er mit schleppender Stimme mit.

»Daniel«, sagte Jonathan vorsichtig.

»Ja?« Daniel schaute auf. Seine Miene wurde trotzig, als er Jonathan erkannte. »Sie sind wohl hier, um mir Ihr Scheißlatein einzupauken. Oder Ihr saublödes Griechisch.«

»Nein, nein, keine Bange.« Jonathan verbiß sich ein Schmunzeln.

»Um so besser«, sagte Daniel hitzig. »Da hab ich nämlich keinen Bock drauf. Ich tu eh nichts anderes als immer nur pauken, pauken, pauken, und dann will sie mir auch noch Extrastunden aufbrummen. Das ist unfair, jawohl, verdammt unfair!« zeterte er plötzlich los, und Jonathan machte hastig die Tür zu.

»Daniel«, setzte er noch einmal an, »deine Mutter will jetzt nach Hause.«

»Na prima.« Daniel schwenkte die Flasche. »Sagen Sie ihr, sie soll nach Hause gehen und nie mehr wiederkommen.«

Jonathan blickte seufzend auf die Uhr. »Bleib da«, wies er Daniel an. »Ich bring dich dann heim.«

Anthea konnte es kaum noch erwarten, endlich aufzubrechen.

»Daniel möchte sich so gern noch unsere Schule anschauen«, sagte Jonathan, Andrews neugierigen Blick ignorierend.

»Was gibt's denn da zu sehen?« fragte Anthea mißtrauisch. »Es ist doch bloß ein ganz normales Klassenzimmer, oder?«

»Ja, aber es wäre doch ganz sinnvoll, wenn er sich schon mal das Lehrmaterial ansieht«, improvisierte Jonathan hastig. »So verlieren wir in den ersten Stunden keine Zeit.« Anthea sah ihn abwägend an.

»Also gut, das sehe ich ein«, sagte sie schließlich. »Sie wissen doch, wo wir wohnen?«

»Das kann Daniel mir sicher sagen«, antwortete Jonathan schnell. »Aber vielleicht beschreiben Sie mir zur Sicherheit noch den Weg.«

Die ganze Fahrt über saß Daniel stumm neben Jonathan, den Kopf zurückgelehnt, die Augen geschlossen. Er atmete schnaufend und war verdächtig grün im Gesicht. Als sie vor dem Schulhaus hielten, murmelte er: »Mir ist schlecht.«

»Na, wir sind ja jetzt da«, sagte Jonathan aufmunternd, stieg aus und öffnete ihm die Tür. »Du darfst dich ruhig übergeben, wenn du mußt.«

»Darf ich?« sagte Daniel. »Danke.« Er lehnte sich aus dem Wagen und erbrach sich mit einem Schwall auf den Asphalt der Einfahrt.

Nachdem sowohl Daniel als auch die Einfahrt gesäubert waren, brachte Jonathan ihn ins Lehrerzimmer, stellte ihm einen Becher starken, süßen Tee hin und machte sich einen Kaffee.

»Mir ist hundeelend«, stöhnte Daniel. Er hing so weit vornübergebeugt auf dem Stuhl, daß seine dunklen Ponyfransen fast seine Knie streiften. Er trug jetzt eine Jeans, die früher mal Alice gepaßt hatte; das Eulenkostüm wartete verkrumpelt und vorwurfsvoll in der Ecke.

»So geht's einem meistens«, sagte Jonathan, »wenn man zuviel getrunken hat.« Er nahm einen Schluck Kaffee. »Das ist eine der betrüblichen Tatsachen, mit denen man sich im Leben abfinden muß.« Er neigte sich ein wenig vor und blickte Daniel ins Gesicht. »Eigentlich siehst du gar nicht mehr so schlimm aus. Wir können dich bald zu Hause abliefern.«

Daniel nippte mit finsterer Miene an seinem Tee.

»Ich will nicht nach Hause. Ich hasse meine Mutter.«

Jonathan trank noch einen Schluck und wartete. »Warum hat sie sich nur so mit diesem blöden Stipendium?« brach es plötzlich aus Daniel hervor. »Dauernd redet sie davon. Sie hat den Müttern von allen meinen Freunden erzählt, daß ich es bekomme.« Er sah Jonathan mit dunklen, schmerzerfüllten Augen an. »Letzte Woche hab ich geträumt, ich wäre zur Prüfung gegangen und hätte auf alle Blätter ganz groß Scheiße geschrieben. Das war toll.« Er schlug die Augen nieder. »Sie finden das wahrscheinlich furchtbar.«

»Aber ganz und gar nicht«, sagte Jonathan heiter. »Ich finde das völlig normal. Das Gute am Träumen ist ja, daß man da alles tun kann, was man im wirklichen Leben nie tun würde. Ich meine, du würdest das auch gar nicht wollen, oder? Ich hab so das Gefühl, daß du in Wirklichkeit ganz gern gut abschneiden möchtest.« Er sah Daniel herausfordernd an. »Hab ich recht?« Daniel zuckte die Achseln.

»Weiß nicht«, murmelte er unbehaglich.

»Eins solltest du dir merken«, sagte Jonathan, »nämlich, daß dieses Stipendium für *dich* ist, nicht für deine Mutter. Wenn du dabei gut abschneiden möchtest, kannst du dir auch ruhig Mühe geben. Es wäre doch schade, wenn du durchfällst, nur um deine Ma zu ärgern.«

»Wir dürfen sie nicht Ma nennen«, murmelte Daniel. »Wir müssen Mami sagen. Sie findet Ma gewöhnlich.« Jonathans Mundwinkel zuckten.

»Na, wie dem auch sei«, sagte er. »Ich würde es bedauern, wenn du wegen deiner Mutter zum Alkoholiker würdest.« Daniel kicherte unwillkürlich. »Ich werde dich in den nächsten Wochen ziemlich oft hier sehen«, setzte Jonathan hinzu, »und wenn ich dich jemals mit einer Fahne erwische, ob Wein oder Whisky...«

»Ich hasse Whisky«, warf Daniel ein. »Igitt.«

»Oder Tio Pepe«, sagte Jonathan, »oder Schampus...« Daniel kicherte wieder. »Dann erzähle ich es sofort deiner Mutter«, schloß Jonathan. »Und das meine ich ernst.«

»Okay«, murmelte Daniel. »Danke.« Er blickte auf und lächelte Jonathan an. »Vielen Dank.«

Jonathan stand auf und holte den Teekessel. »Keine Sorge,

der Förderunterricht wird schon nicht so schrecklich werden. Ich bin eigentlich ganz menschlich, weißt du. Wir werden uns gut unterhalten.« Er lächelte Daniel an. »Das verspreche ich dir.«

11. KAPITEL

Piers' Vorsprechtermin für *Summer Street* war in der ersten Januarwoche. Ginny brachte ihn zum Frühzug, winkte ihm nach, blieb fröstelnd auf dem Bahnsteig stehen, blickte die Gleise entlang und hoffte, hoffte... Ganz kurz erlaubte sie sich die Vision, wie er am Abend zurückkommen, die Waggontür aufreißen und sie strahlend in die Arme schließen würde – mit dem triumphierenden Ausruf: »Ich hab die Rolle bekommen!«

So schmerzlich durchzuckte sie die Hoffnung, daß sie einen Moment wie angewurzelt dastand, atemlos, Tränen in den Augen. Dann machte sie auf dem Absatz kehrt und verließ den Bahnhof mit schnellen Schritten. Erst jetzt wurde ihr richtig bewußt, wie sehr dieser Vorsprechtermin an ihren Nerven gezerrt hatte. Sie hatten recht angespannte Weihnachtstage bei ihren Eltern in Buckinghamshire verbracht; Piers war nach und nach immer reizbarer geworden, und ihre Mutter war ihr auf Schritt und Tritt mit fragender, nörglerischer Miene gefolgt. Der Grund dieser Unzufriedenheit war am Weihnachtsabend klar geworden, als ihre Mutter plötzlich all die Töchter ihrer Bekannten aufzuzählen begann, die ihre Eltern schon mit Enkeln beglückt hatten, und Piers fast im selben Atemzug fragte, ob er fürs nächste Jahr schon Arbeit habe.

Es hätte Ginny so gutgetan, wenn er ihren Eltern hätte erzählen können, daß alles in bester Ordnung sei; daß er eine gute Rolle in Aussicht habe, daß sie bald genug Geld haben würden, um *fünf* Kinder in die Welt zu setzen. Aber Piers hatte darauf bestanden, die Sache mit dem Vorsprechen geheimzuhalten.

»Wenn ich ihnen erzähle, daß ich mich für die Rolle bewerbe und sie dann womöglich nicht kriege, werden sie mir das endlos vorhalten«, hatte er gesagt. »Das wäre ein Alptraum.« Womit er ganz recht hatte, wie Ginny zugeben mußte. Aber er würde die Rolle ja kriegen. Er mußte sie einfach kriegen.

Als sie in die Russell Street einbog, stellte sie sich vor, wie er jetzt im Zug saß, vielleicht noch einmal das Skript durchging, seinen Part leise vor sich hinmurmelte. Nicht, daß er es nötig gehabt hätte. Sie beide kannten das verdammte Drehbuch mittlerweile in- und auswendig. Und Duncan ebenfalls, ja sogar die kleine Alice. Wochenlang hatte Duncan sich einen Spaß daraus gemacht, irgendwelche Satzanfänge aus dem Drehbuch zu zitieren, um zu sehen, wer von ihnen sie zu Ende führen konnte; am Ende hatte schon ein Wort genügt, damit sie alle wie aus einem Munde den Rest des Satzes aufsagten. Das Ganze war derart zur Manie ausgeartet, daß schließlich nur noch ein allgemeines Veto geholfen hatte.

Nein, er hätte sich beim besten Willen nicht gründlicher vorbereiten können. Er hatte alles getan, was nur möglich war. Doch ob er den Job bekam, hing ja nicht davon ab, wie gut er vorbereitet war; sondern davon, ob er den Leuten dort gefiel.

Sie schloß die Haustür auf, trat in die düstere Diele und fühlte sich auf einmal wie verloren. Nun, da der Moment gekommen war, nun, da Piers tatsächlich zu seinem Termin unterwegs war, hatte sie nichts mehr, worauf sie sich konzentrieren konnte. Es gab nichts mehr zu tun; sie konnte ihm nicht mehr helfen. Den Rest mußte er allein bestehen.

Auch sie war jetzt allein. Duncan war nach Schottland gefahren, und obwohl sie die Ruhe anfangs genossen hatte, fing sie allmählich doch an, ihn zu vermissen. Vor allem heute. Sie hätte jemanden zum Reden brauchen können, jemanden, der sie ablenkte. Sie ging ins Wohnzimmer und ließ sich ein wenig entmutigt in einen Sessel fallen, noch immer im Mantel. Sie sah auf die Uhr. Erst Viertel nach neun. Der Vorsprechtermin war erst nach dem Mittagessen. Ein ganzer leerer Vormittag dehnte sich noch vor ihr, ehe Piers auch nur anrufen würde. Ganz zu schweigen von der Zeit, die es dauern würde, bis sie das Resultat erfuhren. O Gott. Das Resultat. Wie ein Stich durchfuhr sie die Aufregung, und sie sprang ungeduldig auf. Sie würde noch durchdrehen, wenn sie den ganzen Vormittag hier allein bliebe und nur darauf wartete, daß das Telefon schellte. Sie brauchte dringend Ablenkung, Zerstreuung, andere Leute, Licht und Wärme, Bürogeschwätz, irgendwas, das sie von ihrer besessenen Grübelei erlöste.

Als Marcus gegen elf zur Arbeit kam, fand er Ginny im Vorraum seines Büros auf dem Teppich sitzend vor, damit beschäftigt, einen Stapel Kundenkarteien durchzublättern. Suzy, seine Sekretärin, beobachtete sie aus dem Augenwinkel, während sie sich die Nägel feilte; zwischen ihnen stand eine Kanne mit frisch gebrühtem Kaffee auf dem Boden.

»Hallo, Marcus!« Ginny sprang eifrig auf, wobei ihr der einst wohlgeordnete Packen Fotos vom Schoß rutschte. »Wie geht's?«

»Danke, gut, Ginny.« Marcus lächelte sie zurückhaltend an. Seit jenem Tag in Panning Hall hatte er jede weitere Begegnung mit ihr vermieden. Nachdem er ein paar Tage lang jedesmal zusammengezuckt war, wenn das Telefon läutete, war er nach und nach zu der beruhigenden Überzeugung gelangt, daß sie nichts von seinen Machenschaften mitbekommen hatte. Inzwischen kamen ihm seine damaligen Befürchtungen nur noch lächerlich vor. Im Grunde ist sie doch nichts als ein dummes Blondchen, sagte er sich mit einem Blick auf ihren roten Minirock, der fast nuttenhaft gewirkt hätte, wäre ihre schwarze Strumpfhose nicht so absolut blickdicht gewesen. Nein, sie hatte sicher nichts gecheckt. Ihre Miene war vollkommen arglos, ihre Augen strahlten in kindlicher Unschuld, und sie schien sogar noch lebhafter als sonst.

»Kümmer dich nicht um mich«, sagte sie. »Ich bin nicht hier, um dir auf die Nerven zu fallen. Ich wollte mir nur ein paar Unterlagen für die Zeitschrift holen.«

»Gute Idee«, sagte Marcus herzlich. »Du kannst mich jederzeit fragen, wenn du mehr Informationen brauchst.«

»Mach ich«, sagte Ginny. »Keine Sorge.«

Als sie sich wieder setzte und nach einem anderen Stapel griff, fiel ihr ein, daß sie mal den Verdacht gehabt hatte, Marcus und Alice' Mutter hätten eine Affäre. Ob das wohl stimmen konnte? Sie sah Marcus nach, wie er in sein Büro ging, und versuchte, sich ihn mit Liz Chambers im Bett vorzustellen. Doch das Bild verschwamm vor ihrem inneren Auge sofort mit dem von Piers, der jetzt wohl gerade im Taxi saß, auf dem Weg zum Fernsehstudio. Vielleicht war er auch schon *im* Studio. O Gott... Ginny spürte ein nervöses Flattern im Zwerchfell und zwang sich, ihre Aufmerksamkeit wieder auf den Aktenordner zu richten.

Marcus ließ sich an seinem Schreibtisch nieder und drückte auf die Gegensprechtaste, um Suzy scherzhaft daran zu erinnern, daß er ganz gern auch einen Kaffee hätte. Dann fiel sein Blick auf die offene Schublade des Aktenschranks. Er ließ die Taste los und ging eilig hinüber. Die Schublade mit den Kundenkarteien war leer.

Ein kurzer Ausruf von draußen ließ ihn zur Tür hasten. Sein Herz fing heftig an zu pochen. Ginny hielt die Akte mit den Details von Panning Hall in den Händen. Sie schaute auf und strahlte Marcus an.

»Das hier ist eine gute Story!« rief sie. »Genau das richtige für die Neujahrsausgabe!«

»Was denn?« fragte Marcus mit falscher Leutseligkeit und verzog das Gesicht krampfhaft zu einem Lächeln.

»Die Chance, ein Cottage auf einem Landsitz zu erwerben!« schwärmte Ginny. »Oder sogar das Herrenhaus selbst!« Sie lachte vergnügt. »Das wird ein Knüller in der Wochenendbeilage, sag ich dir.« Sie blickte wieder auf die Akte hinunter. »Und dann auch noch so preiswert! Ich dachte, in Panning müßte jede Hütte ein Vermögen wert sein.«

»Es ist eine durchaus realistische Taxierung«, entfuhr es Marcus unwillkürlich.

»Ach ja?« Ginny überflog noch einmal die Details. »Das wundert mich aber. Panning ist doch so ein hübsches Dorf. Da würde ich am liebsten selbst was kaufen.« Sie blätterte in den Papieren, und Marcus hielt sich nur mit Mühe zurück, sie ihr nicht aus der Hand zu reißen. Die Bürotür stand offen; Ginnys Stimme war laut und durchdringend; jeden Augenblick konnte jemand hereinkommen. Er spürte, wie die Panik in ihm zu kribbeln begann.

»Tatsache ist«, erklärte er, so beherrscht er nur konnte, »daß das Anwesen bereits verkauft ist.«

»Wirklich?« Ginny schaute enttäuscht drein. »Das ging aber schnell! Schade. Wäre ein schöner Artikel geworden.«

»Tja, da kann man nichts machen«, sagte Marcus knapp. »Aber wir haben ja noch andere schöne Objekte in unserer Kartei.« Er streckte die Hand nach den Papieren aus. Doch ärgerlicherweise hörte Ginny nicht auf, in der Mappe herumzublättern. Und er traute sich nicht, sie ihr einfach wegzunehmen, solange Suzy zuschaute. Suzy war zwar nicht die Allerhellste, aber selbst sie würde sich vielleicht wundern, wieso er sich bei diesem speziellen Objekt so hatte. Und möglicherweise würde sie es Miles erzählen. Oder, schlimmer noch, Nigel. Er lehnte sich lässig an den Türrahmen und zwang sich, Ginny zuzulächeln.

»Ich liebe Panning«, sagte sie verträumt. »Wenn ich jemals zu Geld käme, würde ich so gern dort hinziehen.« Sie hielt eins der Fotos aus der Mappe hoch. »Hier, dieses wundervolle Bauernhaus zum Beispiel. Nur hunderttausend Pfund.«

Marcus ballte die Fäuste. Das Bauernhaus war mindestens

das Anderthalbfache wert. Aber er hatte das Preisniveau ein bißchen herabstufen müssen; vielleicht ein bißchen *zu* drastisch.

»Nun ja«, sagte er schnell, »der Marktwert von Immobilien ist in letzter Zeit ziemlich gefallen, wie dir bekannt sein dürfte.«

»Wer hat es denn gekauft?« wollte Ginny wissen. »Wir könnten vielleicht ein Interview mit dem neuen Besitzer machen.«

»Bloß nicht!« platzte Marcus heraus. »Ich meine«, setzte er hinzu, »das ist wahrscheinlich keine so gute Idee. Es gab da einige Komplikationen mit dem Kaufvertrag. Am besten, du vergißt die Sache einfach.« Er beugte sich vor, fing gerade noch den Impuls ab, die Papiere an sich zu reißen, und zog sie Ginny sanft aus der Hand.

»Könnte ich jetzt wohl endlich einen Kaffee haben, Suzy?« rief er über die Schulter, ehe er in seinem Büro verschwand.

Er ließ sich schwer in seinen Schreibtischstuhl fallen, drehte ihn so, daß er mit dem Rücken zur Tür saß, und überflog unwillig die aufgelisteten Details. Während er sie zusammengestellt hatte, war es ihm praktisch gelungen, sich einzureden, daß seine Schätzung akkurat sei. Ganz automatisch hatte er jede Zahl um ein Fünftel, ein Drittel oder gar um die Hälfte niedriger angesetzt, fast so, als zöge er jeweils einen unvermeidlichen Steuerzuschlag ab.

Aber jetzt, wenn er es objektiv betrachtete, sah er auf den ersten Blick, daß die Preise viel zu niedrig waren. Wenn Leo das Anwesen weiterverkaufte, würde er mindestens eine Million daran verdienen, wenn nicht zwei. Marcus dachte unbehaglich an die Nutznießer jenes Familienbesitzes, die ahnungslosen Töchter in Amerika, die Leo und er um einen Gutteil ihrer Erbschaft betrogen hatten. Hatte er etwa doch ein schlechtes Gewissen? Marcus horchte zögernd in sich hinein. Aber das einzige, was er empfand, war Angst; Angst, daß die ganze Sache, die bislang so bombensicher schien, auffliegen könnte.

Unsinn, sagte er sich entschieden, sicher hat Ginny das alles schon wieder vergessen. Aber so leicht ließ sich die beunruhigende Vorstellung nicht abschütteln, daß sie doch etwas über den erstaunlich niedrigen Verkaufspreis von Panning Hall ausplaudern könnte; daß Miles dann auf die Idee kommen könnte, die Details zu überprüfen; daß irgend so ein alter Querulant aus dem Dorf am Ende noch die Polizei einschalten könnte. Miles wäre am Boden zerstört, wenn es herauskäme. Marcus spürte, wie der Gedanke ihm kalte Schauer über den Rücken jagte. Früher hätte er ihn als Ansporn empfunden, aber jetzt machte er ihm nur noch mehr angst.

Er starrte aus dem Fenster in den tristen grauen Himmel. Plötzlich fragte er sich, wieso er sich da überhaupt hatte hineinziehen lassen. Das Geld war das Risiko nicht wert, nein, wirklich, *das* war es nicht wert, dachte er mit plötzlicher Inbrunst. Sein Einkommen war ohnehin großzügig bemessen; er hatte genug Kapital, um sorgenfrei zu leben. Was brauchte er denn mehr? Und wie, fiel es ihm zum erstenmal ein, wollte er diesen unverhofften Zugewinn eigentlich anlegen? Nichts blieb in Silchester unbemerkt, weder ein neuer Wagen noch ein exotischer Urlaub, nicht mal ein neuer Anzug. Außerdem, sagte er sich gereizt, wollte er gar keinen neuen Anzug. Und auch keinen neuen Wagen.

»Danke, Suzy.« Marcus wartete, bis sie den Raum verlassen hatte, dann wandte er sich zum Schreibtisch um und trank einen Schluck Kaffee. Im Grunde gab es eine einfache Lösung. Er brauchte seinen Anteil nur abzulehnen. Die zwanzig Prozent eben nicht einstreichen. Wenn Leo das Anwesen mit riesigem Profit verkaufte, und irgendwer *ihm* dann mit Nachfragen kam, konnte er es schlichtweg auf die Marktlage schieben. Keiner würde ihm deswegen etwas anlasten können.

Ein paar Sekunden lang versuchte er sich einzureden, daß dies der einzig richtige Weg sei; er versuchte sich sogar zu einem kurzen Brief an Leo durchzuringen, versuchte ein Gefühl von

Erleichterung heraufzubeschwören, daß er sich so elegant aus der Affäre gezogen hatte.

Doch er brachte es nicht über sich. Einen solchen Betrag konnte er nicht ausschlagen. Es war einfach nicht menschenmöglich, sich so viel Geld entgehen zu lassen, auch wenn er dafür Sorgen und Schuldgefühle in Kauf nehmen mußte.

Abrupt riß er eine Schreibtischschublade auf und schob die Mappe mit den Unterlagen hinein. Je eher das Geschäft abgeschlossen war und er den fälligen Scheck erhalten hatte, desto besser. Er vergewisserte sich mit einem schnellen Blick, daß Suzy die Tür hinter sich zugemacht hatte, und wählte die Nummer von Leos Büro.

»Leo«, sagte er, sobald er durchgestellt worden war, »was gibt's Neues?«

»In bezug auf...?« Leos Stimme klang gleichmütig wie eh und je.

Marcus knirschte mit den Zähnen. »Auf unser Objekt, was sonst.« Er holte tief Luft. »Haben Sie schon einen Käufer gefunden? Sie wollen das Geschäft doch sicher nicht unnötig verzögern, oder?«

»Es wird alles rechtzeitig in die Wege geleitet.« Leos Tonfall war höflich und neutral, und Marcus fragte sich, ob vielleicht irgend jemand bei ihm im Büro war. Plötzlich ärgerte ihn Leos Gemütsruhe.

»Ja, wissen Sie, die Leute fangen nämlich schon an, Fragen zu stellen«, sagte er brüsk. Das würde den Kerl vielleicht ein bißchen aufrütteln.

»Was?« Leos Stimme klang auf einmal scharf. »Was soll das heißen?«

»Ach, nichts Schlimmes«, wiegelte Marcus schnell ab. »Hier war nur eine junge Frau aus dem PR-Bereich, die in den Akten rumgeschnüffelt hat.«

»Was hat dieses Weibsstück sich da einzumischen? Das paßt mir aber ganz und gar nicht!« Prompt bereute Marcus seine kleine Stichelei. Er hätte lieber den Mund halten sollen. »Wenn Sie die Sache jetzt verbockt haben...«, setzte Leo drohend hinzu.

»Nein, nein«, sagte Marcus hastig. »Ist ja gar nichts passiert. Ehrlich. Alles unter Kontrolle.«

»Das will ich auch hoffen«, entgegnete Leo. »In Ihrem Interesse.« Er legte auf.

Marcus nippte zerstreut an dem inzwischen lauwarmen Kaffee. Leos barsche Reaktion war ihm doch ziemlich in die Knochen gefahren. Er hatte sich eigentlich nur bestätigen wollen, daß alles nach Plan lief, daß er bald in Sicherheit sein würde. Aber er fühlte sich nicht sicher. Er fühlte sich ausgeliefert, in Gefahr, jederzeit als Betrüger entlarvt zu werden. Das Telefon klingelte, und von unsinniger Angst durchzuckt, nahm er den Hörer ab.

»Hallo?« Herrje, sogar seine Stimme zitterte.

»Marcus, ich bin's, Liz.«

Marcus schloß abwehrend die Augen. Mußte sie ihn denn ausgerechnet bei der Arbeit stören? Noch mehr Betrug, noch mehr Sorgen, noch mehr Risiko. Plötzlich fiel ihm auf, daß Liz auch nur ein Teil des Schlamassels war, in den er sich verstrickt hatte.

»Marcus, wir müssen gleich zu diesem Termin bei der Bank.« Sie klang ziemlich verzagt.

»Ah ja?« sagte er wenig hilfreich.

»Hast du schon mit jemandem dort gesprochen?«

»Leider nein«, sagte Marcus kurz angebunden. Ihre Stimme machte ihn nervös, und plötzlich packte ihn eine schreckliche Unruhe, als hätte er schon den ganzen Tag mit dem Telefonhörer am Ohr dasitzen müssen. »War das alles, was du wissen wolltest?«

»Ja, das war's wohl.« Liz klang niedergeschlagen.

»Ich bin nämlich im Moment sehr beschäftigt. Kann ich dich irgendwann zurückrufen?«

Nach einer verduzten Pause meinte Liz: »Ach so, du hast wohl im Moment jemanden im Büro?«

»Genau.« Marcus blickte sich in dem leeren Raum um.

»Oje, dann will ich dich nicht stören. Ich ruf später noch mal an, wenn's geht. Drück uns die Daumen!«

»Wiedersehen«, sagte Marcus förmlich, schon im Begriff, den Hörer aufzulegen.

»Marcus, warte!« Ihre Stimme wurde auf einmal weich und zaghaft. »Ich wollte mich doch noch mal bedanken. Für dein schönes Weihnachtsgeschenk.«

»Ach, das ist nicht der Rede wert.«

»Ist es wohl! Es ist wunderbar!«

»Na gut.« Er gab sich keine Mühe, die Ungeduld in seiner Stimme zu verbergen.

»Entschuldige«, murmelte sie. »Ich hör schon auf. Ich wollte mich nur bedanken.«

»Wiedersehen«, sagte Marcus und legte auf, ehe sie antworten konnte.

Er schob das Telefon weg und stand auf. Er war alles andere als zufrieden mit sich. Aber irgendwo war Liz auch selbst schuld. Sie drängte sich immer mehr in sein Leben, ein Leben, das voller Komplikationen und Heimlichkeiten war, obwohl er das nie gewollt hatte. Das Geschenk war ein Fehler gewesen, soviel war ihm jetzt klar. Er trat zur Tür und schaute durch die Glasscheibe zu Ginny und Suzy hinüber, die jetzt beide am Boden hockten und unschuldig in endlosen Immobilienkarteien blätterten. Er wünschte, er könnte sich zu ihnen gesellen, an ihrem netten, belanglosen Geplauder und ihrem unbeschwerten Dasein teilnehmen. Wahrscheinlich wußte Ginny nicht mal, was Sorgen waren; von Suzy gar nicht zu reden.

Und plötzlich mußte er an Anthea denken. Anthea, die auf ihre Weise ebenso einfach und unschuldig war wie diese beiden. Er stellte sich ihr schmales Gesicht vor, das sie ihm mit einem besorgten Stirnrunzeln zuwandte; ihre magere Hand, die unruhig durch die kurzgeschnittenen Haare fuhr; und das Herz schwoll ihm in fast verzweifelter, überbordender Zärtlichkeit. Er drehte sich auf dem Absatz um und ging zum Telefon zurück. Als Hannah am anderen Ende abnahm, zögerte er keine Sekunde.

»Sagen Sie meiner Frau, daß ich Daniel nachher vom Unterricht abhole, und wenn's ihr recht ist, können wir dann alle zum Essen ausgehen.«

»Super!« gellte Hannahs Stimme freudig durch die Leitung. »Das ist ja großartig! Moment, ich frag sie mal. Sie ist gerade nebenan.« Während er hörte, wie Hannah mit durchdringender Stimme seine Botschaft weitergab, konnte er Antheas leicht genervte Miene förmlich vor sich sehen. Ständig ermahnte sie die Jungs, nicht so durchs Haus zu brüllen, in der Hoffnung, daß Hannah den Wink aufgreifen würde. Doch selbst dieser Gedanke brachte ihn zum Lächeln.

»Sie ist einverstanden«, meldete Hannah. Dann senkte sie die Stimme. »Ich glaub, sie freut sich riesig.«

»Gut«, sagte Marcus. Mit einem Mal war ihm viel wohler. »Ich mich auch.«

Liz und Jonathan waren zehn Minuten zu früh bei Brown & Brentworth eingetroffen und saßen nun schweigend nebeneinander auf braunen, schaumstoffgepolsterten Stühlen in dem kleinen Vorraum des Direktionsbüros. Eigentlich hatte sie nie so recht geglaubt, daß Marcus sich für sie einsetzen würde; aber sie hatte auch nicht darüber nachgedacht, was passieren würde, wenn er es nicht tat. Sie hatte keine Ahnung, was sie bei der Besprechung erwartete, keine Ahnung, was sie sagen sollte.

Als die Tür dann geöffnet wurde, zuckte sie nervös zusammen. Eine rundliche Frau in mittleren Jahren bat sie herein.

»Mr. und Mrs. Chambers? Ich bin Barbara Dean.« Liz betrachtete sie mit Erleichterung. Das angegraute, zu einem Knoten zurückgesteckte Haar, die Brille an einer Goldkette, der milde Gesichtsausdruck – alles an Barbara Dean wirkte vertrauenerweckend. Wenn diese Frau hier das Sagen hat, wird es sicher nur halb so schlimm, dachte Liz.

Eine halbe Stunde später fühlte sie sich wie erschlagen. Vor ihr auf der Schreibtischplatte lag säuberlich abgeheftet das Gesamtprotokoll ihrer Finanzlage mit Barbara Deans präzise gefaßter Beurteilung der gegenwärtigen Situation, und irgendwo unter den Papieren verbarg sich wie beschämt auch die ursprüngliche Kalkulation, die Liz und Jonathan damals so zuversichtlich erstellt hatten. Sie mochte nicht mal mehr hinschauen.

Barbara Dean redete jetzt schon eine ganze Weile über Insolvenz, überzogene Konten, Zinsraten und Umstrukturierung der Kredite. Liz hatte gar nicht gewußt, daß sie so hohe Schulden hatten, so viele Kredite abzuzahlen. Der bloße Gedanke machte sie schaudern. Bedrückt starrte sie vor sich hin und vermied es, Barbara Deans Blick zu begegnen. Was ohnehin keine Rolle spielte, da Barbara Dean ihre Worte ausschließlich an Jonathan richtete; es hatte sich bald herausgestellt, daß Liz zur Diskussion nichts beizutragen wußte. Abgesehen von einem hektischen Redeschwall ganz zu Anfang, den Barbara Dean und Jonathan höflich abwartend über sich hatten ergehen lassen, hatte sie nur stumm dagesessen.

Jonathan stand wacker Rede und Antwort. Liz staunte; offenbar, sagte sie sich, habe ich ihn doch sehr unterschätzt. Reumütig hörte sie zu, während er eine erstaunlich fundierte Kenntnis der Betriebsbuchhaltung an den Tag legte, die Maßnahmen zur Rentabilitätssteigerung beschrieb, die er mittlerweile durchgeführt hatte, geläufig von Schüler-Lehrer-Quotienten, Stundensätzen und Kosten-Nutzen-Bilanzierung sprach.

»Und was ist mit den Sprachkursen, die Sie in den Sommerferien anbieten wollen?« Barbara Dean zog ein Blatt aus ihrer Akte und sah es über ihre goldene Brille hinweg an. Liz verspürte einen Anflug von Panik. Sie hatte noch überhaupt nichts in der Sache unternommen, weder mit den Lehrkräften gesprochen noch die Kursstruktur geplant, und erst recht hatte sie noch keine Werbestrategie entworfen; das alles war irgendwie außer Sichtweite geraten, seit Marcus in ihrem Leben aufgetaucht war. Schuldbewußt dachte sie an die neu angeschafften Computer, die einsatzbereit, aber ungenutzt in einem der Klassenzimmer herumstanden. Seit Wochen schon hatte sie sich damit befassen wollen. Aber irgendwie hatte ihr immer die Zeit gefehlt ...

»Das ist doch Ihr Ressort, nicht wahr, Mrs. Chambers?« Barbara Dean sah Liz fragend an.

»Ähm, ja«, sagte Liz matt. Sie begann, hastig in den Papieren zu blättern, als suche sie nach konkreten Daten. Was sollte sie dieser Frau sagen? Was zum Teufel sollte sie bloß sagen? Sie spürte, wie ihr das Blut in die Wangen stieg, aber noch immer wollte ihr keine einzige Phrase von der Art einfallen, wie Jonathan sie so mühelos aus dem Ärmel geschüttelt hatte. Ihr ganzer Enthusiasmus für das Schulprojekt schien sich in Luft aufgelöst zu haben, und mit ihm auch ihre Wortgewandtheit. Jonathan warf ihr einen verstohlenen, entschuldigenden Blick zu, fast als wüßte er, was in ihr vorging.

»Liz hat die Sprachkurse so eingehend vorbereitet, wie ihre knapp bemessene Zeit es eben zuließ«, kam er ihr zu Hilfe. »Sie hat sogar einen Teil ihrer Abende dafür geopfert, ihr Italienisch zu vervollkommnen, nicht wahr, Liebling?« Er lächelte Liz zu, und einen kurzen, grauenvollen Moment lang wußte sie überhaupt nicht, wovon er redete. Bis sie sich plötzlich erinnerte. Ach, herrje. Ihr armseliges Alibi für die Abende mit Marcus diente jetzt sogar noch dazu, sie bei der Bank in besseres Licht zu setzen. Von schlechtem Gewissen gepeinigt, lächelte sie Barbara Dean unterwürfig an, als wollte sie Abbitte leisten. Doch Barbara Dean schaute nur streng, ohne eine Spur von Wohlwollen. *Ich wette, die Alte wäre nicht so biestig zu mir, wenn ich mit Marcus hier wäre*, dachte Liz ärgerlich. *Wenn ich seine Frau wäre.* Sie stellte sich vor, wie sie dann selbstsicher in einem teuren Pelzmantel angerauscht käme, Mrs. Marcus Witherstone aus Silchester. Reich. Bekannt. Geachtet. Keinem demütigenden Verhör unterworfen. Allein dafür würde es sich lohnen, Marcus zu heiraten, sagte sie sich.

Ginny verbrachte den Nachmittag mit hektischem Einkaufen. Sie erstand frische Pasta, Wein, Knoblauch, Pilze, einen hellgelben Wildlederrock, parfümiertes Schaumbad, zwei große Keramikteller mit Tulpenbemalung und zum Schluß noch ein Stück Schokoladenkuchen zum Tee. Als sie das alles nach Hause geschleppt hatte, war ihre Energie noch immer nicht verbraucht.

Sie konnte die Warterei nicht ertragen. Es machte sie verrückt. Den Vormittag über war es gerade noch auszuhalten gewesen; eine verdichtete, intensivierte Form jener Spannung, die sie während der letzten zwei Monate unentwegt mit sich herumgetragen hatte. Doch als die entscheidende Stunde näherrückte, wurde Ginny immer zappeliger. Um halb eins fing sie an, auf die Uhr zu schauen, stellte sich Piers vor, wie er irgendwo wartete – aber wo? In einem Aufnahmestudio? In einem Proberaum? In einer Kantine? Und um zwei hatte die Unruhe sich zu einer nervenzerfetzenden Aufregung gesteigert, die zusätzlich auch noch den Kitzel des Verbotenen hatte. Denn Ginny hatte gelobt, sich nicht zu sehr in die hoffnungsvolle Vorfreude hineinzusteigern, hatte immer wieder versucht, sich einzureden, daß es gewiß nicht nur Vorteile hätte, wenn Piers die Rolle bekam.

Aber vergebens. Sie konnte nichts als Vorteile sehen. Ein neues Leben für sie beide, endlich keine Ungewißheit mehr, keine Geldsorgen; endlich bräuchte sie nicht mehr vor anderen zu behaupten, sie fände die Höhen und Tiefen von Piers' Karriere ja so spannend und für Kinder fühlten sie sich eigentlich noch nicht bereit. Ein neues Haus mit einem richtigen großen

Garten und vielen Zimmern. Ein neuer Freundeskreis aus dem Fernsehmilieu. Berühmtheit.

Und die Nachteile..., was gab's denn da überhaupt für Nachteile? Doch nur irgendwelchen Zweckpessimismus, den Piers sich für den Fall eines Mißerfolgs zusammengebastelt hatte. Zum Beispiel, daß er sich mit der Rolle zu sehr auf einen bestimmten Typ festlegen lassen könnte. Sich unter Wert verkaufen. Durch zu viel Fernseharbeit abstumpfen. Für Ginny machten diese Einwände alle keinen Sinn.

Zu Hause angekommen, räumte sie die Einkäufe sorgfältig weg, hängte den neuen Rock auf einen Bügel und stellte die neuen Teller zärtlich auf ihrer antiken Küchenanrichte zurecht, bevor sie auch nur einen Blick auf den Anrufbeantworter warf. Zwei Nachrichten. Sie setzte sich ohne Eile, nahm Notizblock und Stift zur Hand und hörte das Band ab.

Der erste Anrufer war Marcus Witherstone. »Ginny? Ich hab vorhin noch was vergessen, wegen dieses Objekts, an dem du interessiert warst – die Besitzer legen nämlich Wert darauf, daß der Verkauf diskret behandelt wird...« Er zögerte kurz, und Ginny hätte fast aufgeschrien vor Ungeduld; es zuckte ihr in den Fingern, die Vorlauftaste zu drücken. »Also bitte keine Namensnennungen in der Presse«, setzte Marcus hinzu, »du verstehst doch sicher...«

»Halt endlich die Klappe«, sagte Ginny laut, und wie zur Antwort piepste das Gerät, und Piers meldete sich, atemlos und sehr weit weg. Ginnys Herz tat einen schmerzhaften Satz.

»Ginny? Bist da da? Ginny? Nee, anscheinend nicht. Ich wollte dir nur schnell sagen,« Er hielt inne, und Ginny zuckte zusammen. Sie umklammerte den Stift über dem Notizblock, als sollte sie ein Diktat aufnehmen. »Ja, stell dir vor, es hat hingehauen!« In seiner Stimme schwang verhaltenes Lachen mit. »Sie mochten mich! Auf jeden Fall kommt's mir so vor, und die Leseprobe ging echt gut, und die vorbereiteten Szenen auch, besonders die mit der Großmutter – du weißt schon, die mit dem Set draußen im Sommerhaus. Wir haben eine ganze Menge auf dem Set durchgespielt. Und dann sind wir zusammen Tee trinken gegangen, und sie waren alle unheimlich nett, und... Herrgott, Ginny, warum bist du denn nicht da? Ich möchte's dir so gern erzählen... Am Telefon bringt das nichts. Hör zu, ich komm sofort heim. Bis dann, Ginny. Ich liebe dich.«

Zu seiner Überraschung machte Daniel der Unterricht bei Jonathan Spaß. Er fand nicht in einem Klassenzimmer statt, sondern in einem kleinen, gemütlichen Konferenzraum mit Erkerfenster. Daniel saß an der Längsseite eines großen Tisches, Jonathan ihm gegenüber, und die ersten fünf Minuten jeder Schulstunde verbrachten sie stets mit freundschaftlichem Geplauder.

Mr. Chambers gehörte zu der besten Sorte von Lehrern, entschied Daniel für sich, weil er nicht die ganze Zeit redete. Er wurde auch nicht ärgerlich, wenn Daniel mal was Falsches sagte oder bei seinen Hausaufgaben Fehler machte. Manchmal freute es ihn geradezu. Er sagte Sachen wie: »Dacht ich's mir doch, daß dir da noch was unklar war.« Dann mußte Daniel erklären, wo seiner Ansicht nach der Fehler stecken könnte, und Jonathan hörte ihm sehr aufmerksam zu, lächelte und meinte dann: »Am besten, wir nehmen uns das gleich noch mal vor.«

Heute gingen sie frühere Themenstellungen für die Aufnahmeprüfung des Bourne Colleges durch. »Versuch mal die Nummer sechs«, sagte Jonathan. Daniels Blick glitt über die Fragenliste und hielt inne. *Schweizer Käse hat Löcher,* las er. *Je mehr Käse man ißt, desto mehr Löcher ißt man. Je mehr Löcher man ißt, desto weniger Käse ißt man. Woraus folgt, je mehr Käse man ißt, desto weniger Käse ißt man. Stimmt das?* Daniel zog die Stirn kraus und rutschte auf seinem Stuhl herum.

»Nein!« sagte er schließlich. »Stimmt nicht!« Er grinste Jonathan fragend an.

»Gut«, sagte Jonathan. »Ich bin froh, daß du das erkannt

hast.« Er grinste zurück. »Ich hätte mir ernsthafte Sorgen machen müssen, wenn du ja gesagt hättest.« Daniel kicherte. »Aber du kannst in einer Prüfung nicht einfach nein schreiben. Du mußt auch eine Begründung liefern.« Daniel starrte Jonathan perplex an. »Ich weiß aber keine Begründung.«

»Doch«, sagte Jonathan. »Die weißt du wohl. Du kannst sie nur noch nicht klar formulieren. Aber das üben wir jetzt.« Er überlegte kurz. »Bereitet ihr euch in der Schule auch auf die Prüfung in Allgemeinkunde vor?«

Daniel schüttelte den Kopf. »Eigentlich nicht. Mr. Williams sagt bloß: ›Gebraucht einfach nur euren Verstand.‹«

»Hmm«, brummte Jonathan. »Na, ich glaube, das können wir noch ein bißchen ausbauen. Das Argumentieren läßt sich lernen, weißt du, und wenn man in einer Prüfung sitzt, kann es ganz nützlich sein, ein paar Kniffe parat zu haben.« Er hielt Daniel einen Bleistift hin. »Als erstes machst du eine Gliederung.« Daniel verzog das Gesicht.

»Mach ich nie! Ich hasse Gliederungen!«

»Paß mal auf.« Jonathan zeichnete flink eine senkrechte Reihe von Kästchen auf ein Blatt Papier. »Wenn die Stunde um ist, wirst du sie lieben.«

Marcus kam um sechs und fand Daniel und Jonathan inmitten von Papieren voller beschrifteter Kästchen vor. Er musterte Jonathan neugierig, die schmalen Schultern, das verwaschene Hemd, die freundliche Miene. Das war also Liz' Mann, der da so behaglich mit seinem Sohn zusammensaß. Der Anblick störte ihn irgendwie, obwohl doch weder Jonathan noch Daniel etwas von den Hintergründen der Situation ahnte.

»Schau mal, Papa!« Daniel hielt eine Handvoll Zettel hoch. Seine Wangen glühten vor Eifer. »Das sind meine ganzen Aufsatzgliederungen. Weißt du, man kann für jede Frage eine Gliederung machen, absolut jede! Los, stell mir eine Frage. Irgendeine.« Marcus blickte zu Jonathan hinüber, der nickte.

»Also gut«, sagte Marcus. »Warum siehst du immer so schlampig aus?«

»Ha, babyleicht!« trompetete Daniel und schrieb die Frage auf ein Blatt Papier. Marcus lächelte Jonathan zu.

»Ich weiß zwar nicht, wozu das gut sein soll, aber es scheint ja bestens zu funktionieren.«

»Wir sind heute ein bißchen von unserem Stoff abgewichen«, erklärte Jonathan. »Aber ich glaube, es war eine sehr fruchtbare Stunde. Eine gute Gliederung ist bei Prüfungen enorm wertvoll. Allein dafür kriegt er schon Punkte angerechnet, selbst wenn er dann nicht mehr genügend Zeit hat, um den Aufsatz fertig zu schreiben.« Marcus sah Jonathan etwas ratlos an und nickte auf gut Glück. Er blickte sich im Raum um. »Ich hab hier als Junge auch schon für Prüfungen gepaukt«, meinte er versonnen.

»Je nun«, entgegnete Jonathan, »in der Leistungsförderung liegt wohl der hauptsächliche Sinn und Zweck einer Privatschule, zumindest nach Meinung der Eltern.« Seine Stimme klang etwas angespannt, und Marcus erinnerte sich plötzlich an Liz' Anruf. Natürlich, sie hatten heute ja diese Unterredung bei der Bank gehabt. Auf einmal hätte er doch zu gern gewußt, wie die Sache ausgegangen war. Er bemerkte die dunklen Schatten unter Jonathans Augen und die gestapelten Kaffeetassen auf dem Regal hinter ihm. »Läuft das Geschäft denn soweit?« erkundigte er sich und befürchtete sogleich, Jonathan könnte die Frage als Unverschämtheit auffassen. Aber Jonathan lächelte ihn an – ein verblüffend charmantes, leise selbstironisches Lächeln – und zuckte die Achseln. »Alle haben im Moment zu kämpfen. Sie wissen ja, wie das ist.« Er blickte zu Daniel hin. »Na komm, junger Mann«, mahnte er, »dein Vater möchte langsam los.«

»Hab's gleich«, sagte Daniel, eifrig kritzelnd. Er füllte das letzte Kästchen aus, ließ sich gegen die Stuhllehne fallen und wischte sich demonstrativ den Schweiß von der Stirn. »Uff!«

»Das nimmst du jetzt mit nach Hause«, sagte Jonathan, »und pinnst es dir an die Wand. Dann kannst du dich immer dran erinnern, wie man eine Gliederung macht.«

»Ich nehm sie alle mit«, antwortete Daniel und raffte die Papiere zusammen. »Ich will sie alle aufheben.«

Jonathan brachte Marcus und Daniel zur Tür und winkte ihnen nach.

»Armer Teufel«, murmelte Marcus, als sie losfuhren.

»Wieso arm?« fragte Daniel sofort. »Ich finde Mr. Chambers richtig prima.«

»Ich auch«, sagte Marcus zu seiner eigenen Überraschung.

»Und wieso ist er arm?« beharrte Daniel. Marcus blinkte und bog schnell und elegant links ab.

»Wegen gar nix.«

»Was?« Daniel ließ nicht locker. »Ist das ein Geheimnis? Ich würd's aber gern wissen. Erzähl's mir doch.«

»Da gibt's nichts zu erzählen. Ich schätze nur, die Schule bringt ihnen nicht gerade viel ein... Aber vielleicht liege ich da auch ganz falsch«, setzte er mit Nachdruck hinzu. »Vielleicht läuft es alles großartig.«

Daniel sah seinen Vater an. Er blickte auf den Stapel Gliederungen auf seinem Schoß. Dann schaute er aus dem Fenster und begann intensiv nachzudenken.

12. KAPITEL

Zwei Tage später sah Daniel, als er aus der Schule kam, seine Mutter mit einem Grüppchen von Müttern zusammen im Pausenhof stehen. Er hielt kurz inne und überlegte sich genau, was er sagen würde. Dann runzelte er entschlossen die Stirn und ging langsam auf die Gruppe zu. Wie üblich übertönte seine Mutter mal wieder alle anderen.

»Natürlich«, sagte sie gerade, »wollen wir Daniel auf keinen

Fall unter Druck setzen. Und überhaupt« – sie lachte ein bißchen affektiert – »ist ein Stipendium ja nicht das einzige, was im Leben zählt.«

Die anderen Mütter nickten ernst.

»Sehr richtig«, sagte Mrs. Lawton.

»Ganz meine Meinung«, sekundierte Mrs. Eadie.

»Man darf diese Dinge nicht zu wichtig nehmen«, bekräftigte Mrs. Robinson und lächelte in die Runde. Daniel traute seinen Ohren nicht. Adam Robinson war in seiner Klasse, und er hatte ihnen erzählt, daß seine Mutter ihn jeden Morgen zwang, früher aufzustehen und die Zeitung von vorn bis hinten zu lesen, noch *vor* dem Cello üben, damit er sich bei der mündlichen Aufnahmeprüfung mit Kenntnissen in der Tagespolitik hervortun konnte. Mrs. Robinsons Blick fiel auf Daniel.

»Bei dir entscheidet sich die Sache mit dem Stipendium ja wohl schon demnächst«, sagte sie. »Ich weiß nicht, wieso die von Bourne ihre Aufnahmeprüfungen immer so viel früher abhalten als alle anderen. Das war einer der Gründe, weshalb wir Adam nicht für Bourne gemeldet haben«, verkündete sie, an die übrigen Mütter gewandt. Daniel beäugte sie finster. Er wußte, daß es in Wirklichkeit nur deshalb war, weil Mr. Williams Adam geraten hatte, es lieber an einer kleineren Schule zu probieren, wo es weniger Konkurrenz um die Plätze gab. Aber mit so was konnte man Müttern nicht kommen. Die reagierten bloß sauer.

»Mein Termin ist in zwei Wochen«, bestätigte er, mit einem vorsichtigen Blick zu seiner Mutter hin. Zuerst hatte er mächtig gestaunt, als seine Mutter gesagt hatte, er solle den Förderunterricht vor seinen Klassenkameraden geheimhalten. Dann hatte er kapiert: Sie wollte nur verhindern, daß die anderen auf die gleiche Idee kämen. Na, egal, damit mußte sie sich jetzt abfinden. »Aber das macht nichts«, setzte er selbstbewußt hinzu. »Ich bin bestens vorbereitet.«

»Ja, Mr. Williams ist äußerst gründlich …«, warf seine Mutter schnell ein. Doch Daniel unterbrach sie.

»Ich bekomme nämlich Förderunterricht«, sagte er laut und deutlich. »Speziell für das Stipendium.«

»Förderunterricht?« schrien die Mütter einstimmig auf, ein entrüstetes Kreischen, das über den ganzen Schulhof hallte. Daniel sah besorgt zur Tür hinüber. Ein paar aus seiner Klasse standen da noch rum, und sie würden ihn glatt erschlagen, wenn sie wüßten, was er hier tat.

»Wo?«

»Was soll das heißen?«

»Ich gehe«, sagte Daniel wohlüberlegt, »in die Privatschule von Silchester, zu Mr. Chambers. Er ist fabelhaft. Jeden Nachmittag geh ich dahin, jetzt auch, stimmt's, Mami?«

»Na, als Förderunterricht kann man das aber nicht direkt bezeichnen«, sagte seine Mutter in sprödem Ton. Sie funkelte ihn wütend an und warf dann schnell ein Lächeln in die Runde. »Es ist mehr so eine Art Hausaufgabenüberwachung.« Daniel überlegte einen Moment.

»Wir arbeiten jede Menge Prüfungsaufgaben durch«, erklärte er und schaute Mrs. Robinson fest an. »Und manchmal üben wir Sachen, die wir bei Mr. Williams noch gar nicht hatten.« Flüchtig streifte ihn ein leises Schuldgefühl Mr. Williams gegenüber, der doch immerhin ein guter Lehrer war. Mr. Chambers hatte gemeint, er sei bei ihm in den besten Händen. Aber schließlich galt es vor allem, die Mütter zu beeindrucken, damit sie sich den Tip mit der Schule merkten.

Als seine Mutter ihn bei der Hand nahm und zum Auto zog, hörte er hinter sich ein eifriges Palaver ausbrechen. Andrew lehnte an der Beifahrertür und schaute neugierig zu der Gruppe von Müttern hinüber.

»Was hat sie gesagt?« wisperte er Daniel zu.

»Nichts«, wisperte Daniel zurück. Er hoffte, seine Mutter würde ihn nicht mit Vorwürfen überfallen, sobald sie im Auto saßen. Aber kaum waren die Türen geschlossen, drehte sie sich mit hektisch geröteten Wangen in ihrem Sitz um.

»Ich hab dir doch extra gesagt, Daniel, daß du nichts von dem Förderkurs erzählen sollst.«

»In der Klasse sollte ich nichts erzählen«, sagte Daniel milde. »Das waren eben doch nur ein paar Mütter.« Anthea warf ihm einen ärgerlichen Blick zu, drehte sich wieder um und begann, den Wagen aus der Parklücke zu manövrieren.

»Bei manchen Dingen«, sagte sie, mühsam beherrscht, »sollte man lieber Diskretion wahren. Weißt du, was das heißt?« Andrew sah ihn verblüfft von der Seite an.

»Hast du denen von Mr. Chambers erzählt?«

Daniel nickte. »Ich erklär's dir später«, wisperte er.

»Was tuschelt ihr da?« rief Anthea mit scharfer Stimme.

»Nichts«, rief Daniel munter zurück. Er verspürte neuen Auftrieb und war zum erstenmal im Leben immun gegen Antheas Zorn. Er wußte, daß er etwas Gutes getan hatte. Was auch immer seine Mutter davon hielt.

Seit der ÖKO-Parade hatte Alice Jonathan nicht mehr richtig ins Gesicht gesehen. Ihr schlechtes Gewissen und ihre Beschämtheit hatten sich nach und nach zu einem Panzer verhärtet, bis sie ihren Vater nicht mehr anschauen konnte, ohne sich innerlich abzuwenden. Und äußerlich meistens auch.

Es war das schrecklichste Weihnachten gewesen, soweit sie zurückdenken konnte. Sie hatte das Geschenkebesorgen für ihre Eltern viel zu lange hinausgezögert und ihrem Vater schließlich in letzter Minute ein dickes Buch über Vögel gekauft, das sie sich eigentlich gar nicht leisten konnte. Erst als er es aus dem Papier gewickelt hatte, merkte sie, warum es ihr so bekannt vorgekommen war.

»Ich tausch es um!« rief sie hastig. »Ich hatte vergessen, daß du es schon hast.«

»Aber nicht doch!« Ihr Vater schlug das Buch auf und strich mit dem Finger über die schimmernden Seiten. »Es ist eine neue Ausgabe. Was für ein großartiges Geschenk!«

Aber wozu sollte ein Buch gut sein, das man bereits hatte? Er wollte sie nur nicht kränken. Und irgendwie nahm sie ihm seine Nachsicht übel. Es wäre ihr fast lieber gewesen, wenn er sie angemotzt hätte – dann hätte sie wenigstens zurückmotzen können. Aber ihr Vater erhob ja nie die Stimme. Schimpfen tat nur ihre Mutter. Allerdings nicht dieses Weihnachten. Da war sie wie auf einem anderen Planeten gewesen. Sie hatte vergessen, die Knallbonbons zu kaufen, also mußten sie ohne auskommen, und sie hatte nicht beim Baumschmücken geholfen, und ihre Geschenke hatte sie auch kaum angeschaut.

Insgesamt, dachte Alice, als sie sich abends wieder mal zur Russell Street aufmachte, war Weihnachten ein kompletter Reinfall. Und zu allem Überfluß hatte Genevieve, dieser Glückspilz, ihr gerade einen Brief geschickt, in dem sie in den höchsten Tönen von ihrer irren Weihnachtsparty am Swimmingpool schwärmte Es war einfach unfair. Das Leben dort in Saudi-Arabien schien überhaupt nur aus Ferien zu bestehen. Auf dem Foto in dem Brief, das am Weihnachtstag aufgenommen war, prangte Genevieve in einem winzigen weißen Bikini, knallbraun, die Haare noch blonder als früher, übers ganze Gesicht strahlend. Sie sah auf einmal richtig erwachsen aus, richtig sexy, und beim ersten Blick auf das Bild wäre Alice vor Neid fast geplatzt.

Aber sie hatte ja auch etwas, auf das andere neidisch sein konnten. Ihren Antwortbrief an Genevieve hatte sie mit den Worten begonnen: *Letztes Mal habe ich dir doch von Piers erzählt, und stell dir vor, er kriegt jetzt eine Rolle in Summer Street.* Das würde sicher Eindruck auf Genevieve machen, die in ihren Briefen immer jammerte, wie doof das Fernsehen bei den Saudis sei. Jemanden persönlich zu kennen, der in einer Serie mitspielte, das war echt cool.

Aber nach dem ersten Satz hatte sie nicht mehr weitergeschrieben. Weil es ja nicht ganz stimmte. Ginny hatte ihr erzählt, daß die Probeaufnahmen hervorragend gelaufen waren, daß er aber in drei Wochen noch mal hin mußte, wenn der Produzent da war, der letztlich zu entscheiden hatte. Im Grunde sei es so gut wie sicher, daß er die Rolle kriegen werde, hatte Ginny ihr versichert. Aber diese großen Fernsehgesellschaften ließen sich immer so viel Zeit, bis sie einen Vertrag perfekt machten.

Und bis dahin, überlegt Alice, war es wohl nicht ganz korrekt zu sagen, daß Piers die Rolle in *Summer Street* kriegen würde. Doch etwas anderes kam für den Brief an Genevieve nicht in Frage, also lag er seither unbeendet auf einem Stapel Zeitschriften in ihrem Zimmer, mit einem hellbraunen Ring verziert, wo sie eine Kaffeetasse abgestellt hatte.

Als sie in der Russell Street ankam, fand sie Ginny in blendender Laune vor. Sie und Duncan saßen am Küchentisch und tranken etwas, das nach Glühwein aussah, und Ginny schrieb Namen und Adressen auf Umschläge.

»Nimm dir nur!« Ginny wedelte mit einer kurzen Handbewegung zu dem dampfenden Topf auf dem Herd hinüber. »Norfolk Punsch! Völlig alkoholfrei!«

»Ja, gut«, nickte Alice. »Danke.« Sie schöpfte sich etwas in ein Glas und kostete zaghaft. »Schmeckt ja klasse«, sagte sie überrascht.

»Nicht wahr?« Ginny strahlte sie an. »Ich will mich mal 'ne Weile mit dem Alkohol zurückhalten. Wir trinken viel zuviel.« Eine leise Röte stieg ihr in die Wangen. »Das ist nicht gesund.«

Duncan zwinkerte Alice zu, die sich fragte, wo da der Witz war.

»Na, Alice?« fragte er. »Weihnachten gut überstanden?«

»Sehr gut, danke«, sagte sie automatisch. »Und wie war's bei euch?«

»Total verschnarcht.« Alice kicherte.

»Aber das mit *Summer Street* ist doch toll, was?«

»Psst!« mahnte Ginny. »Kein Wort mehr über *Summer Street*. Reden wir lieber von unserer Party.«

Alice horchte auf. »Eine Party?« Duncan ließ sich theatralisch auf seinem Stuhl zurückfallen.

»Da komme ich extra wieder aufs Land zurück, um die Ruhe zu genießen«, klagte er, »und was finde ich hier vor? Hektische Festivitäten...«

»Ach, hör schon auf«, sagte Ginny scharf. »Es ist bloß eine kleine Einstandsparty, damit wir ein paar Leute aus Silchester kennenlernen.«

»Aber was bringt denn das?«

»Duncan!«

»Wir kennen doch Alice. Und auf die anderen können wir pfeifen.«

»Die anderen«, sagte Ginny tadelnd, »sind sehr nette Leute, wie zum Beispiel Alice' Eltern. Moment, wo hab ich denn eure Einladungskarten...« Sie blätterte den Stapel durch, sah dann lächelnd zu Alice auf und reichte ihr zwei weiße Umschläge. Der eine war an Miss Alice Chambers adressiert, der andere an Mr. und Mrs. Jonathan Chambers. »Glaubst du, daß deine Eltern kommen werden?«

Alice zuckte die Achseln. »Keine Ahnung.« Nicht, wenn ich es verhindern kann, dachte sie.

Ginny blickte sich träge in der Küche um.

»Das Haus ist ganz ideal für eine Party«, meinte sie. »So eine gemütliche Atmosphäre...« Plötzlich wandte sie sich Alice zu.

»Kommt es dir nicht ein bißchen komisch vor? Nur noch als Gast in eurem alten Haus zu sein?«

Alice sah sie verwirrt an. »Ich... ich weiß nicht...« Sie überlegte. »Es kommt mir ganz anders vor als früher. Natürlich auch vertraut und so, aber...« Sie hielt inne. »Irgendwie... als ob man Freunde besucht, die so ein ähnliches Haus haben wie man selbst, und da weiß man dann auch gleich, wo die Küche ist und das Klo, obwohl man noch nie da war.« Sie wies mit einer vagen Handbewegung in den Raum. »Eure Sachen sind alle so anders...«

»Ja, aber viele von diesen Möbeln waren eure«, beharrte Ginny. »*Sind* eure, besser gesagt. Kriegst du da nicht manchmal Heimweh?«

Alice schaute auf den Fichtenholztisch, und auf einmal erinnerte sie sich mit schmerzhafter Deutlichkeit daran, wie er immer zum Frühstück gedeckt gewesen war, mit Schüsseln und Tellern und Cornflakes-Schachteln und dem Toasthalter, in dem stets eine letzte, kaltgewordene Scheibe steckte, die keiner mehr wollte. Und draußen war es meistens noch dunkel gewesen, in der Küche aber hell und warm, und im Radio waren die Nachrichten gelaufen, von ihrer Mutter beim Kaffeekochen mit spöttischen Bemerkungen kommentiert. Und da war auch immer Oscar gewesen, der ihnen miauend um die Beine strich und plötzlich auf den Tisch sprang und jedesmal geduldig wieder heruntergehoben wurde, bevor er sich über eine unbewachte Cornflakes-Schale hermachen konnte.

Sie spürte ein Prickeln in den Augen und blickte hastig aus dem Fenster. Aber da war der Garten. Wo sie jeden Sommer ihren Geburtstag gefeiert hatten, bis sie zwölf geworden war und ihre Freundinnen statt dessen lieber ins Kino eingeladen hatte. Einen Sommer hatten sie ein Planschbecken im Garten gehabt, im nächsten dann ein Zelt und eine Weile auch mal eine wackelige alte Schaukel, die sie einer anderen Familie abgekauft hatten und die immer umzukippen drohte, wenn man zu hoch schaukelte.

Einen schrecklichen Moment lang dachte sie, sie würde tatsächlich anfangen zu weinen, aber indem sie starr in den Himmel schaute, die Luft anhielt und die Fingernägel in die Handfläche grub, gelang es ihr, die Tränen zurückzudrängen. Als sie sicher war, daß sie sich wieder gefaßt hatte, wandte sie sich zu Ginny um und gab sich extra Mühe, nur auf die Dinge zu achten, die sie in Ginnys Haushalt so bewunderte: die Keramikkrüge, den schmiedeeisernen Kochbuchhalter, den schicken, spiegelblanken Teekessel. Schließlich begegnete sie Ginnys

Blick und zuckte die Achseln. »Och, ich denk da eigentlich nie drüber nach«, sagte sie lässig und nahm noch einen Schluck Punsch.

Ginny blickte Alice mitfühlend an. Wie furchtbar, aus dem Haus ausziehen zu müssen, in dem man aufgewachsen war. Wenn sie und Piers Kinder bekamen, würde sie dafür sorgen, daß sie ein beständiges, glückliches Heim hatten, ihr Leben lang. Ein altes Bauernhaus vielleicht. Oder ein ehemaliges Pfarrhaus. Oder sogar ein Stadthaus in London, wie das neue von Clarissa...

Ginny hatte Clarissa vormittags angerufen, um sie zu der Party einzuladen.

»Ooh, was für eine wundervolle Idee!« hatte Clarissa sofort geschwärmt. »Aber... ich darf ja nichts trinken! Rat mal, warum?«

Natürlich, sie war schwanger, ganz nach Wunsch. Und natürlich hatten sie sich gleich nach einem Haus mit Garten in Kensington umgesehen, und ein Kindermädchen würde sie auch einstellen, da sie so bald wie möglich wieder arbeiten wollte, obwohl es im Grunde nicht darauf ankam, es war ja keine Geldfrage, nicht wahr?

»Ich meine, Ginny, du kannst doch den Laden für mich am Laufen halten, bis ich wiederkomme?« Während sie zuhörte, stellte Ginny sich vor, wie Clarissa am Schreibtisch saß und die Telefonschnur um ihr Handgelenk wickelte, unverschämt sorglos und selbstgefällig in ihrem Umstandskleid aus Designerhand.

»Tja, ich weiß nicht, Clarissa«, sagte sie zögernd. »Wir hatten uns schon überlegt, daß wir langsam auch mal mit dem Kinderkriegen anfangen könnten ...«

»Wirklich? Oh, Ginny! Das ist ja fabelhaft!«

»Ja«, sagte Ginny, von Clarissas Begeisterung ermutigt. »Piers hat diese Fernsehrolle praktisch zugesichert bekommen, und das heißt jede Menge Geld. Perfektes Timing, wenn's klappt.«

»Und so spannend!« lispelte Clarissa mit süßlicher Stimme. »Oh, Ginny, was hast du doch für ein Glück, daß du mit einem Schauspieler verheiratet bist und nicht mit so einem langweiligen alten Banker!«

»Wem sagst du das«, kicherte Ginny, und für ein paar Minuten hatte sie sich wirklich vom Schicksal begünstigt gefühlt; Ruhm und Erfolg schienen so nahe. Als hätte sie ein riskantes Spiel gewagt und souverän gewonnen.

Doch jetzt zitterten ihre Hände ein bißchen, als sie fortfuhr, die Umschläge zu adressieren. Piers in *Summer Street*. Der Gedanke war ihr schon so selbstverständlich geworden, als könnte es gar nicht anders sein. Piers *mußte* die Rolle bekommen. Es hieß nur noch abwarten.

Später am selben Abend saß Liz am Wohnzimmertisch über ihren Plänen für die neue Fremdsprachenabteilung. Sie hatte einen Stapel Notizblätter vor sich aufgefächert und »Themenliste« auf ihren Block geschrieben, zweimal unterstrichen. Weiter war ihr noch nichts eingefallen. Dumpf und müde starrte sie auf das leere Blatt.

Seit jener Unterredung bei der Bank hatte sie sich nur noch so gefühlt: bleiern, innerlich taub, ohne Energie, neue Projekte anzupacken; gerade noch fähig, die Alltagsroutine durchzustehen. Die Schule erfüllte sie nicht mehr mit Besitzerstolz, sondern war plötzlich zu einer Last geworden, die sie sich versehentlich aufgebürdet hatte.

Und dabei war das Gespräch gar nicht mal so negativ verlaufen. Barbara Dean hatte sich letzten Endes als recht umgängliche Person herausgestellt, ebensosehr darauf erpicht, dem Unternehmen zum Erfolg zu verhelfen, wie sie – oder vielmehr wie Jonathan. Aber sie hatte ihnen klipp und klar dargelegt, daß ihr vorhandenes Kapital einfach nicht ausreiche. Die Hypothek auf die Schule hätte sich nur rentiert, wenn sie ihr Haus in der Russell Street verkauft hätten, um noch mal eine größere Summe in den Betrieb zu investieren. Was jedoch nicht geschehen war.

Kurzfristig betrachtet, hatte sie eingeräumt, sei es sicher das Vernünftigste gewesen, sich Mieter zu suchen, wenn sie das Haus schon nicht loswerden konnten. Aber auf lange Sicht würden sie es doch verkaufen müssen. Andernfalls... Barbara Dean hatte die Augenbrauen über den goldenen Brillenrand bis fast an die Haarwurzeln hochgezogen, so schaurig war die Vision, die sich andernfalls ergab. Doch alles in allem, hatte sie milde hinzugefügt, sei die Lage noch nicht ganz hoffnungslos. Mit etwas mehr Einsatz und Initiative könnten sie wohl bald einen netten Profit erwirtschaften.

Für Liz aber kam die Ermunterung zu spät. Sie fand nicht mehr die Kraft, noch mehr Einsatz zu leisten, geschweige denn, sich freudig der Herausforderung zu stellen, wie Barbara Dean vorgeschlagen hatte. Fast wäre es ihr lieber gewesen, man hätte ihnen keine Galgenfrist zugebilligt, sondern sie gleich gezwungen, die Schule zum Verkauf freizugeben. Selbst eine so unrühmliche Kapitulation, fand sie, wäre der endlosen Plackerei vorzuziehen gewesen, die ihnen jetzt bevorstand.

Sie blickte sich im Zimmer um und schauderte. Irgendwann in der letzten Zeit hatte ihr ganzer Antrieb, ihr Enthusiasmus, ihr Wille, den Betrieb anzukurbeln, sich in Luft aufgelöst. Sie hatte das Gefühl, das Ochsengeschirr sei ihr von den Schultern geglitten und Jonathan sei der einzige, der den Karren noch weiterzog. Und sosehr sie es auch versuchte, sie konnte sich einfach nicht aufraffen, wieder mitzumachen. Es kam ihr plötzlich alles so sinnlos vor; zu viel Mühe für so zweifelhaften Lohn.

Heimlich befingerte sie das Goldarmband, das sie unter ihrem Ärmel trug, die schweren Kettenglieder so schön warm auf der Haut, und versuchte wieder einmal abzuschätzen, was es wohl gekostet haben mußte. Als Marcus eines Abends kurz vor Weihnachten etwas verlegen eine kleine, in Geschenkpapier verpackte Schachtel hervorgezogen hatte, war sie aus allen Wolken gefallen. Und als sie dann sah, was darin lag, hatte sie es kaum fassen können. Echter Schmuck, von einem teuren Londoner Juwelier – für sie! Und sie hatte nicht mal daran gedacht, ihm irgend etwas zu kaufen. Aber er hatte ihren gestammelten Dank nur schulterzuckend abgewehrt.

»Das ist doch nichts Besonderes«, hatte er gesagt. »Nur eine Kleinigkeit.« Er hatte sie augenzwinkernd angegrinst. »Eine kleine Aufmerksamkeit. Damit du mich nicht vergißt.«

Zu Jonathan hatte sie gesagt, es sei nur vergoldet; ein Geschenk für Alice, das sie dann doch lieber für sich selbst behalten habe – und offenbar hatte er ihr das geglaubt. So hatte sie das Armband unverhohlen tragen können und sich das ganze Weihnachten über daran gefreut, wie es im Widerschein der Baumlichter glitzerte; hatte beim Fernsehen dauernd daran herumgespielt und kaum einen Blick für das geblümte Flanellnachthemd übriggehabt, das sie von Jonathan bekommen hatte, oder für die Ausrüstung zum Teppichknüpfen, die Alice ihr gekauft hatte, und all die übrigen gutgemeinten, schlecht gewählten, vollkommen bedeutungslosen Geschenke. Verglichen mit dem Armband war alles andere so dürftig, unzulänglich, nicht weiter beachtenswert erschienen. Armseliger Schund im Verhältnis zu den Geschenken, die Marcus und seine Familie sicherlich untereinander austauschten.

Noch während sie das flaschenförmige Päckchen von Jonathans Vater auswickelte und der Familientradition gemäß zu rätseln vorgab, was da wohl drin sein könne, hatte sie sich insgeheim mit fast lüsterner Intensität den Weihnachtsabend im Hause Witherstone ausgemalt. Wenn er ein Goldarmband als Kleinigkeit ansah, was in aller Welt mochte er dann erst Anthea schenken? Brillanten? Eine Kaschmirjacke? Eine Designer-Handtasche? Aber so kostbar es auch war, es tat offenbar nichts dazu, ihre Beziehung zu verbessern, dachte sie ein bißchen säuerlich. Marcus hatte sie am Abend zuvor angerufen, um ihr nächstes Treffen abzusagen. Anthea sei in letzter Zeit so reizbar, hatte er erklärt und dabei selbst reichlich gereizt geklungen. Es mußte höllisch für ihn sein, sich permanent zu verstellen.

Sie hatte Anthea inzwischen öfter von weitem gesehen, wenn sie ihren Sohn von diesen endlosen Zusatzstunden abholte. Zu der Zeit war Liz meist mit dem Unterricht fertig und beobachtete vom Fenster aus, wie Antheas Wagen auf der anderen Straßenseite hielt; wie ihre langen, mageren Beine in Sicht kamen, wie sie ausstieg und auf den Eingang zueilte. Manchmal redete sie noch fast eine halbe Stunde lang auf Jonathan ein. Schließlich tauchte sie wieder vor der Tür auf, und stets rief sie dem armen Jungen über die Schulter hinweg zu, er solle sich beeilen, nach beiden Seiten schauen, ehe er die Straße überquerte; dann schubste sie ihn ungeduldig ins Auto und brauste los. Was für ein Alptraum, diese Frau. Kein Wunder, daß Marcus unglücklich war.

Ein paarmal war Marcus den Jungen auch selbst abholen gekommen, und Liz hatte sehnsüchtig zugeschaut, wie er im Haus verschwand und gleich wieder herauskam. Er hielt sich nie länger als nötig auf. So blieb ihr nie die Zeit, hinunterzulaufen und wie zufällig seinen Weg zu kreuzen. Gern hätte sie ans Fenster geklopft wie eine gefangene Prinzessin, um wenigstens einen Blick von ihm zu erhaschen, ein erfreutes Lächeln. Aber sie wagte es nie. Sie sah ihm nur wehmütig nach, wenn er davonfuhr, sprang dann schnell auf und tat beschäftigt, wenn Jonathan hereinkam.

Jetzt zog sie ihr Armband unter dem Ärmel hervor und drehte es im Lampenlicht hin und her. Sie wollte mehr von der Sorte, gestand sie sich ein. Mehr von ihm. Sie *verdiente* mehr. Sie lehnte sich im Stuhl zurück und starrte zur Decke hinauf. Seltsame Gedanken gingen ihr durch den Kopf, Gedanken, die sie sich bisher noch nie bewußt gemacht hatte. Was würde sie tun, fragte sie sich, wenn Marcus sie jemals bat, Jonathan zu verlassen und seinen Wohlstand mit ihm zu teilen?

Natürlich würde es niemals so weit kommen, rief ihre innere Stimme sie streng zur Ordnung.

Ja, aber wenn doch? Wenn er sie anflehte? Immerhin hatte er schon mal beinahe so etwas durchblicken lassen. Mit einem wohligen Schauer erinnerte sie sich an seine Stimme, seine genauen Worte in dem scheußlichen Hotelzimmer: »Diese Lügerei macht mich fertig.« Was, wenn er nun eines Tages sagte, er habe die Nase voll von der ganzen Heimlichtuerei, er könne nicht ohne sie leben? Sie konnte die Szene schon deutlich vor sich sehen: Wie Marcus sie verzweifelt bestürmte, wie er die Arme nach ihr ausstreckte, ihr versicherte, er liebe sie mehr als alles auf der Welt, es werde ihm eine Ehre sein, sie zu seiner Frau zu machen. Ein schillerndes, prickelndes Gefühl von Verheißung durchrieselte sie. Es war ja nicht gerade sehr wahrscheinlich... aber doch vorstellbar. Absolut vorstellbar. Es passierte schließlich oft genug, daß Männer ihre Frau verließen und ihre Geliebte heirateten. Die unwahrscheinlichsten Dinge passierten. Noch vor einem Jahr hätte sie sich nicht mal träumen lassen, daß sie eine Affäre haben könnte. Und sieh an, jetzt steckte sie mitten in einer drin. Unglaublich. Und wer wußte schon, was die Zukunft bringen würde?

Betörende Bilder tauchten vor ihrem inneren Auge auf: Wie sie mit der größten Selbstverständlichkeit in eine teure Boutique gerauscht kam, aussuchte, was ihr gefiel, und kurzerhand mit Kreditkarte zahlte. Oder wie sie in einer hochmodern ausgestatteten Küche für Marcus das Abendessen kochte, eine Flasche alten Bordeaux öffnete und den Abwasch natürlich für die Putzfrau stehenließ. Das Schlafzimmer hätte einen flauschigen Teppichboden, und das Bad wäre gleich nebenan. Zwei schicke, spiegelblanke Autos wären in der Auffahrt geparkt. Keine Arbeit mehr, keine Sorgen. Morgen für Morgen hätte sie nichts weiter zu tun, als aufzuwachen.

Ein Geräusch an der Tür ließ sie zusammenzucken.

»Oh, hallo«, sagte Alice, tat einen Schritt in den Raum und blieb stehen. Sie kniff die Augen zusammen. »Ziemlich grell, das Licht hier drin, was?«

»Findest du?« Liz schaute ihre strubbelige Tochter an und stellte sich vor, wie sie in ein, zwei Jahren aussehen würde; die Haare länger und seidig glänzend, mit lässiger Eleganz gekleidet, wohlerzogen mit Gästen plaudernd, Marcus zulächelnd, während er ihr ein halbes Glas Wein einschenkte. Sie würde ein eigenes Auto bekommen, sobald sie fahren gelernt hatte. Sie würde auf eine vornehme Schule gehen und später vielleicht sogar zum Debütantinnenball ...

»Was wir bräuchten«, sagte Alice, »sind ein paar gemütliche Lampen. Solche mit Schirmen, die ein weiches Licht geben. Nicht dieses olle Ding da.« Sie deutete mit einer geringschätzigen Handbewegung auf die Deckenleuchte. Liz starrte Alice einen Moment lang verdutzt an. Dann hellte sich ihre Miene in plötzlicher Einsicht auf.

»Ich nehme an, deine Freundin Ginny hat überall im Haus Schirmlampen.« Alice zuckte die Achseln, errötete aber doch ein bißchen.

»Weiß nicht«, murmelte sie. »Vielleicht eine oder zwei.« Sie schaute sich um, als suchte sie nach einem anderen Thema. »Was machst du gerade?« fragte sie schließlich.

»Die Kursplanung für die Fremdsprachenabteilung«, entgegnete Liz knapp. Sie griff nach dem Stift und begann, aufs Geratewohl eine Reihe von Zwischentiteln aufzulisten, sie mit zwecklosen Nummern zu versehen und zu unterstreichen; egal was, wenn es nur so aussah, als sei sie konzentriert an der Arbeit. Ein paar Minuten lang sah Alice ihr schweigend zu. Dann kramte sie seufzend in ihrer Jackentasche und holte einen Briefumschlag hervor.

»Der ist für dich«, sagte sie.

»Für mich?«

»Für euch beide. Eine Einladung«, erklärte sie zögernd, während Liz die Karte aus dem Umschlag zog. »Ihr braucht aber nicht hinzugehen.«

»Vielleicht wollen wir ja hingehen!« Liz blickte zu Alice auf. »Wie nett von ihnen, uns einzuladen. Aber sind wir nicht etwas zu alt für so eine Party?« *Und wie*, hätte Alice am liebsten geantwortet. »Och, nö«, rang sie sich dann doch ab. »Da kommen noch mehr Oldies. Welche von Ginnys Arbeit und so.«

»Also, Oldies sind wir nun auch nicht gerade«, begann Liz. Dann hielt sie inne. »Mit Ginnys Arbeit, meinst du da Witherstone's?«

»Weiß nicht. Vielleicht. Ist doch eh wurscht.«

»Aber du weißt doch, daß die Firma Witherstone's unser Haus an Ginny und Piers vermittelt hat«, sagte Liz, nur um des Vergnügens willen, *seinen* Namen auszusprechen. »Mr. Witherstone hat das damals sogar persönlich übernommen. Marcus, heißt er, glaube ich. Marcus Witherstone.« In Alice' Augen dämmerte eine vage Erinnerung auf.

»Kann sein«, meinte sie. »Irgendso 'n Witherstone ist wohl auch eingeladen.« Sie zuckte die Achseln. »Aber wie ich euch kenne, habt ihr doch wieder keine Zeit«, setzte sie hoffnungsvoll hinzu.

»Ganz im Gegenteil«, sagte Liz. »Ich freue mich sehr auf die Party.« Sie stellte die Karte vorsichtig auf den hellblau gekachelten Kaminsims und trat zurück, um den Effekt zu bewundern. »Endlich mal eine Abwechslung!«

13. KAPITEL

Im Laufe der nächsten drei Wochen erhielt Jonathan dreiundzwanzig Anmeldungen zum Förderunterricht. Als Daniel seine letzte Stunde bei ihm nahm, waren bereits zwei regelmäßige Zusatzkurse eingerichtet, an denen die meisten seiner Klassenkameraden teilnahmen sowie einige weitere Elf- und Zwölfjährige, deren Mütter gerüchteweise von der vielversprechenden neuen Institution gehört hatten.

Jonathan war ganz in seinem Element. Die Jungen, hatte er Liz erklärt, seien zum Großteil recht intelligent, so daß sich die Arbeit mit ihnen auf jeden Fall lohne. Und ein paar davon hätten gute Chancen, Stipendien für renommierte Schulen zu gewinnen. Der einzige Nachteil daran, so begabte Schüler zu unterrichten, seien die hochgeschraubten Erwartungen der Eltern. Nach jeder Stunde belagerten sie ihn mit endlosen Fragen, Kommentaren und Beschwerden, so daß er sich nun gezwungen sehe, eigene Elternsprechstunden festzusetzen, natürlich ebenfalls gegen Honorar. Alles in allem ein höchst einträgliches, wenn auch zeitaufwendiges Geschäft; und falls einige von den Jungen sich dank seiner Förderung tatsächlich auszeichnen sollten, könnte das dem Ruf der Schule nur von Nutzen sein.

Liz nickte ohne sonderliche Anteilnahme, als er ihr dies alles auseinandersetzte. Sie sah ja selbst, daß seine Vorbereitungskurse zu den Aufnahmeprüfungen ein echter Erfolg waren. Pflichtschuldig hatte sie sich die wachsenden Schülerlisten angeschaut und konnte sehr gut nachvollziehen, wie positiv sich das auf ihre Bilanzen auswirken würde. Barbara Dean würde zweifellos hocherfreut sein. Doch Liz brachte trotzdem keine Begeisterung mehr für das Projekt auf, sosehr es auch plötzlich zu florieren schien. Für sie war und blieb die Schule eine Last. Sie waren immer noch bis zum Anschlag verschuldet. Sie standen immer noch unter Anweisung, das Haus in der Russell Street zu verkaufen. Sie würden immer noch auf unabsehbare Zeit zu knapsen haben.

Innerlich hatte sie sich sowieso schon ausgeklinkt. Sie schwebte weit über dieser armseligen Pfennigfuchserei, auf einer ganz anderen, sorgenfreien Ebene. Zumindest in Gedanken. Bald würde das alles hinter ihr liegen, sagte sie sich. In diesen letzten Wochen hatte sie nur stillgehalten und abgewartet;

aber nun würde es nicht mehr lange dauern, bis ihr wahres Leben begann. Sie hörte nachsichtig zu, wenn Jonathan ihr von seinen bescheidenen Triumphen erzählte; beugte sich folgsam über die öden Zahlenkolonnen, die er ihr vorlegte. Aber es kam ihr alles so irrelevant und kleinkrämerisch vor. Hundert Pfund hier, hundert Pfund dort. Wie popelig, wenn man bedachte, daß Marcus allein schon für ein paar Stunden in einem Hotelzimmer weit mehr zu berappen pflegte...

Sie hatte Marcus seit Weihnachten nicht mehr getroffen. Offenbar hatte seine Frau ihn radikal mit Beschlag belegt. Armer Marcus. Liz hatte Anthea nie wirklich kennengelernt, aber nach dem, was Marcus von ihr erzählte, mußte sie eine ziemlich neurotische Person sein; sicherlich halb blind vor Liebe zu Marcus und argwöhnisch obendrein. Liz stellte sich Marcus zu Hause vor, wie er versuchte, seine stets gereizte, besitzergreifende Frau zu beschwichtigen, und der Gedanke jagte ihr Schauer über den Rücken. So konnte es nicht weitergehen. Irgendwie mußte die Sache ins reine kommen. Diese heimlichen Treffen mußten ein Ende haben; ihre Beziehung brauchte eine neue Basis. Was für eine, wußte Liz zwar auch nicht genau, aber sie hatte das sichere Gefühl, daß eine Entscheidung sich anbahnte. Sie würde Marcus auf der Party treffen. Wenn die Gelegenheit sich ergab, dachte sie, würde sie alles Weitere dort mit ihm besprechen.

Ginny traute ihren Ohren nicht.

»Was?« rief sie entrüstet und starrte Piers vorwurfsvoll an, als wäre es seine Schuld.

»Ja, sie meinen, es gibt da noch irgendein kleines Verwaltungsproblem«, sagte Piers mit gezwungener Munterkeit. »Das hat aber nichts zu bedeuten.«

»Hat es *wohl*! So können die doch nicht mit dir umspringen! Einfach den Termin verschieben! Wieso geht es denn morgen nicht?«

Piers zuckte die Achseln. »Keine Ahnung. Vielleicht ist der Chef verhindert.«

»Also nee, weißt du!« Ginny fuhr sich ärgerlich durchs Haar. »Ich hab gedacht, das wär bloß noch eine Formalität. Ich meine, du hast doch die Rolle. Das Team hat dich doch schon akzeptiert. Und jetzt macht der Oberboß plötzlich Schwierigkeiten? Der wird sich doch nicht etwa mit dem Produzenten anlegen wollen?«

»Wer weiß?« sagte Piers unverbindlich. Ginny sah ihn an, auf einmal ganz mutlos.

»Aber du kannst doch nicht an dem Tag zum Vorsprechen fahren, an dem wir unsere Party haben.«

»Aber natürlich kann ich das«, gab Piers zurück. »Ich seh da gar kein Problem. Wir bereiten alles am Abend vorher vor.«

»Aber...« Ginny konnte ihm nicht sagen, daß sie heimlich beabsichtigt hatte, die große Neuigkeit auf der Party zu verkünden; daß sie vorgehabt hatte, sich zur Feier des Tages ein sündhaft teures Kleid zu kaufen; daß sie fest damit gerechnet hatte, alles würde schon *diese* Woche entschieden sein, nicht erst in der nächsten. »Ich finde das einfach nicht richtig so. Die sollten dich rücksichtsvoller behandeln. Ich meine, was wäre denn, wenn du nun nächste Woche keine Zeit gehabt hättest?«

»Dann hätten sie die Rolle wohl einem anderen gegeben«, sagte Piers, drehte sich um und ging aus dem Zimmer.

Ginny sah ihm hilflos nach, mit klopfendem Herzen und verdrossener Miene.

Am selben Nachmittag lieferten Marcus und Anthea ihren Sohn zu der dreitägigen Aufnahmeprüfung am Bourne College ab. Als sie sich dem pompösen Schultor näherten, stellte Marcus überrascht fest, daß er sich eingeschüchtert fühlte. Und während sie dann in die lange, baumgesäumte Zufahrt einbogen, drehte er sich auf dem Fahrersitz um und lächelte Daniel nervös an.

»Alles klar?«

»Alles klar«, erwiderte Daniel, die Finger fest um das Federmäppchen geklammert. Marcus spürte einen fast schmerzlichen Stolz in sich aufwallen. Der Junge hatte verdammt hart für dieses Examen gearbeitet. Er verdiente es wahrhaftig, mit Erfolg abzuschneiden. Am liebsten hätte er ihn ungestüm an sich gedrückt.

»Marcus!« rief Anthea. »Paß doch auf! Du fährst uns noch an einen Baum!« Sie starrte grimmig geradeaus, die Hände im Schoß zusammengekrampft.

»Was ist denn das?« wunderte sich Marcus, als die Schule in Sicht kam. »Haben die da einen neuen Flügel angebaut?«

»Das ist die neue Kunst- und Medienabteilung«, sagte Anthea prompt. »Du hättest sie sogar schon besichtigen können, wenn du mal zum Elternsprechtag mitgekommen wärst.«

»Na ja.« Aus Gründen, die ihm selbst nicht klar waren, hatte Marcus sich immer geweigert, seiner alten Schule einen Besuch abzustatten. Doch jetzt verspürte er eine seltsame Mischung aus Wehmut und Neugier, als er die vertrauten Gebäude mit dem modernen Anbau sah. Zum erstenmal stellte er sich Daniel in der Schuluniform vor, die er früher getragen hatte; *sein* Sohn würde auf demselben Sportplatz Rugby spielen und vielleicht sogar im selben Schlafsaal schlafen.

Dann fiel ihm ein, daß Daniel, wenn er das Stipendium bekam, ja in einer anderen Abteilung untergebracht sein würde als er damals, nämlich bei den Eliteschülern, den Auserwählten. Wie seinerzeit Edwin Chapman, der jetzt schon Minister war, oder William Donaghue, der in der Klasse unter ihm gewesen war und jetzt als Staranwalt eine glänzende Karriere machte.

Marcus sah Daniel mit neuem Respekt. Würde sein Sohn ebenfalls so weit aufsteigen? Sein *eigener* Sohn? Der Sohn eines kleinen Provinzmaklers?

»Daniel«, sagte er impulsiv, als er den Wagen parkte. »Tu einfach dein Bestes. Versuch dich an alles zu erinnern, was Mr.

Chambers dir beigebracht hat. Und denk daran, wir werden auf jeden Fall stolz auf dich sein...«

»Hast du auch genug Tintenpatronen dabei?« unterbrach ihn Anthea. »Und deinen Bleistiftspitzer? Und...«

»Anthea«, sagte Marcus milde. »Ich möchte doch meinen, das großartige Bourne College kann gerade noch mit einer Tintenpatrone aufwarten, wenn's nötig sein sollte.« Er fing Daniels Blick auf, und sie grinsten beide. Dann lehnte er sich nach hinten und zerzauste Daniel liebevoll die Haare. »Komm«, sagte er, »ich möchte dir meine alte Schule zeigen.«

Später, als Daniel hineingegangen war, schlenderte er Arm in Arm mit Anthea durch das Schulgelände. Anthea reagierte ihre Nervosität mit pausenlosem Reden ab, verwies auf diese oder jene interessante Einzelheit der Gebäude; überlegte laut, wie viele Stipendiatskandidaten wohl dieses Jahr zur Prüfung angetreten waren; ereiferte sich über die Schönheit der Kapelle; fragte sich immer wieder, wie Daniel wohl mit den Prüfungsaufgaben zurechtkam. Marcus lächelte nur still vor sich hin.

Sie blieben schließlich an dem künstlichen See stehen, der zum Rudern und für Wassersport genutzt wurde, und blickten zum Schulgebäude zurück. Marcus legte den Arm um Antheas angespannte, magere Schultern, die zerbrechlich wirkten wie Porzellan.

»Weißt du«, sagte er bedächtig, »wenn Daniel dieses Stipendium kriegt, dann hat er das voll und ganz dir zu verdanken.« Anthea sah mit großen, fragenden Augen zu ihm auf. »Erstens mal hat er deine Intelligenz geerbt«, fuhr er fast bedauernd fort. »Ich hätte nie im Leben irgendein Stipendium errungen. Und du hast ihn auch immer zu seinen guten Leistungen angespornt. Du bist es, die klaglos all die Mühe investiert hat.« Anthea versteifte sich ein wenig.

»Ich dachte, du wärst eher dagegen gewesen, daß er sich für das Stipendium bewirbt«, sagte sie, den Blick in die Ferne gerichtet. »Hast du nicht gemeint, das wäre alles bloß Zeitverschwendung?«

»Tja, hm«, entgegnete Marcus zögernd, »vielleicht hatte ich da unrecht.«

»Vielleicht hatte ich auch unrecht«, sagte Anthea überraschend. Sie schluckte. »Ich weiß, daß ich die Jungs manchmal zu sehr antreibe. Ich weiß, daß alle mich für eine autoritäre Person halten.« Sie strich mit einer resignierten Geste durch ihre dünnen roten Haare. »Ich möchte einfach, daß sie ihr Potential nutzen. Ich tue das alles nur ihnen zuliebe.« Sie schaute ihn mit kummervollen Augen an. »Ich meine es doch nur gut.«

»Ich weiß, mein Liebes«, sagte er sanft. »Ich glaub's dir ja.« Er legte die Arme um sie und zog ihren schlanken Körper an sich.

»Marcus!« Sie versuchte, sich loszumachen, und sah sich ängstlich nach allen Seiten um. »Das kannst du doch hier nicht machen!«

»Vergiß nicht, als ehemaliger Schüler bin ich hier in meinem Revier«, sagte Marcus bestimmt. »Also kann ich hier machen, was ich will.«

Alice geriet allmählich in Panik vor lauter Ungewißheit, was sie zu der Party anziehen sollte. Zuerst hatte sie ganz selbstverständlich angenommen, daß sie ihre üblichen ausgefransten Jeans tragen würde und vielleicht ihre indianische Silberkette. Doch als sie noch mal auf die Einladungskarte schaute, fand sie den Vermerk: »Festgarderobe: Rot und Schwarz.« Alice hatte eine Menge schwarze Sachen, aber es waren bloß verblichene T-Shirts und wollene Strumpfhosen, nicht gerade das, was man unter Festgarderobe verstand.

Und dann hatte Ginny ihr heute das Kleid gezeigt, das sie sich für die Party gekauft hatte. Es war aus knallroter Seide, superkurz, handbemalt mit schwarzem Krakelmuster. Wenn Alice es im Laden gesehen hätte, hätte sie sofort gesagt, iiih, scheußlich. Aber an Ginny, das mußte sie zugeben, sah es ganz schön fetzig aus. Während sie sich vor ihrem Schlafzimmerspiegel hin und her drehte, hatte Ginny sie gefragt: »Und du, was ziehst du an?« Alice hatte nur lässig die Achseln gezuckt und gesagt, sie hätte noch nicht darüber nachgedacht.

Aber seitdem dachte sie an nichts anderes mehr. Rot und Schwarz, Schwarz und Rot. Schwarze Jeans und rotes T-Shirt? Nee, gräßlich. Schwarze Jeans und schwarzer Rollkragenpulli? Nee, langweilig. Sie stellte sich vor, wie Piers bewundernd auf Ginnys schimmernden Krakelmini schauen würde. Sie mußte unbedingt etwas tragen, das Piers gefallen würde. Irgendwas, in dem sie erwachsen aussah.

Sie ging in die Küche, wo ihre Mutter am Spülbecken lehnte und verträumt an einer Tasse Tee nippte.

»Ich brauch was Neues für die Party«, platzte sie ohne Umschweife heraus. »Ich hab nichts in Rot und Schwarz.« Sie blickte ihre Mutter ohne viel Hoffnung an. Sicher würde sie nur wieder zu hören bekommen, sie hätte doch genug anzuziehen. Doch Liz nickte bereitwillig.

»Aber natürlich!« sagte sie. »Wir müssen dir ein hübsches Kleid kaufen.«

Alice wurde mißtrauisch. »Es muß aber schwarz sein«, betonte sie. »Oder rot. So steht's auf der Einladung.«

»Tatsächlich? Ach herrje. Dann muß ich mir wohl auch was Neues zulegen.« Sie strahlte Alice an. »Ich glaube, das dürfen wir uns ruhig mal gönnen, wie?«

»Mhm«, sagte Alice. »Kann ich dann 'n bißchen Geld haben?«

»Wir gehen zusammen einkaufen«, sagte Liz entschieden. »Paß auf, wir gehen am Samstag in die Stadt und suchen uns was Nettes für die Party aus, und dann essen wir irgendwo zusammen zu Mittag. Na, wie findest du das?«

»Okay«, sagte Alice. »Ich könnte aber auch allein gehen, nach der Schule«, schlug sie wie nebenbei vor.

»Kommt nicht in Frage«, versetzte Liz. »Entweder, du

kommst am Samstag mit, oder du gehst in deinen schwarzen Jeans und meiner roten Kordbluse.«

Alice kniff ergeben die Lippen zusammen. »Na gut«, sagte sie. »Samstag.«

Samstags herrschte in Silchester immer großes Gedränge. Als sie auf den Marktplatz kamen, seufzte Liz auf.

»Wären wir doch schon um neun losgegangen! Das ist ja nicht zum Aushalten!«

»Ach was, könnte doch schlimmer sein«, meinte Alice. Sie hatte sich inzwischen mit dem Gedanken ausgesöhnt, ihre Mutter dabeizuhaben. Solange sie nicht versuchte, ihr wieder was aufzudrängen wie diese gräßlichen Schuhe letztes Mal ...

»Entschuldigen Sie! Dürfte ich Sie was fragen?« Alice schaute auf. Ein junger Mann mit buschiger Haartolle stand vor ihr, ein Clipboard im Arm. Sie zögerte. Jemand aus ihrer Schule hatte sich mal auf so eine Umfrage eingelassen und mußte dann Unmassen verschiedener Schokoladenkuchen probieren. »Na ja«, sagte sie, mit einem Seitenblick zu ihrer Mutter. »Wenn's nicht zu lange dauert ...«

»Geht ganz schnell«, sagte der Mann. »Nur ein paar simple Fragen. Wohnen oder arbeiten Sie in Silchester?«

»Ja. Wohnen, meine ich.«

»Sind Sie verheiratet, Single oder in einer festen Beziehung?«

Alice wurde rot. »Warum wollen Sie das wissen?«

»Wir bieten einen neuen Partnerservice in Silchester an«, erklärte der Mann. »Es sind 'ne Menge einsame Leute unterwegs, wissen Sie.«

Alice wurde noch röter. »Ich gehe noch zur Schule«, sagte sie. »Ich glaub nicht ...«

»Oh!« Der Mann sah sie genauer an. »Sie haben recht. Unsere Umfrage ist für Leute über achtzehn gedacht. Nichts für ungut.« Er hatte sich schon ein paar Schritte entfernt, als Liz ihn zurückrief.

»He, junger Mann! Warum fragen Sie mich nicht?«

»Ich hatte angenommen...«, begann er unsicher.

»Angenommen, ich sei verheiratet? Angenommen, ich sei zu alt für Ihren Service?« Liz schüttelte die Haare zurück und lächelte ihm zu. »Woher wollen Sie wissen, ob ich nicht jung, frei und Single bin? Oder wenigstens frei und Single?« Der Mann grinste zurück und fuhr sich durch die Haartolle.

»Ähm... sind Sie's denn?«

»Jung? Nicht gerade, fürchte ich.«

»Unsinn«, sagte der Mann galant. Er zwinkerte Alice zu, die in tödlicher Verlegenheit den Kopf einzog. Was zum Teufel war bloß in ihre Mutter gefahren? Wie konnte sie so mit einem Fremden reden? Sie wurde wohl langsam alt und wunderlich. Es war natürlich doch ein Fehler, mit ihr einkaufen zu gehen, dachte sie trübsinnig.

»Also von mir aus, dann fangen wir halt noch mal an.« Der Mann zückte sein Clipboard und blätterte feierlich die Seite um. »Wohnen oder arbeiten Sie in Silchester?«

»Ja, ich wohne hier.«

»Und sind Sie verheiratet, Single oder in einer festen Beziehung?«

»Manchmal kommt's mir vor, als wäre ich das alles«, erwiderte Liz unbefangen.

»Mama...«, flehte Alice.

»Jaja, schon gut«, gab Liz nach. »Ich bin verheiratet. Ich lebe in einer festen Beziehung. Und ich bin nicht an Ihrem Partnerservice interessiert.« Sie hielt inne. »Aber ich hab Sie doch ein bißchen aus dem Konzept gebracht, oder?«

»Na bitte, dann hatte ich ja doch recht!« sagte der Mann mit gespielter Empörung. »Ich hab's Ihnen angesehen, daß Sie verheiratet sind.«

Liz zog die Brauen hoch. »Was Sie nicht sagen! An Ihrer Stelle wäre ich mir da nie so sicher. Versuchen Sie Ihr Glück doch mal bei dieser Dame da.« Sie deutete auf eine grauhaarige Frau mit einem karierten Einkaufsbuggy im Schlepptau. »Alles

Gute!« Sie marschierte hoch erhobenen Hauptes davon, und Alice hastete hinter ihr her, nach einem letzten entschuldigenden Blick zu dem Mann mit dem Clipboard. Manchmal versetzte ihre Mutter sie wirklich in Erstaunen.

Bis zum Mittag kam sie aus dem Staunen nicht mehr heraus. Sie waren zu Sedgwick's gegangen, dem größten Kaufhaus in Silchester, und dort gleich in die Designerabteilung. Ihre Mutter hatte mit den Verkäuferinnen geredet, als probierte sie jeden Tag solche teuren Sachen an; sie hatte gleich drei von ihnen auf Trab gehalten. Am Ende entschied sie sich für eine schwarze Hose und eine rote Seidenbluse, die zusammen über zweihundert Pfund kosteten. Alice konnte es kaum fassen.

Und dann hatten sie ein kurzes schwarzes Hängerchen entdeckt, das über und über mit Fransen besetzt war.

»Alice! Das ist ja wie für dich gemacht!« Ihre Mutter hatte genau wie Ginny geklungen, als sie das sagte. Sie bestand darauf, daß Alice es anprobierte und sich wie ein Kreisel drehte, damit die Fransen flogen; dann rief sie alle Verkäuferinnen zur Begutachtung herbei. Schließlich sagte sie: »Das *müssen* wir einfach nehmen, nicht wahr?« Und nun trug Alice das Prachtstück, sorgsam in Seidenpapier verpackt, in einer großen, edel glänzenden Papiertasche.

Zum Mittagessen gingen sie in ein Restaurant mit rosa gepolsterten Sitzen, Blumen auf den Tischen und einem Klavierspieler, der in der Ecke diskret vor sich hinklimperte. Alice fragte sich, ob sie träumte. Ihre Mutter war wie verwandelt. Wie Genevieves Mutter, die sie und Genevieve einmal zu Harrod's mitgenommen hatte, wo sie haufenweise Zeug eingekauft und ihnen zum Tee riesige Eisbecher spendiert hatte. Ihre eigene Mutter kaufte sonst *nie* teure Sachen. Und sie waren seit einer Ewigkeit nicht mehr in einem Restaurant gewesen. Nicht, seit sie die Schule am Hals hatten.

»Einen Tisch für zwei«, sagte Liz zum Oberkellner.

»Nichtraucher. Oh!« Sie stieß einen kleinen Schrei aus, und Alice schaute auf. Aber es waren nur irgendwelche Männer, die ihre Mutter begrüßten. Heimlich langte sie in ihre Papiertasche und befühlte die Fransen ihres neuen Kleides. Sie würde schimmernde schwarze Strumpfhosen dazu tragen, beschloß sie, und ihre Doc Martens auf Hochglanz polieren, und vielleicht würde Piers sie zum Tanzen auffordern ...

»Alice!« Ihre Mutter wirkte auf einmal nervös. »Das ist Marcus Witherstone, du weißt schon, der Makler, der unser Haus an Ginny und Piers vermittelt hat.«

»Hallo«, sagte Alice höflich. Sie blickte Marcus Witherstone interessiert an. Ginny hatte ihr ein bißchen von ihm erzählt, das fiel ihr jetzt ein. Er sei ein Schwerenöter, hatte sie gesagt – was auch immer das heißen mochte –, und seine Frau sei ein wahrer Alptraum. Alice fand, daß er völlig normal aussah, alt und langweilig, allenfalls ein bißchen mürrisch. Sie warf einen Blick auf den Mann neben ihm: etwas kleiner, dicker, mit rötlichen Haaren und rosigem Schweinchengesicht. Ihre Mutter blickte auch zu ihm hin. Alle blickten zu ihm hin.

»Hallo«, sagte er und grinste Alice an. »Ich bin Leo Francis, ein Geschäftspartner von Marcus.«

»Leo ist Anwalt«, warf Marcus Witherstone schnell ein. »Er setzt Verträge für uns auf, betreut uns in juristischen Fragen und so.« Fad, fad, fad, dachte Alice. Ihr Blick schweifte zu einem Ecktisch hinüber, wo ein Kellner eben eine Pfanne aufgetragen hatte, die er jetzt mit ausholender Geste flambierte. Die Flämmchen züngelten bläulich hoch, und alle am Tisch lächelten freudig, sogar der Kellner. So etwas wollte sie auch, beschloß Alice. Sie fühlte sich auf einmal richtig ausgehungert. Ungeduldig wartete sie, daß ihre Mutter sagen würde: Nett, Sie getroffen zu haben, und endlich zu ihrem Tisch ginge. Aber ihre Mutter machte keine Anstalten, sich von der Stelle zu rühren. Sie strahlte diesen langweiligen Makler an. »Wir haben uns gerade was für die Party gekauft«, erklärte sie, reichlich unnötig.

Und dann, kaum zu glauben, hielt sie auch noch ihre Tasche auf, um die Männer hineinschauen zu lassen. Wo doch sogar Alice wußte, daß Männer sich nichts aus Kleidern machten.

»Sie kommen doch auch zu der Party?« fragte Liz. »Dem Einstandsfest von Piers und Ginny Prentice?«

»Ja, ich denke schon«, antwortete der Makler. Es klang, als sei er überrascht. Dann runzelte er plötzlich die Stirn. »Ich fürchte, ich muß jetzt gehen«, sagte er.

»Bis dann, also!« rief Liz fröhlich. »Bis dann«, wiederholte sie, als er sich bereits abgewandt hatte. Dann drehte sie sich mit seltsam glänzenden Augen zu Alice um.

»Weißt du was? Ich hätte jetzt Lust auf ein Gläschen Schampus. Und du?«

Während sie ins Foyer hinaustraten, knurrte Leo seinem Begleiter zu: »Sie haben ja eben dagestanden wie ein begossener Pudel. Haben Sie was mit der Dame, oder was?«

Marcus setzte schon zu einer ärgerlichen Erwiderung an. Dann besann er sich eines Besseren. Es hatte doch keinen Zweck, sich mit Leo anzulegen. Er wollte keine persönlichen Angelegenheiten mit ihm diskutieren. Er wollte überhaupt nichts mehr mit ihm zu tun haben.

Mochte der andere ruhig stänkern, was zählte das schon angesichts der tröstlichen Gewißheit, daß er einen Scheck über zweihunderttausend Pfund in der Brusttasche hatte. Eine angemessene Entschädigung für all die Ängste und Sorgen der letzten Zeit. Doch obwohl ihm das Geld jetzt sicher war und aller Voraussicht nach keine Gefahr mehr drohte, entlarvt zu werden, stand sein Entschluß fest: Er würde es nie wieder tun. Eben im Restaurant, bei Seezunge mit Buttersauce, hatte er Leo klargemacht, daß er sich das nächste Mal einen anderen suchen konnte, der seinen guten Ruf für ihn riskierte.

Leo, aalglatt wie immer, hatte sich natürlich auf Beschwichtigungen verlegt, und als das nichts fruchtete, war er ziemlich herablassend und ironisch geworden. Aber Marcus kümmerte das alles nicht. Mochte es noch so leichtverdientes Geld sein – es war das Risiko nicht wert und basta. Zweihunderttausend Pfund, sagte er sich immer wieder – aber was in aller Welt sollte er jetzt damit machen? Die Schulgebühren bezahlen? Aber dafür hatte er ja längst ein Sparkonto eingerichtet. Außerdem, überlegte er, hatte sein fleißiger Sohn ohnehin gute Chancen, ein Stipendium zu bekommen. Was also dann? Ein Ferienhaus in Frankreich? Aber dann würden alle wissen wollen, woher er das Geld hatte.

Der Nachteil daran, einer begüterten Familie zu entstammen, war ja leider, daß die Geldangelegenheiten so verdammt durchsichtig waren; jeder wußte bestens über die Finanzen der anderen Bescheid – wieviel sie für ihre Häuser bezahlt hatten, wieviel die Firma für jeden einzelnen abwarf. Es wäre weniger skandalös gewesen, zugeben zu müssen, daß man pleite war, als plötzlich über unerklärliche Kapitalreserven zu verfügen.

Marcus wurde es heiß und kalt, als er sich ausmalte, was passieren würde, wenn er Miles alles gestand; was für ein entsetztes Gesicht der arme, ehrenwerte Miles machen würde, der die Loyalität in Person war und das gleiche auch bei Marcus voraussetzte, was immer er auch vage argwöhnen mochte. Seit jenem Anruf am Tag der ÖKO-Parade hatte er Marcus nicht mehr auf Leo Francis angesprochen. Und doch mußte er sich insgeheim seine Gedanken machen... Marcus schauderte. Wenigstens einen Teil des Geldes, sagte er sich entschlossen, würde er darauf verwenden, Miles zu einem opulenten Essen einzuladen. Ins Le Manoir, jawohl, das Feinste vom Feinsten. Eine gute Flasche Burgunder, Brandy, den ganzen Nachmittag lang tafeln... Wie in alten Zeiten... den Zeiten vor Leo. Und vor Liz...

»Also, dann machen Sie's gut, Marcus«, sagte Leo versöhnlich, als sie ihre Mäntel gereicht bekamen. »War mir ein Vergnügen, mit Ihnen zusammenzuarbeiten.« Marcus nickte nur knapp, schlüpfte in seinen Tweedmantel und eilte die teppichbelegten Stufen zum Ausgang hinab. Plötzlich wollte er hier nur noch weg; alles ein für allemal hinter sich lassen. Leo, Liz, die ganze Bagage. Er konnte es immer noch nicht glauben, daß er so unvermutet auf Liz getroffen war. Himmel, was hätte da nicht alles herauskommen können! Der Gedanke jagte ihm noch nachträglich das nackte Grausen ein, und er machte sich heftige Vorwürfe. Er hätte sich gar nicht erst zu diesem Restaurantbesuch überreden lassen dürfen. Sie hätten sich wie beim letztenmal in Leos Haus treffen sollen. Er hätte doch wirklich vorhersehen müssen, daß er jemandem über den Weg laufen würde, den er kannte. Und dann auch noch ausgerechnet Liz!

Er dachte an Leos hämische Bemerkung zurück, und es lief ihm kalt über den Rücken. Ahnte Leo wirklich etwas? Hatte er die Wahrheit erraten? Und würde er ihn aus Rachsucht bei Anthea verpetzen? Marcus wurde plötzlich von der irrwitzigen Vorstellung heimgesucht, wie Leo zum Telefon griff und Anthea mit geschickt verhüllten Andeutungen die Ohren vollsäuselte, während Anthea immer bedenklicher die Stirn runzelte. Dieser Lumpenhund. Er würde ihn umbringen, wenn er etwas ausplauderte.

Doch allmächlich kam er wieder zur Vernunft. Leo hatte das doch nur so dahingesagt. Er würde ihm nicht in den Rücken fallen. Er hatte ja keinen Grund, sich Marcus zum Feind zu machen. Schritt für Schritt, je weiter er sich von dem Restaurant, von der Gefahr entfernte, beruhigte sich Marcus; es war ein dummer Zufall gewesen, mehr nicht.

Aber das Zusammentreffen mit Liz hatte ihn doch mächtig erschüttert. Was, wenn Anthea dabeigewesen wäre? Sie hätte doch bestimmt etwas gemerkt, hätte sich gewundert, wieso Liz so aufgedreht war. Er erinnerte sich an Liz' hochrote Wangen, ihre strahlenden Augen und schauderte. Früher hätte der Anblick ihn erregt, hätte ihn mit Vorfreude auf ihr nächstes Rendezvous erfüllt. Jetzt erfüllte er ihn nur noch mit vagen Befürchtungen. Anscheinend glaubte sie, zwischen ihnen sei alles wie gehabt. Hatte sie denn nicht begriffen, wieso er ihre Treffen ständig absagte? Hatte sie die Botschaft nicht verstanden? Oder wollte sie sie nicht verstehen?

Marcus wurde sich bewußt, daß er nicht drum herumkommen würde, ihr reinen Wein einzuschenken. Er konnte sie nicht in dem Glauben lassen, daß alles so weitergehen würde wie bisher. Er konnte nicht riskieren, ihr noch einmal zufällig zu begegnen, bevor die Geschichte erledigt war. Es würde sicher nicht allzu schwierig sein. Schließlich hatte sie doch einen Mann, um den sie sich kümmern mußte, eine Familie, genau wie er. Zumal es ein sehr netter Mann war, der Besseres verdiente, als Hörner aufgesetzt zu bekommen.

Wahrscheinlich, sagte er sich, bei seinem Wagen angelangt, wahrscheinlich denkt Liz genauso wie ich. Sicher fiel die Affäre ihr längst zur Last. Gut, sie war aufgeregt gewesen vorhin, aber vielleicht nur vor Verlegenheit, weil sie ihre Tochter dabeihatte. Er ließ den Motor an und lehnte sich entspannt im Sitz zurück. Was für ein Getue wegen nichts und wieder nichts, dachte er. Es wird sich schon alles in Wohlgefallen auflösen.

14. KAPITEL

Am Tag der Party wachte Alice früh auf. Sie sprang aus dem Bett, zog sich ein Sweatshirt über den Pyjama und tappte in die Küche. Der Himmel war dunkelgrau und regenschwer, und der kleine Raum wirkte noch deprimierender als sonst. Sie sah auf die Uhr. Erst sieben. Und heute hatte sie die beiden ersten Stunden frei, so daß sie erst um zehn in der Schule sein mußte. Normalerweise hätte sie ausgeschlafen und dann vor dem Fernseher gefrühstückt. Aber heute war sie zu aufgeregt, um wieder ins Bett zu gehen. Wenn es doch nur schon Abend wäre!

Liebevoll dachte sie an ihr neues Kleid, das im Schrank hing, und an ihre neue, sehr teure Strumpfhose und ihren neuen, brombeerroten Lippenstift, für dessen Auswahl sie eine volle Stunde gebraucht hatte. Ginny hatte gesagt, sie könnte schon kommen, bevor die Party anfing, und sich beim Schminken und Frisieren helfen lassen. Darauf freute Alice sich fast am meisten. Sie genoß es nicht nur, geschminkt und schöngemacht zu werden, sie hielt sich auch gern in Piers' und Ginnys Schlafzimmer auf, das immer nach Ginnys wunderbarem Parfum duftete und voller interessanter Sachen war. Manchmal, wenn sie sich dort umschaute, konnte sie kaum glauben, daß es mal das Schlafzimmer ihrer Eltern gewesen war, wo es nach überhaupt nichts gerochen hatte und lauter Bücher und Zeitungen und alter Krimskrams herumgelegen hatten.

Sie schaltete den elektrischen Wasserkessel an, lehnte sich an den Küchenschrank und knibbelte ungeduldig an dem Kabel herum, als würde das Wasser dadurch schneller kochen. Noch zwölf ganze Stunden bis zur Party. Eine endlose Warterei. Unerträglich. Dann fiel ihr plötzlich ein, was heute sonst noch Spannendes anstand. Piers würde heute zum zweitenmal für *Summer Street* vorsprechen. Oder was auch immer. Ginny hatte gemeint, es sei mehr eine Formsache, eine kurze Besprechung, ehe er den Vertrag unterschrieb. Alice sah da eigentlich keinen Unterschied, aber egal, auf jeden Fall würde es sich heute entscheiden. Sie würden früher aufstehen als sonst, weil Piers den Vormittagszug nach London nehmen mußte. Alice stellte sich vor, wie sie alle – Piers, Ginny, Duncan – am Frühstückstisch saßen und die letzten Details für die Party planten, während sie sich reihum frisch aufgebrühten, köstlich starken Kaffee einschenkten. Sie warf einen abfälligen Blick auf ihren eigenen Becher, der für den üblichen kümmerlichen Löffel Nescafé bereitstand. Plötzlich wünschte sie sich sehnlichst, bei ihnen zu sein. Es wäre doch cool, vor der Schule vorbeizuschauen und Piers alles Gute zu wünschen. Und wenn *Summer Street* dann später im Fernsehen lief, würde sie auf Piers zeigen und sagen können: »Hach, ich erinnere mich noch an den Tag, als er die Rolle bekam. Wir haben da zusammen gefrühstückt.«

Eine Weile sonnte sie sich in der Vorstellung, und irgendwann beschloß sie, sie in die Tat umzusetzen. Sie schaltete den Wasserkessel ab und eilte in ihr Zimmer. Im Flur traf sie auf ihre Mutter, die gähnend aus dem Schlafzimmer kam.

»Das Kaffeewasser ist schon heiß«, sagte Alice wohlwollend. »Aber ich frühstücke heute woanders.« Mit Befriedigung nahm sie die verwunderte Miene ihrer Mutter zur Kenntnis, ehe sie hinter ihrer Tür verschwand, um hastig in ihre graue Schuluniform zu schlüpfen und so viel Wimperntusche aufzulegen, wie man es ihr in der Schule gerade noch durchgehen lassen würde.

In der Russell Street angekommen, zauderte sie einen Moment. Sie platzte meistens unangemeldet bei Ginny und Piers herein, aber nie so früh am Morgen. Doch immerhin, sagte sie sich, ist heute ein besonderer Tag. Und als sie vorsichtig durchs Küchenfenster spähte, stellte sie hocherfreut fest, daß sie tatsächlich alle am Tisch saßen, wie sie es sich ausgemalt hatte, vor diesen wunderhübschen, dampfenden Keramikbechern, frisch und munter wie in einem Werbespot. Duncan fing ihren Blick auf und winkte ihr zu. Ginny drehte sich zum Fenster um, schien aber nicht gerade erbaut davon, Alice zu sehen; ihr Lächeln wirkte ziemlich angespannt. Wahrscheinlich ist sie nervös wegen des Vorsprechens, dachte sich Alice. Kein Wunder.

»Du siehst ja fabelhaft aus!« sagte sie zu Piers, als er ihr die Tür öffnete. »So braungebrannt! Wie kommt denn das?«

»*So* braun nun auch wieder nicht«, entgegnete Ginny ein bißchen gereizt. »Einfach nur eine gesunde Farbe.« Die Sonnenbank war ihre Idee gewesen, und jetzt regten sich plötzlich leise Zweifel. War er nicht doch allzusehr gebräunt? *Summer Street* war schließlich eine durch und durch britische Serie.

»Also, ich finde, es sieht toll aus«, sagte Alice ehrlich. Sie musterte Piers bewundernd. »Vor allem mit dem blauen Hemd.«

»Das Hemd ist klasse«, grinste Piers selbstgefällig. »Das hat mir noch jedesmal Glück gebracht.« Er zwinkerte Ginny zu, und nach einem kurzen Moment entspannte sich ihre Miene zu einem Lächeln.

»Setz dich, Alice.« Sie klopfte auf den Stuhl neben sich. »Bist du auf dem Weg zur Schule?«

»Ja«, sagte Alice. »Ich wollte Piers nur schnell viel Glück wünschen. Obwohl du's natürlich nicht nötig hast«, fügte sie hastig hinzu.

»Ach, man kann nie wissen«, meinte Piers. »Gute Wünsche sind nie verkehrt.«

Wie großartig er aussieht, dachte Alice sehnsüchtig. So selbstsicher, so strahlend, wie ein richtiger Filmstar ...

»Hast du schon gefrühstückt?« fragte Duncan, der am Herd stand. »Möchtest du mein berühmtes Rührei probieren?«

»Ja, gern«, sagte Alice fröhlich.

»Kaffee ist auch noch da.« Ginny reichte ihr die Kanne. »Nimm dir einfach 'nen Becher aus dem Regal hinter dir.«

Wie das Unglück dann passiert war, konnte Alice sich selbst nicht erklären. Eben noch hielt sie die Kaffekanne in der einen Hand und drehte sich um, um mit der anderen nach ihrem Lieblingsbecher mit der aufgemalten Meerjungfrau zu greifen. In der nächsten Sekunde brüllte Piers auf und zerrte an seinem Ärmel, der von heißem Kaffee triefte.

»Alice!« schrien Ginny und Duncan gleichzeitig. Als Duncan sah, wie Alice erst blaß, dann feuerrot wurde, setzte er begütigend hinzu: »Aber das Hemd kann man ja waschen. Zieh's schnell aus, Piers. Hat dein Arm was abgekriegt?«

»Halb so schlimm«, sagte Piers, noch ganz verdattert. Er lächelte Alice zu. »Keine Sorge, es geht schon.«

Alice starrte ihn nur in stummem Entsetzen an.

»Es tut mir so leid«, wisperte sie. Schreckerfüllt schaute sie auf seinen feuchten, geröteten Arm, als er den Ärmel zurückstreifte. Das Hemd war mit großen braunen Flecken durchweicht. Sie wußte einfach nicht, was sie sagen sollte.

»Wie kann man nur so ungeschickt sein?« Ginnys Stimme traf sie wie ein Peitschenhieb.

»Ginny!« rief Piers mißbilligend. Alice kauerte sich auf ihrem Stuhl zusammen. Sie konnte es nicht fassen, daß sie so etwas Dummes angestellt hatte. Wäre sie doch bloß zu Hause geblieben. »Das ist doch kein Problem«, sagte Piers und winkte ab. »Dann zieh ich mir eben ein anderes Hemd an.«

»Aber dein Arm...?« erkundigte Alice sich zaghaft. Sie wagte es nicht, Ginny anzusehen.

»Mein Arm ist völlig okay«, knurrte Piers brüsk. Alice riskierte einen Blick in sein Gesicht. Seine Lippen waren zusammengepreßt, seine Augen unheilverkündend dunkel.

»Es tut mir so schrecklich leid«, wisperte sie kläglich.

»Himmelherrgott!« fuhr Piers auf. »So eine Katastrophe ist es nun auch wieder nicht.« Er sah auf die Uhr. »Ich geh mich jetzt lieber umziehen.«

»Aber das war doch dein Glückshemd!« jammerte Ginny.

»Dann muß ich heute eben mit einem anderen auskommen«, erwiderte Piers achselzuckend. Als er hinausgegangen war, sank Ginny auf ihrem Stuhl zurück.

»Das darf doch nicht wahr sein«, sagte sie mit brüchiger Stimme.

»Nun komm schon, Ginny!« sagte Duncan. »Kopf hoch! Hauptsache, Piers hat sich nicht verbrüht!«

»Aber es ist so ein böses Omen«, beharrte Ginny.

»Blödsinn!« Duncan schüttelte den Kopf. »Es hätte viel schlimmer kommen können. Stell dir vor, er hätte sich dort im Fernsehstudio mit Kaffee begossen.«

»Ja, aber...« Ginny hielt inne.

Alice wußte, was sie dachte. *Aber er hat den Kaffee ja nicht selbst verschüttet, nicht wahr?*

»Ginny, es tut mir echt ganz furchtbar leid«, sagte sie mit bebender Stimme. »Ich weiß auch nicht, wie das passieren konnte.«

»Schon gut«, nickte Ginny ein wenig versöhnlicher. »Es war einfach ein Mißgeschick. So was passiert.« Sie schaute unruhig auf die Uhr. »Piers verpaßt noch den Zug, wenn er sich nicht beeilt.«

»Nimmt er denn nicht den um elf?« fragte Alice unbedacht.

»Nein, stell dir vor, er wollte einen früher nehmen«, gab Ginny barsch zurück. Sie seufzte. »Entschuldige, Alice, ich hätte dich vorhin nicht so anschreien sollen. Aber...« Sie fuhr sich durchs Haar. »Weißt du, das ist wirklich ein wichtiger Tag für uns.« Alice nickte betreten. Sie starrte die Kaffeepfütze auf dem Tisch an, von der es noch immer auf Piers' Stuhl und auf den Dielenboden hinabtröpfelte. Sollte sie jetzt nicht wenigstens saubermachen? Aber würde sie dann vielleicht noch mehr umschmeißen? Wenn man schon so eine Pechsträhne hatte...

»Hör mal, Ginny«, sagte Duncan sanft. »Geh du doch mal rauf und schau nach Piers. Inzwischen kann Alice mir helfen, hier ein bißchen Ordnung zu machen. Okay?« Einen Moment lang starrte Ginny wortlos auf den Tisch. Dann schien sie sich aufzurappeln und blickte hoch.

»Gut. Vielleicht geh ich mal nachschauen, ob Piers noch ein anderes Hemd findet.« Abrupt stand sie auf und verließ die Küche, ohne Alice noch einmal anzusehen.

Alice blickte ihr hinterher und brach prompt in Tränen aus. Sie schämte sich entsetzlich.

»Oh, Alice«, sagte Duncan. »Bitte, tu das nicht. Die Küche schwappt sowieso schon über.« Alice schluchzte nur noch heftiger. »Schau mal.« Er setzte sich neben sie und legte ihr den Arm um die Schultern. »Ginny ist heute morgen einfach mit den Nerven runter. Du darfst das nicht persönlich nehmen. Du kannst doch gar nichts dafür.«

»Ich bin so ein Trampel«, schluchzte Alice. »Jetzt hab ich Piers alles vermasselt.«

»Aber nicht doch.« Duncan überlegte einen Augenblick.

»Wahrscheinlich war es genau das, was er brauchte; es hat ihn von seinem Lampenfieber abgelenkt.«

»Das sagst du nur so«, schniefte Alice, schon ein bißchen hoffnungsvoller.

»Nein, wirklich, glaub mir. Außerdem«, grinste Duncan, »ist der gute Piers zäh wie Stiefelleder. Um den brauchst du dir keine Sorgen zu machen. Ja, wenn du *mir* brühheißen Kaffee über den Arm geschüttet hättest, dann hättest du was erleben können!« Er funkelte sie mit gespielter Entrüstung an, und Alice mußte wider Willen kichern.

»Na also«, sagte Duncan. »So ist es schon besser. Ich glaube, es wird allmählich Zeit, daß du zur Schule abschwirrst.« Alice schaute sich bekümmert um.

»Und das ganze Chaos hier?«

»Laß das mal meine Sorge sein«, sagte Duncan und warf sich theatralisch in die Brust. »Ich und mein Meister Proper, wir kriegen das in Null Komma nichts wieder hin. Ach, übrigens, hab ich dir schon erzählt, daß ich in einem Werbespot mitspiele? Nächsten Monat wird er gedreht. Das gibt eine Menge Kohle.«

»Nee, echt?« Alice sah ihn beeindruckt an. »Das ist aber klasse! Wofür denn?«

»Zahnpulver«, sagte Duncan. »Ich spiele einen Zahn.«

»Wow!« Alice strich sich das Haar aus der Stirn, fuhr sich mit dem Ärmel übers Gesicht und schniefte kräftig auf.

»Braves Mädchen«, nickte Duncan anerkennend. Er hob ihre Schultasche auf und reichte sie ihr.

»So, alles klar«, sagte er. »Wir sehen uns heute abend auf der Party. Und komm auf jeden Fall schon früh.«

»Ginny wollte mich eigentlich vorher noch schminken«, sagte Alice traurig. »Aber jetzt hat sie wohl keine Lust mehr dazu.«

»Ach was«, sagte Duncan. »Das macht sie bestimmt. Aber falls sie keine Zeit hat«, setzte er diplomatisch hinzu, »dann mach ich es.«

»Du?« Alice sah ihn skeptisch an. »Kennst du dich denn mit Make-up aus?«

»Ob ich mich mit Make-up auskenne?« wiederholte Duncan empört und schob sie aus der Küche. »Was glaubst du denn, wozu ich auf der Schauspielschule war?«

Anthea brachte es nicht fertig, in Ruhe zu frühstücken. Andauernd sprang sie auf, setzte sich wieder hin, machte Toast und schnitt die Scheiben in immer kleinere Stücke, bis sie völlig zerbröselten. Hannah folgte ihr mit resignierten Blicken, einen Wischlappen in der Hand, während Daniel und Andrew unbeteiligt ihre Cornflakes löffelten und Marcus verständnissinnig vor sich hin grinste. Als Hannah die Jungen dann hinausscheuchte, damit sie sich für die Schule fertig machten, wandte Anthea sich mit aufgewühlter Miene zu Marcus um.

»Meinst du nicht, wir sollten mal anrufen?«

»Nein«, sagte Marcus fröhlich. »Meine ich nicht. Sie haben doch gesagt, sie würden sich bei der Schule melden.«

»Ich weiß.« Anthea knabberte vor lauter Nervosität an einem Fingernagel, riß sich aber schnell zusammen. »Wahrscheinlich fangen sie ja gerade erst mit der Konferenz an. Bis sie zu einer Entscheidung kommen, kann es Mittag werden.«

»Es sei denn, sie können sich nicht einigen«, versetzte Marcus. »Oder sie beschließen, dieses Jahr kein Stipendium zu bewilligen.«

Anthea warf ihm einen ärgerlichen Blick zu. »Dann benachrichtigen sie die Schule.«

»Und die Schule benachrichtigt uns«, sagte Marcus. »Bis dahin können wir nur abwarten.«

»Aber du weißt doch, wie das mit diesen Gremien ist«, wandte Anthea verzweifelt ein. »Letztes Jahr hat es Tage gedauert, bis sie den Leuten Bescheid gegeben haben.« Wie zum Trost wickelte sie sich fester in ihren Morgenrock. »Es muß doch eine Möglichkeit geben, das eher herauszufinden.«

»Wir wissen doch nicht mal, ob die Konferenz wirklich schon heute stattfindet«, sagte Marcus beschwichtigend. »Wozu sich also unnötig aufregen?«

»Mr. Chambers hat mir aber versichert, daß die Konferenz heute ist«, entgegnete sie heftig. »Und der muß es wissen. Er ist mit dem Direktor von Bourne College befreundet.« Plötzlich hellte ihre Miene sich auf. »Ja, natürlich, das ist es!«

»Was?« Marcus sah sie mißtrauisch an.

»Wenn wir bis heute nachmittag nichts hören, bitten wir einfach Mr. Chambers, den Direktor anzurufen.«

»Kommt gar nicht in Frage! Das können wir doch nicht von ihm verlangen!«

»Warum nicht?« Anthea reckte herausfordernd das Kinn vor. »Ihm ist das doch genauso wichtig wie uns.« Sie griff nach dem Telefon und fing hektisch an, auf die Tasten zu drücken.

»Ich will damit nichts zu tun haben«, erklärte Marcus. »Ich geh mir jetzt die Zähne putzen.« Er stand auf und wedelte mit der Zeitung zu Anthea hin. »Er wird sich weigern. Das kann ich dir jetzt schon sagen.«

Doch als er, die Aktenmappe unterm Arm, in die Küche zurückkam, hörte er Anthea ins Telefon säuseln.

»Und vielen herzlichen Dank noch mal«, sagte sie gerade. »Auf Wiedersehen, bis bald.« Sie legte den Hörer ab und lächelte Marcus selbstzufrieden an.

»Hat er etwa eingewilligt?« fragte Marcus erstaunt.

»Aber sicher!« triumphierte Anthea. »Ich hab's doch gleich gewußt. Wir sollen gegen Abend vorbeikommen, hat er gesagt, bis dahin wird er sich in Bourne erkundigt haben.«

»Müssen wir denn beide gehen?« fragte Marcus ungnädig.

»Jawohl, müssen wir«, sagte Anthea. »Und dann gehen wir gleich auf die Party. Mr. Chambers und seine Frau sind auch eingeladen. Ich hab ihnen angeboten, daß wir sie im Wagen mitnehmen.« Sie blickte unschuldig zu Marcus auf. »Du weißt doch, die Party bei den Prentices, heute abend.«

Marcus verzog das Gesicht. »Vergessen wir diese blöde Party doch einfach«, schlug er impulsiv vor. »Laß uns statt dessen alle zusammen essen gehen. Zum Feiern oder, wenn's nichts zu feiern gibt, wenigstens zum Trost.«

»Kommt ja gar nicht in Frage!« sagte Anthea. »Ich hab schon einen Termin beim Frisör, und ein neues Kleid hab ich mir auch gekauft. Wir können unmöglich wegbleiben. Und außerdem wird es bestimmt lustig.« Sie rümpfte verwundert die Nase. »Ich versteh nicht, was du auf einmal hast. Wieso bist du denn gegen die Party?«

»Oh, ich bin nicht dagegen, ganz und gar nicht«, sagte Marcus hastig. »Du hast recht, es wird sicher ganz nett.« Er beugte sich zu ihr nieder und gar ihr einen wärmeren Abschiedskuß als sonst. Er würde erst aufatmen, wenn der Tag endlich vorbei und alles überstanden war. So oder so.

Piers traf knapp fünf Minuten vor seinem Termin im Fernsehstudio ein. Normalerweise wäre er mindestens eine Viertelstunde früher gekommen, aber heute, fand er, durfte er sich ruhig ein bißchen entspannter geben. Er schenkte dem Mädchen am Empfang ein entwaffnendes Lächeln und nannte ihr lässig seinen Namen, als stünde er längst auf der Besetzungsliste; ein altbekanntes Gesicht im Studio, allseits gern gesehen. *Heute in zwei Monaten*, dachte er, rief sich aber aus gewohnheitsmäßigem Aberglauben schnell zur Ordnung. Doch er konnte nicht verhindern, daß sein Herz höher schlug, als das Mädchen ein paarmal ins Telefon nickte und dann strahlend zu ihm aufblickte: »Alan Tinker kommt sofort.«

Alan begrüßte Piers wie einen alten Freund.

»Schön, daß Sie da sind, Piers. Freut mich sehr.« Er geleitete Piers eilig durch eine Schwingtür und einen langen Flur hinab in ein Wartezimmer. »Bin gleich zurück. Trinken Sie derweil einen Kaffee. Ciao!« Er zwinkerte Piers wohlwollend zu und verschwand. Piers lächelte ihm etwas hilflos nach, drehte sich um und erstarrte. Auf einem Sessel in der Ecke saß, einen Kaffeebecher in der Hand, ein junger Mann. Er war groß und dunkelhaarig, mit unauffälliger Eleganz gekleidet, und sah Ian Everitt schockierend ähnlich.

»Hallo«, sagte er mit einer Stimme, die ihn sofort als Schauspieler auswies. Piers klopfte das Herz bis zum Hals. Was zum Teufel ging hier vor?

Die Tür öffnete sich noch einmal, und Alan Tinker führte einen weiteren jungen Mann herein, ebenfalls groß und dunkelhaarig, mit einem blauen Hemd, das genauso aussah wie das, über das Alice Kaffee gegossen hatte.

»Nur noch ein Weilchen Geduld«, sagte Alan munter. »Sie sind jetzt alle da, aber wir müssen noch ein paar Dinge vorbereiten. Bis gleich dann!« Und schon war er wieder verschwunden.

»Hallo«, sagte der dritte Mann, sichtlich nervös. »Sind Sie auch wegen der Rolle des Rupert in *Summer Street* hier?«

»Was denn sonst?« knurrte der Mann in der Ecke. »Eine Frechheit, was die sich mit uns erlauben! Ich dachte, ich wäre der einzige, der zum Vorsprechen bestellt ist. Der Mistkerl hatte mir die Rolle praktisch zugesichert. Ich konnt's gar nicht glauben, als er gesagt hat, daß es drei Anwärter gibt.«

»Mir geht's genauso«, entgegnete der Neuankömmling aufgebracht. »Ich dachte schon seit Wochen, ich hätte den Job.« Er sah Piers an, dann den Mann in der Ecke. »Ach, du meine Güte!« rief er. »Wir gleichen einander ja wie ein Ei dem anderen!«

15. KAPITEL

Um sechs Uhr hörte Ginny den Schlüssel in der Tür. Den Kopf voller Heizwickler, rannte sie zum Treppenabsatz, gerade rechtzeitig, um Piers hereinkommen zu sehen – nicht etwa triumphierend, mit stolzer Siegermiene, nein, ganz still, fast demütig. Eine fürchterliche Vorahnung krampfte ihr die Brust zusammen.

»Und? Wie war's?« rief sie. Piers blickte zu ihr hoch und zuckte vielsagend die Achseln. »Was? Sie haben dich immer noch im Ungewissen gelassen?«

»Sie geben mir heute abend Bescheid«, sagte Piers. »Das haben sie jedenfalls behauptet, aber ob man sich darauf verlassen kann ...«

Ginny starrte ihn verdattert an. »Was soll das heißen?«

»Ich brauch jetzt erst mal was zu trinken«, sagte Piers. »Haben wir Gin da?«

»In der Küche«, sagte Ginny. Sie schaute auf die Uhr. »Oje, schon so spät. Ich muß mir noch die Haare machen.«

Trotzdem folgte sie Piers angstvoll in die Küche, sah ihm zu, wie er sich ein großes Glas Gin-Tonic einschenkte; schüttelte den Kopf, als er ihr auch eins anbot. Er füllte den Drink mit Eiswürfeln auf und nahm einen tiefen Schluck. Und gleich noch einen. Dann wischte er sich aufseufzend über den Mund.

»Mistbande«, sagte er.

»Was?« Ginny spürte, wie die Panik ihr die Kehle zuschnürte. »Was ist denn um Himmels willen passiert?«

»Ich war nicht der einzige, den sie zum Vorsprechen bestellt hatten«, sagte Piers.

»Was?«

»Außer mir waren noch zwei andere da. Sie haben uns einen nach dem anderen reingerufen. Angeblich, um eine unmittelbare Vergleichsmöglichkeit zu haben.« Piers' Stimme bebte vor Verachtung.

Ginny sah ihn verständnislos an. »Ich dachte, du wärst der einzige, der in Frage kommt.«

»Das dachte ich auch. Und die beiden anderen genauso.«

Ginnys Herz begann heftig zu pochen. »Und wie haben die anderen ausgesehen?« fragte sie, bemüht, sich ihre Spannung nicht anmerken zu lassen.

»Einer sah Ian Everitt ziemlich ähnlich. Er hieß Sean, den Nachnamen hab ich nicht mitgekriegt. Der andere war irgend so 'n junger Hupfer, wahrscheinlich gerade frisch von der Schauspielschule.«

»Hast du sie denn beim Vorsprechen erlebt?«

»Nein, das ist uns Gott sei Dank erspart geblieben.«

Aber dann wüßtest du jetzt wenigstens, wie die anderen waren, dachte Ginny gereizt.

»Und wie ging es dann weiter?«

»Tja, das war irgendwie seltsam, weißt du, wie wir hinterher alle drei wieder im Warteraum saßen.« Piers trank sein Glas aus und schenkte sich sofort nach. Er rief sich die Szene wieder vor Augen; die lauernde Feindseligkeit zwischen ihnen dreien, die verkrampft grinsenden Mienen, das müßige Geplapper, mit dem sie versucht hatten, sich abzulenken.

»Und dann«, fuhr er fort, »kam Alan Tinker wieder rein und holte Sean zu einer zweiten Runde. Mich und den anderen hat er gleich weggeschickt.« Ginny fühlte sich auf einmal von bleischwerer Enttäuschung niedergedrückt. »Er hat noch gemeint«, setzte Piers hinzu, »daß wir keine falschen Schlüsse daraus ziehen sollen. Und daß sie uns heute abend Bescheid geben.« Er schaute finster vor sich hin und kippte noch einen Schluck. Alan Tinkers Stimme klang ihm plötzlich wieder im Ohr: *Nun machen Sie sich mal keine unnötigen Sorgen. Noch ist gar nichts entschieden. Daß wir Sie schon gehen lassen, heißt nicht, daß wir Sie ablehnen.* Er hatte sie beide angelächelt – und hatte er Piers dabei nicht fast unmerklich zugeblinzelt? Oder war das nur Wunschdenken? Piers hätte es nicht zu sagen gewußt.

»O Gott.« Ginny sank auf einen Stuhl. »Ich fasse es nicht. Wieso wollten sie den anderen denn noch mal hören?«

»Keine Ahnung.« Piers sah sie mit dunklen, unglücklichen Augen an. »Das hab ich mich auch die ganze Zeit gefragt. Haben die mich nur verarscht? Haben sie *ihm* die Rolle gegeben?«

»Aber wenn sie dich nicht genommen haben«, sagte Ginny empört, »wieso konnten sie's dir dann nicht gleich sagen?«

»Weiß der Teufel. Verfluchte Mistkerle!« Er knallte das Glas auf den Tisch. »Seit Monaten hängt dieser Scheiß über mir wie ein Damoklesschwert. Ich will endlich wissen, woran ich bin, Himmelherrgott noch mal!«

Ginny sah auf die Uhr.

»Haben sie gesagt, *wann* sie anrufen?«

Piers schüttelte den Kopf. »Natürlich nicht«, sagte er sarkastisch.

Ginny schaute in sein angespanntes Gesicht. »Was glaubst du denn wirklich?« fragte sie vorsichtig. Der Gedanke machte sie fix und fertig, aber sie mußte ihn aussprechen. »Glaubst du, sie haben die Rolle dem anderen gegeben?«

Piers zuckte unwirsch die Achseln. »Ich weiß es nicht. Ich weiß es wirklich nicht.« Er blickte Ginny an und zwang sich zu einem Lächeln. »Das Kleid steht dir fabelhaft«, sagte er. »Ich sollte mich wohl auch langsam umziehen.«

Ginny erwiderte sein Lächeln und faßte nach seiner Hand. In ihr fochten Verzweiflung und Hoffnung einen unentschiedenen Kampf aus. Es war unerträglich. Und ausgerechnet jetzt mußte sie vor aller Welt die strahlende Gastgeberin spielen. Wozu überhaupt diese dämliche Party? Was hat das jetzt alles noch für einen Sinn?

Liz hatte Alice am Nachmittag angeboten, sie für die Party zu schminken und zu frisieren, wenn sie wollte. Und Alice, die Ginny nach dem Mißgeschick mit dem Kaffee nicht noch mehr zur Last fallen wollte, hatte schließlich eingewilligt. Jetzt saß sie auf dem Bett ihrer Mutter, fühlte die weichen Bürsten und Stifte auf ihrem Gesicht kitzeln und tröstete sich mit dem Gedanken, daß sie zur Not ja nachher noch jede Menge schwarzen Lidstrich auftragen konnte. Ihre Mutter schien jedenfalls bester Laune. Sie hatte sogar eine Flasche Sekt aufgemacht, für die

Stimmung, wie sie sagte, summte fröhlich vor sich hin und versicherte Alice immer wieder, sie sähe einfach umwerfend aus.

Endlich ließ sie Alice in den Spiegel schauen, und tatsächlich, die Veränderung war verblüffend, obwohl Alice sich gar nicht recht erklären konnte, worin sie bestand; doch ihr Gesicht wirkte plötzlich viel strahlender. Sogar ihr Haar glänzte.

»So, und jetzt geh und zieh dein Kleid an«, sagte Liz. »Heute abend wirst du die Schönste sein.«

Alice starrte ihre Mutter ungläubig an. Sonst sagte sie immer, Alice sei zu jung, um Make-up zu tragen. Aber heute schien sie ganz begeistert davon. Und genau besehen, war sie heute selbst viel stärker geschminkt als sonst.

»Dein Make-up ist aber auch ganz schön gelungen«, sagte Alice großmütig.

»Ich hab's mir bei Sedgwick's machen lassen«, erklärte Liz munter. »An einem Kosmetikstand.«

Alice schaute verblüfft drein. »Im Kaufhaus? Vor allen Leuten?«

»Ja-ha«, nickte ihre Mutter. »Warum auch nicht? Die machen's einem da gratis. Und ich kann mir diese teuren Produkte nicht leisten.« *Noch* nicht, setzte sie im stillen hinzu.

Als Alice in ihrem Zimmer verschwunden war, holte Liz ihre neue Partygarderobe aus dem Schrank. Sie kleidete sich sorgfältig an, bürstete sich das Haar, bis es schimmerte, und betrachtete sich dann wohlgefällig im Spiegel. Bildete sie sich das nur ein, oder strahlte sie wirklich eine Aura von Reichtum aus? Hatte sie nicht doch etwas von Marcus' selbstsicherem Auftreten abgeguckt, etwas von seinem selbstverständlichen Umgang mit Luxusdingen? Sie drehte sich vor dem Spiegel hin und her, begutachtete den anmutigen Faltenwurf der neuen Seidenbluse. All ihre Pölsterchen schienen auf einmal wie weggezaubert.

Als Jonathan an die Tür klopfte, sah sie sich ohne Eile um und sagte in elegant gedehntem Ton: »Jaa?«

»Laß dich nicht stören.« Jonathan ging geradewegs zu seinem Nachttisch und nahm ein Buch von dem Stapel. Er wandte sich um und musterte sie bewundernd.

»Du siehst großartig aus!« sagte er. Als ob du das beurteilen könntest, dachte Liz bissig. »Ich hab gerade mit Daniel Witherstones Mutter gesprochen«, fuhr Jonathan fort. »Aber Geoffrey hab ich leider immer noch nicht erreicht.«

»Ach, wegen des Stipendiums?« Liz zögerte. »Wann... wann wolltest du die Eltern denn anrufen?«

»Gar nicht. Sie kommen her. Stell dir vor, sie sind auch auf die Party eingeladen. Da scheint sich ganz Silchester zu treffen.« Jonathan lächelte ihr zu. »Mrs. Witherstone meinte, sie könnten uns im Auto mitnehmen. Aber vorher wollen sie unbedingt das Prüfungsergebnis erfahren.«

»Herrjemine«, entfuhr es Liz. Ihr Herz begann ungestüm zu klopfen. Sie wollte Marcus noch nicht treffen. Nicht hier. Nicht mit seiner Frau.

»Weißt du was?« sagte sie schnell. »Ich glaube, ich fahre dann schon mal mit Alice vor.« Plötzlich fiel ihr eine geniale Ausrede ein. »Wir brauchen das Auto ja nachher für die Rückfahrt.«

»Das stimmt allerdings«, nickte Jonathan. »Ich hatte gar nicht bedacht, daß wir ja zu dritt sind. Das könnte etwas eng werden auf der Rückbank.«

»Also, ein Platzproblem sehe ich da eigentlich weniger«, sagte Liz in mokantem Ton. »Ich meine, der kleine Witherstone wird doch immer in dicken Limousinen abgeholt. Diese Leute scheinen ganz schön Kies zu haben.« Es sollte wie eine Herausforderung klingen.

Jonathan zuckte die Achseln. »Mag schon sein.«

Liz sah ihn fast ärgerlich an. Konnte er nicht mal das kleinste bißchen Eifersucht zeigen? Ihr zuliebe?

»Also, genaugenommen«, sagte sie, »ist es gar nicht einzusehen, wozu die überhaupt ein Stipendium brauchen.«

»Es geht ja nicht nur ums Geld«, versetzte Jonathan milde. »Ein Stipendium fürs Bourne College ist vor allem eine

Prestigesache, besonders aus akademischer Sicht. Deswegen will ich ja auch hierbleiben, bis ich mit dem Anruf durchkomme. Ich bin selbst gespannt, ob der kleine Daniel es geschafft hat.« Er blickte Liz bedeutend an. »Wenn er das Stipendium kriegt, ist das auch für uns von Nutzen. Die beste Reklame für unsere Schule. In Silchester spricht sich so was schnell herum.«

Aber Liz hörte nicht mehr zu. Es drängte sie plötzlich aufzubrechen, bevor Marcus und Anthea in ihrem schicken Wagen anrollten, in ihren schicken Kleidern, mit ihrer schicken Fassade einer heilen Wohlstandsehe.

»Na gut«, sagte sie. »Dann kommst du eben nach.« Sie nahm ihre Handtasche und eilte in den Flur hinaus. »Alice!« rief sie. »Bist du soweit?«

Jonathan seufzte. Er blickte auf ihre achtlos im Raum verstreuten Sachen, hob ein zerknittertes Hemd auf, ließ es dann achselzuckend wieder fallen. Er folgte Liz in den Flur und blieb wie angewurzelt stehen, als er Alice aus ihrem Zimmer kommen sah, herausgeputzt wie eine Tangoschöne der zwanziger Jahre, mit einem kurzen Flatterkleidchen und schwarzbewimperten, strahlenden Augen.

»Wunderschön siehst du aus«, sagte Jonathan, ehrlich beeindruckt. Sein Blick fiel auf ihre Doc Martens. »Ich nehme an, die gehören zum Outfit?« setzte er augenzwinkernd hinzu.

»Sowieso«, brummelte Alice. Sie schaute ihn an, seine alten grauen Hosen, sein verblichenes Hemd. »Willst du etwa so auf die Party gehen?« fragte sie entsetzt.

»Aber nein, keine Bange«, sagte Jonathan geduldig. »Ich zieh mich schon noch um. Du brauchst nicht zu glauben, daß ich dich vor deinen Freunden blamieren will. Meine Entenmaske lasse ich auch zu Hause.« Er versuchte, ihren Blick aufzufangen, doch Alice sah errötend weg. Liz, die inzwischen ihren Lippenstift nachgezogen hatte, ohne auf den Wortwechsel zu achten, schaute sich um.

»Komm, Alice, wir gehen«, sagte sie. »Bis nachher, Jonathan.« Mit leichten, beschwingten Schritten lief sie die Treppe hinab. Alice folgte ihr langsamer; sie hätte ihrem Vater trotz allem gern zugelächelt und »bis nachher« gerufen, auch wenn sie insgeheim hoffte, er würde es sich noch anders überlegen und nicht kommen. Doch als sie sich unten an der Treppe umdrehte, war er schon verschwunden.

In der Russell Street Nummer 12 waren alle Fenster erleuchtet und Musik wummerte durch die Mauern. Liz zauderte einen Moment.

»Ob das noch meine Art von Party ist?« murmelte sie vor sich hin.

»Aber sicher! Nun komm schon!« Alice war selbst ziemlich nervös, und das letzte, was sie jetzt brauchen konnte, war eine Mutter im Schlepptau, die alles noch schlimmer machte.

Aber dann öffnete Duncan ihr die Tür, und mit einem Mal schien alles genau, wie es sein sollte. Wie Liz trug auch er ein rotes Hemd, das gut zu seinem runden, rosigen Gesicht paßte. Musik flutete ihnen warm und einladend entgegen, und er begrüßte sie mit einem freundlichen Schmatz auf beide Wangen, ehe er sie über die Schwelle ließ.

»Herzlich willkommen, die Damen!« rief er. »Endlich jemand aus unserer ehrenwerten Nachbarschaft! Ihr seid bisher die einzigen aus Silchester«, setzte er in vernehmlichem Bühnengeflüster hinzu.

»Wer sind denn dann all die Leute da drinnen?« kicherte Alice.

»Lauter schreckliche Londoner«, sagte Duncan vertraulich. »Absolut nicht die Sorte, mit der wir sonst verkehren. Aber sie wollten unbedingt kommen, und was kann man da machen?« Während er sie ins vollgepferchte Wohnzimmer führte, lehnte Liz sich lachend zu Alice hinüber.

»Was für ein witziger Typ!« sagte sie so laut, daß sie die Musik übertönte.

»Ich weiß«, nickte Alice und fühlte sich plötzlich recht überlegen. Das waren *ihre* Freunde. Sie schaute sich nach Piers um. Doch obwohl etliche Männer im Raum ihm irgendwie ähnlich sahen, war er selbst vorerst nirgends zu entdecken.

»Hallo! Schön, daß ihr da seid!« Ginny kam strahlend auf sie zugesegelt. »Also, als erstes braucht ihr mal was zu trinken.« Alice sah Ginny ein bißchen unbehaglich an.

»Tut mir leid wegen heute morgen...« begann sie.

»Ach, das!« Ginny wedelte überschwenglich mit der Hand. »Ist doch gar kein Problem! Vergiß es!« Sie lächelte Alice mit künstlicher Heiterkeit an.

»Wie ist es denn gelaufen? Bei Piers' Vorsp... äh, ich meine, bei der Besprechung?«

»Hat sich noch nicht entschieden«, sagte Ginny leichthin. Sie hielt Alice eine Sektflasche hin. »Hier, schenkt euch selbst ein, okay? Ich muß schnell meine Geschäftspartnerin begrüßen.« Sie stob davon, und Alice warf Liz einen hilflosen Blick zu.

»Na, die wirkt aber aufgeputscht«, meinte Liz. »Nimmt sie vielleicht Drogen?«

»Ich glaub eigentlich nicht«, sagte Alice verwundert. »Ich weiß auch nicht, was los ist. So ist sie sonst nie.«

Ginny fühlte sich, als sei sie kurz vorm Umkippen. Sie schoß auf Clarissa zu, die selbst als Schwangere noch die Eleganz in Person war, beglückwünschte sie mit schrillen Begeisterungsrufen, und während sie das obligatorische Küßchenritual absolvierte, schaute sie sich fieberhaft nach allen Seiten um. Innerlich platzte sie fast vor Wut. Dieser verfluchte Duncan hatte doch wahrhaftig jeden eingeladen, den sie kannten, Freunde und Feinde bunt durcheinander. Alle, alle waren sie aus London eingetrudelt; nun ereiferte der Maklerklüngel sich lauthals über die Immobilienpreise in der Provinz, und die Schauspieler steckten die Köpfe zusammen und tuschelten darüber, ob Piers tatsächlich eine Rolle in *Summer Street* ergattert hatte.

Aber das Telefon klingelte immer noch nicht. Am Anfang

hatte Piers, das Telefon stets im Blick, sich tapfer unter die Gäste gemischt und neugierige Fragen über *Summer Street* so lange abgeschmettert, bis die Leute aufgaben. Dann hatte er sich plötzlich verkrümelt, wohin, wußte sie nicht. Und als ob das alles noch nicht reichte, mußte diese dämliche Alice mit ihrer hausbackenen Mutter auftauchen und sie prompt mit taktlosen Fragen nerven. Hätte sie noch ein bißchen lauter geredet, hätte womöglich jemand etwas *gehört*. Ginny schaute quer durch den Raum zu Alice hinüber, auf die bereits einer von Clarissas gelackten Londoner Freunden einredete, und bereute auf einmal ihre Offenherzigkeit. Wenn sie es recht bedachte, wußte niemand besser über sie Bescheid als Alice; sie hatte ihr praktisch jedes Detail über Piers' Karriere anvertraut, ja idiotischerweise sogar ihren Kinderwunsch. Wie ein Schulmädchen hatte sie all ihre Geheimnisse ausgeplaudert! Sie hätte sich ohrfeigen mögen.

Alice schaute zu Ginny hinüber und wünschte, sie würde herkommen und sie von diesem schrecklichen Quatschkopf erlösen. Er hatte eine Halbglatze, und die Reststrähnen waren zu einem dürftigen Pferdeschwanz gebunden; er sah *steinalt* aus, obwohl er extra einen auf cool und jugendlich machte und dauernd davon laberte, was alles *in* sei und was für *Gigs* man nicht verpassen dürfe. Sie hatte ihm schon gesagt, daß sie erst vierzehn sei und kein Geld für Popkonzerte habe, aber das schien er nicht zu kapieren. Jetzt fing er an, von den Clubs in New Orleans zu schwärmen. Was ging sie New Orleans an? Sie hätte sich gern eine Zigarette angesteckt, aber da hier niemand zu rauchen schien, traute sie sich nicht. Vielleicht konnte sie sich gleich mal verdrücken und in der Garage eine qualmen. Sie mußte nur aufpassen, daß ihre Mutter nichts merkte. Seit jenen ersten Minuten hier hatte Alice sich nicht mehr um ihre Mutter gekümmert. Es war schlimm genug, erst vierzehn zu sein, aber dann auch noch mit der eigenen Mutter auf einer Party...

Als Marcus den Wagen vor der Schule parkte, legte Anthea ihm plötzlich die Hand auf den Arm.

»Vielleicht warten wir lieber noch ein bißchen«, sagte sie. »Vielleicht ist es doch besser, wenn wir den Anruf abwarten.«

Marcus sah sie von der Seite an. Ihr Gesicht war, abgesehen von den sorgsam aufgepinselten Rougeflecken, aschfahl.

»Ach was«, sagte er gemütlich. »Wo wir jetzt einmal hier sind, können wir genausogut reingehen und fragen.«

»Ich halte es nicht aus«, wisperte sie. Marcus beugte sich hinüber und küßte sie auf den Hals.

»Wie auch immer die Sache ausgeht«, sagte er. »Wir lieben Daniel, und wir lieben einander, nicht wahr?«

»J-ja«, stimmte sie bebend zu.

»Na siehst du«, sagte Marcus. »Alles andere zählt nicht. Nun komm!« Er öffnete die Wagentür.

Jonathan erwartete sie bereits. Er hatte gerade Geoffreys Nummer gewählt, aber nur das Besetztzeichen zu hören bekommen.

»Ich versuch's in ein paar Minuten noch mal«, sagte er und sah Anthea an in ihrem schicken Abendmantel und den hauchzarten Strümpfen; und Marcus, so solide und selbstgewiß. Er schluckte.

»Könnte ich Ihnen...?« begann er. »Darf ich Ihnen was zu trinken anbieten?«

Als sie in die Wohnung traten, blickte Marcus sich mit leisem Schaudern um.

»Großartig ist es nicht gerade«, rief Jonathan aus der Küche. »Aber es hält uns warm. Bitte, setzen Sie sich doch.« Er winkte sie ins Wohnzimmer und schenkte drei kleine Gläser Sherry ein. Anthea ließ sich vorsichtig auf der Sofakante nieder; Marcus durchmaß den Raum mit drei Schritten. Er konnte es kaum fassen, wie eng es hier war, wie armselig und unbequem. Kein Wunder, daß Liz sich in solcher Umgebung nicht heimisch fühlte.

»So, jetzt probier ich's noch mal«, sagte Jonathan munter. »Das Telefon ist im Flur.« Kaum war er draußen, sah Marcus zu Anthea hin, überzeugt, seine eigene Reaktion in ihrer Miene bestätigt zu finden. Aber sie starrte nur ausdruckslos zu Boden.

»Ausgezeichnet, dieser Sherry«, sagte er laut. »Könnte ich noch ein Gläschen davon bekommen?« Er war auf einmal begierig darauf, noch mehr von dieser tristen Unterkunft zu sehen.

»Schenken Sie sich ruhig selbst nach«, sagte Jonathan. »Die Flasche steht in der Küche.«

Die Küche kam Marcus noch trostloser vor als das Wohnzimmer. Er warf einen Blick auf den Resopaltisch, auf die Schachteln mit den Frühstücksflocken auf dem Bord und fragte sich, welcher von den Bechern wohl der von Liz war. Doch Jonathans Stimme ließ ihn plötzlich aufhorchen.

»Hallo, Geoffrey? Jonathan Chambers hier.«

Nun konnte auch Marcus die Spannung nicht mehr ertragen. Eilig kehrte er ins Wohnzimmer zurück und machte die Tür zu.

»Wenn es eine Absage ist«, flüsterte er Anthea zu, »dann versuch doch, nicht allzu enttäuscht zu sein, besonders Daniel gegenüber. Ich meine, er hat wirklich hart dafür gearbeitet. So hart, wie er nur konnte. Und davon geht schließlich die Welt nicht unter. Immerhin ...« Er hielt abrupt inne

»Ah so«, sagte Jonathan gerade. »Ich verstehe. Noch inoffiziell. Na, auf jeden Fall vielen Dank für die Nachricht.«

Marcus und Anthea sahen einander an. Er spürte, wie die Angst vor der Enttäuschung ihm die Brust einengte, und zwang sich wie zum Ausgleich zu einem zuversichtlichen Lächeln.

Die Tür ging auf. Jonathan stand mit einem seltsamen Ausdruck im Gesicht da.

»Ihr Sohn«, setzte er an. Anthea zog hörbar die Luft ein. »Ihr Sohn«, fuhr er langsam fort, »hat die ...« Einen kurzen, quälenden Moment lang versagte ihm die Stimme. »... die Prüfung der Stipendiatskandidaten für das Bourne College als Bester bestanden.«

16. KAPITEL

Als sie Marcus mit Jonathan und Anthea auf die Party kommen sah, rührte Liz sich nicht von der Stelle. Sie setzte ihre Unterhaltung mit einem ziemlich langweiligen jungen Landvermesser fort, der angeboten hatte, ihr das Glas aufzufüllen, und wartete darauf, daß Marcus auf sie zukam. Sie wußte, er konnte gar nicht anders; so viel Macht hatte sie einfach über ihn. Also lehnte sie sich entspannt in ihrem Sessel zurück – buchstäblich ihrem eigenen Sessel –, nippte genüßlich an ihrem Sekt, lachte laut über die schalen Witze des jungen Mannes und wartete ab.

Und als Marcus über die nickenden, wippenden Köpfe von Ginnys Freunden hinweg ihren Blick auffing und mit einer verstohlenen Kinnbewegung auf den Garten wies, lächelte sie zufrieden vor sich hin, ließ aber noch ein paar Minuten verstreichen, ehe sie den jungen Mann in seinen Ausführungen über die Unwägbarkeiten der Bodensenkung unterbrach. Während sie sich zur Hintertür durchdrängelte, vermied sie es sorgsam, Jonathans Blick zu begegnen. Sie wollte sich auf keinen Fall damit aufhalten müssen, ihn der Gastgeberin vorzustellen, ihrer Rolle als Ehefrau gerecht zu werden. All diese Banalitäten konnten sie jetzt nicht mehr kümmern.

Eigentlich hatte sie erwartet, daß Marcus sie stürmisch an sich drücken würde, sobald sie in den Garten hinaustrat. Schließlich waren schon Wochen vergangen, seit sie zuletzt zusammengewesen waren. Doch statt dessen zischte er ihr nur entgegen: »Wie ist die Sache mit der Bank gelaufen?«

»Mit der Bank?« Liz starrte ihn verständnislos an.

»Ja, die Unterredung bei der Bank vor ein paar Wochen. Was hat sich da ergeben?«

»Ach so, das.« Folgsam rief sie sich das Treffen in Erinnerung. »Sie haben gesagt, wir müßten unser Haus verkaufen. Wir hätten nicht genug Kapital in die Schule investiert.«

»Und andernfalls?«

Liz zuckte die Achseln. »Was weiß ich? Dann müssen wir uns eben aus dem Projekt zurückziehen.« Sie kicherte. »Von mir aus lieber heute als morgen!«

Marcus packte sie am Handgelenk. »Mach keine Witze!«

Liz zuckte überrascht zurück. »Wieso? Es kommt doch eh nicht mehr darauf an.«

»Hör mal zu, die Schule ist euer Lebensunterhalt«, sagte Marcus zornig. »Natürlich kommt's darauf an, daß ihr damit Erfolg habt, oder ist dir vielleicht noch nicht klar, was für gute Arbeit ihr leistet?« Er hielt einen Augenblick inne und atmete tief durch. »Daniel hat das Stipendium für Bourne bekommen«, fuhr er fort. »Und er hat die Prüfung als Bester bestanden.« Er strahlte vor Vaterstolz.

»Na, das ist ja fein«, sagte Liz. »Und was ist mit uns? Wann können wir uns wieder in Ruhe treffen?«

Marcus starrte sie ungläubig an.

»Ist das alles, was du zu sagen hast?«

Liz zuckte die Achseln. »Ja, was denn...« Sie brach ab, als die Hintertür plötzlich aufschwang und Duncans unverkennbare Stimme zu ihnen herüberschallte. »Schnell, in die Garage«, zischte sie. Sie schob Marcus hastig in den dunklen Raum, schloß die Tür und lehnte sich schwer atmend dagegen. »Sie werden uns nicht sehen, wenn wir das Licht nicht anmachen«, murmelte sie und hob ihm erwartungsvoll das Gesicht entgegen. Doch Marcus stieß sie ungeduldig von sich weg.

»Ich versteh nicht, wie du so gleichgültig sein kannst. Dein Mann vollbringt wahre Wunder, weißt du das?«

»Meinetwegen«, entgegnete Liz wegwerfend. »Soll er doch.«

»Was heißt denn das nun wieder?«

»Ach, nichts weiter. Ist mir nicht wichtig.« Vor lauter beschwipster Erregung war Liz ganz taumelig zumute. Jetzt, dachte sie, jetzt gleich wird sich alles entscheiden. Marcus würde sie fragen, ob sie Jonathan noch liebte. Und sie würde nein sagen. Und er würde sie fragen, ob sie seine Frau werden wolle.

»Was ist dir dann wichtig?«

»Wir«, sagte Liz schüchtern und strich Marcus sanft über die Wange. Er wischte ihre Hand mit einer heftigen Bewegung weg und trat einen Schritt zurück.

»Wir?« rief er. »Was heißt wir?«

»Wir beide«, sagte sie leise.

»O nein«, sagte er mit Nachdruck. »Das ist vorbei. Endgültig vorbei!« Seine Stimme hallte hart und kalt durch die finstere Garage. Liz schrak zusammen.

»Wie meinst du das?« wisperte sie.

»Du hast ihn doch gehört«, tönte es piepsig aus der Ecke. Liz und Marcus fuhren entsetzt herum und starrten in die geisterhafte Feuerzeugflamme, die plötzlich aufflackerte. Alice kauerte an der Wand, ein Bündel schwarzer Fransen, aus dem kantige Kinderknie hervorragten, und schaute mit aufgerissenen Augen von einer stummen Gestalt zur anderen. Dann zündete sie zitternd eine Zigarette an, paffte ein paarmal, um sie zum Glimmen zu bringen, und erhob sich langsam. Zwischen den Stapeln von Umzugskisten und aufgehäuftem Ramsch hindurch kam sie auf sie zu, blieb vor Liz stehen, als wollte sie etwas sagen, zog aber nur mit bebenden Lippen an ihrer Zigarette, drängte sich brüsk, mit eingezogenem Kopf, zwischen Liz und Marcus hindurch und schlug die Tür hinter sich zu. Liz stand da wie vom Donner gerührt.

»O Gott«, jammerte sie. »O Gottogott!«

»Verdammter Mist«, knurrte Marcus. »Auch das noch.« Er sah Liz wenig mitfühlend an. »Besser, wir gehen ihr nach und schauen, ob wir die Katastrophe aufhalten können«, sagte er trocken. »Und du stell erst mal das Gezeter ab.«

Auf einmal klingelte das Telefon laut und durchdringend über die stampfende Musik hinweg, und Ginny erstarrte. Hektisch blickte sie sich nach Piers um, konnte ihn aber nirgends entdecken. Die anderen waren fast alle mit Duncan im Garten. Sie wollte schon zum Telefon eilen, als sie plötzlich eine Hand zum Hörer greifen sah.

»Nein, nicht!« schrie sie. »Ich nehm schon ab!« Der übereifrige Gast, ein kleiner Werbefritze, dessen Name Ginny entfallen war, lächelte sie verlegen an.

»Ich dachte, es ist vielleicht jemand, der nach dem Weg fragen will«, sagte er.

Ginny nahm keine Notiz von ihm und langte nach dem Hörer. Doch Piers war schneller gewesen. Er hatte den Anruf an dem Apparat in ihrem Schlafzimmer entgegengenommen.

»Hallo?« sagte er in jenem sorgsam modulierten Tonfall, den er immer gebrauchte, wenn er jemanden beeindrucken wollte.

»Piers? Alan Tinker hier.«

Ginny rammte den Hörer auf die Gabel und spähte panisch über die Schulter, um sich zu vergewissern, daß niemand in der Nähe stand. Doch unter den wenigen, die zu ihr herüberschauten, waren keine neugierigenSchauspieler. Gott sei Dank. Keiner hatte etwas mitgekriegt.

Ein paar Sekunden lang stand sie nur da, schwankte leicht hin und her und sagte sich, halb schwindlig vor Erregung, daß ihr Schicksal sich in diesem Moment entschied. Fast hätte sie laut herausgelacht. Doch sie nahm sich zusammen, gesellte sich unauffällig wieder zu ihren Gästen und wunderte sich selbst darüber, wie sie so fröhlich in die Runde lächeln konnte, wie sie es sogar fertigbrachte, irgendeiner Schauspielerin ein Kompliment zu ihrer schicken Jacke zu machen. Endlich erreichte sie die Treppe und machte sich langsam, mit schleppenden Schritten an den Aufstieg. Unwillkürlich zählte sie die Stufen; an der sechzehnten würde sie auf Piers treffen – und auf die Antwort.

Gerade als sie oben ankam, tauchte Piers in der Schlafzimmertür auf. Ein Blick in sein Gesicht genügte. Er hatte die Rolle nicht bekommen.

Ein jäher, schneidender Schmerz durchfuhr sie, und sie lächelte Piers strahlend an.

»Mach dir nichts draus.« Sie spürte, wie ihr die Tränen in die Augen traten. »Eigentlich wolltest du diese dumme Rolle doch gar nicht.«

»Nein«, sagte Piers. »Eigentlich nicht.« Er sah sie einen Moment lang ausdruckslos an, dann sackte die mühsam gewahrte Fassade plötzlich in sich zusammen, und er schluchzte laut auf. Ginny starrte ihn entgeistert an. »Doch, ich wollte sie!« schrie er. »O mein Gott, und wie ich sie wollte, viel mehr, als du dir das gewünscht hast. Es hat mir richtig angst gemacht, *wie* sehr ich sie wollte.« Er sank auf die oberste Treppenstufe. »Sie haben Sean genommen. Den, den sie noch mal reingerufen haben. Ich hab's ja gleich gewußt. Diese Mistkerle.« Er hieb mit der Faust auf den Boden. »Warum haben sie uns so lange warten lassen?« Ginny kauerte sich neben Piers und nahm ihn in die Arme. Sie konnte die Tränen kaum noch zurückhalten; sie wußte nicht, was sie sagen sollte. All ihre Gedanken waren seit Monaten immer nur um *Summer Street* gekreist. Nein, nein, es durfte nicht wahr sein. Die Enttäuschung brannte so heftig in der Magengrube, daß sie sich vor Schmerz zusammenkrümmte.

»Ginny?« Sie hob den Kopf. Alice stand auf der Treppe und sah sie unglücklich an; ihre Hand zitterte, als sie fahrig an ihrer Zigarette zog; ihr Gesicht war totenblaß. »Ginny, es ist was ganz Schreckliches passiert.«

Ginny musterte sie kalt. Diese verflixte kleine Alice. Na warte. Die kam ihr gerade recht.

»Ich w-war in der Garage...«, stammelte Alice.

»Alice«, unterbrach Ginny. »Ich will's nicht wissen, okay?« Sie beugte sich vor und schrie Alice ins Gesicht: »Ich will überhaupt nichts mehr von dir wissen, hörst du?« Ihre Stimme überschlug sich fast. »Kapier das doch endlich, DU NERVST. Also los, mach, daß du wegkommst, verpiß dich, und laß dich hier nie wieder blicken!«

Alice zuckte heftig zusammen.

»Wa-was...?« begann sie mit bebender Stimme.

»Wenn du heute morgen nicht so verdammt tolpatschig gewesen wärst«, fauchte Ginny, »wenn du nicht hergekommen wärst, wenn du nicht so blödsinnig in Piers verschossen wärst, dann hättest du ihm vielleicht nicht alles verdorben! Du hast uns nur Unglück gebracht! Jetzt hau endlich ab, worauf wartest du noch, geh einfach, geh!«

Alice zögerte nicht länger. Mit wild pochendem Herzen, die Augen dunkel und starr vor Schock, stolperte sie blindlings die Treppe hinab, durch die Haustür und in die Nacht hinaus.

»Was ist denn in die gefahren?« Clarissa schaute verblüfft aus dem Wohnzimmer. »Stimmt irgendwas nicht mit der Kleinen? Sollte man nicht ihren Eltern Bescheid sagen?«

Liz trat mit verzagtem Herzen ins Haus und ging sogleich auf Jonathan zu, krampfhaft bemüht, sich nichts anmerken zu lassen.

»Ich mach mir ein bißchen Sorgen wegen Alice«, sagte sie mit schwankender Stimme. »Weißt du vielleicht, wo sie abgeblieben ist?«

»Nee, keine Ahnung. Hat sie zuviel getrunken?« Jonathan sah Liz beunruhigt an. »Was macht das dumme Ding auch immer für Sachen!«

»Nein, nein, das ist es nicht.« Liz blickte sich hektisch um. »Hast du sie denn nirgends gesehen?«

»Entschuldigen Sie!« Eine bildhübsche schwangere Blonde tippte Liz auf die Schulter. »Sind sie die Mutter von der Kleinen in dem Fransenkleid? Ich dachte, ich sag's Ihnen lieber, sie ist gerade raus auf die Straße gerannt. Sie kam mir irgendwie aufgescheucht vor.«

»Ich geh mal nachschauen«, murmelte Liz und wollte sich schon an Jonathan vorbeidrängen. Doch er hielt sie fest.

»Nein, *ich* gehe«, sagte er mit Nachdruck. »Bleib du nur hier und genieß die Party. Und red mal ein paar Worte mit Anthea. Ich glaube, ihr habt euch noch gar nicht bekannt gemacht, oder?« Liz starrte hilflos zu Anthea hin, die sie munter anlächelte. »Danke Ihnen«, rief er Clarissa nach. Sie prostete ihm strahlend mit ihrem Mineralwasser zu. »Ich bleib nicht lange weg«, sagte er noch und war plötzlich verschwunden.

Liz schaute Anthea an. Sie hatte ihr nichts zu sagen. Doch Anthea sprudelte ganz von selbst los.

»Ihr Mann ist ein Genie! Ich kann Ihnen gar nicht sagen, wie dankbar ich ihm bin. Er ist so ein fabelhafter Lehrer, so geduldig und so was von humorvoll... Und dieses einmalige Talent, den Kindern alles so zu erklären, daß sie es auch wirklich verstehen!« Sie hielt kurz inne. »Sie wissen sicher schon, daß unser Sohn das Stipendium bekommen hat?«

Liz starrte zu Boden. »Ja, doch«, murmelte sie. »Großartig.«

»Nicht wahr? Wir sind überglücklich. Stimmt's, mein Schatz?«

Liz blickte überrascht auf. Halb benebelt vor Entsetzen sah sie Anthea zu jemandem hinauflächeln. Und dieser Jemand war Marcus. Zärtlich legte er Anthea den Arm um die Schultern, beugte sich zu ihr nieder und küßte sie, so als liebte er sie noch.

Zorniger Haß würgte Liz, drohte, jeden Moment in unkontrollierten Schluchzern hervorzubrechen. Sie würde noch eine Minute an sich halten, sagte sie sich, ehe sie das Weite suchte. Aber wohin dann? Zu Jonathan? Zu Alice?

»Ich hab allen aus meiner Bekanntschaft von Ihrer Schule erzählt«, schwärmte Anthea weiter. »Und die meisten haben ihre Kinder schon angemeldet. Sie sind jetzt schon begeistert. Aber wenn sie erst von Daniels Erfolg hören...« Sie legte eine bedeutungsvolle Pause ein. »Werden Sie selbst denn auch Vorbereitungskurse für die Aufnahmeprüfungen geben, Mrs. Chambers?«

»Nein, vorerst nicht.« Liz sah geradewegs in Marcus' unbewegtes Gesicht. »Ich bin mir noch nicht ganz darüber im klaren, was ich tun werde.«

Jonathan holte Alice an der Straßenecke ein, wo sie atemlos und schluchzend stehengeblieben war, die Wangen von zerlaufener Wimperntusche verschmiert, eine lange Spur von Zigarettenkippen hinter sich ausgestreut. Als er herankam, sah er, wie sie fluchend und schniefend versuchte, ihr Feuerzeug in Gang zu bringen, doch der Wind blies es immer wieder aus.

»Alice!« rief er. »Ich bin's, dein Vater!« Alice fuhr herum, warf sich an seine Brust und schniefte laut. »Na, komm schon«, brummelte er begütigend. »Ist ja gut. Es ist alles okay.«

Langsam faßte sie sich und schaute tränenüberströmt zu ihm auf.

»Es tut mir so leid!«

»Nicht doch, nicht doch«, sagte Jonathan ruhig. »Es war sowieso eine langweilige Party.«

»Aber nein, du verstehst nicht...« Sie blickte die leere, dunkle Straße hinab. »O Gott, es ist alles so schrecklich!« Ein neuer Tränenstrom rann ihr übers Gesicht.

»Was *ich* schrecklich finde«, Jonathan schaute auf die Spur aus Kippen, »ist, daß du schon so lange rauchst und nie etwas gesagt hast.«

Alice japste erschreckt nach Luft.

»So lange? Wie kommst du denn darauf?« In ihrer bebenden Stimme schwang ein Anflug von Trotz mit.

»Ich dachte, wenn Genevieve wegzieht, würdest du es vielleicht wieder sein lassen. Aber offensichtlich ist dem nicht so.«

Alice staunte. »Du hast es gewußt? Die ganze Zeit schon?«

»Heimlichkeit, Alice«, bemerkte Jonathan, »ist nicht gerade deine Stärke. Die Kippen in der Garage waren doch ziemlich verräterisch.«

»Aber wieso hast du nie etwas gesagt?«

Jonathan wiegte bedächtig den Kopf. »Nur weil man etwas

weiß«, erklärte er, »muß man es noch lange nicht an die große Glocke hängen.« Er zwinkerte ihr zu. »Meldest du dich in der Schule jedesmal, wenn du meinst, daß du die Antwort weißt?«

Alice schüttelte stumm den Kopf

»Na also. Manchmal wartest du lieber ab. Manchmal bist du dir nicht so sicher. Also hältst du vorsichtshalber den Mund, nicht?«

Alice sah ihn an. »Papa...«, sagte sie und hielt inne.

»Ja?«

Doch sie zögerte noch einen Moment. Schließlich fuhr sie sich mit der Hand durch die Haare und lächelte ihn schüchtern an.

»Darf ich mir jetzt vielleicht eine Zigarette anzünden?«

Duncan ging nach oben, um Ginny und Piers zu suchen, und hörte gedämpftes Schluchzen aus ihrem Schlafzimmer. Oje, dachte er bedrückt. Auch wenn er es nie zugegeben hatte, war er ebenso hoffnungsvoll gewesen wie sie. Eine Weile stand er vor ihrer Tür und wünschte verzweifelt, er könnte hineingehen und die Enttäuschung mit ihnen teilen, ihnen sein Mitgefühl bekunden. Aber die beiden konnten sich wenigstens gegenseitig trösten.

Ein Geräusch von unten ließ ihn zusammenzucken. Um Gottes willen, die Party. Keiner auf der Party durfte etwas erfahren. Er machte auf dem Absatz kehrt, lief eilig die Treppe hinab und schnappte sich zwei offene Weinflaschen, die auf dem Tisch in der Diele standen.

»Wer braucht noch einen Schluck?« rief er. »Dreht doch mal die Musik auf!«

»Duncan!« Ginnys Freundin Clarissa zupfte ihn mit zuckersüßem Lächeln am Ärmel. »Weißt du, wo Ginny ist? Wir wollen uns verabschieden.«

Duncan zögerte nur eine Sekunde.

»Also, ganz im Vertrauen«, grinste er anzüglich, »ich glaube nicht, daß Ginny und Piers jetzt gestört werden möchten.« Er blinzelte Clarissa zu, und sie lachte hell auf.

»Na, um so besser«, sagte sie. »Aber bestell ihnen viele Grüße von uns, ja?«

Liz blieb auf der Party, bis Duncan ein Tablett mit Teetassen hereinbrachte. Da fiel ihr plötzlich auf, wie spät es geworden war; widerstrebend suchte sie Mantel, Schal und Handschuhe zusammen, verabschiedete sich und trat in die eisige Nachtluft hinaus. Ihre Wut auf Marcus, ihre Befangenheit Jonathan gegenüber, ihre Angst vor dem, was Alice ausgeplaudert haben könnte – all das schien sich auf einmal verflüchtigt zu haben. Sie ging mit zielstrebigen Schritten nach Hause und freute sich schon auf den heißen Tee mit viel Zucker, den sie sich aufbrühen würde, sobald sie daheim war. Weiter konnte sie jetzt nicht denken.

Doch als sie sich in die Küche schleichen wollte, verharrte sie erschrocken auf der Türschwelle. An die Anrichte gelehnt, gemütlich aus dem Becher schlürfend, den sie sich auf dem ganzen Heimweg vorgestellt hatte, stand Jonathan.

»Na? Ist die Party gut zu Ende gegangen?« sagte er leise, aber freundlich. »Alice ist schon im Bett. Sie war wohl ziemlich erschöpft.«

Liz starrte ihn verdattert an. Stellte er sich absichtlich dumm? Wollte er Katz und Maus mit ihr spielen?

»Ich nehme an, Alice hat dir alles gesagt«, murmelte sie mit belegter Stimme.

Jonathan schloß beide Hände um den Becher, doch sein Gesichtsausdruck änderte sich nicht.

»Alice hat mir gar nichts gesagt«, gab er zurück. »Und ich glaub auch nicht, daß es da groß was zu sagen gab.« Er lächelte. »Jetzt setz dich erst mal. Du magst bestimmt auch einen Tee. Mit viel Zucker.«

17. KAPITEL

Zwei Wochen später saß Jonathan in Marcus' Büro. Als Marcus seinem klaren, geraden Blick begegnete, errötete er ein wenig und wandte sich ab.

»Sehr nett von Ihnen, daß Sie hergekommen sind«, sagte er. »Zumal Sie samstags bestimmt genügend anderes zu tun haben.« Er nickte zu der Zeitung auf seinem Schreibtisch hin, die auf der Seite mit den Immobilienannoncen aufgeschlagen war. »Haben Sie schon den Artikel über das Stipendium gelesen?« Er blätterte weiter zum lokalen Nachrichtenteil. »Ganz gut gelungen, finde ich. Es war Antheas Idee.«

Sie schauten beide auf das körnige Foto, das einen verbissen lächelnden Daniel zeigte – über der Schlagzeile WUNDERKIND ERZIELT BESTNOTE ALS STIPENDIAT. »Daniel war nicht gerade erbaut von dem ganzen Tamtam«, fuhr Marcus fort. »Aber ich hoffe doch, es ist eine gute Werbung für Ihre Schule.«

»Kann man wohl sagen«, schmunzelte Jonathan. »Ich wußte gar nicht, daß es so viele Kinder in Silchester gibt, die Förderkurse für die Aufnahmeprüfung brauchen.« Er sah auf die Uhr. »Darum hab ich auch nicht viel Zeit, ich muß nachher noch Unterricht geben. Wir arbeiten, wann immer wir nur können, selbst am Wochenende.«

»Ja, natürlich.« Marcus schlug abrupt die Zeitung zu. »Ich muß auch gleich weg. Aber es wird nicht lange dauern. Ich wollte Ihnen zunächst einmal sagen, daß Ginny und Piers Prentice ihren Mietvertrag gekündigt haben.«

»Ach herrje.« Jonathan machte ein betretenes Gesicht. »Denen hat's bei uns wohl nicht gefallen.«

»Tja...«, sagte Marcus gedehnt. »Ich weiß auch nicht, weshalb sie so schnell wieder ausgezogen sind. Ihre Sachen haben sie zum Großteil schon mitgenommen, und die restlichen Kisten in der Garage lassen sie sich nachschicken. Ähm... die ausstehende Miete zahlen sie selbstverständlich noch«, setzte er hastig hinzu. »Aber de facto steht das Haus jetzt wieder leer.«

»Wie schade«, meinte Jonathan. »Meine Tochter hatte mir nur erzählt, sie wären wohl für 'ne Weile verreist. Sie war ziemlich betrübt, als sie sie nicht mehr angetroffen hat.« Er runzelte die Stirn. »Aber mir war noch gar nicht klar, daß es endgültig ist.« Er schaute besorgt zu Marcus auf. »Wir brauchen die Mieteinnahmen nämlich dringend. Wie lange, glauben Sie, wird es dauern, bis Sie neue Mieter für uns finden?«

»Ach, wissen Sie, unter Umständen könnte sich das jetzt sogar erübrigen«, entgegnete Marcus leichthin. »Vielleicht ist es gar keine so schlechte Nachricht, wie Sie denken.« Er hielt inne, betrachtete angelegentlich seine Fingernägel. Als er wieder hochschaute, war seine Miene unbewegt wie die eines Pokerspielers. »Ich glaube«, sagte er langsam, »ich habe eventuell einen Käufer für Ihr Haus.«

»Nicht möglich!« fuhr Jonathan überrascht auf. »Die Hoffnung hatte ich praktisch schon begraben.«

»Der Käufer«, erklärte Marcus mit fester Stimme, »ist ein ausländischer Investor, der ein Objekt zur Kapitalanlage sucht. Ich habe ihm geraten, ein Angebot über zweihunderttausend Pfund zu machen.«

Eine kurze Pause trat ein. Jonathan starrte ihn sprachlos an.

»Übrigens wünscht der Käufer anonym zu bleiben«, fügte Marcus schnell hinzu. »Also würden dann alle Verhandlungen über mich laufen müssen. Das heißt, falls Sie an dem Angebot interessiert sind.«

Jonathan fand plötzlich seine Stimme wieder.

»*Interessiert*?« rief er ungläubig. »Sie sind gut! Das würde mit einem Schlag alle unsere Probleme lösen!«

»Na wunderbar«, sagte Marcus gleichmütig, während er ohne ersichtlichen Grund die Papiere auf seinem Schreibtisch hin- und herschob. »Ich kann also davon ausgehen, daß Sie das Angebot akzeptieren?« Er blickte auf. Jonathan wirkte immer noch völlig verdattert. Nun, sollte er sich ruhig wundern, solange er keinen Argwohn faßte.

Marcus überlegte angestrengt, wie er ihm den Glücksfall glaubhaft machen könnte. »Ich weiß, es kommt ein bißchen plötzlich für Sie, aber es gibt noch eine ganze Reihe Hausbesitzer in Ihrer Lage, die davon profitieren, daß der Mann gerade jetzt investieren will, wo die Immobilenpreise so niedrig sind.«

»Zweihunderttausend Pfund für unser Haus, das kommt mir wahrhaftig nicht wie ein niedriger Preis vor!« entgegnete Jonathan strahlend.

»Relativ gesehen, meine ich«, parierte Marcus schnell. »Aber Sie haben da eben was von Problemen gesagt. Ich nehme an, es handelt sich um Ihre finanzielle Situation?«

»Allerdings«, nickte Jonathan. »Die Schule ist mit derart hohen Hypotheken belastet, daß wir mit den Ratenzahlungen kaum noch nachkommen. Die Bank sitzt uns wie ein Alpdruck im Genick.«

»Ach, wirklich?« Marcus lächelte Jonathan wohlwollend an. »Dann kommt dieser Verkauf ja wie gerufen, was?«

»O ja«, sagte Jonathan aus tiefstem Herzen. »Ich weiß gar nicht, wie ich Ihnen danken soll. Wir dachten schon, wir kriegen das Haus nie mehr los.«

Marcus winkte bescheiden ab. »Ich tue nur meine Arbeit, weiter nichts. Ach, übrigens«, setzte er beiläufig hinzu, »da ist noch etwas, das Sie aber vielleicht nicht so sehr interessieren wird.«

»Was denn?«

»Der Käufer«, sagte Marcus vorsichtig, »hat durchblicken lassen, daß er das Haus gern vermieten würde, und zwar zu einem durchaus vernünftigen Preis, wenn er geeignete Mieter findet.« Er warf Jonathan einen flüchtigen Blick zu. »Und ich dachte, bevor ich es annonciere, sollten Sie die erste Option haben.« Er zuckte die Achseln. »Ich weiß natürlich nicht, ob das für Sie überhaupt von Belang ist. Vielleicht ziehen Sie es ja vor, in Ihrer jetzigen Wohnung zu bleiben?«

Jonathan lächelte bitter. »Von vorziehen kann gar keine Rede sein, es bleibt uns einfach nichts anderes übrig. Bis das Geschäft einigermaßen läuft ...«

»Es läßt sich doch ganz gut an, und vielleicht bleibt die Miete ja im Rahmen des Bezahlbaren«, sagte Marcus. »Der Käufer hat ausdrücklich betont, daß ihm die Werterhaltung des Objekts wichtiger ist als eine hohe Rendite, weshalb er solide, langfristige Mieter sucht.«

»Du lieber Himmel, das klingt ja vielversprechend.« Jonathan kaute nachdenklich auf seiner Unterlippe. »Hm ... in welchem Rahmen bewegt sich die Miete denn so etwa?«

Marcus stand auf, trat ans Fenster und schaute in den Hof hinunter. Eine einzelne, windzerzauste Narzisse schaute tapfer zurück.

Dann drehte er sich um und nannte einen Betrag. Einen Moment lang dachte er schon, er hätte den Bogen überspannt. Doch dann glättete sich Jonathans Miene.

»Tja, ich bin mir nicht sicher ...«, begann er. »Aber vielleicht könnten wir das tatsächlich irgendwie schaffen.«

»Der Käufer läßt bestimmt mit sich handeln«, sagte Marcus hastig. »Wenn nötig.«

»Ich glaube, das wird nicht nötig sein.« Jonathan strahlte ihn zuversichtlich an. Nach kurzem Zögern erwiderte Marcus sein Lächeln.

»Ich muß natürlich erst mit meiner Frau drüber reden«, setzte Jonathan hinzu.

»Natürlich.« Marcus nickte wissend. »Vielleicht möchte sie lieber da bleiben, wo Sie jetzt wohnen?«

Jonathan warf ihm einen eigenartigen Blick zu. »Das glaube ich kaum«, sagte er. »Aber ich frage sie auf jeden Fall erst mal, was sie davon hält.«

Liz fühlte sich grau. Grau an Körper und Seele. Die blasse Frühlingssonne tat nichts dazu, sie aufzuheitern, sondern hob ihre Melancholie nur noch krasser hervor. Sie saß niedergeschlagen in einem der Schulräume und versuchte wieder einmal, irgendwelche Ideen für die Fremdsprachenabteilung zu entwickeln; schrak jedesmal zusammen, wenn Lehrer oder Schülergrüppchen fröhlich plaudernd an ihrer Tür vorbeikamen; verzog entnervt das Gesicht, als zu allem Überfluß auch noch Alice' Popmusik durch die Wände zu wummern begann.

Alice hatte nur eine Woche gebraucht, um über ihre Depression hinwegzukommen. Eine Woche lang hatte sie kaum etwas gegessen, hatte Liz wie Luft behandelt und war bei jeder Gelegenheit in Tränen ausgebrochen. Die meiste Zeit hatte sie, in ihre Daunendecke gewickelt, unzugänglich in ihrem Zimmer gehockt und Musik laufen lassen, die von Tag zu Tag lauter und trostloser klang. Es hatte Liz sehr viel Selbstbeherrschung gekostet, sie gewähren zu lassen und nicht einen ordentlichen Krach vom Zaun zu brechen. Nur die Einsicht, daß eine Auseinandersetzung alles nur noch schlimmer machen würde, und die Angst davor, was Alice womöglich an Geheimnissen ausplaudern könnte, hatten sie davon abgehalten, ihrem Ärger Luft zu machen. Und im Grunde hatte sie Alice diese rückhaltlose Zurschaustellung ihrer Trauer mißgönnt. Sie selbst mußte ihren Kummer in sich hineinfressen, mußte ihn sorgsam verborgen halten, im stillen bekämpfen, konnte nur hoffen, daß sie ihn vielleicht nach und nach überwand.

Weshalb es sie um so mehr ärgerte, Alice jetzt hinter ihrer Tür kichern und prusten zu hören, als sei überhaupt nichts passiert. Plötzlich spürte sie heftigen Neid beim Gedanken an die Albernheiten, das unerschöpfliche Gegiggel und Getuschel in dem kleinen Zimmer nebenan.

Denn Genevieve war wieder da, über die Ferien in die Heimat zurückgekehrt. Ihr Anruf aus Heathrow hatte sie alle überrascht; schon am Telefon hatte Alice' Leichenbittermine sich zaghaft aufgehellt, und seither sprudelte sie förmlich vor Ausgelassenheit. Liz konnte sich gar nicht genug über diese jugendliche Flexibilität wundern, aber zugleich grollte sie Alice deswegen. Jetzt war sie die einzige, die weiterhin Trübsal blies.

Plötzlich öffnete sich die Tür des Klassenzimmers einen Spaltbreit, und Genevieve steckte den Kopf herein. Ihr Anblick erstaunte Liz immer wieder von neuem. Genevieve war nicht nur tief gebräunt und zehn Kilo schlanker geworden, sondern trug neuerdings auch noch einen neckischen kleinen Ring im Nasenflügel.

»Mrs. Chambers?« Ihre Stimme hatte einen leichten amerikanischen Akzent angenommen, den Liz manchmal recht charmant, meistens aber schwer zu ertragen fand. »Ist es okay, wenn wir uns Erdnußbutter machen?«

Liz blickte sie verdutzt an. Wozu denn? hätte sie am liebsten gefragt, doch sie nickte nur. »Ich hab nichts dagegen.«

»Cool.« Genevieve zog den Kopf zurück.

»Aber macht bitte nicht zuviel Schweinerei in der Küche«, mahnte Liz automatisch, wenn auch zu spät. Sie zögerte kurz, ob sie Genevieve folgen sollte, um die Mahnung zu wiederholen, und sagte sich dann, daß es ja sowieso keinen Zweck hatte. Es lohnte die Mühe nicht; *nichts* lohnte mehr die Mühe.

Als Jonathan mit Marcus ins Foyer von Witherstone's trat, sah er Anthea mit den beiden Jungen in der Sofaecke sitzen.

»Mr. Chambers?« Anthea stand auf und drückte ihm warm die Hand. »Haben Sie den Artikel in der Zeitung gelesen?«

»Habe ich«, sagte Jonathan und lächelte.

»Ich hab ihn ihm gezeigt«, sagte Marcus.

»Wir sind immer noch ganz begeistert!«, fuhr Anthea überschwenglich fort.

Daniel versuchte, Jonathans Blick aufzufangen. »Glauben

Sie«, fragte er, daß der Artikel Ihnen mehr Schüler bringen wird?«

»Das will ich meinen«, nickte Jonathan.

Daniel schaute sofort zu Andrew hinüber, als wollte er sagen: Na? Siehst du?

»Pöh, trotzdem siehst du beknackt aus auf dem Foto«, bemerkte Andrew ungerührt.

Jonathans Mundwinkel zuckten. Er warf einen Blick auf die Uhr.

»Ich muß jetzt wirklich los«, sagte er entschuldigend.

»Ja, natürlich«, sagte Marcus. »Also, Sie geben mir dann Bescheid, wie Sie sich wegen des Hauses entschieden haben, nicht wahr? Es hat aber keine Eile«, setzte er hinzu. »Lassen Sie sich ruhig Zeit.«

Zu Hause fand Jonathan ein ungewohntes Durcheinander vor. Liz stand an die Anrichte gelehnt und starrte trübsinnig in ihren Kaffeebecher, während Alice und Genevieve kichernd um sie herumsprangen, Töpfe und Tiegel aus dem Schrank holten, Erdnüsse auf die Waagschale schütteten und sich vor Lachen bogen, als die Nüsse quer über den Tisch und die Fußbodenfliesen rollten.

»Die reichen nie«, verkündete Genevieve. »Los, wir gehen noch ein paar Tüten kaufen.«

»Ja, klar!« rief Alice. Sie blickte mit strahlenden Augen zu Jonathan auf. Ihre Wangen waren gerötet, und sie sah überglücklich aus.

»Bevor ihr geht, muß ich euch noch schnell eine gute Nachricht mitteilen«, sagte Jonathan. »Wir haben einen Käufer für unser Haus gefunden.«

»Oh, prima!« Alice bückte sich nach ein paar Erdnüssen und knabberte drauflos.

»Cool«, sagte Genevieve höflich.

Liz schwieg. Ihr war, als ginge sie das alles nichts mehr an.

»Und es besteht die Möglichkeit«, setzte Jonathan hinzu, »daß wir es von den neuen Besitzern mieten könnten.«

»Super!« jubelte Alice. »Dann wohnen wir wieder da?«

»Ja.«

»Hey, is' ja klasse!«

»Find ich auch«, mischte Genevieve sich überraschend ein. »Ich meine, nichts gegen diese Wohnung, aber das alte Haus war echt besser.«

»Danke für dein weises Urteil, Genevieve.« Jonathans Lachfalten vertieften sich. Er versuchte, Liz' Blick zu erhaschen, doch sie starrte immer noch unbeteiligt vor sich hin.

»Gern geschehen«, sagte Genevieve hoheitsvoll. »Komm, Alice, wir zischen los.«

Als die Mädchen draußen waren, wandte Jonathan sich zu Liz um.

»Du hast ja noch gar nichts gesagt. Freust du dich nicht?«

Liz zuckte hilflos die Achseln.

»Ich weiß nicht. Ich meine, so einfach in unser altes Haus zurückziehen... ist das nicht irgendwie ein Rückschritt? Werden wir da denn glücklich sein?«

»Es ist kein Rückschritt«, sagte Jonathan. Er blickte sie eindringlich an. »Wir werden wieder dahin ziehen, wo wir hingehören, und wir werden glücklich sein.«

»Ist das ein Befehl?«

»Wenn du so willst.«

Liz seufzte tief.

»Ich kann nicht glücklich sein, nur weil du es gern so hättest.«

»Du könntest schon«, versetzte Jonathan. »Du mußt es nur wollen.«

Liz warf ihm einen bösen Blick zu.

»Ich könnte so tun als ob, wenn du Wert darauf legst«, sagte sie sarkastisch. »Vielleicht hilft das.«

»Das hilft bestimmt«, entgegnete Jonathan ruhig. »Am besten, du fängst gleich damit an.« Er hob eine Erdnuß auf, schob sie sich in den Mund und verließ die Küche ohne ein weiteres Wort.

Liz starrte ihm verblüfft nach.

Wärmsten Dank an Araminta Whitley,
Diane Pearson und Sally Gaminara –
und an Clare Pressley.

GOLDMANN

Frauen heute

*Mitreißende und spritzige Unterhaltung über Liebe und Karriere, Familie und Freundschaft – und über Frauen, die mit beiden Beinen im Leben stehen und dennoch wagen, Träume zu haben.
Witzig und frech, provokant und poetisch, selbstironisch und romantisch zugleich.*

Endlich ausatmen   42936

Das ganz große Leben   42626

Tiger im Tank   42630

Pumps und Pampers   42014

Goldmann · Der Taschenbuch-Verlag

GOLDMANN

Frauen heute

*Mitreißende und spritzige Unterhaltung über Liebe und Karriere, Familie und Freundschaft – und über Frauen, die mit beiden Beinen im Leben stehen und dennoch wagen, Träume zu haben.
Witzig und frech, provokant und poetisch, selbstironisch und romantisch zugleich.*

Liebling, vergiß die Socken nicht! 42964

Die Putzteufelin 43065

Zucker auf der Fensterbank 42876

Und das nach all den Jahren 43205

Goldmann · Der Taschenbuch-Verlag

GOLDMANN

The Noble Ladies of Crime

*Sie wissen bestens Bescheid über die dunklen Labyrinthe der menschlichen Seele. Über die gut getarnten Obsessionen. Über Gier, Lust und Angst, die immer wieder tödlich an die Oberfläche dringen.
Die feinen Damen lassen morden …*

Mary Willis Walker,
Raubtierfütterung   43666

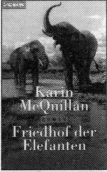

Karin McQuillan,
Friedhof der Elefanten   42568

Karin McQuillan,
Mörderische Safari   42567

Kate Ross,
Der zerrissene Vorhang   42791

Goldmann · Der Taschenbuch-Verlag

GOLDMANN

The Noble Ladies of Crime

Sie wissen bestens Bescheid über die dunklen Labyrinthe der menschlichen Seele. Über die gut getarnten Obsessionen. Über Gier, Lust und Angst, die immer wieder tödlich an die Oberfläche dringen. Die feinen Damen lassen morden ...

**Deborah Crombie,
Alles wird gut**   42666

**Deborah Crombie,
Das Hotel im Moor**   42618

**Elizabeth George,
Mein ist die Rache**   42798

**Sue Grafton,
Stille Wasser**   43358

Goldmann · Der Taschenbuch-Verlag

GOLDMANN

THE NOBLE LADIES OF CRIME

Sie wissen bestens Bescheid über die dunklen Labyrinthe der menschlichen Seele. Über die gut getarnten Obsessionen. Über Gier, Lust und Angst, die immer wieder tödlich an die Oberfläche dringen.
Die feinen Damen lassen morden ...

Elizabeth George,
Gott schütze dieses Haus   9918

Ruth Rendell,
Der Liebe böser Engel   42454

Anne Perry,
Gefährliche Trauer   41393

Batya Gur, Denn
am Sabbat sollst du ruhen   42597

Goldmann · Der Taschenbuch-Verlag

GOLDMANN

Das Gesamtverzeichnis aller lieferbaren Titel erhalten Sie im Buchhandel oder direkt beim Verlag.

Taschenbuch-Bestseller zu Taschenbuchpreisen
– Monat für Monat interessante und fesselnde Titel –

✳

Literatur deutschsprachiger und internationaler Autoren

✳

Unterhaltung, Thriller, Historische Romane
und Anthologien

✳

Aktuelle Sachbücher, Ratgeber, Handbücher
und Nachschlagewerke

✳

Esoterik, Persönliches Wachstum und
Ganzheitliches Heilen

✳

Krimis, Science-Fiction und Fantasy-Literatur

✳

Klassiker mit Anmerkungen, Autoreneditionen
und Werkausgaben

✳

Kalender, Kriminalhörspielkassetten und
Popbiographien

Die ganze Welt des Taschenbuchs

Goldmann Verlag · Neumarkter Str. 18 · 81673 München

Bitte senden Sie mir das neue kostenlose Gesamtverzeichnis

Name: _____

Straße: _____

PLZ / Ort: _____